講談社文庫

# 警視の挑戦

デボラ・クロンビー｜西田佳子 訳



講談社

この本の完成を待っていたデイヴィッド・トンプソン
（一九七一～二〇一〇）へ

# 目次

# 警視の挑戦

●主な登場人物〈警視の挑戦〉

**ダンカン・キンケイド**　スコットランドヤード（ロンドン警視庁）の警視。ジェマの元上司で、現在は夫

**ジェマ・ジェイムズ**　ノティング・ヒル署の女性警部補。ダンカンと結婚したばかり

**キット**　ダンカンの息子。14歳

**トビー**　ジェマの息子。6歳

**シャーロット**　ダンカンとジェマが引き取った3歳の女の子。犯罪被害者の遺児

**レベッカ・メレディス**　西ロンドン署の女性警部。オリンピックをめざすボート選手でもある

**ミロ・ジャキム**　ボートクラブの男性コーチ

**タヴィー・ラーセン**　テムズ渓谷捜索救助隊の女性メンバー。愛犬はトッシュ

**キーラン・コノリー**　タヴィーと同じ捜索救助隊の男性メンバー。ボートの修理もやっている。愛犬はフィン

**フレディ・アタートン**　レベッカの元夫。元ボート選手で、現在は不動産業界のビジネスマン

**ロス・アボット**　レベッカとフレディの共通の旧友。元ボート選手で、現在は投資銀行に勤める

**アンガス・クレイグ**　スコットランドヤードの元副警視監

**ダグ・カリン**　ダンカンの部下。巡査部長

**メロディ・タルボット**　ジェマの元部下。巡査

**シンラ**　テムズ渓谷署の警部補

**イモジェン・ベル**　テムズ渓谷署の巡査

**デニス・チャイルズ警視正**　ダンカンの上司

# 1

スカルは芸術的競技だ。どんな芸術にも匹敵するほど美しい。それには、たゆまぬ訓練が必要だ。すべての動きが優美かつ正確になされ、しかも頭で考えるまでもなく体が自然にそのように動くようになってこそ、完成される芸術なのだ。

ジョージ・ポコック――テムズ川を漕行《ローイング》するプロのスカラーたちをみて

空をちょっとみあげて、思わず悪態をついた。もうこんなに暗くなっていたのか。サマータイムが終わってから、夜が来るのが本当に早く感じられる。しかも、西の空から黒い雲が広がってきた。嵐になるんだろうか。

心拍数があがるのを感じながら、すでに夕闇に覆われた庭を突っきり、ゲートを開いて、川沿いの遊歩道に出た。川霧が、空中に蔓を伸ばすように広がりはじめている。夕刻のテムズ川には独特のにおいがある。湿っていて、生気があり、どことなく原始的なにおい。暗灰色の水面は穏やかで、まるで池のようだ。しかしそれが錯覚であることはよくわかっている。このあたりの流れは速い。さらに、この先にはハンブルデンの閘門《ロック》が待ち受けている。油断や慢心をすると痛い目に遭う。

ベッカは早歩きから小走りになって、上流へ向かった。ヘンリー橋にはもう明かりがついている。時間はあまりない。「まったくもう！」声を漏らし、スピードをあげた。

全身が汗ばみはじめた頃、数あるボートクラブの中でももっとも有名な〈リーンダー・クラブ〉にたどりついた。クラブハウスはヘンリー橋のリメナム側にひっそりとたたずんでいる。二階のレストランにはすでに明かりがついているが、中庭は薄暗く、人気がない。艇庫のドアは閉まっている。選手たちはみな、ジムで最後のトレーニングをしているのだろう。たぶんコーチもみんなジムだ。それならそれで都合がいい。

狭い門を開いて中庭に出ると、艇庫の鍵をあけた。ボートは屋外のラックにかけてあるが、オールは中にしまってある。明かりをつけると、一瞬その場に立ちどまって、黄色く輝くエンパッハを眺めた。ドイツ製のボートで、エイトで使うのはたいていこれだ。上下さかさまにして積み重ねてある。長くほっそりとした艇体はこの上なく優雅で、みているると、心を矢で射られたように動けなくなってしまう。

しかし、それはベッカには不向きな競技だった。チームボートは昔から苦手だった。大学で女子のエイトに加わったこともあるが、うまくいかなかった。ボート部には入学直後にスカウトされた。どこの大学も、なにも知らない一年生をこぞって勧誘するものだが、ベッカはとりわけ熱心な勧誘を受けた。先輩たちはみな、ベッカの体格に目をつけたのだろう。背が高くて手足が長い。ボート競技には必須の資質だ。だが、先輩たちがベッカをしつこく誘った理由はそれだけではない。ボートときいた瞬間にベッカの瞳が輝いたのを、彼らは見逃さなかったのだ。

ところがいまとなっては、ベッカをほしがるチームなどない。どんな輝かしい実績があろうと、それは昔の栄光だ。

隣のジムからどんどんという音がきこえてくる。足音の合間にコーチの声も響く。いまは誰とも話したくない。時間を無駄にしたくない。艇庫のいちばん奥のラックから自分のオールを取った。オールの先の四角いブレードは〈リーンダー〉のピンク。帽子と同じ色だ。

「ベッカ」

不意に名前を呼ばれて驚いたので、オールでラックを叩いてしまった。「ミロ。みんなといっしょじゃなかったの？」

「艇庫に明かりがつくのがみえた」ミロ・ジャキムは小柄な男だった。頭はかなり禿げている。短く刈りこんだ白髪まじりの髪が、耳の上のあたりをうっすら覆っているだけ。現役時代は有名なコックスだったし、かつてはベッカのコーチでもあった人物だ。「これから行くのか」質問ではなく非難の言葉だった。眉間にもしわが寄っている。「こんな時間に来て練習するのはもうやめろ。日も短くなった。みんなは一時間前にあがってる」

「川を独り占めする感じが好きなの」ベッカはにっこり笑った。「心配しないで。ねえ、ボートを出すのを手伝ってくれない？」

ミロはベッカのあとを歩きはじめた。艇庫のドアの内側にかかっている滑車用ベルトをひと組取り、外に出る。ベッカはオールを持って門を通り船台のそばにそっと置くと、艇庫のそばに戻ってきた。ミロがボートラックの横に架台《うま》をセットしたところだった。ベッカのボート——白地に青のラインのフィリッピ社製——は、二艇のダブルスカルの上に置いてある。ミロが手をいっぱいに伸ばしてストラップをほどき、船首《バウ》を持った。ベッカは船尾《スターン》を持つ。

ふたりでボートをおろし、架台に置いた。ベッカはボートの各部をチェックした。

「フレディに話したのね」

ミロは肩をすくめた。「国家機密ってわけじゃないんだろう？」

「相変わらずの皮肉屋ね」ベッカはそういったが、ミロの毒舌にはハンマー並みの破壊力があることを考えれば、これくらいは皮肉のうちに入らないとわかっていた。

「フレディは心配していたぞ。当然だろう。きみのこのやりかたには無理がある」ベッカがかっとして反論しようとするのを遮って続けた。「こんな練習じゃ、優勝はおろか、ベスト4にも入れない」

「なんですって？」ベッカは驚いて顔をあげた。ミロはもう顔をしかめてはいなかった。心配そうにベッカをみつめている。

「みんなはいろいろいうが、まあ、予選はそこそこ行けるだろう。本戦まで進めるかもしれない。きみはたしかにすぐれた選手だった。きみの年齢でカムバックに成功した選手をこれまでにもみている。だが、こんなふうに仕事の片手間にやっているようじゃ成功しない。ボートに乗るのは仕事のあとや週末だけ、あとは家でせっせと筋トレか。たまにはみんなとビールでも飲みにいったらどうだ？　そうすれば陰であれこれいわれなくなる。ここはそういう排他的なところなんだ」ミロは微笑み、また真顔になった。「ベッカ、覚悟を決めろ。本気でやるなら、ほかのすべてをあきらめるしかない。それくらい大変なことなんだ。まあ、なにがなんでもやるつもりなんだろうが」

誰かにほんの少しでも励まされたのは、これがはじめてだった。それも、ほかでもない、ミロが励ましてくれるとは思いもしなかった。喉がぎゅっとしめつけられる。やっとのことで答えた。「ええ――よく考えてみるわ」そしてボートを振りかえった。ふたりでボートを頭上に持ちあげ、狭い門を通って川岸に出ると、船台から水面におろした。

ベッカは靴を脱いで船台に放りなげ、オールを手にした。一連の動作には淀みがない。二本のオールをオールロックにはめてナットを締めた。バウサイド（右舷）のオールの先を船台に載せたまま、ストロークサイド（左舷）のオールを水面に出す。ボートの中心に立ってバランスをとりながら、シートに腰をおろした。

体の重みを受けて、ボートが揺れる。いつものことだが、この揺れが、ここは水上なのだと思い知らせてくれる。自分の体より幅の狭い、華奢なカーボンファイバーのボートにうしろ向きに乗れば、ボートのへりのすぐ下に水面が迫る。技術と気概がなければ、あっというまに暗い川に飲みこまれてしまう。

恐怖を感じるのは悪いことではない。そのおかげで強くなれるし、慎重にもなれる。ストレッチャーに固定したシューズに足を入れると、マジックテープで固定した。

「待っててやるよ」ミロがいった。「ボートをあげるのを手伝ってやる」

ベッカは首を横に振った。「大丈夫よ。艇庫の鍵も持ってるし」首にかけた合い鍵の重みを感じる。「でも、ミロ……。ありがとう」

「じゃ、明かりだけはつけておこう」ミロがそういったとき、ベッカはボートを船台から離した。「気をつけて」ミロが声をかける。

ボートはもうだいぶ離れていた。流れに乗って川の中心に向かう。ミロの声はほとんどきこえなかった。

世界が自分から遠ざかっていく。まずはウォームアップ。肩や太ももの筋肉をほぐしていく。川下に向かって吹きつづける風を顔に受けながら、水流の助けも借りて、ボートを進めた。テンプル島でUターンするまではこのまま楽に漕いでいけるだろうが、帰りは風にも流れにも逆らって漕がなければならない。

より長いストロークで水をかきながら、遠ざかっていくヘンリー橋を眺めた。黄金色のライトがアーチ形に連なっている。ボートをうしろ向きに漕いでいるうちに、時間も逆向きに流れはじめてしまったようだ。オリンピックの金メダルをめざした日々が蘇ってくる。しかし、その夢ははかなく消えてしまった。

思わず眉をひそめた。いまのことだけを考えよう。ストロークに意識を集中させる。首のうしろに汗がにじみはじめたのがわかる。乳房のあいだにも。そう、レベッカと呼ばれていたあの選手は、自分とは別人なのだ。あれから十四年もたって、住む世界もすっかり変わってしまった。いまの自分と昔の自分を結びつけるのは、筋肉に刻まれた記憶と、両手でオールを握る感覚だけ。あの失敗が悔やまれてならない。

ミロのいうとおりだと思う。覚悟を決めなくては。ボートに全力を注ぐということは、仕事を辞めて朝から晩までトレーニングに励むということだ。退職すべきだろうか。いや、休職の手続きをとることもできるはずだ。

しかし、やりかけの仕事がある。

思い出すと、強い怒りがわいてきた。オールを引く腕に力がこもる。レースペースになっていた。リガーが悲鳴をあげる。ボートに無理な力がかかっているのだろう。手前に返ってくるオールの先から水が飛んできて、顔に降りかかる。

小さな水音をたてて、オールが水に入り、水から出てくる。一瞬の静寂の中、ボートは生き物のようにすうっと前に進む。完璧なリズムができあがっていた。まるで音楽だ。ボートが歌っている。ベッカもボートと一体になって、鳥のさえずりのような音楽を作りだしていた。

ヘンリー橋は光の点にしかみえなくなった。空が視界いっぱいに広がっている。地平線のあたりがバラ色と金色に輝き、まわりの薄紫色に溶けこんでいる。頭上の空はだいぶ暗くなったが、雲はまだみえる。ベッカのボートと張りあおうとでもいうように、すごい速さで流れていく。土手に点在するコテージや――その中にはベッカの家もある――木立が、輪郭のはっきりしない黒いかたまりになって、視界の隅を飛んでいく。

十本。腿が燃えるように熱い。

次の十本。ストロークをしっかり数えながら、オールをスムーズに水から出すことを意識する。

次の十本。肩も熱くなってきた。

さらに十本。全身の力をこめて漕ぐ。ボートが水面から浮いているみたいだ。思いきり息を吸いこむせいで、喉が涸れたように痛む。

右側に白っぽいものがみえた。川の中州、テンプル島に建つ装飾的な建物だ。もともとはファウリー・コートと呼ばれる屋敷の一部だったが、いまは〈ヘンリー・ロイヤル・レガッタ〉のスタート地点になっている。この中州を通りこしたら艇の向きを変えて上流に戻ろう。そうしないと〈リーンダー〉に帰るまでに真っ暗になって、なにもみえなくなってしまう。

ゆっくり漕ぎながら肺を空気で満たし、こわばった筋肉を休ませた。中州の下流側の先端を越えると漕ぐのをやめて、オールを水面に軽くつけた。

そういえば、さっきまでの怒りはどこへ行ってしまったんだろう。いつのまにか気持ちがすっかり落ち着いている。

レースに出る。最後のチャンスを逃したくない。そのために警察を辞めることになってもいい。ただし、どうでもいい記念品や空約束を与えられて体裁よく追いはらわれるのはいやだ。自分にとっての——そして自分と同じ思いをした人たちにとっての——正義が下されるのを必ずみとどける。どんな手段をとることもいとわない。

川の流れは速い。このままだと閘門まで流されてしまう。バッキンガムシャーの土手に並ぶ木々から、ミヤマガラスの群れがばたばたと飛びたった。黒いバレエ団のように空に弧を描くのをみながら、ベッカもボートを回転させた。カラスたちが視界から消えたときには、ボートの舳先は上流を向いていた。風が強くなってきた。うなじが冷たくて痛いほどだ。フルストロークで漕ぎだしたが、川の流れが速くて思うようにボートが進まない。

下流に向かっていたときは、川の中央に出て、流れの速さを利用していたが、戻りはそうはいかない。バッキンガムシャー側の土手にボートを近づけた。これなら流れはそれほど速くないから、上りもそれほどきつくない。〈リーンダー〉からボートを出したことのある人間なら誰もが、バッキンガムシャー側の土手に近づけば、流れがゆるやかになるだけでなく、流れの変化も少なくなるし、風の影響も受けにくくなることを知っている。ベッカを含めて、多くの選手は、半分眠っていても漕ぎつづけることができる。

しかし、闇が濃くなってきた。町の方角に背を向けているので、かすかな町明かりでさえ目に入らない。気温も急激に下がってきた。ほんの少し体を休めただけなのに、汗がすっかり冷えてしまった。

体を前に滑らせてオールを水に入れ、両肩と両脚に全力をこめてボートを進める。それを何度も繰り返しながら、数を数えていく。ときおり岸に目をやって、どれくらい進んだかを確認した。

　テンプル島の上流の端までやってきた。ウェディングケーキみたいな形をした建物にもう一度目をやる。見慣れた白い建物は、少しずつ少しずつ遠ざかっていった。さっきまでは、過去にどんどんタイムスリップしていくような感覚を味わっていたが、いまはそのまま過去の一時点にとどまっているような感じだ。がんばって進んでいけば、じわじわと現在に戻っていけるだろう。

　さらに強く漕ぐ。やがて、ストロークをリズミカルに続けることだけで頭がいっぱいになった。完璧なストロークの直後に一瞬の静寂が訪れる。そのとき、どぼんという水音が響いた。ベッカが動きを止めると、ボートがきしむような音をたてた。止まってはいけない、と訴えているようだった。

　あの音はなんだろう。すぐ近くからきこえた。鳥が飛びこむ音にしては大きかった。大きな動物が土手から水に入ったんだろうか。

　口の中にしょっぱい味が広がる。寒さと風のせいで鼻水が出ていた。左右のオールを片手で支えると、もう片方の手の袖口で唇を拭いた。ボートが軽く揺れる。再びオールを両手でしっかり握った。土手に目をやる。しかし、木々の影は濃くなるばかりだった。真っ黒なインクで塗りつぶしたかのように、なにもみえなくなっていた。

　肩をすくめ、オールを動かしはじめた。音がしたと思ったが、きっと空耳だろう。ところが、体を前に滑らせた瞬間、声がきこえた。間違いない、人間の声だ。それも、よく知った声。名前を呼んでいる。

# 2

そのとき、シングルスカルのボートが歌いだした。

——セアラ・ホール『Drawn to the Rhythm』

フレディ・アタートンは、〈リーンダー〉の駐車場入口にあるスキャナーに会員証をかざし、ハンドルを指先で叩きながら、ゲートが開くのを待った。アウディのワイパーがせっせと働いてはいるが、フロントガラスに叩きつける雨の勢いがすごくて、とても追いつかない。ゲートのバーが上がった。前方に目を凝らして、クラッチから足を離す。タイヤが砂利を嚙みはじめたのが伝わってきた。

「ひどい雨だな」つぶやきながら、いちばん近いところにあったスペースに車を入れた。駐車場はみるまに沼のようになりつつあった。ここから無事に車を出せればラッキーかもしれない。それより、ここからクラブハウスまでどうやって行こうか。イタリア製の手縫いの革靴が台無しになってしまう。上着も、傘を開くまでのあいだにびしょ濡れになってしまうだろう。

エンジンを切り、時計をみた。八時五分前。ここでぐずぐずしている暇はない。濡れ鼠のような姿で焦って駆けこんでいったら、印象は最悪だ。投資家との大切なパワーブレックファストなのだから。

もっとしっかり情報を得て、この場に臨みたかった。ベッカはどうして昨夜電話をくれなかったんだろう。今朝こちらからもう一度かけてみたが、どちらの電話にも出てくれなかった。

ベッカがロンドン警視庁《スコットランドヤード》で働きはじめて、十年以上になる。職場の人間とはたいてい顔見知りになっているだろう。だから、今日これから会う相手について、知っていることを教えてほしかった。つい最近までスコットランドヤードで働いていた男なのだ。ただし、この不動産取引が本物の儲け話になるのかどうか、正直なところ、フレディ自身にもまだよくわからない。普通の警官なら、そんなものに大金をつぎこもうとはしないだろう。

取引相手の名前はアンガス・クレイグ。副警視監の職にあった男で、住まいはこの近く――のなかでももっとも高級とされる一画だ。先週、近所のクラブでたまたま出会い、しゃべってみたら、手応えがあった。「自分の目の届くところに不動産を持っておくのもよさそうだな」というのだ。どこまで本気でいっているのか、ベッカの意見をきけたらと思ったのだが。

あの男が本気でないと困る。テムズ川をここから少し下ったリメナムのあたりにある古い農場と家を買いとったのは、そこを高級マンションにリフォームしてひと儲けしようと思ったからだ。〝のどかな田舎で都会のようなラグジュアリーな暮らしと川景色を楽しめる〟、そんな売り文句まで決めていた。ところがその後、不動産の相場が急落。このままだと膨大な債務を抱えたまま、物件も塩漬けになってしまう。

上着のポケットから携帯電話を取りだし、もう一度確認した。電話がかかってきているのに気づかなかったのかもしれない。しかし、やはり着信の記録はなかった。苛立ちを通り越して、なんだか心配になってきた。ベッカは頑固な女だが、離婚後も友だち同士としての付き合いが続いている。協力しないならしないで、電話の一本くらいくれるはずだ。

ボートなんかあきらめろといってしまったのがまずかったんだろうか。しかし、警部にまでなったというのに、そのキャリアを棒に振ってまで、オリンピックの金メダルなどという夢を本気で追うつもりだとは思わなかった。まともな人間ならとうの昔にあきらめていてもおかしくない。フレディ自身もボート競技は好きだった。がんばればそこそこの結果を出せたかもしれない。しかし、ある時点であきらめて、地に足のついた生活を選んだ。

心が痛んだ。ベッカほどの才能があったら、自分だって夢を追い続けたのではないか？　それに、現実的な生活を選んだのはいいが、それがうまくいっているといえるのか？　いや、そんなふうに考えるのはやめよう。状況はそのうち上向きになる。大丈夫だ。

ベッカにはもう少し優しい言葉をかけてみよう。その前に、まずはクレイグ氏との商談だ。

ところが、アンガス・クレイグはあらわれなかった。

フレディはアウディをおりて、手品師のようにすばやく傘をさすと、水のたまった駐車場を走って〈リーンダー〉のロビーに飛びこんだ。早朝担当の接客マネジャーであるリリーが、選手用のタオルを持ってきてくれた。そして、二階レストランの窓側のお気に入りのテーブルに案内してくれた。

「今朝は誰も漕がないんだろうな」激しい雨に見舞われる川を眺めて、フレディはいった。〈リーンダー〉の選手は勇猛果敢を誇るアスリート揃いだが、この雨にはさすがに勝てない。もっとも、オックスフォードやケンブリッジの〝ブルー〟だった人間は別格だ。多少の荒天などものともしない胆力を持っている。

オックスフォードとケンブリッジの伝統のボートレース、〝ザ・レガッタ〟で、フレディは恐ろしい思いをしたことがある。ちょうどこんな天気の日で、ボートはもう少しで沈没するところだった。楽しい経験ではなかった。いや、よく生きて帰れたと思う。

「お待ち合わせですか？」リリーがコーヒーを注いでくれた。

「ああ」フレディは腕時計をみた。「もう時間なんだが、遅れてるようだ」

「うちのスタッフも何人か遅刻してるんですよ。シェフがいうには、マーロウ・ロードで玉突き事故があったとか」

「なるほどね」フレディは作り笑いを返した。リリーは美人だ。〈リーンダー〉の制服、紺色のスカートと淡いピンクのブラウスがよく似合う。蜂蜜のような色の髪をうしろでまとめてお団子にしている。何年か前だったらアプローチしていたかもしれない。しかしいまの自分は違う。過ちを経験し、賢くなった。慎重にもなった。「リリー、ありがとう。もう少し待ってからオーダーするよ」

リリーがさがっていった。フレディはコーヒーを飲みながら、まわりをなんとなく眺めた。客はわずかしかいない。平日の朝、しかもそろそろ寒くなるこの時季。〈リーンダー〉には宿泊用の部屋が十あまりあるが、稼働率は低そうだ。今日は特にこの天気だから、いつもなら朝食をとりにやってくる近所の会員たちも、外出を控えているのだろう。このレストランは料理がおいしいし、値段は驚くほど安い。

客は少なくてもシェフは忙しいことだろう。寮にいる若い選手たちの食事も用意しなければならないからだ。ボート選手はいつも腹をすかせている。食事は呼吸と同じくらい、常に欠かせないものなのだ。

八時半。コーヒーはもう二杯目だ。煙草を吸いたくなってきた。アンガス・クレイグに電話をかけてみたが、留守番電話のメッセージがきこえるだけだった。

八時四十五分。いつもの朝食を注文した。スクランブルエッグとスモークサーモンのやつだ。しかし、いつのまにか食欲をなくしていた。スクランブルエッグを皿の端に押しやってパンにバターを塗る。ふとみると、雨がやんでいた。川の対岸がみえる。しかし、建ちならぶ商店や住宅は灰色にかすんで、まるでヴェニスにいるようだ。ともあれ、これで道路の渋滞も解消されるかもしれない。もうしばらく待ってみよう。

受付のほうから人の声がきこえる。振りかえったが、やってきたのは薄茶色の髪をした大柄なクレイグではなかった。女子部のコーチ、ミロ・ジャキムだ。リリーとなにか話している。雨具を着こんだ小柄な体に、なにか決意をみなぎらせているようにみえる。

「ミロ」フレディは声をかけ、レストランの入口まで歩いていった。「これから練習ですか？」

「そう思ってるところだ。次の雨雲が来るまでに一時間くらいありそうだからね」ミロはパーカのファスナーを閉めて、受付前のドアから外をみた。フレディもその視線を追う。空は灰色だが、西のほうに青い色がのぞきはじめている。

「マシントレーニングばかりじゃなく、ボートに乗せてやりたい。わずかな時間でもそうさせてやらないと、このあと夜まで文句をいわれそうだ」

「みんなの気持ちはわかりますよ。マシンはつまらない」ローイングマシンでのトレーニングが好きな選手などいない。ボートを漕ぐ動きをシミュレートしたマシンで、体力増強にはもってこいだが、きついばかりで楽しさがない。水の上を走ってこそのボートだ。長所がひとつだけあるとすれば、なにも考えずにひたすら漕げるという点だろうか。水上でそんなことをしたら、なにかに衝突して命や手足を失いかねない。

ミロは苦笑いをした。「まあ、そういう文句はまだ出てないけどな」寮のほうに目をやる。「いまのうちに外に出してやるか」

フレディはミロの腕にさっと触れた。「ミロ、ベッカと話すチャンスはありましたか？　しっかり現実をみるべきなんだ。あなたのアドバイスになら耳を傾けるかもしれない」

「ゆうべ話した。聞く耳は持ってくれなかったな」ミロは眉をひそめた。「きみに勝ち目はなさそうだ。潔く認めてやったらどうだ？　彼女が勝てないと決まったわけじゃない。そうだろう？」

「彼女が勝てると？」フレディは驚いてきいた。

「このクラブにも——」ミロは寮のほうに目をやった。「——去年みかけたほかの選手たちのなかにも、最盛期のレベッカを超える選手はひとりもいない」

「しかし、彼女はもう——」

「三十五歳だったか。それがどうした？」

「いえ、わかってます。ぼくがこんなことをいっていたと知られたら、ベッカに殺されてしまう」フレディは、ベッカが知識をひけらかすときの口調を真似た。「レッドグレイヴは三十八歳、ピンセントは三十四歳、ウィリアムズは三十二歳……キャサリン・グレインジャーは三十二歳で銀メダル」肩をすくめる。「しかし、彼らはそれ以前にもメダルをとってる。ベッカはとっていません」

「どんな苦しみにも耐える覚悟があるという点では、誰にも引けをとらない。それがなによりだいじなんだ。きみもよくわかっているだろう」

「ええ、たしかにそうかもしれない。だとすれば、ぼくは彼女に謝らないと。しかし、連絡がないんですよ。ずっと電話してるのに。彼女と話したのはいつです？」

「きのう、午後四時半くらいだ。ボートを出すのを手伝ってやった。しまうのは自分ひとりでやるといっていた」ミロは眉根を寄せた。「そういえば、今朝、川の状態をみにいったとき、ラックにベッカのボートがなかったような気がする。自宅にあげたんだろうか」

「それはないんじゃないかな。そのためにはお隣の船台を借りなきゃならないし」可能性がなくはない。しかし、お隣の船台を借りたあとは、ボートをかついでその家の庭を通らなければならない。それに、自宅にはボートを置く場所がない。だいたい、ここに専用のラックがあるのに、わざわざそんなことをする必要があるだろうか。

途中で気分が悪くなって、〈リーンダー〉まで帰ってこられなくなったとしたら？いや、それはベッカらしくない。きのうからもやもやと感じていた不安が表に出てきた。腕時計に目をやる。アンガス・クレイグのことは、もうどうでもいい。「艇庫をみにいきます」

「いっしょに行くよ」ミロはそういって、フレディの服装をみた。紺のジャケットと、青とピンクのストライプのネクタイ。〈リーンダー〉のネクタイだ。「濡れるぞ。バーのそばに予備のパーカがかけてある」

しかしフレディはもうドアに向かっていた。二階の受付スペースからはバルコニーに出ることができる。バルコニーには左右に階段がついている。フレディは左の階段をおりていった。川とボートヤードに通じる階段だ。雨は霧雨程度になっていたが、艇庫の外のボートラックにたどりついたときには、額に髪の毛がべったりはりついていた。いらいらしながら髪をかきあげる。

いつもの場所に、ベッカのフィリッピはなかった。「ここにはない」フレディはいったが、そばにいたミロには、いわれなくてもよくわかっていた。

「中に入れたのかな。ベッカは合い鍵を持ってる」ミロはフードを額までおろして霧雨を避けながら、クラブハウスを振りかえった。艇庫は二階のレストランの真下にある。天気のいい日には、選手たちがみな川に出たあと、大きな両開きのドアはあけっぱなしになっていることが多い。

しかし今朝は、右手にある小さなドアをあけて中に入った。ミロが電気をつける。中は洞窟のようだった。隅のほうは薄暗い。木材とニスのにおいがする。汗とかびのにおいも少し。隣のジムからトレーニングマシンの音が響いてくる。

いつもなら、艇庫に入るとなぜかほっとした気分になるものだ。ところがいまは、胃袋をぎゅっと締めつけられているようだった。ラックに並んでいるのは、鮮やかな黄色のエンパッハばかり。四人、または八人で漕ぐボートだ。奥の壁際にはピンク色のブレードのオールが並んで、まるで旗を並べたかのようだ。白に青のラインが入ったフィリッピはどこにもみあたらない。

「ないな」ミロがいった。「ベッカをみかけた人はいないか、きいてみよう」艇庫からジムに通じるドアをあけ、声をかけた。「ジョンソン！」

舵手なしフォアの将来有望なバウマンが、戸口にあらわれた。ベストと短パン姿で額の汗を拭いている。「外で練習ですか？」そういって、フレディにも笑顔で会釈する。

「いや、まだだ。ベッカ・メレディスをみかけなかったか？」

ジョンソンは意外そうな顔をした。「ベッカ？　いえ、日曜からみてませんよ。川で調子よく漕いでました。どうかしましたか？」

「ゆうべも川に出たんだが、ボートが戻ってないんだ」

「電話してみましたか？」ジョンソンの呑気な言葉をきいて、フレディはかっと頭に血がのぼった。

「もちろんだ。何度もしてる」フレディはミロを振りかえった。「家をみてきます」

「フレディ、そんなに心配しなくてもいいんじゃないか」ミロがいう。「ベッカにはベッカの考えがあるだろう」

「ベッカの考えそうなことなら、ぼくがいちばんわかっています。けどこればっかりはわけがわからない。ミロ、なにかわかったら連絡してください」

入ってきたのと同じところを通って外に出た。選手の寮は通りたくなかった。芝生の庭をぐるっとまわって駐車場に戻る。上着や靴が濡れることなど、もう気にしてはいなかった。

ミロのいうとおり、心配しすぎなのかもしれない。そう思いながらアウディに乗りこんだ。しかし、電話をかけてもやはり留守番電話のメッセージがきこえるだけだ。電話をしまってエンジンをかけた。余計なことをして、と怒られるかもしれないが、こうなったらこの目で確かめないと気がすまない。

泥と砂利にタイヤをとられて苦労したが、なんとか車を出した。

頭の中にベッカの言葉が響く。たまには実用的な車に乗ればいいのに。いい車に乗れないのかと思われたら、不動産なんて売れないんだよ。いつもそう答えていたが、四輪駆動の車が欲しくなるときはたしかにある。いまもそうだ。

駐車場から広い道路に出て、すぐに左に曲がってリメナム・レーンに入る。北に向かっていると、西の空にまた雲が出てきたのがみえた。

川と道路のあいだに赤レンガのコテージがみえてきた。庭は草が伸び放題だ。かつて、庭の手入れはフレディの仕事だった。あまりうまいほうではなかったが、定期的にやってはいた。ベッカはまったく手入れをしていないらしい。眠りの森の美女を取り囲むイバラの森のようになってしまっている。

傷だらけのニッサンの四輪駆動が駐まっている。ベッカは車なんてなんでもいいというタイプだった。ボートを運ぶことさえできればいいのだ。車に泥汚れはない。雨がきれいにしてくれたのだろうか。ボート用のトレーラーが芝生に置いてあるが、フィリッピは載っていない。

アウディのドアをあけた瞬間、雷鳴が轟いた。フレディはあわててポーチに駆けこみ、濡れた頭をぶるっと振った。

ステンドグラスをはめこんだドアのむこうに、明かりはついていない。呼び鈴は壊れていて鳴らない。これは結局直せないままだった。そこで、ドアをどんどんと叩いた。

「ベッカ。ベッカ！　出てきてくれ」

応答がない。フレディは震える手で合い鍵を取りだし、ドアの鍵穴に差しこんだ。

「ベッカ、入るよ」声をかけながらドアをあける。

家の中はひんやりとして、静まりかえっていた。

コート掛けの下のベンチにハンドバッグがある。いつも、仕事から帰ってくるとそこに荷物を置くのだ。グレーのスーツの上着が、その横に無造作に置いてある。それ以外、部屋はきちんと片付いている。いつもヨットに乗るときに着ている黄色のフリースがみあたらない。ピンク色の〈リーンダー〉の帽子もない。

もう一度声をかけてみた。キッチンとダイニングものぞいてみる。食器棚には郵便物が何通か、未開封のまま置いてあった。シンクには洗ったカップと皿。調理台にはキャットフードがひと袋。近所の猫にときどきやっている餌だろう。

うまく説明できないが、この家には人の気配がまったく感じられない。それでも階段をあがって、ベッドルームとバスルームをみた。ベッドは整えられている。下に置いてあった上着と同じグレーのスカートが椅子にかけてある。白のブラウスと、あわてて脱ぎすてたらしいタイツも。

バスルームは乾いているが、香りがかすかに残っている。ドルチェ&ガッバーナのライトブルーのオードトワレ――ベッカの数少ない化粧品のひとつだ。

もうひとつのドアもあけてみた。前はフレディの書斎だった部屋だ。驚いて、思わず口笛を吹いた。筋トレのマシン一式とローイングマシンが並んでいる。本格的にトレーニングをするつもりだったらしい。これは本気だ。

そんなベッカが、どこへ行ってしまったんだろう。なにをしているんだろう。

騒々しい足音をたてて階段をおり、玄関にあった予備のパーカを手にすると、庭に出た。雨がまた激しくなっている。思わず首をすくめて歩きだす。隣家の庭から川に出られる。一応そこを調べてみた。ベッカのボートが置いてあるかもしれない。しかし、あるのはひっくり返った庭用の椅子だけだ。駆け足で家に戻り、冷えてかじかんだ指で携帯電話を取りだした。雷が鳴った。家が震える。

ベッカはいやがるだろうが、上司のピーター・ガスキル警視に連絡しよう。ほかにどうしたらいいかわからない。ガスキル警視のことはあまりよく知らない。ベッカがガスキルのチームに配属されてすぐに離婚したからだ。しかし、警察が開催したイベントやディナーパーティーで何度か会ったことがある。

電話は秘書を通してガスキルにつながれた。フレディは名前を告げてからいった。

「お忙しいところすみません。じつは、きのうからベッカと連絡がとれないんです。それで心配になってしまって。なにか緊急の仕事でも入ったのかと……」いいながら、それはないだろうと思っていた。ボートの件も話した。昨夜家に帰った形跡がないこと、車が家の前にあることも。

「今朝、重要な会議があったんだ」ガスキルがいった。「ベッカは来なかった。電話をかけたが折り返してこない。ベッカらしくない。自宅にはいないんだな？」

「いま、ベッカの自宅にいるんです」

なにもきこえない。ガスキルは黙って考えこんでいるのだろう。やがて、返事があった。「つまり、こういうことか。ベッカはゆうべ、暗い川に出てボートの練習をした。その後、ベッカもボートも帰っていない」

事実をはっきりした言葉にされて、フレディの背すじに冷たいものが走った。ベッカがボートで事故を起こすなんてありえない、そういおうとしたがいえなかった。「ええ」

「そこにいてくれ。管轄の警官を向かわせる」

ほとんどが初対面同士のふたつの家族が、長い週末をいっしょに過ごしたばかりだった。場所はコンプトン・グレンヴィルの広々とした司祭館。サマセット州、グラストンベリの近くだ。ずっと激しい雨が降っていて、近くの川が増水していた。アガサ・クリスティの推理小説に出てきそうなところだ、とジェマ・ジェイムズ警部補は思っていた。

「ホラー映画の舞台にもなりそうね」ジェマは親友で義理のいとこにあたるウィニー・モンフォールにいった。ふたりは司祭館のキッチンにいた。ウィニーは、古い農家にありそうなシンクの前に立ち、両手を肘まで泡だらけにしている。英国国教会の司祭であるウィニーは、ダンカン・キンケイドのいとこのジャック・モンフォールの妻だ。

ジェマはとうとう、ダンカン・キンケイド警視と結婚した。本当に結婚したんだ――そう思うと、まだ胸がどきどきしてしまう。夢じゃない。現実なんだ。「しかも、結婚式は三回目だよ！」ダンカンには何度もそういってからかわれている。指輪に触れて、本当に結婚したんだという実感を嚙みしめた。

もともとは仕事のパートナーだった。まだ巡査部長だったジェマが、スコットランドヤードのダンカンのチームに配属されたのがはじまりだ。やがて男女の仲になったものの、はじめの頃は、ジェマはそのことを後悔してばかりだった。ジェマはその後昇進試験を受けて警部補になった。そのことで、大きな変化がふたつあった。ひとつは、直属の上司と部下という関係を解消しなくてはならなかったこと。もうひとつは、ふたりの関係をオープンにできたことだ。

その段階になっても、ジェマはまだ恋愛に腰が引けていた。ふたりとも一度目の結婚で失敗しているし、それぞれ子どももいる。大切な人をなくしたり、生活の大きな変化を経験したりしてきた子どもたちなのだ。それに、結婚は自立を失うことではないかと思えてならなかった。ときには頑固なほど、ジェマは自立にこだわっていた。

そんなジェマとダンカンが、よく晴れた八月のある日、ロンドンはノティング・ヒルにあるふたりの住まいの庭で、結婚式をあげた。結婚式といっても公式のものではない。法律にのっとった結婚式は、それからしばらくあと、チェルシーの戸籍登録所で挙げた。

いまは十月の終わり。子どもたちのうち年上のほうのキットの学校が秋休みに入ったところだ。ウィニーとジャックに招待されて、ダンカンとジェマはそれぞれの家族を連れてコンプトン・グレンヴィルの司祭館にやってきた。司祭であるウィニーがふたりの結婚式を執りおこないたい、といってくれたのだ。

土曜の午後、ウィニーの教会でおこなわれた結婚式は、なにからなにまでジェマの望みどおりのものだった。シンプルで、こぢんまりとして、感動的な結婚式。いままでとは別の力でふたりの絆を強めてくれたように思えた。「三回目の結婚式だからね。三は幸運の数字だよ」ダンカンが何度もそういっていた。そのとおりかもしれない。いま、ふたりのもとには、三人目の子どもがいる。もうじき三歳になるシャーロット・マリクだ。

ウィニーがシンクから顔をあげた。週末のゲストたちのために朝食を山ほど作ったので、シンクは皿でいっぱいだ。「ホラー映画？　え、なんの話？」鼻の頭についた泡を拭うウィニーの姿はみていて微笑ましかった。

緑と、トマトのような赤。この二色でまとめられた司祭館のキッチンは、とても居心地がよかった。それに、ウィニーはジェマがいろいろとつらい思いをしてきたのをわかってくれている。

今日は火曜日。ゲストはほとんど帰途につき、館に残っているのはダンカンの両親だけだ。ふたりきりになるチャンスにようやく恵まれたので、ジェマとウィニーは、この週末の総ざらいのようなおしゃべりを楽しんでいた。ジェマは皿洗いをやると申し出たが、ウィニーに固辞された。最後のひとときをゆっくり楽しんでほしいというのだ。

ジェマは、ウィニーの娘のコンスタンスを抱っこしていた。赤ん坊の寝心地がいいように、膝の上で抱きなおしてやる。「ホラー映画っていうのはちょっといいすぎだったわね」ジェマは訂正して微笑んだ。しかし、すぐに顔が曇った。いやなことを思い出してしまったのだ。それさえなければ完璧な週末だったのに。「うちの妹、どうしてあなのかしら」

ウィニーはゴム手袋をはずして、ジェマの隣に座った。コンスタンスに手を伸ばす。

「あらあら、うちの子に八つ当たりされそう」

「ごめんなさい」ジェマはコンスタンスのふわふわの頭にキスしてから、ウィニーに渡した。「だってシンったらひどいんだもの。コンスタンスはおりこうさんよ」

「シンシアはちょっと居心地が悪そうだったわね。ジェマのご両親もそうだけど、溶けこめてない感じで」

「さすがウィニーね」ジェマは首を横に振った。「そんな優しいいいかたができるなんて。シンってば、やることなすこと、まさに性悪女って感じだったのに」ウィニーがなにかいおうとしたが、ジェマは続けた。「今回だけじゃないの。母が病気になってからずっとあんな感じ」ジェマの母親のヴァイは春に白血病と診断されていた。「心配を持て余してああなっちゃうのはわかるのよ。でも許せない。シャーロットにまであんなこと」

「シャーロットになにかしたの？」ウィニーの優しい顔に陰ができた。

「自分の子どもたちにいったみたいなの。シャーロットと遊ぶなって。気づかなかった？」

「いわれてみれば、ちょっと不自然というか——」

「ひどいわよ。いとこ同士になる子たちなのに」ジェマの怒りに反応したのか、コンスタンスが顔をゆがめた。ジェマは小さく息をついてから、赤ん坊の頰を指先でなでた。

はジャックと同じ青。ふわふわした髪もジャックと同じブロンドになりそうだ。「ごめんね、怖かったわね」コンスタンスはウィニーと同じバラ色の頬をしている。目

シャーロットは違う。髪も肌もキャラメル色。非の打ちどころがないほど美しいのに、その美しさがわからない人がいるなんて、信じられない。肌の色で差別するなんてひどすぎる。「シンがシャーロットの悪口をいってるのもきこえたわ。わたしには口にできないような言葉だった。殺してやりたいくらいよ」

「ジェマ、覚悟はしていたんでしょう？」

「ええ、もちろん。福祉課の人にさんざん警告されたもの。『違う人種の子どもを養子にすると、親戚が賛成してくれないことがある』って。でも、肌が何色でも子どもは子ども。そういう広告がそこらじゅうにあふれてるのよ？」ジェマはため息をついた。シンシアの差別的な態度は問題外だが、両親もシャーロットに対してよそよそしい態度をとっていたのがショックだった。「シャーロットがかわいそう。ただでさえつらい思いをしているのに」

ジェマとダンカンは、八月にシャーロットを引き取った。シャーロットの両親が失踪した事件の捜査が終わってすぐのことだった。

「それで、シャーロットのようすはどうなの？」ウィニーは、むずかりはじめたコンスタンスをあやしながらいった。「ずっとばたばたしてて、その話ができなかったわ。シ

ャーロット、本当に可愛いわね」

「そうでしょう」ジェマの口調が穏やかになった。「本当に可愛いの」シャーロットをキッチンに連れてくればよかった。赤ん坊を抱っこしているウィニーをみつめる。かすかな嫉妬の気持ちがわいてきた。「ただ――」ためらいながら口を開いた。裏庭から、子どもたちの甲高い歓声がきこえてくる。シャーロットの声がいちばん大きい。心配することはないのだろうか。子どもが新しい環境に順応しようとしているときは、いろいろと問題が起こるのが当たり前なのかもしれない。

「ただ、どうしたの？」ウィニーはコンスタンスを抱きなおした。

「よく眠れないみたい。夢をみては、目を覚まして泣くの。どんなになだめてもだめ」ジェマは震えそうな声を必死に落ち着かせた。「パパ、ママ、って。それをきいていると、わたし――」

「つらいわね。想像できるような気がする。けど、ジェマにとてもなついてるじゃない。みていてよくわかるわ」

「なついてるというより、執着してるようにみえることもあるけどね。くっついて離れてくれないの」

ジェマとダンカンは、当面は交互に育児休暇をとることに決めていた。シャーロットが新しい環境に慣れてくれれば、保育所に預けられるようになる。

はじめはジェマが喜んで休暇をとった。しかしその期間も終わり、来週からはノティング・ヒル署の警部補の職に復帰しなければならない。正直なところ、この頃はそれが楽しみになってきていた。大人の社会に戻りたい。でも、仕事に戻るのは正しい選択なのだろうか。「ダンカンひとりで大丈夫かしら。心配だわ」

「大丈夫よ、ダンカンなら」ウィニーはにこりと笑って、裏庭に目をやった。ダンカンとジャックが水たまりで子どもたちと遊んでいる。「うまくやってるじゃない。シャーロットのことが可愛くてたまらないんだわ。それに、これからずっとシャーロットと暮らしていくつもりなら、ジェマと同じようにダンカンにもなついてくれなくちゃ」探るような目をジェマに向ける。「そのつもりなんでしょ？　シャーロットをおばあさんに引き取らせないようにするだけなら、ほかにも方法があるはずだけど」

ジェマは前かがみになって自分で自分を抱きしめた。そうしていないと体が震えてしまう。「シャーロットを手放すなんて想像できない」きっぱりそういった。「誰の手にも任せられない。それに当分のあいだ、シャーロットの家族が手を出してくることはないと思うわ」

シャーロットの祖母と、母親の弟たちは、八月に逮捕された。しばらくは塀の中で暮らしていてくれそうだ。

「いまは一時的な保護預かりの段階なの」少しためらってから続けた。「でも、永久親権を手に入れるつもりだし、いずれは養子縁組をと思っているわ。うちの家族もそのうち受け入れてくれるといいんだけど。それと、大きな事件が起こらないように祈ってるところよ。ダンカンがちゃんと休暇をとれるように」

そのとき、どーんという大きな音がした。廊下にたくさんの足音が響く。

「トビー、長靴を脱ぎなさい」ダンカンの声がしたが、もう遅かった。六歳のトビーがすごい勢いでキッチンに入ってきた。赤い長靴は泥だらけ。ブロンドの髪は濡れてつんつん立っている。いつみても、地獄からやってきた小鬼みたいな子だ。

ドアがまた開いて、今度はシャーロットが入ってきた。ダンカンにいわれたとおり、長靴は脱いできたようだ。ストライプ模様の靴下をピンクのレインコートからのぞかせて、まっすぐジェマのところに走ってくると、膝によじのぼった。両手をジェマの首にまわして、力いっぱい抱きつく。少しでも離れていたあとは、必ずこうするのだ。しかし、表情は最高に明るかった。頰が紅潮し、目をきらきらさせている。シャーロットのこんなにうれしそうな顔をみるのははじめてだ。

「あたし、いちばんとおくまでとんだよ」

「ちがうよ」トビーがいった。自分のほうが年上なので、あらゆる面で自分が上に立たないと気がすまないらしい。

ダンカンもやってきた。長身で髪はくしゃくしゃ。子どもたちと同じように頰を赤くしている。外の空気が冷たかったのだろう。トビーに負けないくらい全身びしょ濡れだが、泥はあまりついていない。ジェマは窓に目をやった。雨がますます強くなってきたようだ。

「トビー、だめじゃないか」ダンカンは厳しい口調でいうと、トビーがつけた泥の足跡を指さした。キッチンのペーパータオルを何枚かとってきて、トビーに渡した。「ウィニーおばちゃんに謝って、床を拭きなさい」それから、トビーと同じく小鬼のような顔でジェマに笑いかけた。警官然とした口調も忘れてしまったようだ。「ジェマ、ウィニー、父さんが呼んでる。雨なのに悪いが、外に出てきてくれないか。無口な人間ほど、いいだしたらきかないんだよな。ジャックとキットが人質にされてる。いったいどういうつもりなんだか」おおげさに目を丸くしてみせる。ジェマは思わず笑顔になった。ダンカンの父親のことは、はじめて会ったときから大好きだ。それにしても、ヒュー・キンケイドがみんなを呼びつけるなんて珍しい。

「なにかサプライズがあるらしい。みんなが絶対に喜ぶといってる。そこまでいうんだから、つきあってやろうじゃないか」

雨が緩急をつけて、もとは艇庫だった小屋に叩きつけてくる。まるで銃弾の雨に襲われているかのようだ。

キーラン・コノリーは奥歯を噛みしめた。雨の音なんか気にするな、と自分にいいきかせる。しかし、雷鳴が轟くと体が震えてしまう。ただの雨だ、大丈夫。もっと激しい大嵐が来たときも、この小屋は持ちこたえたのだから。

テムズ川のヘンリーからマーシュ・ロックまでのあいだには中州がいくつかあり、避暑用のコテージが建てられている。そういったコテージとコテージのあいだの狭いスペースに押しこむように作られた小屋のひとつが、この建物だ。地面にコンクリートを流しただけの土台の上に作られた木造の小屋。人が住むための建物ではないが、キーランにとってはなんの不足もなかった。仕切りもなにもないひとつの空間に、作業場と簡易ベッドと薪ストーブと携帯用コンロがある。トイレとシャワーもあるが、とても簡単なものだ。それだけあれば、ほかに必要なものなんかない。もっとも、フィンの意見はちょっと違うかもしれない。走りまわれる庭がある家がいいと思っているだろう。いちいち小型ボートに乗らないと対岸に行けないのも面倒だ、と。

フィンはラブラドール・レトリバーだ。これくらいの川なら泳いで渡ることもできる。それだけの訓練も受けている。しかし、許可なく水に入ってはいけないとしつけてあった。そうでないと、毎朝のボートの練習に差し障る。黒い大型犬を引き連れるようにしてボートを漕がなくてはならなくなるからだ。

いや、毎朝というのは嘘だ。嵐の日は練習を休む。いままた雷が鳴った。小屋がきしむ。突風を受けて窓ガラスが震える。体もびくりと動いた。そのとき、手に痛みが走った。視線を落とすと、仕上げ磨き用の紙やすりに血がついていた。足元の架台には、古いエイリングズ社製のダブルスカルをさかさまに置いてある。船底を磨いているつもりが、うっかり自分の手にやすりをかけてしまった。また両手が震える。

フィンが甘えた声を出して、キーランの膝に鼻をこすりつけてきた。また雷が落ちた。小屋がティンパニみたいに振動する。いや、もっとひどい。大砲が撃ちこまれたみたいな衝撃を感じる。

「ただの雨だ、怖がるな」キーランはフィンにいったが、自分の声も震えているのに気づいて顔をしかめた。犬を元気づけるどころではない。飼い主がこんなに汗をかいて震えているなんて。まったく、情けない。手の震えだけでも止めようと、紙やすりを折りたたんで作業台に置いた。

手はなんとかなるとしても、膝ががくがくするのはどうしようもない。もう立っていられない。よろけながら壁際まで行くと、壁に背中をつけてずるずると腰を落とした。空気がずっしり重く感じられる。押しつぶされてしまいそうだ。息苦しい。フィンが鼻を押しつけてきた。膝に乗ろうとしている。両手で抱きかかえてやった。弱々しい鳴き声はフィンのものだろうか。それとも自分が出しているんだろうか。「ごめんな。大丈夫だ。雨なんかそのうちやむ」

体調不良には理由がある。それを何度も自分にいいきかせた。爆撃を受けて中耳を損傷したせいで、気圧の急激な変化によって平衡感覚がおかしくなることがあるのだ。いままでにこの理屈を何度唱えただろう。

軍の医師にいわれた言葉だ。それくらい、とっくに自分でわかっていたのに。ほかにも、ひどい脳震盪のせいで聴力がいくらか損なわれている、ともいわれた。「上等だ」キーランはそういって、自虐的に笑った。フィンがあごをなめてくる。さっきより強く抱きしめた。「じきにやむ」小声でいった。フィンだけでなく、自分を安心させるための言葉でもあった。

部屋がぐるぐる回りはじめた。吐き気が波のように押しよせてくる。こみあげるものを強く飲みこむようにして、衝動をこらえた。これも中耳炎のせいで起こる症状だ。日常生活に多少の支障が出るかもしれない——医者はそういっていた。さらに腰を落とすと、フィンが膝に全体重をのせてきた。三十五キロはさすがに重い。

多少の支障どころではなかった。体は震えるし、汗も出るし、夜中は自分の悲鳴で目を覚ます始末だ。おかげで除隊になった。「あばよ、キーラン・コノリー衛生兵。勲章と年金をもらえてよかったな」除隊一時金はこの小屋を買ったらなくなってしまった。

十代の頃から〈ヘンリーでボートに乗っていた。所属していたのはロンドンの〈リー・ローイングクラブ〉。トッテナム出身の少年にとって、ヘンリーは楽園のようなところだった。

当時は父親とのふたり暮らしだった。母親は、キーランが赤ん坊のときに出奔したらしいが、父親はそのことをなにも話してくれなかった。かろうじてまともな体裁を繕ったテラスハウスの並ぶ通りに住み、父親は建物の一階にある作業場で家具の修理と製作をしていた。キーランは白人だが、アイルランド人だ。ロンドン北部ではマイノリティということになる。不良少年への道を着実に歩みはじめていた。

キーランはフィンの温かい顔をなでながら目を閉じて、昔の日々を思い出すことでパニックを落ち着けようとした。軍のセラピストが教えてくれたやりかただ。

あの日は暑かった。六月の土曜日。十四歳の誕生日が過ぎたばかりだった。仲間にけしかけられて自転車を盗み、トッテナムの通りを全速力で逃げていた。リー川沿いの道だった。追っ手を引き離そうと、ひたすらペダルを漕いだ。脚の筋肉が燃えるようだったし、強い日差しに頭もじりじりと焦がされていた。そのとき、川にシングルスカルのボートが何艇か出ているのがみえた。

嵐の音が耳に入ってこなくなった。思い出の世界に引きこまれたせいだ。

ペダルを踏む足を止めて、川をみつめた。追っ手につかまるとか、罰を受けるとか、そんなことはどうでもよくなっていた。ボートは静止状態で、優雅そのもの。トンボみたいだ。水銀のように光る水面をすうっと滑っていく。心の奥にあるなにか――自分でもその存在を意識したことのなかったなにか——を強くつかまれたような気がした。

その日は、それからずっとボートをみていた。あたりが薄暗くなると、トッテナムまでゆっくり戻り、自転車を返した。仲間たちになじられたが、どうでもよかった。次の土曜日も川に行った。どうしてこんなに惹かれるんだろう。自分がこんなに強くなにかに憧れるようになるなんて、いままで想像もしていなかった。

次の土曜日も、そのまた次の土曜日も、川に行ってボートを眺めた。やがて、そこが〈リー・ローイングクラブ〉というボートクラブだとわかった。ボートに名前をつけはじめた。一人乗り、二人乗り、四人乗り、八人乗り——一人乗りはトンボに似ている。八人乗りはもっと大きな昆虫みたいだ。リズミカルな動きで進んでいくようすは、はじめてみるようでもあるし、どこかでみたことがあるような気もする。そういえば、歴史の教科書に古代ローマのガレー船の絵が載っていたっけ。

とうとうボート乗りたちに声をかけられた。よくみかける少年だ、と思ったようだ。キーランはその頃から背が高かったが、痩せぎすだった。おどおどした態度。黒髪。真夏だというのに青白い肌。全体を合わせてみると、あまり感じのいい若者ではなかったはずだ。しかし、背が高いというのはボート競技にはきわめて有利だ。彼らはそこに可能性を感じたのだろう。

しばらくすると、手伝いをさせてもらえるようになった。これから使うボートをトレーラーに載せたり、使用後のボートを架台に載せたり。ボートヤードに置かれた架台がボートのゆりかごのようにみえたものだ。ある日、ひとりの男が布切れを投げてよこし、まだ水の滴るシングルスカルに目をやった。「よかったら拭いといてくれよ」その後は、リギングを調整したり、シートスライダーに油をさしたり、カーボンファイバーを補修したりといった作業も手伝うようになった。

その年の八月までに、キーランはクラブの雑用係になっていた。不良仲間のことなんかすっかり忘れてしまった。川そのものが生活の場になったような感じだった。あれこれ用事をいいつけてくる肩幅の広い男がコーチなのだとわかった。ある日、コーチがキーランとまっすぐ目を合わせて、一対のオールを差し出した。キーランの世界が開けた瞬間だ。将来なんかなにもない、貧しいアイルランド人の少年が、これから別の人間に生まれ変われるんじゃないか——そんな気がしたものだ。

〈リー・ローイングクラブ〉は——それと、ボートを漕ぐことは——新しい生活を与えてくれた。コーチには、軍隊に入ったらどうだといわれた。軍隊に入ればボートも漕げるし教育も受けられるという。素直に従い、衛生兵としての教育を受けながら、フォアやエイトのボートを漕ぎ、やがてシングルスカルに挑戦した。川辺ではじめてみたときからずっと、いちばんの憧れはシングルスカルだった。

穏やかな日々が続いていた。九月十一日を境に世界ががらりと変わってしまうなんて、キーランもコーチも、思ってもみないことだった。キーランはイラクに四回派遣された。そして四回目の従軍中、所属部隊が即席爆弾を浴びた。生き残ったのはキーランひとりだった。

トッテナムに帰ってきても、昔の生活はなにひとつ残っていなかった。父親は癌で死に、父の借金のために家は売られてしまっていた。なんとか取り返すことができたのは、父の使っていた木工道具だけ。その後、〈リー・ローイングクラブ〉に戻る気にはなれなかった。昔の知り合いには会いたくない。誰かに同情されるのも耐えられない。そんなわけで、古いランドローバーを買って、イギリスの南部を放浪した。夜はテントで眠る。相変わらず川に惹きつけられてはいたが、これからどうやって生きていくか、どんな社会に入っていけばいいか、想像もできずに日々を過ごしていた。

そんなとき――あれは五月はじめの朝だった。除隊になって二ヵ月がたった頃だ。ヘンリー橋に立って、シングルスカルやダブルスカルのボートを眺めていた。幽霊になったような気分だった。

それから町へ歩いていった。生活用品をいくつか買うつもりだった。そのとき、不動産屋の窓に貼られた広告が目に入った。ボート小屋が売りに出ている。溺れかけている人間のもとにブイが投げこまれたようなものだった。

一ヵ月もたたないうちに、一国一城の主になった。一間きりの小屋に持ち物を運びこみ、中古のシングルスカルを買って、何年かぶりに川に出た。自転車と同じく、一度覚えたらずっと忘れないものだとわかった。まだ体が本調子ではないのでうまく漕げなかったが、根気よくがんばった。だんだん体力がついてきた。

小屋のそばには小さな桟橋があったので、小型ボートを買って、そこに繋いでおくことにした。自分専用の小さな船台もある。ここからボートを出すことができた。もうクラブに所属するつもりはないし、人と競争するつもりもない。スポーツとしてでなく、心の健康のためにボートをやりたいだけなのだから。

しかし、テムズ川のヘンリー付近でボートを毎日漕いでいれば、ほかのボート選手と出会うこともある。何人かはキーランの顔に気がついた。現役時代の顔を覚えていたようだ。ボート修理がうまいことを覚えていた者もいた。何ヵ月かたった頃には、あちこちから修理の依頼が入るようになった。

修理の仕事のおかげで、昼間の時間を持て余さずにすむようになった。朝はボートを漕ぎ、夜はジョギングをする。仕事がないときは、木製のレース用シングルスカル艇のデザインをするようになった。デザインのことなどまるでわからないので一からの挑戦だが、これでも家具職人の息子だ。木製のボートには、カーボンファイバー製のボートにはない生気と優美さがある。天国の父親に捧げるつもりで取り組んでみた。

しかし、ここには話し相手がいない。せいぜい独り言をつぶやくくらいだ。そんなものでは、頭の中で渦巻く記憶を押さえつけておくことはできない。眠れない夜が続いた。

そんなとき、修理を頼まれたボートを引き取りに行った先で、庭先の犬小屋に子犬がたくさんいることに気がついた。

ボートといっしょに子犬を引き取ってきた。それがフィンだ。

ころころと太った黒い子犬といっしょに暮らして二年になる。そのおかげで、毎朝起きる理由がみつかった。フィンは単なるペットではなく、人生のパートナーになってくれた。フィンという相棒ができたからこそ、自分の人生には無縁だと思っていたことをはじめる気になった。人助けだ。

タヴィーに感謝していないわけではない。だが、タヴィーに出会えたのは、そもそもフィンがいたからだ。

キーランが自分のことを考えているのに気づいたかのように、フィンはうしろ足を踏んばって、キーランの膝にさっきより強く甘えて体重を乗せてきた。

キーランは少し姿勢を変えようとして、顔をしかめた。脚がしびれて、針の束を刺したみたいにぴりぴり痛む。いつのまにか雨が弱くなっていた。さっきみたいに叩きつけるような音がしない。風もおとなしくなって、小屋が揺れなくなった。吐き気もおさまった。

「フィン、どいてくれないか」うなりながら声をかけた。言葉とは裏腹に、手はフィンの耳をなでていた。脚をゆっくり伸ばして、血流が戻るのを待つ。

腰にぶるっという刺激を感じた。電話だ。尻のポケットで、メールが来たと知らせている。

「フィン、悪いな」犬の頭をそっと膝からどかせて、ポケットに手をやりながら立ちあがった。

タヴィーからだ。今朝は招集係をやっているらしい。

失踪者。成人女性。ボート選手。ＰＬＳは〈リーンダー〉。捜索参加の可否を知らせてください。

短いメッセージにこめられた意味を、キーランは瞬時に読みとった。ＰＬＳとは〝最後に目撃された場所〟。〈リーンダー〉とはボートクラブの名前だ。アドレナリンが体を駆けめぐりはじめた。フィンもかすかな声をあげて、早く行こうとばかりにその場で身を弾ませている。メールが来たときの音で、仕事だとわかったのだろう。フィンは、主人であるキーランを慕うのと同じくらい、仕事を愛している。

「そうだよ、フィン。仕事が入った」ありがたいことに、雨風はだいぶ弱くなった。脚のしびれもおさまったので、メールの返事を送った。それにしても、この失踪者——なんだかいやな予感がする。

一年半前、キーランはテムズ渓谷捜索救助隊の一員になった。テムズ川に関連のある捜索救助を、数えきれないくらいやってきた。川には事故がつきものなのだ。しかし、ボート選手を捜索するのは今回がはじめてだ。

# 3

人間の皮膚は、小さなコーンフレークのような老廃物を常に出している。その数、毎分およそ四万個。ひとつひとつに細菌がついていて、その人のにおいを放っている。訓練された犬は、この老廃物のにおいを追う。

――アメリカ救助犬協会『Search and Rescue Dogs: Training the K-9 Hero』

タヴィー・ラーセンは捜索チームの集合場所を〈リーンダー〉に決めた。捜索対象者の最終目撃場所でもあるし、また、捜索活動の指揮をとるにも、ここならなにかと都合がいい。電源その他、必要なものが手に入る。

キーランは〈リーンダー〉の私道に車を入れた。道は袋小路で、その先には牧草地が広がっている。チームのメンバーが、すでに何人か到着しているようだ。入口のそばにタヴィーの車がある。黒いぴかぴかのトヨタ四輪駆動。側面には〈テムズ渓谷捜索救助隊〉のロゴ入りだ。両隣にはテムズ渓谷署の車が駐まっている。

車の横にタヴィーが立っていた。短く整えたブロンドの髪が輝いている。黒の制服とは対照的だ。無線機を持った手を派手に振りながら、制服警官になにか話している。車の後部座席から、犬の甲高い鳴き声がきこえた。トッシュだ。タヴィーの相棒で、雌のジャーマン・シェパード。早く車から降ろしてほしいと訴えている。

ほかのメンバーの車もそばに並んでいる。ごつい車種ばかりだ。ルームミラーに目をやると、キーランの車のうしろにも別の車が続いているのがわかった。どの車にも犬のケージが載せてある。

フェンスのそばにスペースをみつけた。エンジンを切ると同時にフィンが吠えた。ほかの車に乗った犬たちの声に応えたのだ。「フィン、落ち着け」キーランは声をかけた。失踪者の捜索については時間がなにより重要だが、ぬかりない準備も同じくらい大切だ。キーランは手早くシャワーを浴びて捜索隊の制服を身につけ、フィンにドライフードを与えてきた。自分の朝食はプロテインバーだ。長い一日になりそうだし、エネルギーも消耗するだろう。

装備をもう一度チェックしてから車を降りた。スポーツジャケットを着た背の高い細身の男が、クラブハウスの入口に続く屋根つきの通路から出てきた。タヴィーに近づいてくる。なんだかあわてているようだ。

クラブの支配人だろうか。キーランはそう思ったが、よくみると、目鼻だちの整った顔は憔悴しきっていた。行方不明者の関係者に違いない。

近づいていくと、タヴィーが振りかえった。「キーラン、こちらはアタートンさん。失踪届を出したかたよ。行方不明になっているのは別れた奥さんなの。ゆうべ、クラブからボートを出して、そのまま戻っていないそうよ」タヴィーは淡々とした口調でいった。犯罪や事故の被害者の家族と話すとき、いつもそんな口調になる。

キーランはアタートンをまじまじとみた。どこかで会ったことがあるような気がしてならない。年齢は三十代半ばだろうか。ハンサムで、立派な肩をしている。遠くからみたときは、上品なジャケットのせいでわからなかった。どこで会ったんだろう。落ち着かない気持ちが募ってくる。

アタートンはキーランをみていった。「こちらのラーセンさんにききましたよ。ボートをやるそうですね」上流階級の人間だとすぐにわかるようなしゃべりかただった。大学も出ているだろう。「それならわかってくださるでしょう。日が暮れて暗くなるってときにボートを出すなんて、普通じゃない。だがベッカが無謀だったというわけじゃありません。それだけ経験を積んでいたということなんです」

キーランは心臓をぎゅっとつかまれたような気がした。漠然と感じていた不安が、その瞬間、一点に凝縮されて形あるものになった。「ベッカ?」

「レベッカです。レベッカ・メレディス。わたしの妻——いや、元妻です。メレディスは旧姓ですが、その名前をずっと使っていました。ボート選手としてもその名前で知られていました。最近またトレーニングをはじめて、オリンピックをめざしていました」

「ベッカ」キーランはその名前をもう一度口にした。急に唇の感覚が麻痺してしまった。宇宙という布地に穴があいて、そこから落ちてしまいそうな気分だった。

「キーラン、大丈夫?」全員が持ち場についてから、タヴィーがいった。

捜索チームをふたつに分けて川の両岸に配置した。それぞれ犬と調教師《ハンドラー》が二組ずつ。捜索範囲はヘンリーからハンブルデン・ロックまで。

捜索に加わりたいというアタートンをタヴィーが説得して、クラブハウスで待機してもらうことにした。元妻が電話をかけてきたり、帰ってきたりしたとき、アタートンがそこにいてくれたほうが都合がいい。タヴィーとキーランは別々の車に乗り、リメナム・レーンを走りはじめた。農道がみえてきた。そこから川沿いの道に出てそれぞれの持ち場につくには、そのルートがいちばん早い。

川岸の牧草地を囲む柵のいちばん端のところで車を止めた。牧草地ごしに川がみえる。川の真ん中にはテンプル島。建物や草木をそこまで完璧に手入れしなくても、と思えてしまうのは、その向こうにみえるバッキンガムシャーの土手の雑草があまりにも元気に繋っているからだろう。牧草地は朝方の豪雨のせいで沼地のようになっている。そこを歩いていかなければならないというのに。

しかしありがたいことに、朝の悪天候はテムズ川の土手から人々を遠ざけてくれたようだ。犬の散歩をする人やジョギングをする人、ベビーカーを押す人――いつもなら土手にたくさんいるはずの人々の姿がない。捜索がはじまってからは、ヘンリーとハンブルデンのあいだを警察が封鎖したので、川の両岸とも、一般人はひとりも入ってこられないようになった。これで犬が余計なにおいを嗅がずにすむ。

タヴィーがケージをあけて、トッシュにリードをつけた。トッシュは軽やかに跳ねて地面に降りると、タヴィーの足に半ば体を預けるようにして座り、タヴィーをみあげた。体を小さく震わせている。指示をもらうのが待ちきれないというようだ。

タヴィーはキーランに目を向けた。まだ返事がないのが気になっていた。キーランは緑色の古いランドローバーから、自分の機材を取りだした。バックパック、無線機、水筒、フィンのリード、押すと音が出るボール。ボールはフィンがなにかみつけたときのご褒美だ。お手柄をあげたらボール遊び――フィンの頭と体にはそう叩きこまれている。キーランはまだタヴィーの顔をみようとしなかった。

「大丈夫だ」タヴィーから目をそらしたまま、キーランはいった。その口調がどこかおかしいと思ったのか、さっきからケージをあけてほしがって鳴いていたフィンが鳴くのをやめて、主人の顔をみあげた。なにかあったの、とでもいいたそうに、唇を変な形にゆがめている。こんな状況でなければ、タヴィーはその顔をみて笑っていただろう。

キーランには機嫌の悪い日がある。特に嵐の日は落ち着かないようすになる。そこまではタヴィーにもわかっていたが、キーランは過去について話したがらない。いや、現在の生活のことも、ろくに話してくれない。ヘンリー橋の先の島にある小さな小屋でボートの修理をしていることと、ボートを漕ぐこと、わかっているのはそれだけだ。

それでもふたりは友だちになった。公園でたまたま出会ったとき、フィンのしつけに苦労しているキーランにタヴィーが協力を申し出たのがきっかけだ。その後、タヴィーはキーランに、捜索救助隊に入ってはどうかと持ちかけた。はじめのうち、キーランはまったく乗ってこなかった。しかしフィンが大きくなるにつれて、仕事をさせてやろうと思うようになったらしい。タヴィーは口には出さなかったが、仕事が必要なのはキーランのほうだと思っていた。仕事があれば、毎朝きちんと起きるようになる。捜索救助隊の仕事についてタヴィーが説明をはじめると、キーランの瞳は、失っていた輝きを取り戻したようだった。

しかし、捜索救助隊に加わったキーランのはじめての訓練のとき、タヴィーは訓練を中断してキーランに話しかけたことがある。キーランにどこか危ういものを感じたせいだ。「キーラン、わたしたちが捜索の末にみつけるのは遺体がほとんどなんだけど、それは平気なの？」

キーランはゆがんだ笑みをみせた。「知らない人なら平気さ」

あのときの会話が蘇ってきた。タヴィーはキーランの腕に手を置いた。「キーラン、ちょっといい？　さっき、行方不明の女性の名前をきいたとき、顔色が変わったわ。彼女はボートの選手だし、あなたもボートを漕ぐ。ヘンリー周辺のボートの社会って、かなり狭いものなんじゃない？　キーラン、その人と知り合いなのね？」


メロディ・タルボットは、前面が半円状に張り出した形のテラスハウスを眺めて、眉根を寄せた。「なんだか――いかにも――郊外にありますって感じの家ね」相手の表情が沈んだのをみて、あわてて付け加える。「でも素敵よ、ダグ。本当に素敵。ただ、男性の一人暮らしっていうイメージとは違うなと思ったの。そもそもここってパトニーだし」そういってから、さぐるような目でダグをみた。「誰かといっしょに暮らす予定でもあるなら別だけど」

ダグ・カリンは髪の生え際まで真っ赤になって答えた。「いや、そういうわけじゃ……。ただ、ユーストンのマンションとはできるだけ違う環境で暮らしたかったんだ。ここならスコットランドヤードまで通うのも楽だし。それに、川とボートクラブのそばに住みたかったんだ。値段も安かった」満足げな顔で家を眺める。「ただ、ちょっと修理が必要かな」

窓枠やドアのペンキが剝げかけている。漆喰にも湿気がたまったようなしみがある。ちょっとやそっとの修理ではすまないだろう。メロディはそう思って尋ねた。「もう決まりなの？」

「一時間前、最後の書類にサインしたよ」ダグはポケットから鍵束を取りだして、トロフィーのように高くかざしてみせた。

その日の朝、ノティング・ヒルの職場にいたメロディに、意外な電話がかかってきた。ダグが、パトニーでいっしょにお昼を食べないかと誘ってきたのだ。ダグが新居を探しているのは知っていた。ジェマによると、ダンカンは正式な育児休暇に入る前に何日か休みをとるつもりとのことだ。ダグはダンカンの直属の部下だから、そのせいで仕事に身が入らないのかもしれない、そんなふうに思って誘いに乗った。それがまさか、こんなニュースをきかされるとは。家を買うなんて、ずいぶん思いきったことをしたものだ。

「今日は驚かされっぱなしよ。あなたがＤＩＹ好きだとは思わなかった」ＤＩＹだけでなく、スポーツ好きだというのも意外だった。パトニーで暮らすことに決めたのは、学生時代にやっていたボートを再開したかったからだという。さっき車でパトニー橋を渡ったとき、上流に向かうシングルスカルのボートをみかけた。ダグがボートのウェアを着て必死にボートを漕ぐところなんて、とても想像できない。キーボードと格闘する以上の労力をなにかに注いでいるところをみたことがないのだから。

「ペンキくらいは人並みに塗れるさ」ダグは少し傷ついたような口調でいった。「ほかのことは知らないけど、本だっていろいろ出てるし、インターネットにも……」

たしかに、家の修繕のしかたを調べることくらいはできるだろう。ダグの調査能力にはメロディも一目置いていた。しかし、手先がどの程度器用なのかはわからない。パイプレンチの使いかたを読むのと、それを使うのとはまったく別のことではないか。少なくとも、メロディのわずかな経験ではそうだった。ＤＩＹは自分には向かないと思い知らされたのだ。

「そのうちつなぎ姿をみられそうね」メロディはそういって笑い、ダグの腕に自分の腕をからめた。ダグがぎょっとしてメロディをみる。「ね、早く中をみせてよ」静かな住宅街の道路を、風が渦を巻きながら吹きぬけた。側溝にたまった茶色い落ち葉が舞い、メロディの髪がうなじから浮きあがる。建ち並ぶテラスハウスのせいでここからはみえないが、すぐ北に川が流れているはずだ。湿った土のにおいを感じたような気がした。

ダグの腕を放してコートの襟を立てた。ほんの一瞬だが、ダグの顔にほっとしたような表情が浮かんだ。

からかったりするんじゃなかった、とメロディは反省した。ダグはスキンシップが苦手なタイプなんだろう。自分だって普段は積極的にそういうことをするタイプじゃない。でも今日はどういうわけか、ダグの領域にちょっと踏みこんでみたくなってしまった。

何ヵ月か前から、ダグとはちょっと変わった種類の友情をはぐくんでいる。ただし、ふたりとも、友情などというものはうまく扱えないタイプだ。もしかしたら、家を買ったことを話す相手がほかにいなかったのかもしれない。

メロディはいままでずっと、他人とは慎重に付き合ってきた。相手が自分を好きなのか父親を好きなのかわからず、心を許せなかったからだ。警官になってからは、父親の仕事のせいで自分が拒絶されるのが恐ろしくて、他人と距離を置いていた。

しかし、父親のことがジェマにばれ、ダグ・カリンにもばれたとき、ダンカンに事実を打ち明けた。ダンカンは直属の上司というわけではないが、いつも親しくしてもらっているので、ダンカンにだけは話しておかなくては、という気持ちになったのだ。

ダンカンはひととおり話をきいて、メロディの本音をさぐるような目をしてから、こくりとうなずいた。「家族は家族、きみはきみだ。きみ自身がそう思っているなら問題ない」それだけだった。父親の正体がばれたことで、生まれてはじめて、自分が自分になれたような気がした。そのことで、ダグ・カリンとの関係も少し変わった。どこがどう変わったのか、言葉にはできないけれど。

「いいところもあるけど、悪いところのほうが多いかな」ダグはそういって玄関へと歩いていった。「けど、庭があるんだ」

玄関の戸枠はひどく傷んでいるが、ヴィクトリア朝ふうのステンドグラスが目を引いた。淡い緑色と金色の配色が美しい。中に入ってドアを閉めると、そのステンドグラスを通して、日光が水のように流れこんできた。春の森にいるような気分だ。床は白と黒のタイル貼りで、傷みはない。すぐそこの階段をあがると、部屋がいくつかあるのだろう。

ダグがさっと手を横に振って、さあどうぞというように頭を下げる。ステンドグラスの光が眼鏡に反射して、ブロンドの髪が緑色がかってみえた。「ようこそ拙宅へ」

階段の左に食器棚がある。その向こうはお手洗いだろう。さらにその向こうにはこぢんまりしたギャレー・キッチンがある。

廊下の右手にはドアがふたつ並んでいる。そのふたつの部屋の奥行きを足したものが、この家全体の奥行きに当たるのだろう。手前の部屋に入ってみると、ふたつの部屋を隔てている壁の一部が取りこわされ、そこから光が射しこんでいた。奥の部屋にはフランス窓があって、庭に出られるようになっている。

「まあ」驚いて思わず声が出た。「素敵。小さいけど素敵な庭だわ」

ダグはうなずいた。今度はメロディの反応がうれしかったらしく、また顔が真っ赤になった。「二階にはちゃんとしたバスルームがあるんだ。部屋のひとつを寝室にして、もうひとつを書斎にするつもりだよ。キッチンには新しい食器棚と調理台を買って、ここには――」手をさっと広げる。このリビングのことをいっているのだ。「――新しいカーペットを敷いて、壁ももちろん塗りなおすんだ」

「まさか、壁は白って決めてるわけじゃないわよね？」メロディがからかうようにいった。いまの壁はクリーム色だ。絵や写真がかかっていたところはもっと白っぽい。リビングにもダイニングにも暖炉がある。新築のときからあったものだろう。しかしいまは内側に板を張って使えないようになっている。

ダグはぶるっと体を震わせた。「まさか。それに、灰色も絶対いやだ。灰色の家なんて二度とごめんだよ」

「ステンドグラスの色を使ったらどう？　明るい部屋だから、きっとよく合うわ。それと、ガスの暖炉を入れるといいわ」メロディは奥のフランス窓に近づいて、庭を眺めた。窓の外に階段がある。階段をおりたところには割った敷石が楕円形に並べてある。そのむこうは芝生。しかしいまは雑草だらけだし、その三辺を取り囲む花壇も荒れ放題だ。

父親にもっと援助してもらえばどんなところにでも住むことができるメロディの心

に、嫉妬が頭をもたげてきた。ノティング・ヒルのマンションに不満があるわけではない。ただなんとなく、自分の家という感じがしないだけだ。マンションの最上階だから、庭ではなくて小さなバルコニーがあるだけ。この頃、無性に土いじりがしたくなってきたところだった。自分の育てた木々や緑のにおいをかいでみたい。

「庭のお手入れ、よかったら手伝わせて」メロディはちょっとためらいながらいって、ダグを振りかえった。「春になったら」

「庭仕事なんかしたことがあるのかい?」ダグはほんの少し冷ややかな口調でいった。

「少しはわかってるつもりよ。あなたはペンキ塗りや配管のことをなんにも知らないでしょ? たぶんそれよりはましね」メロディは穏やかに答えた。「昔、バッキンガムシャーの祖父母の家で、庭師のあとをしつこくついてまわっていたの。でも、大変でしょうね。堆肥を作ったり、球根を植えつけたり」ダグの顔をまじまじとみる。「あなたは詳しいの? セント・オールバンズで育ったのよね。郊外の町の代表選手だわ。おうちには庭があったんじゃない?」

ダグは肩をすくめた。「八歳のときから、長い休みのとき以外はずっと学校の寄宿舎で暮らしてたんだ。父は芝生を芝刈り機で手入れしてた。日曜日にそれをやるのが楽しみだったみたいで、家族にはやらせてくれなかったよ」

ダグはひとりっ子で、父親は裕福な家庭で育った法廷弁護士だ。ダグは生まれる前から名門校のイートンに入れられることが決まっていたらしい。一方、メロディの父親は時に横暴で頑固で頭にくることもあるが、メロディが小さい頃からずっと、時間や愛情をたっぷり注いでくれた。母親も同じだ。

ふと、子ども時代のダグの姿が目に浮かぶような気がした。孤独で不器用な少年だったのだろう。芝刈り機を使う楽しみも教えてくれない父親に育てられたなんて。

同情の気持ちが顔にあらわれてしまっているかもしれない。ダグにそれをみられないよう、メロディは暖炉のほうをみた。炉棚に積もった埃を指ですくいとる。「落ち着いたらディナーパーティーを開いてね」

「テーブルがないよ。ほかにもいろいろ必要だけど、揃えるのにしばらくかかりそうだ。ユーストンのマンションから持ってくる予定なのは、ベッドとオーディオセットくらいだから」

返す言葉がいくつかメロディの頭に浮かんだが、どれもふたりの関係にふさわしくないような気がした。考えているうちに顔が赤くなってきた。最悪！　これではダグの赤面症といい勝負だ。「心機一転ってこと？」ようやく答えたが、ダグと目を合わせることはできなかった。

「そういうこと。問題は、どこから手をつけたらいいかわからないってことだよ」ダグは部屋をみまわして、途方に暮れたような顔をした。やることが山のようにあるという現実にいまようやく気づいたかのようだった。ワイヤーフレームの眼鏡を押しあげて、メロディをみる。いいたいことがあるならいってくれよ、とでもいわんばかりの視線だ。「いままでにさんざんいわれてきた。ぼくはセンスがないんだよ」

「そうかしら?」メロディはダグの姿に目をやった。いかにも既製品という雰囲気のスーツと、これといった特徴のないネクタイ。そのとおりね、といいたくなったが、そうはいわなかった。このスタイルも、ダグが長年かけて培ってきたものなのだ。「どういう部屋が好きなの?」

「そこが問題なんだ」ダグは肩をすくめた。「わからないんだよ。いま住んでるマンションは嫌いだ。殺風景で、気分が暗くなる。それに、実家も好きじゃない。暗くて狭苦しくて、母の買ってきたくだらない置物がそこらじゅうに飾ってある。しかも、どれも触っちゃいけないっていうんだ」

「その中間のどこかに、ちょうどいい着地点があるはずよ」メロディはゆっくりと体を一回転させて、部屋全体を眺めた。自分だったらどんな部屋にするだろう。いま自分の部屋にあるのは母からのお下がり——ケンジントンのタウンハウスには合わないからと押しつけられたものばかりだ。そういったものをすべて取っ払うことができるなら、どんなものを選んで部屋に置くだろう。「まずは、自分の気に入るものをいくつかみつけることね。ほかのものと合うとか合わないとか、はじめのうちは考えちゃだめ。チェルシーにいいオークションハウスがあるわ。ロッツ・ロードと発電所の近く。そういうところに行ってみれば、自分がどんなものにときめくかがわかるかも」

ちょっと待って！　メロディは自分でも驚いていた。〝どんなものにときめくか〟ですって？　自分がそんな言葉を口にするなんて。今日はどうかしているみたい。

ダグはなんとも思わなかったようだ。うなずいて、いかにも斬新なアドバイスを得たかのようにいった。「そうだね。行ってみようかな」

「きっとうまくいくわ」メロディは急に閉所恐怖症になったような気がしてきた。この部屋はがらんとして、窮屈なんかじゃないのに。「ダグ、いい家をみつけたわね。わたしも気に入ったわ。けど、そろそろノティング・ヒルに戻らなきゃ」

「ランチはどうする？」

「そうね、ランチの約束だったんだわ」この上いっしょに食事なんかしたら、ますます間抜けなことを口走ってしまいそうだ。「どこかあてでもあるの？」

ダグはにやりと笑った。「うん、今日のランチにはもってこいの店だ。きみのダークな過去を知ってしまったからね。〈ジョリー・ガーデナーズ〉って店だよ」

タヴィーの手から逃げるように身をよじると、キーランはフィンのケージの掛け金をはずし、フィンの首輪にリードの金具をつけた。「ああ、知り合いだ」タヴィーに背を向けたまま、そういった。顔にも声にも思いがあらわれてしまいそうで、不安だった。さっき夕ヴィーが、まるで川に石ころを投げいれるように何気なく、彼女の名前を口にしたときから。

少し時間がたってようやく、これがどういうことなのかを理解できるようになった。レベッカ。レベッカ・メレディス。いままではベッカという名前でしか呼んだことのなかった、あの女性。

メレディスという姓も、はじめはぴんとこなかった。ボートを漕ぐ者として、彼女の名前を知っているのは当然だ。しかし、レベッカ・メレディスという名前の女性は、自分の知っている女性ではない。平日の朝はスーツを着てロンドンへ行き、警察署で仕事をしている女性。自分がみたこともない机の上には、発泡スチロールのコーヒーカップが山積みになっているんだろう。レベッカ・メレディスは、アタートンという男と結婚していたそうだ。アタートンにどこかで会ったような気がしたのも当然だ。ベッカのリビングの本棚の奥で埃をかぶっていた古い写真の中に、いまより若い頃のアタートンの顔があった。

レベッカ・メレディスは、普通の人間が息をするように軽々とボートを漕ぎ、笑い声をあげながら目にかかった髪をかきあげ、ボートを腰の高さで抱えていた、いま捜しているのはあの女性ではない。ランプの光の下で素肌にシーツをまとっていた、あの女性ではない。

「ベッカ」キーランはつぶやいた。ベッカではありませんように。しかし、夕闇の中でもボートを出して練習するのは、ベッカのやりそうなことだ。望みをかけるとしたら、なにか理由があって突然姿をくらましたという可能性だけだろう。あれこれ想像をめぐらせはじめたが、そんなことをしてもかえってつらくなるだけだとわかっていた。

フィンが体を押しつけてきた。あごをなめてくる。仕事をはじめなきゃならないのに、どうしてぐずぐずしているの、といいたいんだろう。「よし、いい子だ」キーランは声をかけ、一歩さがった。フィンが地面にとびおりる。

二頭の犬が歩みより、互いのにおいを嗅いで、尻尾を振った。しかし視線はすぐにハンドラーに戻った。タヴィーが心配と同情のないまぜになったような顔でこちらをみている。キーランは作り笑いをした。

「なんて顔をしてるの」タヴィーがいった。作り笑いには騙されなかったらしい。

「いつもお褒めにあずかりまして」冗談めかして答えたが、空回りしているのが自分でもわかった。「大丈夫だ」キーランはタヴィーが車から取りだした袋に目をやった。「はじめよう。なにを持ってきた？」

「彼女を捜しに自宅に行ったとき、洗濯かごからいろいろ拝借してきたわ。宝の山だったわよ。ソックスや下着を各チームに持たせることができたわ。でもまずはフェンスを越えましょう」タヴィーが先に立ってゲートを通った。トッシュも体をななめにしてそこを通る。よほど気が急いているのか、タヴィーのブーツを踏みながら歩いている。フィンは珍しくおとなしくなっている。ハンドラーの気分が伝わっているんだろう。フェンスの向こうはひどいぬかるみになっていた。そこを越えないと土手の道に入れない。タヴィーはそこで足を止めた。キーランも足を止め、それぞれの犬のリードをはずした。手袋をはめたタヴィーが、持っていた袋をあけた。紙袋とポリ袋を重ねたものだった。取りだしたのは白い布。婦人物の、伸縮性のあるショーツだった。湿気を逃がす機能もあり、ボート選手の練習中の汗をよく吸ってくれる。犬ににおいを嗅がせるには最適な遺留品であると同時に、キーランのよく見慣れたものでもあった。

タヴィーは下着を犬たちの鼻に近づけてにおいを嗅がせた。「トッシュ、嗅げ。フィン、嗅げ」抑揚のない高い声で命令すると、二頭の犬は興奮して身震いした。

二頭とも命令されたとおりににおいを嗅いでいる。キーランはいつものように、そこで起きていることを想像した。においの分子が犬の鼻腔に流れこみ、脳内の受容体を刺激する。人間とはレベルのまったく違う嗅覚の働きだ。いままではうらやましいと思っていたが、今日ばかりは気分が悪くなってきた。

無線機がガリガリと音をたてる。川の両岸に散った各チームからの、持ち場についたという報告だ。遠くからヘリコプターの音もきこえはじめた。テムズ渓谷署がよこしたものだろう。地上と同時に上空からも捜査をする。肉眼だけでなく、赤外線も使うことができる。

下着を袋に戻すと、タヴィーがいった。「トッシュ、捜せ！」

ところが、キーランが同じ命令をフィンに与えようとしたとき、犬が二頭とも困ったような声を漏らして、キーランの脚に前足をかけてきた。フィンはとびあがり、前足でキーランの胸を押しはじめた。目標物をみつけたことを伝える合図だ。

「フィン、よし」キーランはフィンを地面におろした。タヴィーがいぶかしそうにキーランをみている。

「キーラン、どういうこと？　袋の中身に触ったの？」

犬が混乱しているとしたら困ったことだが、タヴィーが心配しているのはそれだけではないと、キーランにもわかっていた。臭気追跡に使う遺留品は、タヴィーがサインをして借り出したものだ。においの混入が起きていれば、タヴィーが責任をとらなければならなくなる。

「まさか、そんなことはしていない。近づいてもいない」半分嘘だった。キーランは動揺をみせまいとしながらいった。「さあ、ほかのみんなは始めてるぞ」犬に向かって手を叩く。「フィン、捜せ！」なんとかそういったが、ベッカの名前を口にすることはできなかった。小走りで川に近づいていく。においの円錐形《セントコーン》を捜せ、という合図だ。タヴィーもやってきた。二頭の犬はふたりの前に出て、いつものようにジグザグに歩きだした。

風は上流方向に吹いている。犬たちにとっては理想的な条件だ。ただし、朝の豪雨のせいで、犬がにおいを捜しあてる見込みはかなり低くなってしまったに違いない。

川べりまで行くと、ちょうど反対側にいるハンドラーの声が無線機から流れてきた。スコットだ。声はとぎれとぎれにしかきこえない。「犬が……反応を……ここからは……」

「向こう側のチームね」タヴィーがいった。トッシュを呼びよせ、待てと命令した。

「ねえ、みえる？　ベナムの森が川岸まで迫ってる、そのちょうど境目のところにいるわ」

キーランは足を止めてテンプル島の端のほうに目をやった。島の向こうの川岸に、鬱蒼と繁る木々がみえる。そこに、茶色と白の物体がぱっと躍りでた。スコットの相棒のスプリンガー・スパニエルだ。森の下生えのあいだを抜けて川岸に出てきたところだ。すぐうしろから、スコットとコンビを組んだセアラのゴールデン・レトリバーが姿をあらわした。

二頭の犬が興奮して跳ねまわっているところへ、スコットとセアラが追いついた。しかしどちらの犬も、目標物をみつけたというしぐさはみせていない。

スコットとセアラは川べりにやってきて、しゃがみこんだ。なにかをつかもうと手を伸ばしている。無線機から声がきこえた。セアラの声だ。少しうわずっている。それをきいて、川辺の葦のあいだからなにを引き寄せようとしているのかがわかった。「ボートです。ボートを発見しました」

船底を上に向けて浮いている。独特な色使い――白地に青の細い一本線――が、こちら側からでもはっきりわかった。ほっそりしたオールが一本、オールロックに固定されたままになっている。

「フィリッピだ」セアラはそんな名前も知らないのか――キーランはなぜか腹が立った。「それくらい――」

「人はいないもようです」スコットが割りこむ。「水にも土手にも、犬はあまり反応していません」

キーランはまた無線機を手にした。「靴をみてくれ」スコットが顔をあげてこちらをみた。遠く離れてはいるが、スコットがキーランの言葉の意味を理解できずにいるのがわかった。「ボートを表に返して、靴のマジックテープをみてくれ」

「キーラン」タヴィーがいった。「ボートがみつかったのよ。間違いないわ」

「いいから、みてくれ」キーランはタヴィーを無視していった。ボート選手の靴は、ボートにボルトで固定されている。マジックテープをはずさずに靴から足を抜くことも不可能ではないだろう。テープはあまりきつく締めないのが定石だ。不合理ではあるが、希望を持っていたい。テープが剝がれているとしたら、ベッカは自力でボートを離れ、泳いでどこかに行ったのかもしれない。

スコットが肩をすくめるのがみえた。前かがみになり、ボートを表に返そうとしはじめた。スコット自身もずぶ濡れだ。「オールがついてると無理だ」キーランは無線機に話しかけた。「オールロックをはずしてくれ」

スコットはオールロックをいじりはじめた。声には出さないが、口の形だけでなにか怒りの言葉を発しているのがわかる。やがて、ブレードがピンク色のオールをセアラに渡すと、引っくり返っていたボートを元に戻した。「マジックテープは剝がれてる」

「了解。ほかにはなにも触らないようにして」タヴィーが割りこんだ。「スコットとセアラはそのままそこにいて、現場を保全しながら警察を待ってちょうだい。ほかのチームもそっちに向かわせるわ。そこより上流でなにかがみつかる可能性はあまりないから。キーランとわたしはこのままこちら側で、ハンブルデン・ロックまでのエリアを調べつづける」

スコットがわかったというように手を振った。しかしそのときには、キーランはもうそちらをみていなかった。フィンに手振りで「捜せ」と命令を出す。トッシュもフィンのあとを追った。黒と黄土色の体が一瞬フィンの黒い体と重なってみえたが、すぐにトッシュはフィンから離れ、自分なりのルートでにおいを捜しはじめた。

キーランの無線機からタヴィーの声が響いた。しかし風に吹かれて言葉がききとれない。まもなくブーツが砂利を踏む音がして、タヴィーが背後にあらわれた。

「自力でボートから脱出したなら、どこかで引っかかって動けずにいるんだろう。けがをしているかもしれないし、意識を失っているかもしれない」キーランは反対側の土手に目をやった。あちら側へわたるとしたら、ヘンリー橋まで戻るか、ハンブルデン・ロックまで下るしかない。

「キーラン、自力で脱出したとしても、ひと晩じゅう水に浸かっていることになるのよ。この水温じゃ、とても……」タヴィーはキーランの腕を指先でそっとなでた。しかたなく振りかえったキーランに、さらに告げた。「あなたは捜索からはずれたほうがいい。いますぐ」

タヴィーは怒っているのではない。怯えている。キーランはそう思った。

首を振って答えた。「無理だ。おれは彼女を捜す。早くみつけてやらないと……」

ヘリコプターの音が大きくなった。上流からゆっくりこちらに向かってくる。ここをめざしているんだろう。

タヴィーが音に負けないように声を張りあげた。「赤外線サーモグラフィーでもなにもわからないでしょうね」つまり、ベッカがここにいるとしても、冷たくなっているだろうといっているのだ。

「低体温症になっているおそれはあるな。どこかに身をひそめているとしても」ふたりの対岸には、グリーンランズのビジネススクールがみえてきた。よく整地された一帯だ。川のこちら側は牧草地。身をひそめるようなところはない。

タヴィーは反論せず、ただ小走りでキーランについてきた。犬たちがどんどん移動しているのをみても、速度をゆるめさせようとしない。ここを捜してもなにもみつからないと考えているからだろう。

土手の道を曲がると、対岸にハンブルデン・ミルがみえてきた。その風景が川面に映っている。ガラスに描いた絵のようだ。空には黒い雲がまた出てきた。空に大きな痣ができたみたいにみえる。

こちらの岸寄りの川面に目をやった。水の流れが上流より速くなったようだ。すぐ先に堰がある。泥炭の色をした水は幾重にも折り重なるようにして閘門の支柱のあいだを流れていき、泡立ちながら、段々になった堰を流れおちる。段々の途中に流木が一本引っかかって、水の流れを分けている。細長くて黒っぽい形が、なんだか死体のようだ。キーランの耳になにかの咆哮が響いた。いまのは自分の頭の中からきこえたものだろうか。それとも外からきこえた音だろうか。

二頭の犬はいまも川岸にいる。ジグザグに歩く幅がずいぶん狭まってきた。尻尾の動きもさっきより激しくなった。閘門を越える。相変わらずごうごうと流れる水は一ヵ所で渦を巻き、そこに流木が固まって、浮いたり沈んだりしている。流れてきた小枝も、そこに吸いよせられていく。

犬たちが水辺で足を止めた。トッシュがしきりににおいを嗅ぎ、体を低くした。鼻先が水面に届きそうだ。そっと水をなめているようにみえるが、あれはにおいの分子を舌で受け止めようとしているのだ。フィンは小さな声をあげながら、トッシュの横で跳びはねている。

トッシュがうしろにさがり、低い声でうなった。タヴィーに目をやって指示を待っている。タヴィーは膝をつき、トッシュのハーネスに手をかけた。水流は激しい。よほどの必要性がない限り、犬を水には入れたくないと思っているのだろう。

タヴィーが額に手をかざした。日差しが水面に反射してまぶしそうだ。川に精一杯身をのりだして、流木や枝のかたまりに目を凝らしている。その体がこわばったのをみて、キーランは地面に両膝をついた。

タヴィーは振りかえり、キーランの体をうしろに押しやろうとした。自分がみたものをキーランにみせまいとしている。しかしもう遅かった。

水の中で、黒い髪が苔のように揺れている。かすかに曲がった白い指が前後に動く。助けてといっているようだ。

「嘘だ」キーランはいった。「嘘だ」みずから放つ咆哮以外、なにもきこえなかった。

# 4

テムズ川の水流は季節によって変わる。川のほとんどの部分は、護岸工事をしていない。自然のままの両岸のあいだを、濁った水が勢いよく流れていく時季もあれば、澄んだ水がゆったり流れていく時季もある。水面がきらきら輝いて青い金属のかたまりのようにみえる日もあるし、日が暮れると、夜空を映す鏡のようになることもある。

——ローリー・ロスとティム・フォスター『Four Men in a Boat: The Inside Story of the Sydney 2000 Coxless Four』

「アストラだもんなあ」キットがいった。「オペルのアストラ・エステート。しかも緑色。最悪中の最悪」

ダンカン・キンケイドは助手席の息子に目をやった。長い脚を車のフロアいっぱいに伸ばしている。急に黙りこんだのは、〝贈り物にはケチをつけるな〟という意味の格言を思い出したからだろうか。ダンカンは、自分がキットくらいの年だった頃を思い出した。大人から偉そうにあれこれいわれるのがいやでたまらなかった。十四歳といえば、他人の目がいちばん気になる年頃だ。

サマセットとウィルトシャーを走っているあいだ、キットは珍しく口数が少なかった。iPod《アイポッド》をいじるのに夢中で、美しい秋の景色などどうでもいいらしい。M4高速道路に入り、スウィンドンのはずれの単調な景色の中を走っていると、ようやく姿勢を変えてイヤフォンをはずした。

「それはちょっと失礼なんじゃないか？」ダンカンは穏やかにいった。

「学校の前でアストラから降りるとこなんて、友だちにみられたくない」キットは絶対に譲らないという顔をしている。「運転するのも絶対にいやだ」

ダンカンは苛立ちはじめていた。「その心配をするのはまだ何年か先だ。そのときになったら考えよう」そう答えたものの、ダンカンにはわかっていた。実家の両親が古い車を自分たちに譲ってくれたのは、まさにそのことを考えたからに違いない。いずれキットが乗るための車として、これをくれたのだ。アストラ・エステートは古くてがっしりして乗り心地がよく、なにより安全な車だ。だが十四歳の少年にとっては、そうした要素すべてが格好悪くみえてしまうのだろう。

この車をプレゼントしてくれたとき、父は、生まれてはじめてサンタ役をする父親のように、満面の笑みを浮かべていた。雨が降っていなければ、車にリボンをかけるくらいのことはやっていたかもしれない。「おばあちゃんは、もっと緑色の濃い車に乗りたいそうなんだよ」父はくだらない冗談をいってしまった、とばかりに含み笑いをした。「要するに、もっとエコな車がいいってことだ。アストラも悪くはないんだがね。ただ、ダンカン、おまえたちにはもっと荷物がたくさん積める車が必要だろう。シャーロットもいることだし」

たしかにそうだ。今回、サマセットへの往路は、ジェマのエスコートの後部座席に子どもたち三人をつめこんだせいで、泣いたりわめいたりの大騒ぎの連続だった。もっと大きい車が必要だったのに、最近は仕事が忙しくて目がまわりそうだったし、家庭生活についても考えなければならないことがいろいろあって、車の問題はあとまわしになっていた。それに、予算も厳しい。ジェマがとった育児休暇は有給ではなかったし、このあとは同じく無給の育児休暇をダンカンがとることになっている。

古いＭＧミジェットはまだ持っている。といっても、この頃はめったに乗っていない。メンテナンスがあまりにも大変なのだ。しかし、売っても雀の涙だと思うと、売る気にもなれない。前に、キットに軽率な約束をしてしまったことがある。ぼくが運転できるようになるまでミジェットを手放さないで、と頼まれて、いいよと答えた。あの約束を反故にするわけにはいかない。とはいえ、キットがあの車を運転するときが来るのかと考えるとぞっとする。それと同じくらい気になるのが保険料だ。キットがあれを運転するとなれば、保険料はいったいいくらになるだろう。

父はその問題を解決してくれた。「そのうちミジェットを引き取りにロンドンに行くよ。チェシャーまで乗って帰る。ガレージに入れてちょっと手入れしてやれば、ぴかぴかの新品みたいになるさ」父が車の手入れ？　父がやっているのをみたことがあるのはタイヤの交換くらいなものだ。本気か、というかわりに眉を片方つりあげてみせると、父はいたずらっぽくウインクした。「まだまだ現役さ」

ジェマはダンカンの父親のヒューと母親のローズマリーに挨拶をして、順に抱きあった。ローズマリーは荷造りの途中だったが、それを放りだして庭に出てきたところだった。「本当に助かります」ジェマがいった。「でも、大丈夫ですか？　ナントウィッチまでどうやって？」

「心配はいらないわ」ローズマリーが答えた。「ジャックに駅まで乗せていってもらうから。それに、新しい車はもう注文済みなの。家に着いたら、もう届いてるはず」

ダンカンは両親の姿をあらためてみた。父親は前会ったときより少しやせたようだし、母親は白髪が増えた。ふたりとも、心の広い人たちだ。まずはキット。ダンカンに息子がいたなんて、ダンカン自身も夢にも思わなかったことなのに、そのキットを、自分たちの孫として自然に受け入れてくれた。ジェマの連れ子のトビーもそうだし、今度はシャーロットも。そんな両親が大好きだ。だがその思いを伝えることがほとんどできていないような気がする。

母親の頰にキスしたあと、父親と肩を抱き合いながら握手した。いかにも男っぽい挨拶だ。「ありがとう。最高のプレゼントだよ。これでいままでより遊びにきやすくなる」トビーが跳びはねながら叫んでいた。「こんどは犬もいっしょだよ！　犬もいっしょだよ！」シャーロットもいっしょに跳びはねはじめた。ジャックとウィニーはポーチに立ち、コンスタンスを抱っこして微笑んでいた。

ひとりだけむっつりしていたのがキットだ。腕組みをして顔をしかめていた。そもそもキットは、ここからロンドンに帰るのではなく、ダンカンの妹のジュリエットの子どもたちといっしょにチェシャーに行きたいといっていた。学校の秋休みはまだ何日か残っているからだ。ダンカンも、姪のラリーはいい子だと思っている。しかし、ふたりのティーンエイジャーを、親の目のないところでふたりきりにさせておくわけにはいかない。ダンカンとジェマがいてもトラブルが起きてしまったことがあるのだから、なおさらだ。去年のクリスマスのことを思い出すと、いまも背すじがぞっとする。

助手席のキットはやけにそわそわしているし、不機嫌そうだ。もしかしたら、車のことや秋休みが終わってしまうこと以外に、なにか悩みごとがあるんだろうか。

ロンドンへは車二台で帰ることになったので、ジェマがトビーとシャーロットを連れてエスコートを運転している。ダンカンはアストラでキットとふたりきりだ。親子でゆっくり話をするチャンスだと、帰路についたときからダンカンは思っていた。

「ナントウィッチにはクリスマスに行こうか」ダンカンはそういったが、すぐに後悔した。そんな軽はずみな提案をするべきではなかった。ジェマはきっと、今度のクリスマスは家で過ごしたいと思っているだろう。シャーロットを引き取ってからはじめてのクリスマスなのだ。「いや、クリスマスのあとになるかもしれないな。年末に何日か遊びに行くってのはどうだ？」

キットの表情がいったん穏やかになったが、また不機嫌そうになった。「ラリーとサムが、休暇中はお父さんのところに行くっていうかもしれないよ。キャスパーおじさんは、ふたりといっしょに暮らしたいっていってるんだって」目の上にかかる前髪を透かすようにして、ダンカンをみる。「ジュリエットおばさんはあの刑事さんと付き合ってるんだってさ」

「え？」ダンカンは運転に集中しようとした。タンクローリーが追い越しをかけてきている。「ジュリエットが刑事と？　なにもきいてないぞ」いわれてみれば、妹は前よりしあわせそうにみえた。前みたいにぴりぴりしていなかったし、ひとりでにやにやしていることもあった。携帯電話のメッセージばかりチェックしていた。しかし、相手が刑事だとは。

そのとき、ひらめいた。「まさか、ロニー・バブコックじゃないよな?」思わず口に出してから、笑顔になった。ロニー・バブコックは幼なじみで、いまはチェシャー州警察のベテラン刑事だ。去年のクリスマスには、ジュリエットの一家のために体を張ってくれた恩人でもある。ものすごくタフで、表面上はジュリエットとはまったく違うタイプだ。しかしジュリエットはジュリエットなりに強いところもある。それに、ロニーは立派な男だから、ジュリエットが好意を持つのも自然なことだ。

「キャスパーおじさんは、あの刑事さんのことが気に入らないんだって」キットがいう。「それで、ジュリエットおばさんのことを、あ——」キットはいいかけてやめた。きいた言葉をそのまま繰り返す必要はないと思ったようだ。「離婚届のインクも乾かないうちによくやるなって、おじさんはいってるみたい」

ダンカンの元義弟、キャスパー・ニューカムがロニー・バブコックを嫌うのももっともだ。それはジュリエットとは関係のないことだし、嫉妬でもない。そのことはキットもよく知っているはずだ。キャスパーはいま、法的なトラブルをいくつも抱えているから、子どもたちの完全な親権をとれる見込みはない。

「キット、ジュリエットおばさんは誰とでも自由に付き合えるんだよ。それに、あのふたりが夫婦だったとき、サムもラリーも家にいるのがつらそうだったじゃないか」

キットは黙って肩をすくめた。

「心配しなくていい。そのうちみんな落ち着くさ」ダンカンはいった。キットは心の中にどうしようもない不安を抱えているんだろう。生活に変化があると、なにかを失うんじゃないかと思ってしまう子だ。他人の状況に自分をあてはめて、とことん感情移入してしまうところも気になる。危険なことにもなりかねない。気持ちが突っ走らないようにブレーキをかけることも覚えさせなければ。

育児休暇をとることにしたのは大正解だった。シャーロットだけでなくキットやトビーともいっしょにいられるからだ。シャーロットにかかりきりにならないように気をつけよう。

「来週、放課後どこかに行かないか。歴史博物館とか」

キットはダンカンに視線を向けた。「本当に休みをとるの?」何気ない口調を心がけているのがわかる。

「ああ。家庭的な父親ってやつになってみせる」

「シャーロットの好物も知らないくせに」

「すぐに覚えるさ。キット、頼りにしてるぞ。よろしく頼む」

キットは満足げにうなずいた。ところで、シャーロットの好物はなんなんだ、とダンカンがきこうとしたとき、電話が鳴った。表示された番号に目をやる。思わず悪態をついてから、電話をハンズフリーに切り替えた。上司のデニス・チャイルズ警視正からだった。「もしもし。警視正、ぼくは今週休みをもらっているんですが」

チャイルズ警視正がそれを知らないはずはない。ダンカンがいまどこにいるかということまでわかった上でかけてきているのだ。話をきいているうちに、覚悟が決まった。これは素直に協力したほうがよさそうだ。チャイルズ警視正は、人に頼みごとをするのが誰よりもうまい。相手がなんといおうと、見事にいいくるめてしまうのだ。そもそも、チャイルズ警視正がなにかを頼んでくるときは、よほどのことだと考えていい。うなずきながら詳細をきいたあと、ダンカンは答えた。「わかりました。これから向かいます」

電話を切ったあとも、キットの刺すような視線を感じていた。「ヘンリーに寄り道することになった。すぐ終わる」

キットは目をそらした。顔が無表情になる。「ジェマががっかりするだろうな」

がっかりしてるのはジェマだけじゃないよ。ダンカンはそういいたかった。

〈ジョリー・ガーデナーズ〉は名前のとおり陽気《ジョリー》な店だった。外はビヤガーデンだが、園芸店でも開業できそうな感じだ。まだ強い霜にあたっていないせいか、ハンギングバスケットのほとんどが花を咲かせている。ただし、テーブルや椅子は、朝方の雨のせいで濡れているし、風が強いのでバスケットがメトロノームのように揺れている。外のテーブルについているのは、命知らずの愛煙家だけ。建物からいちばん近いテーブルに何人もが群れている。

ダグ・カリンはメロディを連れて中に入った。内装は外装と同じくらいしゃれていた。壁はレンガ、床は板張り。長く延びたバーカウンターはぴかぴかだ。椅子やソファのデザインはばらばらだが、どれもシンプルで座り心地がよさそうだ。テレビはない。平日のランチタイムにしてはにぎわっている。

ひそかに安堵のため息をついた。この店にしてよかった。庭に面したテーブルを選ぶ。ふたりがけのソファ席もあるが、そんなところにメロディといっしょに座るわけにはいかない。メロディは暖炉の上にかけられた黒板のメニューを真剣にみている。その姿を、ダグはあらためて観察した。コートを脱いだメロディの姿は、前に会ったときとは印象が違う。なにが違うんだろう。

いつもはかちっとしたスーツなのに、今日はそうではない。カジュアルなパンツにチェリーピンクのカーディガンを合わせている。黒い髪や白い肌を引き立てる色だ。髪もいつもより少しラフな感じだが、風が強かったせいかもしれないし、こちらの気のせいかもしれない。

「料理自慢のパブなのね」メロディはうれしそうだった。「いま気づいたけど、わたし、おなかがぺこぺこだったみたい。ハンバーガーにしようかな。そのあとおなかに余裕があったら、イートン・メスを食べるわ」

「イートン・メスは夏のデザートじゃないか？」

「でもメニューに書いてあるんだもの。食べたくなっちゃった。まさか、デザートはだめだなんていわないわよね？」

「もちろん」ダグは答えた。どうも気が散って、じっくりメニューをみることができない。チーズやハムの盛り合わせを食べることにして、店員に注文した。バーカウンターに行って、ハーフパイントのビールを二杯買うと、こぼさないように慎重に歩いてテーブルに戻った。

「乾杯」メロディがグラスを持ちあげた。ダグも倣って、グラスを軽く合わせた。「新居購入、おめでとう」

「きみの転勤にも乾杯」ダグはそういって、もう一度グラスを合わせてから、ビールを口に含んだ。「新しい職場はどう？」

「早くもジェマが恋しくなってる。でも、サファイア・プロジェクトの話をきいたときから面白そうだと思ったし、実際、仕事は面白いわ」

性犯罪の被害者に事情聴取をするなんて自分には無理だ、とダグは思った。考えただけていたたまれない気持ちになってしまう。「けど、難しそうだよね。そういう被害にあった女性から話をきくっていうのは」

「あら、女性だけじゃないわよ。男性の被害者もいる。数は少ないけどね。それに男性のほうが、被害届を出すことには及び腰なの」メロディは言葉を切り、ビールのグラスを口に運んだ。ウェイトレスがナイフとフォークを持ってきた。「たしかに難しいわ。けど、被害者が話す気になったというだけでも進歩だと思う。それに、わたしが扱ってるのは過去の事件がメインだし。新しい事件が起きたとき、過去の未解決事件との共通点がないか調べるの。なにかみつかれば大収穫よ。何年にもわたって女性たちを苦しめてきた男をつかまえることができるかもしれないんだから」

料理がやってきた。肉汁たっぷりのハンバーガーを、メロディが驚くほど優雅に食べはじめた。ダグはそれをみながら後悔していた。盛り合わせについてきたパンが、ぼろぼろしやすくてきれいに食べられない。チェダーチーズもスティルトンチーズも味はいいし、パンも焼きたてでパリッとしていて温かいのだが、ひと口ごとにパン屑が散らばってしまう。

ネクタイについたパン屑を払いおとそうとしながら、ふと顔をあげた。メロディがにやにやしてこちらをみている。なんだよ、とつっかかりたくなったが、そうはせずに微笑んだ。「相変わらず不器用だよな。まあ、こんなもんだと自分でもあきらめてるけど」真顔になって続ける。「ダンカンが休暇に入ったら、ぼくはスレイター警視のところに配属されるらしい」

「スレイター警視のこと、好きじゃないの？」

「あの人はダンカンのことをよく思ってないんだ。だから、部下であるぼくのことも気に入らないらしい。なんでも規則どおりじゃないと気が済まない人だからね」

「あら、ダグはそうじゃなかったの？」メロディが意外そうな顔をしている。

「まさか。全然違うよ」思わずむきになって答えた。

メロディはナイフとフォークを置いて、ダグをまじまじとみた。「ダグ、あなたほど規則にこだわる人はいないと思ってた。それはべつに悪いことじゃないわ。それもあればこそ、あなたはいい刑事なんだから」

「きみは柔軟だからいいよな」むっとした口調になってしまった。後悔したがどうしようもない。

「わたしだって規則はそうそう破らないほうよ」メロディの口調にもとげがある。「破ることもあるけど、たいてい後悔するわ。知ってるでしょ」さっきまでの打ち解けた雰囲気は煙のように消えてしまった。「ダンカンだって、規則を曲げることはたまにあるけど、小さなものだけよ。根本的な規則にはちゃんと従ってる」

「どこまでなら許されるのかな。その境界線はどこにある？」ダグはきいた。自分のあまりにも不用意な言葉のせいで壊れてしまった雰囲気を、元に戻したかった。「本気できいてるんだ。教えてくれないか。ぼくはいつも、やることが裏目に出てしまうような気がして」

メロディは背すじを伸ばしてナイフとフォークを手にすると、レタスの切れ端をつついてからダグの目をみた。「わたしにもわからない」いつもの自信たっぷりな表情ではなかった。「そういうのって状況にもよるし」

「けど、きみはいつもそれをわきまえて――」

電話が鳴った。なんでマナーモードにしておかなかったんだろう。顔をしかめて無視しようとしたが、それはまずいと気がついた。いまは一応職務時間中なのだ。

「出たほうがいいんじゃない?」メロディが自分の皿をわきによけた。

携帯電話に表示された名前をみて、ダグは思わず悪態をついた。「くそっ」

「どうやら、イートン・メスは次回のお楽しみにしなきゃいけないようね」

ダンカンから電話がかかってきたあと、ジェマはぶつぶつ独り言をいったり、エスコートの後部座席でむずかりはじめた子どもたちの機嫌をとったり、その繰り返しだった。電話が鳴ったとき、ジェマの車はM4高速道路を走り、ダンカンの車を数分遅れで追いかけていた。トビーとシャーロットがサービスエリアに行きたがっている。トイレに行きたいからではなく、お菓子を買ってほしいからだろう。

「デニス・チャイルズ警視正に頼まれたからって、いちいち引き受けなくてもいいのに」ダンカンの説明をきいたとき、ジェマはそう答えた。できるだけ声を荒らげないように気をつけた。「よりによってこんな日に。今週だけはゆっくりできると思ったのに」

「引き受けるわけじゃないよ。本当に事件なのかどうか確かめにいくだけだ。ごめんよ、ジェマ。けど、そんなにたいした寄り道じゃない。キットをきみの車に乗せて帰ってくれないか。ぼくもできるだけ早く用をすませて帰る」心から申し訳ないと思っているような口調だった。それに、いっていることは筋が通っているし、反論の余地がない。だからこそ余計に腹が立ってくる。

しかたなくダンカンの頼みをきくことにした。合流してキットをこっちの車に乗せてやらないと、キットが犯罪現場で待ちぼうけをくらうことになる。いや、本当に犯罪があったのかどうかはまだわからないけれど。「だいたい、キットとふたりきりだったらどうするつもりだったのよ？　わたしがそばにいたからよかったようなものの」電話を切ったあと、小声で毒づいた。「そのへんの道端にキットを降ろしていくつもり？」

「ママ、キットがどうしたの？」トビーの声をきいて、ジェマははっとした。いつのまにか、後部座席で騒いでいた子どもたちが静かになっていた。

「キットがどうしたの？」シャーロットも反応する。心配そうな声だ。「キット、どこにいるの？」

「もうすぐ会えるわよ」ジェマは答えた。「こっちの車に乗るんですって。楽しいドライブをしましょうね」

「ドライブならもうしてるよ」トビーがいう。相変わらず理屈っぽい。

「でもキットが来ればもっと楽しくなるでしょう？」

「パパは？　歩いて帰るの？」

ジェマはトビーにダンカンを〝パパ〟と呼びなさいといったことはない。しかし最近、キットがダンカンをそう呼ぶので、トビーが真似るようになった。せっかくそう呼んでいるのだから、やめさせる必要はない。トビーの父親は、トビーがまだ赤ん坊だった頃、妻子を捨てて出ていった。その後、トビーが物心つく頃にはダンカンの存在が生活の一部になっていたから、ダンカンをパパと呼ぶことはトビーにとっては自然なことなのだろう。むしろキットのほうが、抵抗があったのではないか。三年前に母親が亡くなるまで、ダンカンが本当の父親だということを知らなかったのだから。

でもいまは、ダンカンに別のあだ名をつけてやりたい気分だ。いくつか思いついたが、口には出さなかった。「新しい車に乗って帰るわよ」

「ぼくもあの車で帰りたかった」トビーがまたいいだした。帰途についてからしばらくのあいだ、同じことばかりいっていたのだ。「なんでキットだけ？」

「あなたにナビをしてもらわなきゃ、ママが困るでしょ。さあ、十番出口の標識がないか、ちゃんとみててね」

トビーは、高速道路の標識に書かれた数字が読めるようになったのがうれしくてたまらないらしい。シートにまっすぐ座りなおして、道路標識をチェックしはじめた。数字があらわれるたびに、歌うように読みあげていく。

ところが、肝心の十番出口までたどりつく前に、後部座席はすっかり静かになっていた。ジェマがそのことに気づいてちらりと振りかえると、子どもたちはふたりとも眠りに落ちていた。まったく、もう。せっかく寝てくれたのに、キットを車に乗せるときには目を覚ましてしまうだろう。そのあとはロンドンまでぐずりっぱなしになるのが目にみえている。

キットもかわいそうに。いま頃がっかりしているはずだ。父親とふたり水入らずの時間が中断されただけでなく、まるでいらない荷物みたいに途中で降ろされることになったのだから。

高速道路をおりたあとは、ダンカンが教えてくれたとおりの道を進んだ。簡単な説明だったが、それでじゅうぶんだった。道路標識に従っていくだけでヘンリーにたどりつけそうだ。ウォーグレイヴの手前で、二車線だった道路は狭い一車線になった。急坂やカーブを伴う道を走っていると、高い土手沿いの生け垣や、黄金色の木々を眺めることができた。左手に〈セント・ジョージ＆ザ・ドラゴン〉というパブがあらわれた。建物のわきに、川がちらっとみえた。色とりどりのナロウボートが繋留されている。その村もあっというまに背後に消えていく。田園地帯のど真ん中にやってきた、そんな実感がした。同時に、なんだか不思議な感覚がわきおこってくる。既視感《デジャヴュ》だ。どうしてだろう――深く考える前に、車はヘンリー・ロードに入った。目の前に川景色が広がる。

橋を渡りながら、川に目をやる。手すりが邪魔だ。フィルムの傷んだ古い映画をみているような気がしてくる。橋を渡りおえると、町の中心部がみえてきた。橋のそばには花を飾った可愛らしいパブ。教会の尖塔がそびえる広場もある。商店やレストランが並んでいるのもちらりとみえた。広場の奥には、どっしりした役場の建物。この場所を占領する権利があるといわんばかりの、堂々たる風情だ。

角を右に曲がると、町は後方に離れていった。秋色の木立に挟まれた狭い道路に入ったとき、さっき感じたデジャヴュが、胸の中でより強く存在を主張しはじめた。

ハンブルデンという標識のところでダンカンの指示を思い出し、スピードを落とした。そしてブレーキを強く踏みながら、次の角を曲がる。警察車両がたくさん駐まっている。ばらばらの角度で並んでいるのが妙な感じだ。狭い小道に並んでいたのを持ちあげられてそこに適当に落とされた、そんなふうにみえる。警察車両が放っている青い光は、雲が低く垂れこめた灰色の空になにかを訴えているかのようだ。

犯罪現場だ。本当になにかがあったのだ。緑色のアストラが駐まっている。そのまわりにはテムズ渓谷署のパトカー。明るい青と黄色の模様のついたパトカーに囲まれているので、アストラが雌のクジャクのようにみえる。

そのアストラに、キットが寄りかかって立っていた。両手を上着のポケットにつっこんでうつむいている。ジェマに気づいた瞬間、キットの顔がぱっと明るくなった。

ジェマは運転席の窓をあけて、制服の巡査に身分証をみせると、エスコートをアストラにできるだけ近づけた。子どもたちはよく眠っている。起こさないようにそっと車から降りると、唇に人さし指をあててキットのところへ歩いていった。

「起こさずにすむといいんだけど」ジェマはアストラに目をやって、キットに笑いかけた。「この車、いまいちだと思ってるんでしょ？」

「いまいちどころじゃないよ」キットはげんなりしたように首を振ったが、表情はだいぶゆるんでいた。笑顔になったといってもいい。

「ちびちゃんたちをみててくれる？　ダンカンを捜してくるわ。なにが起きたのかも知りたいし」

「ぼくも行きたかったんだけどな」キットはさすがにあきらめているようだ。声に元気がないが、不機嫌になっているわけではない。赤レンガ造りの細い通路を指さした。すぐそばに警察車両がたくさん駐まっている。「あそこを入っていったよ。すぐそこが川なんだと思うけど、ここからはみえないね」

ジェマはキットの腕をぽんとたたいた。「できるだけ早く戻ってくるわ」もう一度振りかえって子どもたちのようすをみた。まだぐっすり眠っている。「キット、もし起きても絶対に車から降ろさないでね」

キットに教えられたところを歩きだした。砂利敷きの路地を奥へ進むと、まもなく道が曲がって、その先にテムズ川がみえた。広々とした穏やかな川の水が、堰を流れおちていく。

すぐそばに、金属の手すりのついたコンクリート造りの細い橋がかかっている。ジグザグに曲がった通路のような橋は、堰を越え、閘門を越えて、向こう岸へと続いている。その眺めに目をやったとき、ジェマはようやく気がついた。この景色はたしかにみたことがある。

前に来たことがあるのだ。

この閘門で死体がみつかった。捜査の結果、チルターン丘陵に隠されていた秘密が明らかになった。そしてあの事件のあと、ダンカンと自分の関係が変わった。上司と部下という快適な関係から、より複雑な関係になってしまった。前から恐れていたことだった。

ここでの事件には、ある女性がからんでいた。ジュリア・スワンという、謎のアーティストだ。あのとき、ダンカンと彼女のあいだになにがあったんだろう。刑事と事件関係者のあいだにあってはならないことがあったように思えてならなかった。

いや、もう何年も前のことだ。過去は水に流そう。この川の流れのように。ジェマは自分にいいきかせて、橋を渡りはじめた。足取りを速めて、ごうごうと流れる水をみないようにしながら、堰のところまで行った。橋の角度が変わったとき、閘門を越えた向こう岸に、人がたくさん集まっているのがみえた。

閘門の上流側にも下流側にも制服警官が立っていて、集まりはじめた野次馬を近づけまいとしている。子どもがひとり、どこかを指さした。その先を目で追うと、捜索救助隊のオレンジ色のベストを身につけた犬が二頭いた。ジャーマン・シェパードと、黒のラブラドールだ。ハンドラーは男性と女性で、いずれも黒い制服を着ている。上着についているマークまではっきりみえないが、おそらくボランティアの捜索救助隊だろう。女性は立っていて、ジャーマン・シェパードがそばに座っている。男性はうずくまって両手で頭を抱え、その腕にラブラドールが鼻先を押しあてている。

そこから何メートルも離れていないところにダンカンがいた。ひと目でわかる。両手を上着のポケットに入れた姿がキットとそっくりだ。川面を吹いてくる風のせいで、髪がぼさぼさになっている。その隣には小柄なアジア系の男性。少し大きすぎるベージュのコートがいかにも刑事という感じだ。あれでは制服を着ているのと変わらない。

白のつなぎを着た鑑識チームの警官がふたり、川岸の木々や茂みのあたりを調べている。閘門のすぐそばだ。ひとりが地面のなにかをカメラで撮影している。さらに近づいてみると、鑑識のふたりのあいだに男性がひとりうずくまっていた。その体が邪魔になって、彼らがなにを調べているのかがわからない。

男性の服装はジーンズとくたびれた革ジャケット。青みがかった黒髪をジェルで固めて、つんつんと立てている。横に置いてある医者用のバッグとは不似合いな格好としかいいようがない。しかしジェマにはなじみの男性だった。ラシード・カリーム。内務省所属の法医学者で、シャーロットの両親の事件で協力してくれた。

顔をあげたダンカンがジェマに気づいた。挨拶がわりに片手をあげてから、ベージュのコートを着た男になにかいう。男は振りかえってジェマのほうをちらりとみた。そのときジェマははっとした。ラシードと同じくらいラフな服装で、こんなところに来てしまった。下はジーンズだし、髪はうしろでひとつに結わえただけ。グラストンベリで思わぬ豪雨にあったので、ウィニーに借りた防水コートを羽織っている。まさか殺人事件の現場に顔を出すことになるなんて、思いもしなかったからだ。

川岸まで行くと、ダンカンとベージュのコートの男がこちらに近づいてきた。

「ジェマ、シンラ警部補だ」ダンカンがいう。

ジェマは片手を差し出した。「ジェマ・ジェイムズです」

シンラ警部補はジェマの手にさっと触れただけだった。いかにも形だけの挨拶をしてから、ダンカンをみて苦々しい顔をする。「警視、一般人を現場に入れるのは——」

「妻は——」ダンカンはひとことひとことを強調するようにいった。この男の態度が気に喰わなくて相当イラついているのがジェマにもわかった。「スコットランドヤードの警部補なんだ。警官としての意見をききたいと思ってね」

ジェマはラシードと鑑識のほうに目をやった。ダンカンからは、デニス・チャイルズ警視正の頼みで事件らしきもののようすをみてくることになった、としかきいていない。「なにがあったの？」きき たかったのはこういうことだ。どうしてスコットランドヤードの警視が首をつっこまなきゃならないの？ シンラ警部補の表情からすると、同じことを考えているらしい。「被害者はどういう人？」

ダンカンが答えた。「レベッカ・メレディス警部。西ロンドン署の重大犯罪担当刑事だった」

ジェマはダンカンの顔を凝視した。スコットランドヤードの警官？ しかも女性の警部。そんな人が殺されるなんて、大変な事件だ。

ラシードと鑑識のあいだにあるものに視線をやった。蛍光イエローの服がみえる。濡れてからまった黒い髪の毛も。「川から引きあげたの？ 自殺ってことは？」

「ないと思う。ボートを漕いでる最中に川に飛びこむ決意をしたのなら別だが」ラシードが立ちあがってそばにやってきて、一瞬ジェマに笑顔をみせた。上着からのぞく黒いTシャツには〝法医学者に笑いを〟とプリントされている。

「ボートを？」

「ボートのウェアを着ていた。あの人たちが――」ラシードは捜索救助隊のハンドラーたちに視線を向けた。「――川岸に引っかかっているボートをみつけた。ここから上流に一・五キロほど行ったあたりだ。そこでボートを離れることになったんだろう」

「外傷は？」ダンカンがきいた。

「頭に打撲傷があるようですが、死ぬ前に受けたものか死んだあとのものかはわかりませんね。解剖してみないと」

「運ぶ前に、ここで遺体をよくみせてくれ」ダンカンはそういってジェマを振りかえった。「きみも――」

「わたしは車に戻らないと」ジェマは急に時間が気になってきた。キットをだいぶ待たせている。「ちびちゃんたちをキットにまかせてきたの。あなたも忘れてないとは思うけど」

「すまない」ダンカンは申し訳なさそうに顔をしかめた。「電話するよ」ジェマの腕に触れ、ほかの人々から少し距離をとる。「長くはかからない。なるべく早く――」

ジェマは首を横に振った。ハンドラーたちもそばに来ている。家庭の問題を人前で話し合いたくない。「あとで話しましょう」二頭の犬が尻尾を振っているのをみて、手を差し出してにおいを嗅がせてやった。女性のハンドラーは小柄で、髪はブロンド。普段は妖精のように可愛らしい女性に違いない。しかしいまは暗い表情をしている。ジェマをみて、ひきつったような笑みをみせた。

男性のハンドラーは背が高く、髪は黒。青白い顔をしている。ラブラドールが、どうしたのというように眉を寄せて、ハンドラーをみあげている。犬でも心配なときはそれらしい表情になるものだ。

「わたしたちのチームがボートをみつけました」女性がいった。「タヴィーといいます。タヴィー・ラーセン。テムズ渓谷捜索救助隊の者です。こちらはキーラン・コノリー」仲間のハンドラーに視線を向けた。紹介された男性は口を開かなかった。

ダンカンが空をみあげた。ジェマもみる。また雲が出てきた。日暮れまでもう少しあるのに、ずいぶん暗くなってしまった。「ボートをみつけた場所をみせてもらえますか。暗くならないうちに」ダンカンはそういってから、シンラ警部補をみた。「警部補、そのあいだに――」

「おれも行く」声をあげたのは黒髪のハンドラー、キーランという男だった。絞りだすような声でいう。「ボートをよくみたい」

そこにいた全員がキーランをみつめた。犬が心細そうな声をあげ、彼の手をなめる。

「おれもボートをやるんだ。ボートをみれば、なにがあったかわかるはずだ」

# 5

ジェイムズ・ワイアットがテンプル島に建てたウェディングケーキのような建物は、レガッタコースのスタート地点のすぐそばにある。

——ローリー・ロスとティム・フォスター『Four Men in a Boat: The Inside Story of the Sydney 2000 Coxless Four』

小道に入ったとき、シャーロットの泣き声がきこえてきた。ジェマは小走りで車に向かった。心配で胸がしめつけられるようだ。これが母親の本能というものだろう。自分の子どもの泣き声をきくと、いてもたってもいられなくなる。

角を曲がると、キットがエスコートの横に立ってシャーロットを抱いているのがみえた。シャーロットは両足をばたつかせながら大声をあげている。トビーは車の中で、すねたような顔をして座っている。

「ジェマ、ごめんなさい」キットがいった。「車から降ろしちゃだめだっていわれてたけど、シャーロットがどうしても泣きやまなくて」抱っこしたシャーロットをゆすってあやす。「ほら、ジェマが帰ってきたよ。帰ってくるっていっただろう」

シャーロットは体をよじってキットの手から逃れた。両腕を伸ばし、ジェマめがけてジャンプしたつもりだろうが、ジェマはまだ少し離れたところにいた。ジェマはあわてて駆けより、地面に落ちる寸前のシャーロットをキャッチした。

「ああ、びっくりした。ダンスはいいけど、ジャンプは危ないわよ」ジェマはシャーロットの濡れた顔を自分の肩にのせた。

「どこかにいっちゃったから」シャーロットの涙声が小さくきこえる。

「そうね。でも帰ってきたわ。そうでしょ？」ジェマはシャーロットの体を離し、頬にキスしてやった。それでもシャーロットはジェマの首に顔を埋めようとする。

「なんでぼくだけ車の中にいなきゃいけないの？」半分だけあけた車の窓から、トビーが文句をいった。「シャーロットは出してもらえたのにさ。ぼくも泣けばいいのかな」顔をゆがめる。

「トビー、やめてちょうだい」ジェマはシャーロットの肩の上から、トビーに向けて人さし指を突きたてた。「そこにいてちょうだい。もう帰るわよ」

「パパは?」キットがきいた。

「まだよ」ジェマは答えた。悪いニュースを伝えるのは、やはりいやな気分だ。「もう少しここにいなきゃならないの。でも、できるだけ早く終わらせて帰ってきてくれるはず」そうはいったものの、変死体がみつかった以上、いつ帰ってこられるかわかったものではない。

さっきより制服警官の数が増えている。マーロウ・ロードはべたべたの渋滞になってしまった。通りかかった車がみんなスピードをゆるめて見物していくからだ。何台ものパトカーが青い回転灯をつけているのは、さぞかし派手な光景なのだろう。野次馬も増えた。近くの駐車場やハンブルデン村に通じる脇道を歩いてくる人もいる。見張りの制服警官は大忙しだ。

「ジェマは来週から仕事に復帰するんだよね。ちがうの?」キットがきいた。ジェマはキットの顔にさっと目をやった。喜んでいるんだろうか。それともがっかりしているのか。

「それは、いまは考えないことにしましょう。なんとかなるから大丈夫よ」

本当になんとかなりますように。ジェマは心からそう願っていた。上司のマーク・ラム警視は、ジェマの育児休暇が明けて月曜日から出勤するのを待っている。育児休暇は正当なものだが、やはり仕事の現場では受けがよくない。

シャーロットが泣きやんだ。しかし今度はトビーが車の窓から身をのりだして、いまにも頭から落っこちそうになっている。「トビー、ちゃんと座りなさい。シートベルトもしめてちょうだい」

最後にもう一度だけ川のほうを振りかえった。ダンカンとラシードは現場でなにをみつけるだろう。考えていると、急にいらいらしてきた。自分だけが蚊帳の外だなんて。しかし、いまはやるべきことがほかにあるんだからしかたがない。

「キット、とにかくここを出るわよ。アストラから自分の荷物を持ってきて。鍵もね。鍵はおまわりさんに預かってもらって。ダンカンに渡してほしいって」シャーロットを抱っこしたまま、エスコートのトランクをあける。シャーロットを車に乗せるのは最後の最後にしたほうがよさそうだ。

キットが荷物をトランクに放りこみ、近くにいる巡査に小走りで近づいていった。そのとき、ジェマの目に鮮やかな青い色が飛びこんできた。小さな車が渋滞の道からこちらにやってきて、一台ぶんだけ残っていたスペースにとまる。小型のルノー、クリオだ。運転席のドアが開いたとき、どうりでこの車に見覚えが、と思った。

「メロディ！　こんなところでなにをしてるの？」

「ボス、こんにちは」メロディ・タルボットがにっこり笑った。「ただの運転手役です」そのとき、助手席のドアが開いてダグ・カリンが出てきた。

メロディの顔をみた瞬間、うれしくてたまらなかった。この休暇中、メロディがそばにいないことがやけに寂しく思えたものだ。ところがそこにダグが出てきたので、明るくなった気持ちが急に暗くなってしまった。

「ダグ」声をかけた。「ダンカンに呼ばれてきたのね。なるほど、そういうこと」

こういうときに平然としていられないのが、ダグのいいところだ。決まりの悪そうな顔をしていった。「念のため来てくれないかといわれたんです。ガセの可能性もあるけど、事件かもしれないし、だったら捜査に加わるのは早いほうがいいと。ジェマ、休暇中にこんなことになってお気の毒でしたね」

ジェマはダグをにらみつけた。しかしすぐに表情をやわらげてため息をついた。ダンカンはやるべきことをやっただけだ。自分がダンカンの立場でも、同じことをするだろう。そもそもダグはなにも悪くない。「ダンカンが待ってるわ。すぐに行ってあげて」さっきの小道を指さした。「ダグ、水が苦手じゃないといいけど？」

「川に入るんじゃなきゃ大丈夫ですよ」ダグが答えた。ジェマの態度がやわらいだのでほっとしているようだ。

ぎゅっと縮こまったような遺体が目の前に蘇ってくる。川のどこかに引っかかっていたんだろう。ぞっとする。無意識のうちにシャーロットの体を強く抱きしめていたらしい。シャーロットが「いや」といってジェマの腕から逃れ、地面におりた。「メロディがいい」といったが、そのままジェマの足元から離れようとしない。シャーロットは人みしりが激しく、好きになった人にしかなつかない。メロディはそのひとりだが、それでもこうして恥ずかしがってしまうことが多い。

メロディがしゃがんでシャーロットと目線を合わせた。「こんにちは、シャーロット。今日はなにか面白いことがあったかな？」

「川がみたい」シャーロットは唐突にいった。「キットがいってたの。川があるんでしょ？　大きな川なの？」

ジェマは困ってメロディをみた。メロディが口の形だけで「ごめんなさい」という。

「ごめんね、今日は川はみられないのよ」ジェマはシャーロットにいった。「もうこんな時間だし、おうちでワンちゃんたちが待ってるわよ」

メロディは立ちあがり、シャーロットの巻き毛をくしゃくしゃとなでた。「今度、ダグのパトニーのおうちに遊びにいきましょうね」ダグに目配せをする。ダグは顔をしかめた。ジェマにはなんのことだかわからなかった。

「じゃあ、もう行くよ」ダグがいった。「メロディ、送ってくれてありがとう」気恥ずかしそうに手を振り、小道に入っていった。

ジェマはメロディに向きなおった。「これって――」

「ダグ、どこに行くの？」シャーロットの甲高い声が響く。「ダグ、行っちゃいや！」

「ママ」トビーの退屈そうな声もする。「ぼくも車から降りたいよ。みんな外にいるんだもん」

ジェマはやれやれという顔をしてメロディをみた。「早くここを出ないとまずいわ。いまにもメルトダウンが起こりそう」不機嫌な子どもたちを三人も連れて家に帰るのか――そう思うと、ジェマまで気分が暗くなってしまった。「ねえ、メロディ。ロンドンに戻ったら、うちに遊びにこない？　なにか予定があるなら別だけど。ピザでもとっておしゃべりしましょうよ」

メロディはにっこりした。「いいですね。ワインを持っていきます」

キンケイドはダグ・カリンに状況を説明し、ラシードと言葉を交わしてから、これからの計画を立てた。そこまでに何分もかかっていない。

捜索救助隊のハンドラーのひとり、キーランという男が、自分もボートをみにいくといってきかなかった。それをきいて、タヴィーというハンドラーも同行を希望した。チームリーダーとして現場をみておく必要があるというのだ。また、ボートをみはっているチームメイトたちに、任務解除の命令を下す必要もある。現場はすでに警察が管理しているので、捜索救助隊の仕事は終わったのだ。

しかし、キーランもタヴィーも、車はリメナム側に置いてある。〈リーンダー〉と堰の中間くらいの位置だ。すでに日が翳ってきた。歩いて車のところまで戻り、ヘンリーの町を通ってボートがみつかった土手まで行く時間はない。

　ところが、シンラ警部補はハンドラーと犬を自分の車に乗せたくないという。犬にひどく怯えている。そこでキンケイドが申し出た。「ぼくの車に乗るといい。スペースはたっぷりある」

「ありがとう」タヴィーがいった。「終わったらまた誰かに乗せてもらわなきゃなりませんけど」遺体の搬送はラシードと鑑識にまかせることにして、キンケイドたちは一列になって細い橋を歩きはじめた。列の最後尾についたキンケイドは、自分が十番目のインディアンになったような、妙な心細さを覚えた。しかし二頭の犬は、水がごうごうと流れおちる堰の上を平気で歩いている。たいしたものだ。

　川岸に着くと、カリンがアストラをみて不思議そうな顔をした。「あれ、ボスの車ですか？　はじめてみましたけど」

「そうなんだ」キンケイドは明るく答えた。「父からのプレゼントでね。早くも役に立ってくれてうれしいよ。ダグ、助手席に乗ってくれ」

　タヴィーはキンケイドの車をみて喜んだ。「助かります。トランクスペースに犬たちを乗せられるし。この子はトッシュ」体をかがめて、足元にいるジャーマン・シェパードの頭をなでた。「あの子はフィン」ラブラドールを指さす。キンケイドが車のハッチをあけるのをみて、もうひとりのハンドラーに呼びかけた。「キーラン、フィンを――」

「わかった」黒髪のハンドラーは自分の犬を連れてアストラに近づいてきた。ラブラドールが彼の指示に従い、車に飛びのる。タヴィーの犬も続いた。しかし、キーランはなんだかぼんやりしているようだ。タヴィーがキーランに投げかける言葉も、なんとなく冷たい感じがする。間違いない。このふたりのあいだになにかあったようだ。

「これなら刑事さんたちの真うしろで犬がハアハアいうこともないわね」タヴィーはそういいながら、キーランとともに後部座席に乗りこんだ。「でも、距離はそんなにないはずです。道はわかりますか？」

「ヘンリーのほうに戻ればいいってことしかわからないな」

「じゃ、わたしが案内します。でも――」タヴィーはスーツと薄手のコートを着たカリンに目をやり、大丈夫かしらという顔をした。「車を駐めてから、だいぶ歩くことになりますよ」

キンケイドは笑いを押し殺した。その点は、自分はラッキーだった。子どもたちと泥まみれになって遊んだときの服装のまま、ここまで来ていたからだ。「大丈夫、ぼくたちはかまわないよ」

シンラ警部補に、うしろをついてくるようにと合図を送り、ヘンリー方向に左へハンドルを切った。外部の者が入ってこないように見張りをしていた巡査が、車の通り道をあけてくれた。

　とぎれとぎれに川がみえる。やがて道路は川から離れ、建物の並ぶところへやってきた。タヴィーによると、グリーンランズと呼ばれる村とのこと。その先は、右手にはなにかの耕作地が、左手にはぽつぽつと木立のある草原が広がっていた。まもなく、タヴィーが「そこに入って」といった。みるからに私道という感じの道だ。その先は私有地なのではないか。小型のトラックが二台、門を入ったところにとまっている。テムズ渓谷署のパトカーも一台置いてあるが、どの車も無人だ。

「ここからがいちばん近いんです。でも、草地を歩いていかなきゃなりません」

　カリンが自分の足元をみてつぶやいた。「まいったな」

　キーランがいち早く車から降りるのをみて、キンケイドはバックドアをあけるボタンを押した。キーランはあっというまに犬を車からおろして、歩きだした。川に対して斜めの角度で草地を突っ切ろうとしている。まだかというようにうしろを振りかえった。

「急がないと暗くなる」

「ちゃんとした道はないのかな」カリンがいった。

「ありません」タヴィーが前方を指さした。「ここを突っきるしかないんです。この先にまた別の草地があるので、そこも歩くことになります。テンプル島のほうからまわることもできるけど、かえって遠くなるし、あっちも足元が悪いことには変わりがないし」犬の首輪にリードをつけ、キーランのあとを歩きだす。

湿った草の感触をスニーカーの靴底に感じたとき、キンケイドはカリンが少し気の毒になってきた。カリンだけではない。シンラ警部補も、ぬかるみを歩けるような靴ではなかった。しかし、キーランのいうことは間違っていない。遠くの生け垣も、その先の木立も、くすんだ緑色にぼやけてみえる。地平線も灰色にかすんでいた。

捜索のコマンドは出されていないが、二頭の犬はそれを待っているようだった。なにかの任務中だという認識があるのだろう。タヴィーとキーランは、安定した小走りで犬についていく。刑事たちは歩いたり走ったりしながら、彼らのうしろを間隔をあけて進んでいった。今度はシンラ警部補がしんがりだ。

生け垣にみえたところは小さな入り江で、橋がわりの板が一枚渡してあった。そこを通って、次の草地を横切った頃には、キンケイドの足はずぶ濡れになっていた。空気は冷たいのに、体は汗ばんでいる。草の繁りかたがすごい。道路からもみえていたのはこれだったのか。獣道のような道を通っていったが、やがて木立のところまで来ると、二組の犬とハンドラーは川のほうに向きを変え、濃い茂みを分け入るように歩きはじめた。

犬が吠える声がして、それに応えるように、別の犬が吠えた。キンケイドのパーカが木の枝に引っかかってかぎ裂きができる。人の声もきこえた。カリンとシンラをうしろに従えて強引に前進していくと、やっとなにもないところに出た。すぐそこに川がある。

タヴィーのそばに制服警官がふたり立っている。ほかに、テムズ渓谷捜索救助隊の黒い制服を着た男性と女性がひとりずつ。ジャーマン・シェパードのトッシュは、スプリンガー・スパニエルとゴールデン・レトリバーと鼻先で挨拶を交わしている。みんな捜索救助隊の犬だ。ひと目でわかるオレンジ色のベストを着ている。

キーランとフィンは、水辺にまっすぐ近づいていった。

タヴィーがキンケイドを手招きした。「警視さん、こちらはスコットとセアラ。犬はバンプスとメグです」スパニエルとレトリバーの頭を優しくなでる。「この子たちがボートをみつけたんです」

シンラ警部補が制服警官たちに小声でなにか話しているが、キンケイドはキーランのほうに目をやった。しゃがみこんだキーランの体が邪魔になって、キーランがみているものがよくみえない。キーランはフィンのリードを下に置いているが、フィンはその場に座ってキーランをみつめ、心配そうに眉を寄せている。少なくともキンケイドにはそうみえた。

キンケイドはそこへ歩いていき、しゃがんだ。肩と肩がもう少しで触れそうだった。

「ただのボートじゃない」キーランがいった。声が震えている。「前にもそういってやったのに。こいつはフィリッピだ。レース用のシェルだ」

キンケイドは流線型をしたボートに目をやった。フィリッピというのはメーカーの名前だろう。全体が白くて、艇首から艇尾まで青い線が一本。驚くほど長くてほっそりしている。闇にひと筋漏れた光線のようだ。シートとレールの下には、まだ水が少し残っている。「サラブレッドをポニーと呼ぶようなものかな」控えめな声できいた。

キーランはうなずいた。肩の力が少し抜けたようにみえる。

細いナイロンのロープがボートのリガーにかけられ、その端が土手の頑丈そうな若木に結びつけられている。オールが一本、そばに置いてある。

「やむをえず表に返しました」スコットがそばに来ていった。「ボートの下に——いるかもしれないと思って」遠慮がちにキーランをみる。「誰も引っかかっていませんでした。けど、ボートを水から上げるのは、警察が来てからにしようと」

「オールが一本しかないが、ボートを発見したときからそうだったのかい？」キンケイドは尋ねた。艇体の裏側をみてみたいが、それは鑑識にまかせたほうがいいだろう。

「ええ」スコットが答えた。「そのとおりです。そこにある一本は、ぼくがはずしました。ボートを表に返すためにはそうするしかなくて。おかげでずぶ濡れになりましたよ」

「こういうものは簡単に引っくり返るものなのかな？」

カリンが答えた。「よくあることですよ。バランスを崩すとすぐに――」

「ありえない。ベッカが転覆なんて」キーランが激しい口調でいった。「ゆうべは川の流れも穏やかだった。しかもこんな場所で転覆なんて、するわけがない」土手に来てからはじめて、キンケイドの顔をみた。「あんたたちはわかってない。ベッカはエリート選手だったんだ。週末だけぱちゃぱちゃ漕ぎにくるアマチュアとは違うんだよ」

「知り合いだったのか」キンケイドはいった。なるほど、そういうことだったのか。背後でタヴィーがそわそわしている。

「ベッカを知らないやつなんかいなかった」キーランが続ける。「ボートの世界では、彼女は有名人だった。世界のトップクラスに上りつめることもできたはずだ。だから毎日ここで練習してた」

キンケイドはテムズ川をみた。水面が銀色に輝いている。夕闇の中にぽつぽつと明かりが灯りはじめたが、どの明かりも川から離れている。ここだけが月みたいに周囲から切りはなされている。水面から霧が立ちのぼり、亡霊のようにみえる。

「しかし」キンケイドは穏やかにきいた。「急に気分が悪くなったらどうだろう。気を失ったとしたら？　誰も助けに来てくれないいんじゃないか？」

「突然死《サドンデス》だ」カリンが唐突につぶやいた。「ボート競技ではときどきあるそうです。そういうのを突然死と呼ぶんです」

湿った草地を歩いて戻る途中、キンケイドはふと気がついた。郊外では、残照がこんなに長く続くものなのか。頭上に広がる群青の空に、紫色の筋模様ができている。しかし、足元はほとんどみえない。なにかにつまずいたり毒づいたりしながら、一同は車へと歩きつづけた。

ハンドラーたちの足取りはしっかりしている。犬がそばを歩いているからだろう。ときおり足を止めて、警官たちが追いつくのを待ってくれている。

あの場所に鑑識が来るのは明日の早朝になるだろう。制服警官たちがボートを引きあげようとしたときのことが思い出される。キーランが警官たちを制止して、みずから靴を脱いで川に入り、ボートを岸に引きあげた。まるで小さな子どもを扱うかのような、優しい手つきだった。岸に上がったキーランは、一本だけのオールをボートのわきに置き、しばらくそのままじっと立っていた。もう暗くなっていたので、表情を読みとることはできなかった。

巡査たちがその一帯を立ち入り禁止のテープで囲んだあと、みんなで一列になって、来た道を戻ってきた。シンラ警部補は別のチームを呼んで、車で待たせている。そのチームがこれから朝まで現場を守るのだろう。

「〈リーンダー〉のコーチと話がしたいな」キンケイドは小声でカリンにいった。板の橋を渡って、最初の草地に戻ったところだった。遠くのほうに車の形らしきものがみえる。「被害者を最後に目撃した人物だ」

「捜索願を出したのは別れた亭主だそうですよ」うしろからシンラ警部補が声をかけてきた。

「その人物にも会いたいが、まずはコーチだ。それと、どこかに宿をとらないと——」

「手配済みです」カリンが得意そうにいった。「来る途中にあった〈レッド・ライオン〉に電話しておきました。〈リーンダー〉から川を渡ってすぐです」

キンケイドはカリンに目をやった。闇の中で眼鏡がきらりと光っている。「そういえば、やけに早く来てくれたじゃないか。超能力でも使ったのか?」

カリンは答えたくなさそうだった。「いや、あの、メロディに乗せてもらったので」

「メロディとなにをやってたんだ?」キンケイドは驚いて尋ねた。

「ランチをごちそうしてたんです。パトニーのほうで」カリンの答えはちょっと言い訳じみていた。「家をみにきてもらったので」

「ほう」いったいどういうことだろう、とキンケイドは思った。ダグが思いきって家を買おうとしていることは知っていた。しかしダグとメロディは犬猿の仲だったんじゃないのか? 詳しいことをきいてみたいが、タイミング的にも場所的にも、いまはまずい。「そうか。家が決まったんだな?」

「ええ、今朝」

キンケイドはカリンの肩をぽんと叩いたが、ちょっとぎこちない動作になってしまった。地面のくぼみにはまって、足首をひねってしまったからだ。「あとで乾杯しよう」

顔をしかめて次の一歩を踏みだした。足首が痛かったからというより、今夜のことを考えたからだ。結局ヘンリーに泊まることになってしまった。ジェマと子どもたちを家に帰したのに、自分だけが帰れない。今週だけはこんな事態は避けたかった。

キンケイドの心中を察したのか、車に近づきながら、カリンが控えめな口調でいった。「ボス、もうすぐ育児休暇に入るんですよね。この事件——なにかあるんでしょうか」

その口ぶりからすると、なにかあってほしいとカリンは思っているようだった。

「ダグ、ここに来たことがあるのか？」キンケイドはきいた。

カリンの案内でヘンリー橋を渡り、最初の角を曲がる。左手には黒っぽい大きな建物がある。右手には駐車場のゲートがあるが、駐車場そのものは満車らしい。

シンラ警部補は、捜査本部の設営をするためにヘンリー署に向かった。カリンが小声でいう。「ちょっと無愛想な人ですよね」

「状況が状況だから無理もないさ。自分の管轄で警官が死んだらどうする？　ぞっとするだろう」

カリンは答える前から首を横に振っていた。「たしかに、愉快な話じゃありませんね」

さらにカリンがいった。「道の突き当たりに駐めてください。そのむこうはレガッタの観客席を設置する場所なんですが、いまは使ってませんから。〈リーンダー〉は左の建物です」

いわれたとおりの場所にアストラを駐めて降りると、左手の建物が黒っぽくみえたのは、高いレンガの塀に側面を覆われているせいだとわかった。目隠しのための塀だろう。塀の上に赤いタイルの三角屋根がみえる。その下には混石セメントを使った、白い縁取りのある羽目板。二階の外壁にたくさん並んだ窓から明かりが漏れている。レンガの塀にはアーチ形の入口が開いていて、中庭がみえる。

歩きながら、キンケイドはレンガの塀に触れてみた。「こんな目隠しを作るなんて、エドワード朝時代の貞操帯みたいだな」

「ここは〈リーンダー〉ですよ」カリンがいった。尊い聖地をそんな言葉で汚してくれるな、とでもいいたそうだ。「それに、そんな古くさい建物でもないし。九〇年代の終わりに全面改装されてるんですよ」

全面改装したからって、建物が超一級品に生まれ変わるわけじゃないだろう。キンケイドはそう思ったが、口には出さずにおいた。「で、きみもここでやってるのか？」

「いえ」まさか、というようにカリンが答えた。「〈リーンダー〉の会員にはなってません。けど、ヘンリーでレガッタに参加したことはありますよ。学校でやってたので」〝学校〟と気軽にいうが、カリンが通っていたのは名門のイートンだ。ただ、カリンが職場で自分の出身校について話すことはめったにない。

「大学でもやったのか？」

「いえ」カリンは首を振って、ガラスのドアに手をかけた。頭上には、縦縞の彫り模様のついた鉄の庇がかかっている。「そこまでうまくなかったので。コックスをやるには体が大きすぎるし、漕ぎ手としては小さくてパワー不足だったんです」

ドアをあけてロビーに入った。建物の外観よりも優雅な雰囲気だった。調度品が部屋の中央に置かれ、その真ん中にはガラスのコーヒーテーブル。ブロンズのカバの像を脚にした、豪華なテーブルだ。

ロビーの右手には事務手続きのエリアがある。テーブルはガラス張りだが、ロビーのものと違ってビジネスライクなデザインだ。座っていた若い女性がキンケイドたちに気づいて立ちあがり、こちら側に出てきた。なんの用だろうという顔をしている。淡いピンク色のブラウスに紺色のスカートという女性の服装をみて、キンケイドは急に自分の姿を意識した。雨でぬかるんだ草地を歩いてきたばかり。しかも服装は、朝子どもたちと遊んだときのままときている。腕利きの刑事にはとてもみえないだろう。

「こんばんは。なにかご用ですか？」

髪に手櫛を入れてから、ポケットの身分証を取りだすと、笑顔をみせた。「ダンカン・キンケイド、スコットランドヤードの警視です。こちらはカリン巡査部長。今日、事件が――」

「ベッカのこと？」若い女性は片手を頬にあてた。ショックのせいで手が勝手に動いたという感じだ。「無事なんですか？　警察が来ていたし、捜索隊の犬も来ていたけど、誰もなにも教えてくれなくて」

「コーチに会わせてもらえるかな。きのう、川に出て行くメレディスさんに会ったとのことなので」キンケイドは質問には答えず、できるだけ穏やかな口調でいった。すでにいろんな噂が飛び交っているだろう。しかし、最初に事実を伝えるのは、レベッカ・メレディスといちばん親しかった相手でなければならない。「コーチの名前は――」

「ジャキム。ミロ・ジャキムです」カリンが助け船を出す。手帳もみずに教えてくれた。

「たぶん――会員用のバーにいると思います」女性がいう。「ご案内します」階段に向かって歩きだした。階段の上は中二階になっているようだ。まもなく女性は振りかえった。「わたしはリリー・メイバーグと申します。ここのマネジャーです」ほっそりした手を差し出す。その手を握ったキンケイドは、手がたこだらけだと気がついた。握る力も強い。この女性もボートをやるんだろうか。だとしたら、被害者とは単なる知り合い以上の関係だった可能性もある。

女性のあとを歩きだした。ガラスケースにマグカップやティーカップが飾ってある。どのカップにも、ダンスしているピンクのカバのイラストがついている。〈リーンダー〉のマスコットなのだろう。濃いピンク色の帽子やネクタイも並んでいる。この色は〈リーンダー〉のテーマカラーだが、評判はいまひとつときいている。

階段をのぼりながら、壁に目をやった。レース用のローイングスーツを着た、筋骨隆々の男性や女性のグループの写真が飾ってある。みんな、手には派手なメダルを持っている。

「レッドグレイヴ、ピンセント、ウィリアムズ、フォスター、クラックネル……」つぶやくカリンの声には敬意がこもっている。歩きながら写真に触れたいのを我慢しているようにもみえる。この選手たちが金メダリストだということはキンケイドにもわかった。まさにボートの神様みたいな人たちだ。

階段をのぼりきると受付があったが、そこには誰もいなかったし、奥のダイニングルームも無人だった。しかし、右のうしろのほうから人の話し声がきこえてくる。ナイフとフォークが皿に当たる音もする。

角をまわりこむようにして覗くと、別のダイニングルームがあった。気軽にくつろげそうなスペースだ。奥にはバーもある。たぶんあそこが建物の正面にあたるのだろう。白いクロスをかけたテーブルについていた人々が顔をあげて、なんだろうという顔でこちらをみた。手にはナイフやフォークを持ったままだ。キンケイドが受付のほうに向きなおると、人々はひそひそと話しはじめた。背後からきこえる声に警戒感がこもっているのがよくわかる。

「奥へご案内します」リリーがいった。ダイニングルームを通るのではなく、それと平行して作られた廊下を、建物の正面のほうへと進んでいく。

「今夜はお客さんが少ないようだね」たしかに客は少ないが、おいしそうなにおいがすぐ近くから漂ってくる。そういえばおなかがぺこぺこだ。グラストンベリで朝食をとってからいったい何時間たつんだろう。家に帰ったら遅めのランチにするつもりで、結局食べそこねてしまった。

「火曜日の夜はたいていこんなふうです。なにかイベントがあれば別ですけど。でもシェフを含めた料理人たちは常に待機して、朝も昼も晩も食事を出せる体制になっているんです。キッチンはいつもにぎやかですよ」

「すごいな」カリンが感心したようにいった。

リリーの顔に小さな笑みが浮かんだ。「みなさんよく食べますからね」

廊下をまっすぐ進んでいくと、ナップザックを背負った若者ふたりが、〈選手食堂〉

と書かれたドアから出てきた。ふたりともとても大きな体をしている。身長が百八十センチと少しあるキンケイドが小柄にみえてしまうほどだ。食事をしていた人々と同じく、ふたりは、この人たちは何者だろうという顔でキンケイドとカリンをみると、かすかに会釈をした。

「トレーニング中の選手は一日六千キロカロリー必要なんですよ」リリーは、角を曲がっていく若者たちを振りかえりながらいった。六千キロカロリーというと何人分の食べものになるんだろう。キンケイドがそう思っているうちに、丁《てい》字路のようなところへやってきた。さっきダイニングルームの奥にみえたバーが左手にある。正面には小さなセルフサービスのコーナーがあり、右手には、左にあるのよりも小さくてプライベートな感じのバーがある。壁にはボート関連の記念品が飾られ、大画面のテレビが据えつけてある。

セルフサービスのコーナーで、小柄なブロンドの女性がコーヒーをいれている。リリーと同じピンクのブラウスと紺のスカート。これが〈リーンダー〉のスタッフの制服なのだろう。

「ミロは？」リリーがきくと、ブロンドの女性が小さなバーのほうに視線を向けた。

「さっきから何度も警察に電話してるんだけど、なにもわからなくて——」女性の言葉が途中で止まった。リリーが小さく頭を振ったからだ。女性は目を丸くしてキンケイドとカリンをみた。

「こちらへ」リリーがいい、キンケイドとカリンはそのあとについてバーに入った。

小柄な、頭髪の薄くなった男性がひとりで座っている。テーブルには空のコーヒーカップ。男性は三人に気づいて立ちあがった。不安そうな顔をしている。

「ジャキムさんですね？」キンケイドはリリーの紹介を待たずにきいた。「お話を伺いたいと思いまして。警察の者です」

リリーはバーから出ていったが、会話は全部筒抜けだろうとキンケイドは思った。セルフサービスのコーナーとバーは背中合わせのような位置関係なのだ。まもなくクラブじゅうにニュースが広まることになる。

「さっきから電話を――」

「ええ」キンケイドは相手の言葉を遮った。「ジャキムさん、あなたはレベッカ・メレディスに会った最後の人物ということで間違いないですね？」

「あの――」ジャキムがごくりと唾を飲むのが喉の動きでわかった。「ええ、わたしの知っている限りでは、そうらしいです。別の刑事さんにもそのことはお話ししました。アジア系の刑事さんです」

「あなたはレベッカ・メレディスのコーチだったんですね？」

「正式なコーチというわけではありません。何年も前はそうでしたが。教えてください、なにがあったんです？」

「ジャキムさん、座ってください」キンケイドがいうと、他人から指図されることに慣れていなそうなミロ・ジャキムが腰をおろした。

「ぼくたちもいいですか？」ジャキムがうなずいたので、キンケイドとカリンはそれぞれ、近くにあった椅子を引いてきた。「レベッカ・メレディスの遺体が今日の午後発見されました。ハンブルデンの堰のすぐ下のところで」悪いニュースは手短に伝えたほうがいい。

ジャキムはふたりをじっとみつめた。「なにかの間違いということは？」

「捜索救助隊のひとりが遺体をみて確認しました。しかし、正式な身元確認が必要です。どなたか身内のかたをご存じありませんか」

「なんてことだ」ジャキムの手がぴくりと震えて、空のコーヒーカップのほうに動いたが、カップには触れなかった。「まだフレディに知らせていないのか。ひどく心配していたのに」

「フレディ？」キンケイドはきいたが、名前にきき覚えはあった。捜索願を出した人物の名前だ。

「フレディ・アタートン。ベッカの別れた夫です」

「捜索願を出したかたですね？」

「ああ――今朝、フレディがわたしのところに来たんだ。ベッカのことが心配だといって。それをきいて、わたしもおかしいなと思った。彼女のボートがラックになかったんだ。刑事さん――教えてください。なにがあったんです？」

カリンが答えた。「捜索救助隊がメレディスさんのフィリッピを発見しました。バッキンガムシャーの土手、テンプル島の少し下流のあたりです。引っくり返って、オールが一本なくなっていました」

「だが――そこで転覆したとしても、ベッカなら岸まで泳げたはずだ。ボートを簡単にあきらめるとは思わないが……」ミロ・ジャキムは首を振って、苛立ちを抑えきれないというように、ひげが伸びかけてごま塩を振ったようになったあごをなでた。「わたしはこの競技に長年かかわってきました。どんな選手にも事故は起こりうるとわかっています。しかし、ベッカがこんなことになるとは思いもしなかった。フレディのいうとおりだった。わたしが止めればよかったんだ」

「彼の反対を押しきって練習に出たということですか？」

「いや、ベッカが練習に出たことを、わたしがフレディに伝えた。フレディは激怒した。なんでそんなばかなことを、と」

「実際、それほど危険なことなんですか？」

「少なくともわたしはそうは思わなかった。わたしがコーチをしていた頃、ベッカは金メダルを狙える選手だった。まだ大学を出たての頃ですがね。だが、無謀だったのかもしれない。年齢のせいで焦っていたようだし。ゆうべ、彼女が練習に出る前に、わたしは彼女にこういった。本気でがんばればチャンスはあるだろうと」

「チャンス？　なんのチャンスです？」

ジャキムは、あんたは頭がおかしいのか、という目でキンケイドをみた。「オリンピックに決まっているじゃないか。女子シングルスカルだ」

キンケイドはジャキムをみつめ返した。そういうことだったのか。レベッカ・メレディスがエリート選手だったときいたとき、ときどき開かれる地元のレガッタに出場する程度だろうと思っていた。

オリンピックの金メダル候補で、なおかつスコットランドヤードの警部だったということか。

なるほど、だから自分が派遣されたのか。地元署だけに捜査をまかせておくわけにはいかなかったのだ。マスコミが大騒ぎしそうな事件だ。

すぐには家に帰れそうにない。

# 6

シングルスカルでは、自分の力だけが頼りだ。勝つも負けるも、自分のがんばり次第。レースの結果は自分が決めるのだ。シングルスカルレースに勝つことで得られる純粋な喜びさえあれば、初心者だろうとエリートだろうとレベルには関係なく、もう三年間トレーニングをがんばろうという気力がわいてくる。

――ブラッド・アラン・ルイス『Assault on Lake Casitas』

「待ってください」キンケイドはいった。「ちょっと確認します。つまり、レベッカ・メレディスは、オリンピックに出るための練習をしていたということですか？　しかし、彼女は〈リーンダー〉の選手ではなかったのでは？」

「選手である必要はない」ミロが答えた。「ベッカは元選手だったんだ。だから〈リーンダー〉の一員としてレースに出ることもできた。だが、そもそもそんなことは関係ない。誰だってオリンピックの予選会には出られるんだから」

カリンが眉間にしわを寄せていたが、やがて表情が晴れた。「ブラッド・ルイスですね」

ミロ・ジャキムは同時にうなずいた。キンケイドはボールを持たずにピンポンをやっている気分になった。「なんの話だ？」

「ブラッド・アラン・ルイスは」カリンが説明してくれた。「一九八四年のロサンジェルスオリンピックで、ダブルスカルの金メダルをとった選手です。どの組織にも属さず、経済的支援もなしに」

「ベッカもそうだ——いや、そうだった」ミロの唇が震えた。「性格もよく似ていた。頑固で、ひとつのことに夢中になる。こうと決めたらやり抜くタイプだ。ルイスと同じく、ベッカにとってもこれが最後のチャンスだった」

「しかし、元夫は彼女が練習に出たのを怒ったといいましたね。どうしてです？　彼女はそんな大きなチャンスをつかもうとしていたのに」

「フレディは危険な練習に反対していただけだと思う。夜の練習は危険だからね。だが彼女にしてみれば、毎日練習するには夜に漕ぐしかない」

「あるいは」キンケイドは考えながらいった。「仕事をやめるかですね。だがそうすると――」

ポケットの携帯電話が振動した。一度、二度。メールではなく電話だ。会話を中断したくはないが、出ないわけにはいかない。

表示された番号に覚えはなかったが、出てみると、シンラ警部補の声だとすぐにわかった。「警視、レベッカ・メレディスの家に男がいて、配備した巡査に詰め寄っています。そちらに連れていきましょうか？　メレディスの夫だといっています」


「来てくれて本当にうれしいわ」ジェマはキッチンのテーブルの下で脚を伸ばし、グラスを持ってメロディと乾杯した。メロディはソーヴィニヨン・ブランの高級ワインだけでなくピザも買ってきてくれた。オリーブオイルとガーリックたっぷりのピザは、〈スーゴ〉という店からのテイクアウトだ。店はジェマのお気に入りイタリアン・レストランで、ノティング・ヒル・ゲートにある。

「車を家に置いてきてよかった」メロディはそういって、ワインのおかわりをたっぷり注いだ。「それに、帰りに吸血鬼に会っても、この息で撃退できそう」このとおりよ、というように、はあっと息を吐く。

メロディはケンジントンパーク・ロードに面した高級住宅地に住んでいる。ダンカンとジェマの暮らすセント・ジョンズ・ガーデンズからは一キロ弱。たっぷり食べて飲んだあとに歩いて帰るのはちょうどいい運動になる、といっていた。

「ガーリックって子どもたちをおとなしくする効果もあるのかしら」ジェマがいった。「子どもって吸血鬼の仲間なのかもね」

家に帰ってきたあと、トビーは大興奮状態だったし、シャーロットはひどくむずかってジェマから離れようとしなかった。ピザを出したあとも、トビーはおとなしく座っていなさいという言いつけをきこうとせず、ピザを持ったままテーブルのまわりではしゃぎまわり、犬や猫やシャーロットにちょっかいを出していた。シャーロットはジェマの膝の上じゃないと食べないといいはっていた。キットはいつになく無愛想で、ピザを半分独り占めして二階の部屋に行ってしまった。片手にお皿、片手に携帯電話を持っていた。

「洗いものはわたしがやります」メロディがいった。「キッチンのことならまかせて！」ジェマは記憶をたどった。「でも、メロディが料理をしてるところって、一度もみたことがないわ。おいしいものを買ってきてくれる天才だってことは知ってるけど」

「料理くらいできますよ」メロディはそういって、にやりと笑った。「チーズとビスケットを出して、ワインをあけて……」眉根を寄せて肩をすくめる。「まあ、得意とはいえないかも。でも後片付けは大得意」立ちあがりかけたメロディを、ジェマが手で制した。

「ピザの箱があるだけだもの。子どもたちが寝てからでも、すぐ片付けられるわ」子どもたちを寝かしつけるときのことを思うとげっそりしてしまう。せっかくメロディが来てくれたのだからと、子どもたちをビデオでリビングに誘い出した。『ピーターパン』なんか百回もみたよとトビーがいうので、『ライオンキング』を出してやる。子どもたちがおとなしくなると、ほっと大きな息をついた。

トビーの調子っぱずれの歌がきこえる。

「将来はミュージカルスターですね」メロディがいい、ふたりは声を殺して笑った。

「悪党の役しかできないわね」トビーのこれまでの武勇伝を思い出しながら、ジェマはいった。「でもあの調子なら、そのうちシャーロットが疲れて寝てくれるかも。将来の観客も寝かせちゃいそうだけど」

そういえば、メロディがいつになくリラックスしている。いったん家に帰って、ジーンズに着替えてきたからだろうか。上半身は昼間着ていたチェリーピンクのカーディガン。ジェマが子どもたちの面倒をみているあいだに犬を散歩させてきてくれたので、頬がバラ色になっている。

「そんなにありがたいことなんですか？　シャーロットが寝てくれることって」

「ええ、なかなか寝てくれないことがあるの。というより、ほとんど毎晩。寝ついたあとも、怖い夢をみて起きてしまうし」

「パパやママの夢もみるのかしら」

ジェマはワインのグラスをゆっくり回した。「ときどきね。寝言で呼びかけてることもあるわ」ウィニーには話さないわけにはいかなかったが、メロディにはいいたくないことがあった。シャーロットが泣きながら目覚めて「ママ！　パパ！」と叫ぶとき、自分がどんなに無力かを実感してしまう。最近は「ジェマ！」と叫ぶこともあるが、それが進歩なのかどうかもよくわからない。

メロディはリビングのほうに目をやって、声を低くした。「でも、それってすごく自然なことなんじゃないでしょうか。状況が状況だもの。小さな子どもが両親を失い、住んでいた家も、日頃親しんでいたものも、すべてなくしてしまうなんて、どんなに悲しいことか想像もできないくらい」

「不思議なのは――」ジェマはゆっくり答えた。「分離不安はあるけど、昼間は新しい生活によくなじんできてるってことなの。ママやパパのことを過去形じゃなく現在形で話すことは事実よ。まるで、亡くなったんじゃなくてどこかに出かけてるだけ、みたいに。でも、おうちに帰りたいとはいわないの」

「連れて帰ったことは？」

ジェマはかぶりを振った。「一度もないわ。あまりいいことじゃないと思うから。けど、ルイーズが家を売りに出す手続きをしてるから、大切なものだけは持ってきてあげないとね」

ルイーズ・フィリップスは弁護士で、シャーロットの父親といっしょに事務所を経営していた人物だ。いまは遺産執行者として家の処分に当たっている。

アートディーラーたちは――かつてサンドラ・ジルのエージェントをしていたピッパ・ナイティンゲールもそのひとりだ――サンドラのアトリエに残っていたコラージュ作品を譲ってほしいといっているが、ルイーズ・フィリップスは応じていない。サンドラの作品やスケッチブックはすべて保存しておき、シャーロットが成人したら、それらをどうするか決めるべきだ、と考えたのだ。母親の作品は大きな遺産となってシャーロットの将来を支えてくれるだろう。フルニエ・ストリートの家も、売れればひと財産になるはずだ。それはシャーロットの教育費として使うことになっている。

「キットとトビーが学校に行っているあいだに、シャーロットを公園に連れていったことがあるの」ジェマは話を続けた。「ゲームをしましょうといって、前の家のことをきいてみたわ。目をつぶって、ひとつの部屋からひとつずつ、いちばん大切なものを思い出してみてって」

「わたしなんて、マンションが火事になっても、取りに行きたいものなんかひとつもないわ」メロディが悲しそうにいった。「そんなの、家とはいえませんね」

ジェマは、青と黄色でコーディネートされた明るいキッチンをみまわした。大切な宝物、クラリス・クリフのティーセットが、調理台の上の棚に並んでいる。それからダイニングにも目をやった。ピアノが誇らしげに鎮座している。

ダンカンがはじめてみせてくれたときから、この家が大好きだ。あの頃は、ダンカンとはもううまくやっていけないんじゃないかと不安にかられていたものだ。シャーロットに安心できる居場所を与えてやりたいと思ったときから、この家をさらに深く愛するようになった。すべての部屋の隅から隅までよく観察し、家がたてるさまざまな音に耳をすませてきた。家そのものを自分の骨身に刻みこんでしまいたいと思っていた。

しかし、この家は自分たち夫婦のものではない。デニス・チャイルズ警視正の妹夫婦のものだ。いつかは失うのだと思うと、その深い愛情に暗い影がさすのだった。そう、いつかはここを出なければならない。

「シャーロットが思い出したのはどんなものだったんですか?」メロディがきいた。

ジェマは笑みを浮かべて記憶をたどった。「キッチンは、古いゆで卵入れ。土台の部分がニワトリの足になってるやつよ。ママがアンティークの露店でみつけたものなんじゃないかしら。全然可愛くないんだけど、シャーロットのお気に入りなの。リビングは、長椅子だったわ」

シャーロットはそれを〝クレイジーソファ〟と呼んだ。ジェマには一瞬なんのことかわからなかったが、よく考えると、クレイジーキルトを使った長椅子のことだと気がついた。たしかにあの椅子はいい。いろんな柄の布を無作為に寄せ集めて作ったようなキルトで、サンドラ・ジルの人間性がよくあらわれているような気がする。

ジェマとダンカンが正式にシャーロットを養子にするためには、福祉課が出してきたさまざまな条件をクリアしなければならない。そのひとつが部屋だ。トビーを再びキットの部屋に戻し、もともと赤ちゃん用にと思っていた部屋を――その赤ちゃんは流産でなくしてしまったけれど――シャーロットの部屋にすることになった。

シャーロットの部屋の家具は、フルニエ・ストリートの家から持ってきた。広い部屋なので、クレイジーソファも持ってきて、そこに入れた。壁を好きな色に塗ってあげるわよといわれたシャーロットが選んだのは、女の子らしいピンクでもなく、水色でもライラックの色でもなく、サフランのような濃い黄色だった。クレイジーソファの柄の中でいちばん目立つのが、その色だった。壁全体が、明るい日差しから抽出したような色になった。シャーロットは、アーティストだった母親のセンスを確実に受け継いでいるらしい。

「両親の寝室でいちばん大切なのは、ママのペチコートなの」ジェマが続きを話した。「でも、サンドラが壁に飾っていた色つきガラスの一輪挿しも持ってきたわ。サンドラのアトリエからは、アヒルの色鉛筆。それはもうこっちにあるでしょっていったら、ママの作業台の上にかかっていた赤いお馬さんの絵が欲しいって」

「それはサンドラの作品じゃないんですよね？」

「ええ。LRというサインがあって、ダンカンによると、アーティラリー・レーンにあるルーカス・リッチーのオフィスにも、ほとんど同じ作品がかかっていたそうよ」

「つまり、あのリッチーっていうイケメンの作品だと？」

「たぶんね。あの作品があれば、母親の古い友だちとシャーロットがつながることになるわ。いつかリッチーに真相をきいてみる」

「そのときは同行します」メロディがいって、ジェマが笑った。

「メロディ、あの人のことがそんなに気に入ってたの？」「ルーカス・リッチーは、ホワイトチャペルにある会員制クラブの経営者だが、かつてはシャーロットの母親と同じ美術学校に通っていたとのこと。背が高く、髪はブロンドで、憎らしいほどハンサムだった。しかも金持ちであるのは間違いない。

「わたしだって女ですからね。フリーだし、目もついてるし」メロディはワインをごくりと飲んでは言葉をつけたしていった。最後はむせて、にじんだ涙を拭うはめになった。

「それはみればわかるわ」ジェマは笑顔でいった。「それより、今日はダグ・カリンとなにをしてたの？」

「ああ、そのこと」メロディはちょっと真剣な顔になった。「新しい家をみせるといわれて、パトニーに行ったんです。家は、あちこち日曜大工をしなきゃだめみたい。わたしは庭の手入れを手伝うって約束しました」

ジェマは驚いて目を丸くした。「メロディ、ガーデニングなんてやったことがあるの？」ジェマの知るかぎり、メロディはケンジントンの高級住宅地でなに不自由なく育ったお嬢さんだ。家に庭があったとしても、きっとお抱えの庭師がいただろう。

「いいえ。でも、面白そうだから」

ジェマは半ばあきれてメロディをみつめた。ダグ・カリンが日曜大工をするとか、メロディが庭仕事をするとか──これ以上非現実的なことが、世の中にいくつあるだろうか。「面白いことにそんなに飢えてるの？」

「前からいってるように、ボスが休暇に入ってから、仕事もいまいち調子が出ないんですよね」メロディは答えた。「そうそう、仕事といえば──」やけに大仰に居住まいを正すと、空になったグラスをテーブルに置いた。「お話ししたかったことがあるんです。わたし、巡査部長への昇進希望を出しました」

「えっ」ジェマはかすかな寂しさを覚えた。自分でも意外な感情だった。メロディに昇進を強く勧めたことはない。もちろん、メロディが永遠にノティング・ヒル署にいると思っていたわけではないが、昇進となれば、刑事であり続けることはできても、別の署に異動になるのは確実だ。ノティング・ヒル署でまたメロディと組むのを自分がどんなに楽しみにしていたか、あらためて思い知らされたような気がした。

メロディがしゅんとしたのをみて、ジェマは気をとりなおし、顔に笑みを浮かべた。

「メロディ、おめでとう。とてもうれしいわ。もっと前にトライしてもよかったくらいよ。大丈夫、あなたなら試験に合格するわ」

「サファイア・プロジェクトが、わたしには合っていたのかも」ジェマの言葉をきいて、メロディはほっとしたようだった。「ボスが休暇を取る前は、わたしはいつもボスのあとにくっついてるだけだったように思うんです。でも環境が変わって、少し自信が持てるようになったみたい」

国内ナンバーワンの新聞社の社長令嬢が自信を持てないなんて、ジェマにとっては前からどうしても信じられないことだった。しかし、メロディが警察に入ること自体、父親の意向に逆らうことだったのだ。並大抵の決意でできることではなかっただろう。

「今日のヘンリーの事件ですけど、来週のボスの復帰に影響はないでしょうか」

「平気よ、なんとかするわ。それまでに解決しなかったとしてもね」ジェマはそういったが、じつは夕方からずっとそのことが気になっていた。もしダンカンがこの事件のせいで休暇を返上することになるなら、子どもたちの面倒をみてもらう人を探さなければならない。友だちのウェズリー・ハワードを頼るわけにはいかない。フルタイムのベビーシッターとしてときどき協力してもらうことはあるが、今回は別だ。それに、今日のヘンリーでの出来事を思うと、シャーロットを保育所に預けるのはまだまだ早い。

「前にシッターをやっていた女の子は？」メロディがいった。「いまも連絡をとってますか？」

「アリヤ？」ジェマはちょっと考えこんだ。そうか、その手があるかもしれない。「何度か遊びにきてくれたわ。シャーロットはアリヤに会うと大喜びなの。もしものときには電話してみようかしら」

「今日のことが事故死だとわかれば、ダンカンも解放されて休暇に入れるんですよね」

しかし、遺体をみているときのラシードの表情からすると、その線には期待しないほうがよさそうだ。ラシード・カリームは優秀な法医学者だし、そのラシードの直感が変死だと告げているなら、自分もそれを信じる。それにしても、どうしてデニス・チャイルズ警視正はダンカンを現場に行かせたんだろう。刑事部にはスコットランドヤードの看板を背負うことのできる警視がほかにもいるのだから、休暇に入ろうとしているダンカンをわざわざ選ばなくてもよさそうなものだ。「そうなるといいわね」ジェマは空々しい口調にならないように気をつけた。

「みつかった警部のこと――ボスはご存じだったんですか？」

ジェマは首を横に振った。「いいえ。少なくとも、名前にきき覚えはないわ。顔は、現場ではみてないからわからない。ダンカンの話では、もともとウェストエンド出身だったそうよ」

「ウェストエンド？」メロディは急に真顔になって、背すじを伸ばし、ワイングラスを遠くに押しやった。「ここに近いじゃありませんか」

「巡査にいって、その男性をそこに引き止めておいてほしい。いまから向かう」キンケイドはシンラ警部補にいって電話を切った。いまきかされたことをミロ・ジャキムに話す。「レベッカ・メレディスは再婚したんですか？」

「いや、その男はフレディだろう。フレディは――いや、あのふたりは、離婚後も親しく付き合っていたんだ。フレディのほうは、離婚っていう言葉の意味をわかっていないのかもしれない。ともかく、わたしもいっしょに行く。悪い知らせは友人の口からきかせたほうがいい」

キンケイドは少し考えてから首を振った。「いや、ぼくが話します」

「しかし、フレディが心配なんだ。家族も近くにはいないし――」

「わかりました。では、最初の三十分はぼくひとりにまかせてください」キンケイドは立ちあがり、ミロを振りかえって釘を刺した。「電話もかけないでください。ぼくが会って話すのが先です」

キンケイドはミロに教わったとおり、リメナム・レーンを走ってレベッカ・メレディスの自宅へ向かった。道路は〈リーンダー〉の裏手から川と平行して走っている。道路標識は完璧だが、キンケイドが大きくて重たいアストラの運転にまだ慣れていなかった。どのカーブも突然あらわれるように思えてはっとする。必要以上に強くブレーキを踏んでしまうことも何度かあった。

「まだ練習中ってとこですか」カリンがいって、つかんでいたダッシュボードから手を離した。

キンケイドはカリンをにらみつけてから道路に視線を戻した。「自分のほうがうまく運転できると思ってるんだろう」

カリンはあえて答えなかった。車は持っていないが、運転には自信がある。署の車を使うとき、運転席に座るのはたいていカリンのほうだ。しかしキンケイドは、手に入れたばかりの車のハンドルをまだ離したくなさそうだ。

道路のそばに小さな家が何軒か建っている。その先で、ヘッドランプが生け垣と野原を照らしだした。左手にときどきみえる暗がりは、おそらく川だろう。次の明かりがみえてくると、キンケイドは車のスピードを落とした。道路の左の路肩ぎりぎりのところに家が数軒並んでいるのがみえた。

道路をはさんで反対側に、車が二台駐まっている。一台はひと目でわかる青と黄色の警察車両。テムズ渓谷署の車だ。もう一台は新型のアウディ。左手に建つ家は赤レンガ造りで、三角屋根がのっている。道路のフェンスから手が届きそうな距離だ。

キンケイドが車を駐めて降りると、門の内側に巡査が立っているのがみえた。ほかにも男がひとり、ポーチに立っている。ドアのステンドグラスからかすかな光が漏れてはいるが、ポーチそのものに明かりはない。

キンケイドはポケットから身分証を取りだし、巡査が向けてくれた懐中電灯の明かりにかざした。「スコットランドヤードのキンケイド警視です。こちらはカリン巡査部長」

「えっ――」

ポーチにいた男が、急に生気を吹きこまれたかのように動きだし、キンケイドたちに突進してきた。勢いよくたたみかけてくる。「スコットランドヤード？　なんでここに？　どうして誰もなにも教えてくれないんだ？　ベッカはみつかったのか？」

上流階級独特のアクセントだ。ちぐはぐな感じの服装をしている。かすかな明かりを頼りにみるかぎり、古いパーカを着ているが、その下はスーツとネクタイだ。ネクタイの結び目は緩んでいる。自分でつかんで引っ張ったのだろうか。しかしシャツのボタンは襟元まで全部とめてある。

「アタートンさんですね」キンケイドはいった。

男はキンケイドを凝視した。「どうしてわたしの名前を？　なにがあったんだ？　どうして妻の家に入っちゃいけないんだ？　鍵だって持ってるのに――」ドアを振りかえった。巡査が手を出して制したので、男も手を出し、巡査の腕を叩いた。

「アタートンさん、落ち着いてください」巡査のほうは冷静そのものだった。相手が腹立たしくなるほどだ。この態度こそ、巡査にとって第一の防衛手段なのだ。

「落ち着いてなんかいられるか」男はキンケイドに向きなおった。表情が一転して、すがるような顔になった。「妻に会いたいんだ」

「アタートンさん」巡査と同じような口調になってしまった。かえって偉そうな印象を与えてしまわないよう、気をつけなければ。それに、悪いニュースを伝えるときは場所も重要だ。「鍵を持っているんですね。中に入ってお話ししませんか」

アタートンは急に不安になったようだ。「しかし――」

若くて小柄な巡査は、身長が百八十センチ以上あるアタートンをなだめるのに相当苦労したことだろう。その巡査が口を出してきた。「警視、自分はこの現場を保存しろといわれて――」

キンケイドは首を鋭く振ってからカリンに目をやった。「ダグ、頼む」

「はい」カリンは巡査を少し離れたところへ連れていき、小声で事情を説明した。キンケイドはアタートンの腕をとった。

「アタートンさん、鍵はどこに？」古いパーカなので、撥水加工も剥げてしまったのだろう。すっかり湿ってつるつるしていた。「ずっと雨の中にいたんですね」

「今朝、ベッカを捜しているうちにずぶ濡れになった。これじゃあもう――永遠に乾かないような気がする」アタートンはポケットの鍵をやっとのことで取りだすと、氷のように冷たい手で、それをキンケイドに渡した。

冷たい雨の中、いったいどれくらいのあいだ、この男はここに座っていたんだろう。キンケイドが鍵を差しこむと、ドアはスムーズに開いた。キンケイドが先に中に入る。リビングの明かりがひとつついている。部屋はきれいに片付いていた。

「今朝もここに来たんですか?」キンケイドはうしろをついてきたアタートンにきいた。家の中は寒くて、せっけんのにおいがした。それともなにかの香水だろうか。それと、コーヒーの香りもする。壁をさぐってスイッチを押す。明かりがさらにふたつ灯った。

「ええ。今朝、ベッカに電話をかけても出ないし、職場にも行っていないとわかって――」アタートンはいったん言葉を切り、ごくりと唾を飲んだ。「心配になったので」

「ところが家にもいなかったので、警察に電話したんですね。そのあともここに来ましたか?」

「捜索救助隊の人たちを中に入れた。ブロンドの女性と犬が家の中を捜しまわってくれた。巡査もひとりついてきた。そのあと、川の捜索にわたしも加わるといったんだが、かえって足手まといになるからといわれたので、〈リーンダー〉に戻って待つしかなかった。なのに、誰も来ないし、なにも教えてもらえない。だからここに戻ってきた。そうしたら、あのうすのろ野郎がいて、中に入るなというんだ」

〝うすのろ野郎〟という言葉に悪意はなさそうだが、無意識の階級意識があらわれているように思えて、キンケイドはむっとした。

「部屋の明かりは――今朝あなたがつけたんですか？」

アタートンは意外そうな顔をした。「いや、わたしが入ってきたときからついていた。そんなこと――」

「別れた奥さんは、昼間も電気をつけたままにするような人でしたか？」

「いや、ベッカは環境問題を気にするタイプでね。わたしはいつも、地球を汚すなと叱られているんだ。だから――」アタートンの笑みが消えた。キンケイドの目をみる。

明るい部屋でみると、フレディ・アタートンがハンサムな男だというのがよくわかった。肌が白く、豊かな黒い髪は少し長め。青い瞳が陰りを帯びた。刻まれたしわが心配と疲労を物語っている。

「上着を脱ぎませんか」キンケイドが手伝って脱がせてやると、スーツも濡れているのがわかった。仕立ても布地もとても高価そうだ。かすかだが、濡れた羊のにおいがする。「座って話しましょう」

しかしアタートンは座らなかった。「あなたは警官にはみえないな。ましてやスコットランドヤードの警視さんだとは」

「家族と休暇中だったんですよ。アタートンさん――」

「ピーター・ガスキル警視に呼ばれてきたんですか？」

「ピーター・ガスキル？　知りませんが」

「ベッカの上司だ。どうしてガスキル警視が自分で来なかったんだろう。まさか――」

アタートンはキンケイドの顔をみた。青い目がさらに暗くなる。「あなたは刑事なんだな。殺人事件の捜査をしにきたんだ。ベッカは死んだということか」前からわかっていたことを確かめるように、一度うなずいた。「ベッカは死んだんだ」

アタートンの体がぐらりと揺れた。キンケイドが体を支えてやると、アタートンはどしんと腰をおろした。

「ご愁傷様です」キンケイドはオットマンを引いてきて、できるだけアタートンの近くに座った。倒れそうになったら支えてやらなければならない。静かに話を続けた。「今日の午後、捜索救助隊が彼女の遺体をみつけました。堰《せき》のすぐ下のところです」

「ベッカが死ぬなんて――どうして――まさか――」アタートンの言葉が途切れた。体が震えて、歯がかちかち音をたてはじめた。それでも体を動かそうとしない。すぐに気を失うことはなさそうだ。そう判断すると、キンケイドは茶色い革のソファに移動した。肘かけ椅子と揃いのものだ。どちらも少しくたびれていて、両親の使っている古いチェスターフィールドの家具を思い出させる。

部屋全体をみまわした。男っぽい感じがする。飾り気がなくて、白と茶色でまとめられている。鮮やかな色彩を放っているのは、シンプルな本棚に並ぶ本や、額に入れられた写真くらいなものだ。「ボートはテンプル島のすぐ下流に引っかかっていました。死因はまだわかっていません」ドアがかちりと音をたてた。カリンが入ってくる。「ダグ、温かい飲み物を入れてくれないか」

カリンがキッチンに行ってしまうと、フレディ・アタートンは視線をあげてキンケイドをみた。「それは本当にベッカだったのか？　なにかの間違いということは——」

「捜索救助隊のひとりがボートをやっていて、遺体をみて彼女だと。しかし、正式な身元確認が必要です。おつらいでしょうが、少し落ち着いたら確認に来てくれませんか。あるいは、ほかの身内のかたでも——」

「いや、ベッカの両親は離婚して、どちらもベッカとは疎遠なんだ。母親は南アフリカにいるし、父親とは何年も連絡をとっていないとか。ああ、そうか、お母さんに知らせてあげないと」

カリンがキッチンから戻ってきた。グラスとウィスキーのボトルを持っている。「いまお湯をわかしているところです。それまで、これを……」ボトルの栓を抜いて、指一本分のウィスキーをグラスに注ぐ。バルヴェニーの十五年ものだ。レベッカ・メレディスはスコッチの味がわかる女性だったんだな、とキンケイドは思った。しかし、瓶の中身はほとんど減っていなかった。

アタートンは歯をグラスにぶつけながら、ごくりとひと口飲んだ。「わたしの酒なんだ」笑い声をあげた。「ベッカはスコッチが嫌いだった。だがわたしが飲むので、これを。こんなときに役に立つとはね。ベッカが知ったら笑うだろうな」

直後、アタートンの顔がゆがんだ。嗚咽が漏れる。グラスが手から滑り、カーペットの床に落ちて音もなく跳ねた。ウィスキーの香りとともに、悲しみが広がっていった。

「なんなのよ」タヴィーはいった。

ジャーマン・シェパードが首をかしげ、どうしたのというように黒い眉を上げた。

「トッシュ、あなたのことじゃないわ」タヴィーは狭いリビングをうろうろするのをやめて犬の顔をみおろし、作り笑いを浮かべた。しゃがんでトッシュの頭をなでる。「あなたのお友だちのことでもないわよ。フィンもいい子だものね」

優しい声をきいて元気が出たのか、トッシュは暖炉の前から立ちあがり、おもちゃの入ったバスケットに駆けよった。鼻先を使っておもちゃをかきわけ、押すと音の出るテニスボールを探しだすと、口にくわえてタヴィーのところへ持ってきた。やけに機嫌がいい。

「わかったわ。一回だけよ」タヴィーはできるだけ真剣な声でいうと、ボールをキッチンのほうに投げた。トッシュが追いかけていく。きゅうっと甲高い音がした。ボールをくわえたのだろう。しかし、戻ってきたトッシュは、主人の気分を感じとったらしい。暖炉の前に戻ると、ボールをきゅうきゅういわせて遊びつづけるだけで、もう一度投げてとねだることはしなかった。

トッシュとボール遊びをしたことで、タヴィーは昼間のことを思い出していた。フィンにもご褒美としてボール遊びをしてやるべきだった。捜し物がみつかったとき、キーランのポケットからボールを出して、たっぷり遊ばせ、褒めてやらなければならなかったのだ。犬を使った捜索救助でもっとも大切なルールは、目的物をみつけた犬にご褒美をやること。みつかったのが遺体だとしても、生存していたかのようにおおげさに喜んでやる。そうすると、犬は自分が手柄を立てたんだとわかる。生死は関係ない。

しかしあのときのキーランは……呆然と立ちつくしていた。横でタヴィーが無線連絡をするあいだ、顔面蒼白になって、言葉も失っていた。

犬にも知らん顔だった。

キーランは嘘をついていた。被害者と知り合いだったなら、もっと早くそういってくれればよかったのに。

「まったく、なんなのよ」もう一度いった。だが悪いのはキーランだけではない。捜索救助の結果なにをみつけてもキーランなら大丈夫、そう思いこんでいた自分にも責任がある。結局は自分のひとりよがりだったのかもしれない。捜索救助隊に迎えいれてやれば、キーランにも目的ができるだろう、鬱々としていた理由がなんにせよ、それを乗り越えることができるだろう、そんなふうに考えていたのだ。いちばんショックだったのは、自分はキーランのことをよくわかっていると思っていたのに、なにもわかっていなかったということだ。信頼もできると思っていたが、そうではなかった。

電話で招集をかけたときから、キーランは嘘をついていた。少なくとも〈リーダー〉でのブリーフィングで被害者の名前をきいたときから、キーランは隠しごとをしていたのだ。

部屋をもうひとまわりしてから、小さなダイニングテーブルの上に積みあげられた報告書に目をやり、丁寧に紙を揃えなおした。チームのメンバーたちから捜索の経過をきき、まとめたものだ。今夜はこれ以上することがない。明日は早番だ。警察署の近くにある〈クック〉という店で買った野菜カレーを一人前温めて食べ、早めに休むことにしよう。

外食しないのには理由がある。外は寒くなってきた。この家は散らかってはいるが、リビングは最高に居心地がいい。消防署の近くにあった二階建ての小さなテラスハウスを、離婚してから手に入れた。ビーティーとのロンドン郊外での暮らしに比べると侘しいものかもしれないが、予算的にはここで家を買うのが精一杯だったし、場所が変われば気分も変わり、いい再出発をすることができた。その後、ヘンリー消防署で緊急車両を運転する仕事を得た。通勤は道路を一本渡るだけ。やはりこの家を買ってよかったと思うようになり、そのあとはさまざまなことがうまくいきはじめた。

ほっと落ち着くことのできるリビングをみまわした。自分でペンキを塗った家具。クルーエル刺繍のラグ。窓のカーテンはチェリーレッドと白の二色使いだ。炉辺や壁には宝物が丁寧に並べてある。そんなものをみながら、今日捜索した女性の家を思い出した。きっとあの女性も、毎日のようにトラウマと闘っていたんだろう。しかしレベッカ・メレディスは、仕事のストレスを癒す方法として、家の居心地をよくするという手段は選ばなかったようだ。

レベッカ・メレディスは、癒しを川に求めた。実際にそれが得られたのかどうかはわからないし、もしかしたら、川以外にもなにかあったのかもしれない。ただ、食べものや酒ではなかっただろう。ボートの練習に真剣に取り組んでいたなら、それはありえない。とすると、セックスだろうか。

そこに思いいたったとき、タヴィーの顔が赤くなった。捜索の報告書に書かなかったことがひとつある。捜索対象者の下着のにおいを犬に嗅がせたときの反応だ。キーランにそのことを確かめたかったが、チャンスがなかった。

レベッカ・メレディスのボートを捜したあと、車のところまで戻ったときにはすっかり暗くなっていた。タヴィーがスコットランドヤードの刑事と話しているあいだに、キーランはスコットの車に乗せてもらって、先にいなくなってしまった。結局タヴィーはセアラの車に乗せてもらい、リメナムのほうに駐めた自分の車に戻るしかなかった。そこに着いたときにはキーランの古いランドローバーは消えていたし、その後に〈リーンダー〉の駐車場でおこなわれた報告会には、キーランはあらわれなかった。

好奇心丸出しのクラブの会員たちからの質問にはいちいち答えたくなかったし、レベッカの元夫がまだ近くにいるとしたら、つかまって問い詰められるのも避けたかった。それでも報告会を長々とやっていたのは、キーランがそのうち来てくれるんじゃないかと思ったからだ。捜索救助隊のほかのメンバーたちが笑ったりおしゃべりしたりしながら道具を片付け、犬と遊んでいるあいだも、タヴィーはキーランを待ちつづけた。最後には駐車場にひとりきりになり、ばかみたいな気分になったものだ。

そこからキーランに電話をかけた。家に帰ってからもかけた。三度目にかけてからは、メッセージを残すのをやめた。

「なんなのよ、あいつ」またつぶやいたが、怒りには心配が混じりはじめていた。

くつろげるはずのリビングが、ものだらけで窮屈に思えてきた。部屋の中をもう一周してから暖炉の火を消した。トッシュが体を起こす。まだボールをくわえていて、下唇からよだれが垂れている。タヴィーがコートのフックのほうに歩きだしたとたん、トッシュは立ちあがり、踊るような足取りでタヴィーの足元にまとわりついた。

「わかった、わかった」タヴィーはつまずいて転びそうになりながら、上着に手を伸ばした。「ついてきてもいいわよ。ちょっとお散歩しましょうか」

ちょっとお散歩のつもりだが、もしミル・メドウズまで歩く気になったら、キーランに会いにいこう。テムズ川ごしに怒鳴りあうことになってもいいから、話がしたい。

# 7

ヘンリーは絵のように美しい町だ。ビールの製造工場があり、かつては港もあった。ロンドンからの距離は約五十キロ。現代のボート競技は、一八二九年、オックスフォード対ケンブリッジの第一回ザ・レガッタがヘンリーの一・五マイル（約二・四キロメートル）のコースで開催されたことに始まる。その後一八三九年からはヘンリー・レガッタが始まり、一八五一年にはアルバート王子（のちの王配）が後援者となったことからヘンリー・ロイヤル・レガッタと名前を変えた。

——ローリー・ロスとティム・フォスター『Four Men in a Boat: The Inside Story of the Sydney 2000 Coxless Four』

ミロは約束どおり三十分後にあらわれた。キンケイドにとっては絶妙のタイミングだった。ミロは気まずそうに近づいてきてフレディの手を握ったが、フレディはショックのあまり応えることもできないようだった。

「残念だったな、フレディ。言葉もないよ」ミロはいった。「わたしもまだ信じられん。もしあのとき――」ミロはキンケイドの視線を感じたのか、そこで言葉を切った。

「どうしたらいいんだ」フレディは顔を上げたが、目の焦点が合っていなかった。ミロの言葉もきこえていなかったかもしれない、とキンケイドは思った。

カリンがふきんを持ってきて、こぼれたウィスキーを拭いた。それからマグカップにいれたお茶を持ってくると、フレディには手渡さず、サイドテーブルに置いた。こぼれたウィスキーの香りがまだ漂っているが、ミロはなにもいわなかった。

「フレディ、わたしにできることがあればなんでもいってくれ」ミロが話しつづける。「力になるよ。クラブのみんなも力になってくれる。葬式もやらなきゃならん。どんな式にするつもりだ？」

「ああ――なにも考えてなかった」フレディは顔色が悪かった。「ベッカは葬式が嫌いだった。とても悲しい葬式に出たことがあって、そのあといっていた。これといったことはなにもせず、ただ火葬してくれればいい、と。しかし――」キンケイドをみていった。「――まだ返してもらえないんだろうな、ベッカの……」顔がゆがむ。「遺体を」

「数日中に検死がおこなわれます」キンケイドは答えた。「検死官がいいというまでは、葬式の手配は待っていただかなければなりません。そういう決まりなので――」

ミロが割りこんだ。「だが、なにを調べるというんだ。あれは事故に決まっているだろう」

キンケイドはそれに答えるかわりにフレディにいった。「アタートンさん、別れた奥さんに危害を加えそうな人をご存じありませんか？」

「ベッカに危害を？」フレディはキンケイドを凝視した。「そんな人間がいるものか。ときどき気難しくなることはあったが、誰かになにかされるなんて――ありえない」

キンケイドは家をみまわした。家具や装飾品はわずかだが、高価そうなものを選んでいるのがわかる。この家自体にもかなりの価値があるだろう。「アタートンさん、では、別の観点から考えてみてください。奥さんが死んで得をするのは誰ですか？」

フレディは面食らったようにいった。「得をする？」

「遺言書はありますか？」

「結婚したときに書いたのがある。彼女が書き換えたかどうかはわからない」

「書き換えていないとしたら？」

「あのままだとしたら――」フレディは震える手で髪をかきあげた。「すべて、わたしのものになる」

タヴィーは玄関を出て階段をおり、ウェスト・ストリートを歩きはじめた。トッシュはジャーマン・シェパードの威厳はどこへやら、ウサギみたいにぴょんぴょん跳ねて歩いている。闇の中、道路の反対側にある火災訓練塔が高くそびえているのがみえる。とても大きな建物だが、タヴィーもトッシュも、捜索救助隊の訓練のために何度も登ったことがある。上まで登っても、もう怖くもなんともない。

夕方には川の湿気が流れてきていたが、いまはそれも消えて、空気はきりっと冷えこんでいる。空には星がみえる。どこかで誰かがたき火をしている。

秋は大好きな季節だ。マーケットプレイスをめざして歩いていく。トッシュは楽しそうに足元をことこついてくる。こういうなんでもないひとときがなによりだ。仕事中もトッシュといっしょにいられることはいられるが、緊迫感というみえない糸でつながれているような気がする。トッシュは矢尻、タヴィーは飛行を安定させる矢羽根だ。

しかし、こうして並んで散歩をしているときは、互いが同じ時を過ごしているという実感がある。こんな経験は、以前はしたことがなかった。

だんだん体の緊張が抜けてくる。犬の歩調に合わせて歩いていると、気分も上向きになってきた。

マーケットスクエアを過ぎてデューク・ストリートを渡る。やっぱり川まで行ったら引き返してこようか。キーランのことは、こちらの考えすぎかもしれない。明日まで待ってから話し合ったほうがいいだろう。

そのとき、前方に犬の姿がみえた。〈マグーズ〉の外の鉢植えにリードでつながれている。〈マグーズ〉はヘンリーの人々の究極の社交場ともいうべきバーだ。つながれた黒のラブラドールは、バーのドアをじっと監視しつづけていたが、タヴィーたちに気がついて尻尾を振りはじめた。フィンだ。

トッシュがリードをいっぱいに引いて、先に行こうとする。タヴィーがリードを引きかえした。さっきまでのゆったりした散歩は終わってしまった。

「こんにちは。ここでなにをしてるのかな?」タヴィーはフィンに話しかけた。ラブラドールらしい、よだれまみれのキスが襲ってくる。タヴィーはそれを受け入れながら、耳をなでてやった。キーランはなにを考えているんだろう。フィンをバーの外に置きざりにするなんて。訓練されている犬だから、店の外で少しくらい待たせることはもちろん可能だが、フィンがどんなに価値のある犬か考えるべきだ。誰かに連れ去られてもおかしくない。

自分がいまやっているのと同じことを、ほかの誰かがやろうと思えばできるのだ。タヴィーはそう思いながら、キーランが固く結わえたリードをほどいた。フィンを自由にすると、バーの窓から中をのぞきこんだ。しかし、窓の下半分を覆うブラインドのせいでよくみえない。

そもそも、どうしてキーランがこんなところに？　キーランが飲むのはビール一杯がせいぜいで、それ以上飲むところはみたことがない。その一杯だって、捜索救助隊のメンバーたちに無理矢理飲まされたようなものだ。自分ひとりでバーに来るなんて、とても考えられない。

フィンがリードを強く引いている。バーに入っていこうとしているのだ。お願い、というように声をあげている。タヴィーはちょっとためらったが、二本のリードをしっかり握りなおして、ドアをあけた。火曜の夜ということもあり、店内は静かだった。音楽のライブ演奏もないし、クイズ大会もない。ＤＪもいない。しかし、細長いバーは客でにぎわっていた。

男たちが振りかえる。店内がほんの少し静かになった。バーテンのマイクが、拭いていたグラスから視線を上げた。「タヴィー」顔から笑みが消える。「犬はだめだ。店の外に――」言葉が終わる前から、タヴィーは首を振っていた。

「すぐ出ていくわ」キーランがいた。ひとり、壁際のテーブルについている。テーブルにはほとんど空になったグラスと、ストロングボウ・シードルの大瓶。フィンもキーランに気づいて前に出た。興奮して小さな声もあげた。

タヴィーはリードを引いてフィンを制した。二本のリードをしっかり持って、テーブルに近づいた。「キーラン」

キーランは顔を上げた。驚いた表情のせいで、細長い顔が急に若返ったようにみえた。しかし、驚きはすぐに失望に変わり、さらに恐怖へと変わった。立ちあがろうとしたが、体がテーブルにぶつかって、グラスが倒れそうになった。「タヴィー、いったいなにを――フィンをどうするつもりだ？　なんでここに――」

「キーラン、外に出て。いますぐ」タヴィーはキーランに背を向け、ドアのほうに歩きだした。トッシュはすぐ横をついてくる。フィンは困ったような声をあげながら、逆方向にリードを引っぱる。しかしタヴィーは小柄なわりに力が強いし、ヨークシャーで過ごした子どもの頃から、大型犬を手なずけてきた。やがて、フィンもタヴィーのところにやってきた。

外に出ると冷たい風が吹きつけてきたが、それでもタヴィーの頭は熱くなったままだった。少し後れて出てきたキーランを振りかえる。リードは二本とも握ったままだった。「キーラン」吐きすてるようにいう。「あなたはこの犬にふさわしくない。こんなところに放っておくなんて。いったいどういうつもりなの？」

「ちょっと寄るだけのつもりだったんだ。少しくらい大丈夫だと思って――」

「今日の女の人のことも、少しくらいならわたしに嘘をついても大丈夫だと思ったのね？」

タヴィーの怒りに触れて、キーランの酔いが覚めたようだった。「タヴィー、頼むよ」手を伸ばしてフィンのリードをつかもうとした。タヴィーは今回は応じた。「すまなかった」キーランがいった。「話せば捜索からはずされると思って、黙っていた。じっとしていられなかったんだ。彼女が無事かどうか気になって――心配で――」

「あなたはわたしの足手まといになった」タヴィーは、通行人が自分たちを大きく避けて歩いていくのに気がついて、なるべく声を抑えようとした。「わたしの用意した証拠も無駄にした」声は抑えても口調は激しくなる。「あの下着。犬はあなただといっていたのね。あなたは――彼女と……」それ以上はいえなかった。あの下着にキーランのにおいがついていたとしたら、キーランが下着に触れたことがあるということになる。彼女の下着に触れたということは、彼女と寝たということではないか。頭に浮かんだ光景をあわてて追いはらった。吐き気がしてきた。

どういうわけか、キーランは禁欲生活を送っているものと思っていた。あの小屋にひとりで住んで、ボートの修理をして、みずからの傷を癒し、そして――いつか誰かがあらわれるのを待っているのだと。正直、それは自分だと思っていた。なのに現実は……。

勘違いしていた自分がばかだった。

「もう捜索には加わらないでちょうだい」タヴィーはいった。いうべきことはすべていったはずなのに、まだ言葉が止まらない。「あなたのおかげで大迷惑よ。報告書になんて書いたらいいかわからない」

「もうどうでもいい」キーランは首を振り、肩を落とした。「なんとでも書けばいい。どうせ、おれは誰ひとり守ってやることができないんだ」

キンケイドとカリンは、フレディとミロと共にレベッカ・メレディスの家を出た。巡査をひとり残しておいた。翌朝には鑑識がやってきて家の中を調べることになっている。

その後ヘンリーに戻ると、キンケイドはカリンをベル・ストリートにあるドラッグストア〈ブーツ〉の前で降ろしてやった。カリンはパトニーから歯ブラシも持たずに来てしまったからだ。ひとりになったキンケイドは、ホテルに指定された駐車場を探して車を入れ、トランクから旅行カバンを取りだした。駐車場を探している途中でホテルの横を通ったので、川と教会のあいだにある古くて大きなホテルまで、駐車場から楽に歩いていくことができた。

〈レッド・ライオン〉は、テムズ川を挟んで〈リーンダー〉のちょうど向かいに建っている。ヘンリーの町はホテル側に開けている。ふたつの建物をみていると、ヘンリー橋の両側に立つ歩哨のように思えてくる。両者のうちでも、赤レンガの壁に蔦のからまる外観を持ったホテルのほうが古い歴史を誇っている。しかしキンケイドは、マスコットの動物は〈リーンダー〉のほうがいいと思った。〈リーンダー〉のピンク色のカバは可愛らしいが、〈レッド・ライオン〉の玄関ポーチの上に飾られている赤いライオンは、やたら派手なデザインだ。

このまま家に帰れたらいいのに。渋滞さえ解消していれば、一時間もかからずに帰れるはずだ。しかしジェマに電話をかけたとき、メロディが来ているのがわかった。今夜はガールズ・ナイトというわけだ。それに、自分が帰らなくてもジェマはひとりですべてをこなすことができる。「休暇に入ってからずっと、わたしひとりで三人の子どもたちの面倒をみてきたんだもの」ジェマはとげのある口調でそういった。「もうひと晩くらい、なんとかなるわ。あなたはあなたで、そちらの仕事を片付けてきて」

ジェマのいうとおりだ。明日はなるべく早く仕事をすませ、さっさとロンドンに帰ることにしよう。

まずはレベッカ・メレディスの弁護士に会わなければならない。フレディ・アタートンにももう一度話をきく。〈リーンダー〉のスタッフや選手たちにも会おう。それが終わる頃には、ボートや家を調べた鑑識チームからなにか報告があるだろうし、ラシードもなにか教えてくれるはずだ。

明日の朝は記者会見をやることになるだろうか。そう思って、旅行カバンに目をやった。汚れていないジーンズとウールのセーター、靴が一足入っている。いま履いている泥まみれのスニーカーを履かなくてすむのはいいが、仕事用の服装とはいえない。特に、マスコミの対応をするとなると、これではまずいだろう。ダグはスーツを着ていた。

そのとき思い出した。そういえば、スーツも持っている。土曜日にまた結婚式をあげたときのスーツだ。

そこへカリンがやってきた。〈ブーツ〉の大きな袋をさげている。「なにがそんなにおかしいんです?」

キンケイドはにやりと笑った。「いや、なにも」ホテルをみあげる。「春には藤の花がさぞかしきれいだろうと思ってね。この藤の木、大昔からあるんだろうな」

カリンはいぶかしむような顔でキンケイドをみた。「さあ、ぼくは植物には詳しくないので。しかし、ホテルそのものは十六世紀からあるそうですよ。記録に残っている最初の客は、チャールズ一世だそうです」

「あまり幸先のいい話じゃないな。ぼくたちも断頭台に送られたら大変だ。食事とベッドも、五百年ぶん進歩してるといいんだが。腹ぺこなんだ」もう七時を回っている。前に食べた食事のことがほとんど思い出せないくらいだ。

「前からここに泊まりたかったんです」カリンはうれしそうにあたりをみまわしなが

ら、ホテルに入った。

　右手には、小さいが居心地のよさそうなバーがある。左手にはきちんとしたレストラン。糊のきいた白いテーブルクロスとナプキンがみえる。前方には、趣味のいいアンティークのソファ。フローリングの床をランプの光が照らしている。受付のデスクの近くには幌のついたゴージャスな籐椅子。子どものかくれんぼにはもってこいの隠れ場所だ。

「学校でボートをやっていた頃、ヘンリーでレースがあると、両親を呼んだものですよ。このホテルに泊まってほしかった」カリンがいう。「一度も来てくれませんでした」

　キンケイドは驚いてカリンの顔をみた。「一度も応援に来てくれなかったのか？」

「ええ、記憶にあるかぎりは」カリンがそっけなく答える。キンケイドは、デリケートな領域に踏みこんでしまったかな、と思った。「父は忙しい人でしたし、ぼくに勝ち目はなかったし。そもそもぼくのいちばんの狙いは、バーで一杯飲ませてもらうことだったんです。そんな願いがかなうはずないのに」

「その願いなら、いまからかなえられるぞ」キンケイドは声を低くしていった。受付の若い女性が、微笑んでこちらをみている。「時間はさかのぼれないかもしれないけどな」

　ふたりはそれぞれの部屋に落ち着いた。キンケイドの部屋のベッドは四本柱に囲まれた天蓋つきだった。ジェマとふたりで過ごせたらどんなによかっただろう。食事は堅苦しいレストランを避け、バーで楽しむことにした。〈スナッグ・バー〉という名前のとおり、居心地のいい空間だった。ホテルのエントランスからみえた小さなバーカウンターのうしろにあって、壁はウッドパネル。黒っぽい革のソファが並んでいる。柔らかい照明に照らされた本棚や、白いウィッグをかぶった男たちの油絵が、優しい雰囲気を作っている。暖炉には赤々とした炎が入って、心を和ませてくれる。

「イギリス人の理想を絵に描いたような店だな」キンケイドはつぶやきながら、暖炉の近くのローテーブルを選んだ。〈リーンダー〉のレストランにも籐の椅子があって、ここと同じような雰囲気をかもしだしていた。コロニアルスタイルといおうか、大英帝国の名残があるといおうか、そんな印象を受けるのは籐の家具のせいだろう。何世代もの昔から、テムズ河畔にあるこの豊かな町は、政府の給付金で潤っていたに違いない。リベラルな父親がここにやってきたら、あからさまな不快感を示すことだろう。

しかしキンケイドは素直に楽しむことにした。イギリス人の理想の食事といえば、ステーキとマッシュルームのパイ。バーカウンターの奥にベンヴーリンのシングルモルトの瓶が置いてあったのもチェック済みだ。

オーダーをすませ、飲み物を持ってテーブルに戻ると、キンケイドはカリンと乾杯した。「お疲れさま。ようやくひと息つけるな。それと、新居購入おめでとう。大変だっただろう」

カリンはうれしそうにグラスを上げて、ひと口飲んだ。すぐに頬が赤くなる。「いいウィスキーですね」目ににじんだ涙を拭う。「ちょっと強いけど」

「ゆっくり飲む酒だが、少し水を足したほうがいいな。ウィスキーの味わいかたは、前にも教えてやっただろう」

キンケイドはもうひと口飲んで、目を閉じた。ヒース、蜂蜜、バター——これらが何層にも重なったような複雑な香りと味わいを楽しむ。ベンヴーリンは、スコットランドに行ったときに出会ったウィスキーだ。あれが、ジェマとふたりきり、子どもたち抜きで楽しんだ最後の旅だったのではないか。しかもあのときも、とてもいやな事件に巻きこまれて、休暇が休暇ではなくなってしまった。

なんとかしなければ。ジェマとは三回結婚式を挙げたが、ハネムーンがまだだ。もう一度ここに来てゆっくりするのもいい。ジェマが職場復帰したあと、子どもたちを預ける算段がついたら、計画を立ててみよう。

料理が運ばれてきた。キンケイドもカリンも無言になり、食べることだけに集中した。最後のひと切れが皿から消えると、キンケイドはウィスキーのチェイサーとして注文していたコーヒーを飲みほした。会計は部屋につけることにした。

「お互い、ロマンティックなベッドでゆっくり休むとしよう」キンケイドはカリンにいった。「チャールズ一世の夢でもみるといい。だがその前に、フレディ・アタートンについて調べてみてくれないか」カリンがノートパソコンを持たずにヘンリーにやってきたことはわかっていたが、それでもなんとかしてくれるだろう。そこがカリンのすごいところだ。

それにしても、少し食べすぎたようだ。食事をしながら飲んだ二杯目のウィスキーも余分だった。少し散歩をして新鮮な空気を吸うとしよう。

ロビーでカリンと別れたあと、ホテルを出た。どこへ行こうか。前にヘンリーに来たときの記憶をたどって歩いてみることにした。カリンにとってこの町は、学生時代のよき日々を思い出させてくれる場所なのだろうが、自分にとってはそうではない。あまりよくない思い出が蘇ってきて、ちくちく胸を刺す。あんな軽はずみなことはしなければよかった。

川でみつかった女性は、蛍光イエローのウェアを着ていた。あのジャケットは身を守ってくれなかったということか。あの女性は、ここでの生活を楽しんでいたのだろうか？

レベッカ・メレディスの死に顔からは、彼女がどんな人間だったかはまったくわからなかった。自宅の棚にあった何枚かの写真から受けた印象をもとに想像するしかない。いや、彼女の知り合いだった人々の顔にあらわれた表情も、そのヒントになりそうだ。

昨夜、川でなにがあったんだろう。レベッカ・メレディスのような強くてしっかりした女性の身に、いったいなにが起こったんだろう。

道路を渡り、橋の真ん中まで行くと、下流に向かって川を眺めた。テムズ川は黒々として、どこまでも深くみえる。夕闇の中、細長くて頼りないボートに乗ってこんな川に漕ぎだすなんて、自分にはとても考えられない。

橋の向こう側で、〈リーンダー〉の明かりが消えた。クラブの人々は、仲間の死をどう受け止めるだろう。練習中の選手が死んだ。その事実にどう反応するだろう。

明日は事実を公表することになる。被害者の友だち、ボート仲間、コーチ陣。レベッカの職場の上司や同僚にも話さなければならない。

そう考えたとき、一瞬血の気が引く思いがした。他人の悲しみが自分にも乗り移ってきた、そんな気がした。紅茶の古いしみのように、肌に残ってしまっている。警官になって二十年以上たつが、身内や知り合いの死を知らされた人々がショックを受けるようすは、いまもみているのがつらくてたまらない。

フレディ・アタートンは制服警官のことを〝うすのろ野郎〟と呼んだが、自分がうすのろ野郎だった頃も、不幸を伝えるのはいやだった。いまも同じ気持ちだ。

しかし、それとは別に好奇心がある。それも昔から変わらない。この女性のことが知りたい。どんな人物だったのか、誰に好かれ、誰に愛され、誰に憎まれていたのか。どんなふうに死んだのか。誰かが死なせたのか。そうであれば悪は糺さねばならない、とも思う。そういう気持ちがあるから、ずっと警官をやっているのだ。

信号のところまで戻ると、足を止めた。青信号が点滅する。橋の上流側に〈エンジェル〉というパブがみえる。しかし、いまはパブに行く気分ではない。テムズサイドを歩いてみたい。

あのギャラリーはいまもあそこにあるだろうか。ジュリア・スワンの絵は、いまもウインドウに飾られているだろうか。その先にあった彼女のマンションは？　一度だけ夜を共にしたあの部屋に、彼女はいまも住んでいるだろうか。

いや、やめよう。ダンカンは首を振った。知らないほうがいい。自分はもう独身ではない。ジェマと三回も結婚式を挙げたではないか。過去は過去のままにしておくべきだ。未練は禁物。

そろそろ上司に連絡しよう。

ホテルのほうを振りかえったとき、あるものがふと目にとまった。男がひとり、ハート・ストリートを歩いている。パブのそばの角を曲がってみえなくなったが、あの姿には見覚えがある。

背が高く、歩きかたにちょっと癖がある。足元には黒い犬。黒い制服ではなくジーンズとジャケットという服装だが、間違いない。捜索救助隊のハンドラーだ。ボートをみにいくといってきかなかった、キーランという男。キーラン・コノリーだ。

夕方、あの男の挙動はなんだかおかしかった。一度事情聴取をしたほうがいい。

肩をすくめて歩きだし、ホテルに戻った。しかし、まだ部屋に戻る気になれない。エントランスの下の鉄のベンチに腰をおろし、自宅にいるはずのデニス・チャイルズ警視正に電話をかけた。今日の経緯を報告する。

キンケイドがアタートンとの会話の内容を話しているとき、チャイルズ警視正はいつものように黙ってきいていたが、やがてこういった。「その男が犯人なら助かるんだがな」

「助かる?」

「家庭内の問題にすぎないのなら、われわれの出る幕じゃないし、すぐに片付くからな」

正直なところ、キンケイドはフレディ・アタートンと被害者の関係がとても気になっていた。ずいぶん円満な離婚をしたのだろう。それに、アタートンの悲しみは本物にみえた。ミロ・ジャキムも同様だ。

もちろん、被害者の死を悲しむ殺人犯がいないわけではない。一流の俳優並みの演技力を持つ殺人犯だっている。どんな人間関係も、傍目でみるよりずっと複雑なものなのだ。

この事件にも、まだ表には出てこない複雑な事情がありそうに思えるが、それがなんなのかがまだわからない。もう少し時間をかけて、展開を見守っていくしかない。

ところが、上司の何気ない言葉をきいて、キンケイドはとたんに不安になってしまった。「警視正、われわれが捜査に加わるのはどうしてですか？」

「ダンカン、きみにもわかっているはずだ。それなりの役職にある警官が不審な状況で死亡したら、どうなるか」警視正はいつになく苛立たしそうな口調になっていた。「明日の朝にはマスコミが待ち構えているかもしれないんだぞ。メレディス警部の人生や警官としてのキャリアが、細部まで人目に晒されることになる」言葉が途切れる。警視正はいつものように、両手の指先を合わせて三角形を作り、ブッダのように考えこんでいるのだろう。「もちろん、これが不運な事故死だったとわかれば、それに越したことはない。明日の朝、また連絡をくれ」それだけいうと、チャイルズ警視正は電話を切った。

質問に答えてもらっていない、とキンケイドは気づいた。

ベンチに座ったまま、携帯電話をみつめつづけた。いまの会話を頭の中で再生する。まさか。警視正は、捜査の結果がどうあれ、事故死ということにしろといっているのだろうか。

# 8

テムズ川のパトニーからモートレイクまでの約七キロのコースで争われる、年に一度のボートレース。それも、いずれも世界でトップランクの大学とされるオックスフォードとケンブリッジの戦いだ。選手たちは一日二回、週六日のトレーニングをおこない、それぞれの大学の名誉をかけてレースに臨む。ボートが第一、その他のことは二の次という生活だ。金のためではない。名誉と勝利のために、彼らは戦う。二位になるのは許されない。二位は最下位なのだ。この戦いは、シンプルに「ザ・レガッタ」と呼ばれる。

——デイヴィッド・リヴィングストン、ジェイムズ・リヴィングストン

『Blood Over Water』

しつこく鳴りつづける電話のベルが、意識の片隅を刺すように攻撃してくる。反撃して音を消してやりたいが、体が頭のいうことをきいてくれない。音が止まったとき、フレディはようやく目をあけることができた。仰向けで寝ていた。しかし、みえるのは寝室の天井ではない。

目をぎゅっと閉じて、いまみえたのはなんだろうと考えた。アーチ形の白い天井。黒い梁。ああ、そうか。ここはリビングだ。

いったいどうして――。わきおこる不安を抑えつつ、目をあけて頭を持ちあげた。鋭い頭痛が走る。しかし、もう一度目を閉じる前に、状況をつかむことができた。ソファに寝ていたようだ。きのうのワイシャツとズボンのままだが、靴は脱いでいる。それと――襟元に手をやった――ネクタイもしていない。携帯電話はコーヒーテーブルの上にある。電話の横には空になったバルヴェニー。グラスがふたつある。記憶がとぎれとぎれに蘇ってきた。ミロが来たんだ。いっしょに酒を飲んだ。しかし、どうして――

また電話が鳴りだした。記憶が戻ったことが引き金になったかのようだ。うなり声が漏れる。「うるさい」そういおうとしたが、声がかすれて言葉にならなかった。電話に手を伸ばした瞬間、吐き気が襲ってきた。そのとき、大切なことを思い出した。

ベッカ。ああ、そうだった。ぼやけた頭の中で、記憶の破片が合わさってひとつになろうとしている。昨夜はミロが家まで送ってくれたのだ。そしてスコッチをグラスに注いでくれた。ベッカの家からここに来るまでのあいだにある酒屋で買ってきたスコッチだ。ベッカの家にあったやつを持ち帰ってはならないと、スコットランドヤードの刑事にいわれた。自分のものではないから。なにかの証拠になるかもしれないから。ベッカが死んだから。

ふらつきながら立ちあがり、バスルームに入った。両膝をつき、トイレの冷たい便座に額をのせる。そして吐いた。なにも出てこなくなるまで吐きつづけた。

ようやく嘔吐がおさまると、頭をあげて床に座り、壁にもたれかかった。目に入るものをリストアップしていく。そうすることで記憶をシャットアウトしたかった。灰色にくすんだ板張りの床。ガラス板で仕切られたシャワー室。白い陶器のシンク。据えおき型のバスタブ。灰色の壁。外側は黒い金属で覆われている。痛む頭を起こして上をみると、クリスタルのシャンデリアがみえた。

離婚後このマンションを買ったとき、ロンドンのインテリアデザイナーに内装一式を頼んだ。新しいライフスタイルをベッカにみせて、素敵ねと思ってほしかったからだ。そして実際にベッカがここに来たとき、彼女はあのシャンデリアをみて、だめねという顔をした。やっぱりわたしたちは合わないのよ、と。

「どんな家具にも合いそうだと思ったんだ」フレディは言い訳がましく説明した。

「その人、美人だったの？」ベッカはそういった。

電話がまた鳴りはじめた。そういえば、電話はリビングに置いたままだった。ふと思った。これはなにかの間違いだったんだよと、誰かが知らせようとしてくれているんじゃないか。みつかった遺体はベッカじゃなかったんだ、と。そもそも、遺体の確認をしたという男は何者だろう。ボートをやる人とのことだったが。

立ちあがり、よろけながらリビングに戻った。鼓動が速くなる。しかし、テーブルにたどりつく前に、ベルは鳴りやんだ。着信履歴がすごいことになっている。知らない番号ばかりだ。メッセージが一件入っている。脈が飛ぶ。もしかしたら――

再生してみると、女性の声だった。〈ロンドン・クロニクル〉の記者だという。元奥さんについてお話をきかせてください、とのことだ。

電話を力なく持ったまま、ソファにどすんと腰をおろした。

間違いじゃなかったんだ。ベッカは本当に死んだんだ。そうだ、今日はやらなければならないことがある。

また電話が鳴った。振動が指先に伝わってくる。電気ショックを受けたような感じだった。電話が床に落ちる。それを拾いあげると、また落としそうになりながら、ディスプレイをみた。さっきの記者だったら、いい加減にしろと怒鳴ってやるつもりだった。しかし、表示されたのは知っている名前だった。ほっとして涙が出てくる。電話に出た。「もしもし。ロスか」

「やあ、フレディ」相手はロス・アボットだった。「クリスが職場で話をきいてきたんだ。お悔やみを伝えてくれといわれて――いや、クリスだけじゃない。おれも、すごく悲しいよ。なにか力になれることはないか？」

フレディは、リビングの壁にかけたオックスフォードの濃紺のオールに目をやった。ロス・アボットとは二度、同じレースに出たことがある。同じパブリックスクールに通っていて、お互いにきび面だった頃からの友だちだ。昔のよしみにすがることにした。

「ロス、頼みがある。今日――遺体安置所に行かなきゃならない。身元確認をするんだ。いっしょに来てくれないか」

キンケイドはあまりよく眠れなかった。豪華な天蓋つきベッドだからといって、眠れないときは眠れないものだ。ジェマと離れて夜を過ごしたのは何ヵ月ぶりだろう。ジェマの穏やかな寝息が恋しい。夜中に触れるジェマの肌のぬくもりが恋しい。もっとも、この二ヵ月間というもの、朝までふたりきりで寝られることは少なかった。いつのまにかシャーロットがふたりのあいだに割りこんでくるのだ。しかしいまは、それさえ恋しくてたまらない。

このところのシャーロットは、背中をジェマにくっつけて、キンケイドの肩に頭を寄せるのが好きらしい。キンケイドの鼻を巻き毛でくすぐるような格好でシャーロットが眠りに落ちるのを待って、キンケイドかジェマか、まだ完全に眠っていないほうがシャーロットを抱きあげ、ベビーベッドに連れていく。キンケイドはそれを、正直少し面倒だと思っていた。キットに同じことをしてやれなかったのが残念でならない。トビーはといえば、起きているときは全力で遊びまわるせいか、夜は誰かにスイッチを切られたように眠ってしまう。

分厚いカーテンの隙間から、かすかな光が漏れてきた。キンケイドは起きあがってシャワーを浴び、結婚式で着た一張羅を身につけた。とはいえ普通のスーツではある。ウィニーの祝福を受けるのにモーニングを選ばなくてよかった。そんな服装で捜査なんかはじめたら、とんでもない間抜けにみえるだろう。

早く捜査本部に行きたい。カリンに電話をかけて、ホテルのレストランで豪華な朝食を食べたいという望みを打ち砕いてやった。「駅に行く途中にカフェがある。たしか〈メゾン・ブラン〉だったな。コーヒーとパンを買って、歩きながら食べよう。報告もききたいし」

それから何分もたたないうちに、ふたりはホテルの受付で落ち合った。外に出ると、薄日が射していた。空気はまあまあ穏やかだ。キンケイドは雲の広がってきた空をみあげて眉をひそめた。「天気が悪くなりそうだな。だがいまのところ、鑑識の仕事に支障はなさそうだ」マーケットプレイスを早足で歩く。「で、アタートンのことはなにかわかったか？」

カリンは眼鏡を指で押しあげ、手をうしろで組んだ。いまからだいじなことを話しますよ、という格好だ。「フレデリック・トマス・アタートン。トマスは父親の名をとったもので、父親はシティでも有名な銀行家です。幼少時代に暮らしていたのはソニング・オン・テムズ。レディングから少し東に行ったところにある村で、ケネス・グレアムの世界そのものという美しいところだとメロディがいってました」

「メロディ？」

「昨夜は電話ひとつが頼りでしたから、誰かに頼るほかに手段がなくて」カリンは申し訳なさそうに肩をすくめた。「ともかく、アタートンはベドフォード・スクールでボートに目覚め、オックスフォードのオリオル・カレッジに進みました。生物学で学位をとりましたが、学業の面では平凡な学生だったようです。しかしボートの成績はなかなかのもので、ブルーに二度選ばれていますが、いずれも勝利は逃しています。

レベッカ・メレディスとはオックスフォードで出会ったようです。レベッカはセント・キャサリンズ・カレッジでボートの有力選手になり、オックスフォードに進みました。専攻は刑事司法」

「結婚しても彼女は旧姓を使ったのか」キンケイドはいった。〈メゾン・ブラン〉に着いたので、ふたりは店に入った。いれたてのコーヒーと、パンの焼ける香りが迎えてくれた。さまざまなマフィンやペストリーが並んでいる。吟味の末、カウンターで注文した。キンケイドが選んだのはカプチーノとアーモンド・クロワッサン。朝、家で食べる時間がないとき、ホランドパーク駅から地下鉄に乗る前に、ホランドパーク・ロードにある〈メゾン・ブラン〉で、いつも同じものを買う。

ここでも同じ店に来たのは、ホームシックにかかっているからだろうか。

「いまは忘れろ」つい声に出していってしまった。カリンと店員がはっとしてキンケイドをみる。「失礼、独り言だ」店員ににっこり笑いかけ、いわれた金額をちょうど支払うと、チップのガラス瓶に一ポンド入れた。

「いい一日を」レジの女の子はそういって、キンケイドに笑い返した。

「ボスの笑顔は犯罪ですよ」パンとコーヒーを持って外に出ると、カリンがいった。

「妬くなよ」キンケイドはまた笑った。「続きを話してくれ。どこまできいたかな。旧姓のことか」

カリンはコーヒーをすすって、うっとうなった。熱かったようだ。「ええ。レベッカ・メレディスとして有名になったので、姓を変えたくなかったんでしょう。けど、ぼくだったらどうかな。むしろ変えたくなるかも」

デューク・ストリートに入ると、キンケイドがきいた。「なにかあったのか?」

「大学卒業の翌年、レベッカは次の夏のオリンピック出場を期待されていました。女子シングルスカルでトップの選手だったんです。しかし、クリスマス休暇のとき、コーチからきつく禁じられていたスキー旅行に出かけ、転んでしまった。手首をめちゃくちゃに骨折して、何ヵ月もボートから離れることになり、チームからはずされました」

「そのときのコーチが――」

「ミロ・ジャキムでした」カリンはマフィンを食べ終わり、紙袋に残っていたかけらもすべて口におさめた。

キンケイドはいまの話を反芻しながらクロワッサンを食べ終え、コーヒーをゆっくりすすった。「ということは、ジャキムとのあいだにはわだかまりがあるんだろうな」

「ええ、少しは」

「レベッカがカムバックを目論んでいると知って、ジャキムは面白くなかっただろうな。自分はいま、ほかの選手たちをオリンピックに向けて育てているんだから」

「そうかもしれません」

次の角を曲がれば警察署だ。ふたりは自然と足を止めた。

「レベッカがアタートンと結婚したのはいつだ？」キンケイドがきいた。

「その翌年です。スコットランドヤードで働きはじめたのと同じ年」

「離婚は？」

「三年前。離婚を求めたのはレベッカのほうですが、詳細はわかりません。アタートンがすぐ受け入れたので。裁判所の記録によると、アタートンはとても気前よく離婚に応じたようですね。あの自宅を彼女にあげただけでなく、財産も半分渡しています。おそらく、そのあとになって、不動産業界が大打撃を食らうことになったのかと」

「なるほど」キンケイドは、道路の先にある地味な警察署を眺めた。向かいにはケバブの店とタクシー会社。よかった。記者連中はいない。

フレディ・アタートンのことが気になる。「なにかの罪ほろぼしだろうか。惜しいことをしたと、あとになって思っていただろうな。いまは経済的にどうなんだろう」

「やっとのことで水面から顔を出している、という感じらしいですよ。シティの知り合いに電話をかけて、ききました」

「とすると、今日いちばんに会うべきは、レベッカ・メレディスの弁護士だな。鑑識から報告を受けたらすぐ動こう」弁護士の名前と電話番号は、前夜、レベッカの自宅を出る前にアタートンからきいてある。

カリンが得意そうな顔をした。「さっき、起きてすぐに電話してみました。もう出勤してましたよ。とても親切な女性で、快く教えてくれました。レベッカが遺言書を書き換えていない限り、全財産はアタートンのものになると。アタートンは遺言執行人でもあるそうです」

キンケイドは片方の眉をつりあげた。ジェマと組んで捜査ができないのは残念だが、カリンもなかなか有能だ。「アタートンにとって都合のいい話だな」

「ええ、そのとおりです」カリンはマフィンの紙袋をくしゃくしゃと丸めた。「弁護士によると、レベッカは生命保険にも入っていました。保険ブローカーの名前も教えてもらったので、留守電にメッセージを残しておきました」

「小さな町は話が早いな」キンケイドはいいながら、チャイルズ警視正が喜ぶだろうと思っていた。フレディ・アタートンには、別れた妻を殺す動機がいくつもある。


ヘンリー警察署に入ると、シンラ警部補とふたりの巡査が小さな部屋で待っていた。シンラはホワイトボードに状況を書きだし、コルクボードに現場の写真を貼ってくれていた。巡査のひとりは書類を積み重ねているところだ。捜査ではどうしても書類の山ができてしまう。

シンラは早くも疲れはてたような姿をしていた。スーツはきのうよりしわくちゃだ。巡査は——男性と女性がひとりずつだった——なんだか不安そうだ。いまにもシンラの怒りの捌け口になるんじゃないかと思って、怯えているのだろう。男性のほうが電話対応を担当しているらしい。応答をきいている限り、マスコミ対応に追われているようだ。

「キンケイド警視」シンラはちょっと不機嫌そうな口調でいった。学校に遅刻してきた生徒を叱りつけようとでもいうようだ。「鑑識から連絡がありました。ボートの裏側にピンク色の塗料がついていたそうです。オールのブレードでこすった跡ではないかと思われますが、ボートに残っていたほうのオールには、その形跡がないとか。艇体のカーボンファイバーにも、塗料のついていた部分から放射状に広がるようなひびが入っていました。なにかにぶつかったのかもしれません」

キンケイドはカリンをみた。「被害者が自分でその傷をつけた可能性はあるか？」

「さあ、ないと思いますが」カリンは眉間にしわを寄せた。「ただ、もしボートが転覆してオールが片方はずれたとしたら……」コルクボードに近づいて、写真をじっとみる。堰のそばにひっかかっていた遺体になにかを尋ねているかのようだ。「彼女がボートから離れたのが水の流れのせいだとすると、オールを使って艇体をつかもうとしたのかもしれません。ボートをやって最初に教えられるのは、なにがあってもボートを離れるな、ということなんです。ボートは沈みません。よほどひどいダメージを受ければ別ですが」

「なくなったオールはみつかっていないのか？」キンケイドがきいた。

「シンラは自分の頭をなでて、薄くなった頭髪を左右に分けた。「まだです。すぐにでもみつかりそうなものですが。いま、残っているオールの塗料が、ボートについていたものと一致するかどうか調べているところです」

「ほかには？　土手に争った形跡は？」

「ありません」シンラは、それが自分のせいだとでもいうように顔をゆがめた。

キンケイドはカリンをみた。「カーボンファイバーの艇体にひびが入るというのは、相当強い衝撃があったということか？」

「最近のボートはどれも、特殊な繊維で補強されています。とはいえ、カーボンファイバーはもろいものです。傷がつくのはよくあることですよ。ぼくは橋脚の下の部分にぶつかったことがあって、古いボートだったのに、コーチに厳しく叱られたものです」

キンケイドはにやついてしまうのを抑えきれなかった。「橋脚に？」

「ボートはうしろ向きに漕ぐってことを忘れないでください」カリンはむっとしたようにいった。「人によってはうしろばかりみて漕ぐ癖がつくことがあって、そうするとスピードが出ないんです。闇雲に漕げばいいというものでもありませんけど」

「きみは闇雲派だったんだな」

カリンはキンケイドの皮肉を無視した。「コースをよく知っていれば問題ありません。レベッカ・メレディスもそうだったはずです。周囲の目印を頼りに漕ぐことができるはずです」

「自宅はどうだった？」キンケイドはシンラにきいた。「なにかみつかったか？」

「これというものはありませんでした。固定電話の記録は、元夫の話のとおりでした。

レベッカが川に出るのをミロ・ジャキムが見送ったのとちょうど同じ頃、アタートンはメッセージを残しています。その後も何件か残していました。翌日の朝にかけて」

「電話はどこからでもかけられるからな」キンケイドは考えながらいった。「レベッカがボートの練習に出たかどうか確かめたのかもしれない。携帯電話は？　自宅にあったのか？」

「はい、ハンドバッグに入っていました」シンラが顔を動かす。そちらをみると、書類の山のあいだにビニール袋がひとつ置いてあった。「現場をみはっていた巡査に、被害者の身の回りのものを持ってこさせましたが、留守電メッセージのパスワードはわかりませんでした」

「その手のことはアタートンにきくとわかるかもしれないな。だがその前に……」キンケイドは机の下から椅子を引いてきて腰をおろし、ビニール袋をあけて携帯電話を取りだした。高価な製品だ。いかにも警察の上級職らしい。しかし電源を入れてあらわれた壁紙は、電話会社が無料で提供している写真だった。

自分の写真はないんだろうか。写真フォルダを開いてみたが、なにも出てこない。

「妙だな。写真が一枚もない」別のアプリも調べてみた。「カレンダーも使ってない」

すばやく電話を操作して、メールとショートメッセージをチェックした。仕事関係ばかりだ。例外はフレディ・アタートンだけ。レベッカが川に出たくらいの時刻に送られたもので、「電話をくれ！　ミロと話した」とあった。ボイスメールは二件と表示されているが、きくことができない。ビジュアルボイスメールは一件もない。

連絡先のリストを開いたが、数はとても少なかった。やっぱり、と思った。中身を調べるのはカリンに任せよう。ありがたいことに、レベッカは自分の番号を登録していた。キンケイドは自分の電話を取りだし、その番号にかけてみた。

着信音は、壁紙と同じくスタンダードなものだった。

キンケイドの頭の中に、レベッカ・メレディスの意外な人間像ができはじめていた。「彼女は携帯電話をもうひとつ持っていたんじゃないか？」シンラにいった。

「だとしても、みつかっていません」

キンケイドは袋の中身を調べはじめた。電話以外にもいろいろある。「ペンが一本」ひとつひとつ声に出していった。「黒、かなり高価な水性ボールペンだ。デザイン重視でインクが漏れてばかりの万年筆とは違う。財布、黒の革製。中には運転免許証、紙幣が四十ポンド、小銭が少々。デビットカードとクレジットカード。〈セルフリッジズ〉のメンバーズカード」もう一度運転免許証を手にして、写真をみた。顔の輪郭は長めだが、顔立ちはいい。こういう写真ではそうもいかないが、実際は美人だったかもしれない。写真のレベッカは厳しいまなざしでカメラをみつめている。誰かに笑えといわれたのに、絶対笑わないと心に決めているかのように。

財布を閉じて、次のアイテムを手に取った。「交通ICカード、普通のケース入り。ポケットティッシュ」小さな化粧ポーチのファスナーをあけ、中身をテーブルにあけた。「コンパクト、口紅、リップクリーム、アスピリン。タンポン一箱」それらをわきに寄せて、ビニール袋を振った。カリンをみていう。「以上。つぶれたガムもないし、キャンディの包み紙もない。電話番号を走り書きしたメモもなければピザチェーンのポイントカードもない。デートの前につけるための小さな香水瓶もない」

「警視」シンラがいった。「ハンドバッグの中身なんか調べて、なんの意味があるんですか？　そんなもの――」

「いや、ちょっと考えてみてくれ」キンケイドは相手の言葉を遮った。「シンラ警部補、結婚は？」

「しています。しかし――」

「奥さんのハンドバッグの中身を知ってるか？」キンケイドはジェマのバッグを思いうかべた。いまはハンドバッグではなく、スーツケースくらいの大きさのトートバッグを使っている。中身はシャーロットのお気に入りの絵本やビスケット。必ずボブも入っている。緑色の象のぬいぐるみだ。それを持たないと、シャーロットは家から出ようとしない。あんなものばかり詰めこんだバッグを自分が持ちあるいたら、男らしさを失ってしまうんじゃないかと心配になる。

シンラはうんざりした顔で首を振った。「バッグに入るなら、キッチンのシンクだって持ちあるきそうですよ」目を閉じて記憶をたどる。「子どもの成績表、何日も前の買い物リスト、レシピ、ビスケットのサンプル。ティーバッグも入ってる。カフェに自分の好きなのがなかったとき用です。傘。いつ雨が降るかわからないから。それと、必ず本が一冊入ってます。家内は無類の読書家で。読書クラブの人たちが眉をひそめるようなやつが好みです」

キンケイドはうなずいた。「ビスケットの種類は？」

「ホブノブです」

「傘の色は？」

シンラはちょっと考えた。顔から苛立ちの表情が消えていた。「ピンクに黄色の水玉。雨の日は明るい色のものを持つべきだというんです」

「ティーバッグはどんなものを？」

「チャイです。カフェで頼むのはホットミルク。なんでそんなものをとわたしは思うんですが、気にしているのはどうやらわたしだけのようです」

「そういうことだよ」キンケイドは微笑んだ。「これで、シンラ警部補の奥さんのことがだいぶわかった」口には出さなかったが、シンラに対して前より好感を持っていた。

「知的な女性なんだろうな。ちょっとぽっちゃりしているかもしれない。明るくて楽天的な性格。好みがはっきりしていて、必要なものをしっかり手に入れるタイプだ」

シンラは目を丸くした。「驚いたな、まさにそのとおりです。しかし、わたしの家内と——あるいはうちの家内のハンドバッグとレベッカ・メレディスに、なんの関係があるんです？」

この会話を熱心にきいていた女性の巡査が口を開いた。「重要なのは、警部補の奥様のハンドバッグじゃなくて、レベッカ・メレディスのハンドバッグなんです。彼女の持ち物をみていえることは、彼女がなにかを隠して生きていたということです」

# 9

スカルは個人主義者のための競技だ。

――ブラッド・アラン・ルイス『Assault on Lake Casitas』

　女性巡査は長身でやせ型だった。かよわい子馬を連想させるタイプだ。つやのある褐色の髪は肩までの長さ。目も褐色だ。レベッカ・メレディスも、十年前はこんな雰囲気だったのではないか、とキンケイドは思った。

「名前は？」キンケイドはきいた。

「イモジェン。イモジェン・ベル巡査です」

「ボートは？」

「いえ、やりません。でも、ボートをやる人とお付き合いしたことはあります。うぬぼれ屋が多いですよ。ボートに乗れるからって、自分は神様に選ばれた特別な人間だって勘違いしちゃうような——」シンラの視線に気づいて言葉を切った。「あ、すみません」

「いや、かまわない。事情通から話をきくのは大好きでね」キンケイドがいうと、ベルは一瞬うれしそうな顔をしたが、すぐに真顔になった。上司の目を意識したのだろう。

「ベル巡査、メレディス警部とは知り合いだったのか？」

「いえ、わたしは知ってましたけど、こちらから声をかけるなんてことはできませんから。町で何度かすれ違いました。わたし——メレディス警部を尊敬してました。女性のお手本みたいな人だと思って。まさに自分の力で生きているっていうか」不安そうな目をシンラに向ける。しかしシンラはそのとき、かかってきた電話に出た。

ベルの同僚は若い男性で、ぽっちゃりした体をきつめのスーツに押しこめている。首を軽く振って目をそらした。余計なことをいうと後悔するぞ、といわんばかりだ。

シンラ警部補はどうやらうるさ型なのだろう。しかしキンケイドはそれほど心配していなかった。もしこのチームで捜査を続けることになるなら、各人の性格や三人の力関係を、ある程度つかんでおきたい。「被害者の元夫のフレディ・アタートンのことは？」

「同じく、こちらからは話しかけられない存在でしたけど」ベルが答える。「なんというか、有名人ではありましたよ」

「どういう点で有名だったのかな？」

「女の人が好きっていうか。クラブやバーに行くのも好きで。それも〈オテル・デュヴアン〉とか〈ロッホ・ファイン〉とか、いい店ばかり。それほどお酒好きというわけではないみたいでしたけど」

「詳しいね」

キンケイドのコメントをきいて、太めの巡査がにやついた。「彼女、どの店のバーテンとも知り合いなんですよ。ストリップ・クラブも例外じゃない」

イモジェン・ベルはむっとして同僚をにらみつけた。「小さな町だもの。バーテンは重要な情報源よ。町で起きてることをなんでも知ってるし、なにかよからぬことを企んでる人たちがいれば、ちゃんと気づいてる」

キンケイドはイモジェン・ベルをますます気に入った。

「ヘンリーにストリップ・クラブが？」カリンがいった。そんなことはありえない、と思っているようだ。

「駐車場の隣にあります」ベルはそっけなく答えた。「ストリップっていうとイメージが悪いかもしれませんけど、そんなことありませんよ。普通のナイトクラブです。ダンサーが二、三人いるっていうだけで。パブが閉まったあとは、ヘンリーの人たちはみんなそこに行くんです」

「高齢者センターがすぐそばにあるんですよ」男性巡査がいう。「市議会はいつも、その店のことでもめてます」

キンケイドは巡査をまっすぐみた。「失礼。きみの名前は？」

「ビーンです。ローレンス・ビーン」

「ビーンとベルか」キンケイドはついつい笑ってしまった。ビーン巡査に嫌われてしまうとわかっていたが、どうしようもなかった。「ベルとビーンのほうがいいかな？　お笑いコンビみたいだ」

ベルが笑顔を返してきた。「わたしは歌担当。ビーンはダンス担当ですね」

「やめろよ、ベル」ビーンが反応した。文句をいいたそうだったが、シンラ警部補に遮られた。電話を終えた警部補はすごい形相になっていた。

「仕事中だってことを忘れるな。それと、警視、捜査はいまのところ進展がありません。〈リーンダー〉からリメナムまでの一帯の聞きこみ調査では、まだなにも出てこないそうです。ヘンリーからグリーンランズに至るバッキンガムシャー側の土手に繋留されてるナロウボートの住人にも聞きこみをしましたが、同じく手がかりなしです」

「まあ、そんなもんだろうな。しかし――」キンケイドがいいかけたとき、電話が振動した。ディスプレイに目をやると、ラシード・カリームだった。失礼といって電話に出る。「ラシード？　なにかわかったか？」

「百パーセント間違いないというわけではありませんが」カリームが答える。オックスブリッジと呼ばれる格調高いアクセントが特徴だ。服装はいつもカジュアルなので、その取り合わせがちぐはぐに感じられる。ベスナルグリーンのバングラデシュ人コミュニティで育った男だからこそ、話しかたにはちょっとしたこだわりがあるのだろう。なんとなく理解できる。「いやな感じがしますね。頭部の傷のいくつかは、生前に受けたものと思われます。まだ生きているうちに川に落ちたんです。肺に水が入っていた。川の水です。バスタブやなんかに沈められたわけじゃありません」

「ボート練習中の突然死《サドンデス》ではなかったと？」キンケイドはききながらカリンをみた。

「ええ。それに、スポーツの最中に突然の心不全で亡くなる人はたいてい、生前にその診断を受けていなかっただけで、遺伝的な疾病を持っているんです。レベッカ・メレディスはこれまでみたことがないくらいの健康体でした」

キンケイドはカリームのことをよくわかっていた。この話にはまだ続きがありそうだ。「溺れたのも、頭を打ったのも、ボートが転覆したせいかもしれないな。ほかにはなにか？」

「何本かの爪にピンクの塗料がついていました。爪は短く切って丁寧に手入れされていたので、日曜大工でもやってペンキがついたままだった、というわけじゃなさそうです。手の甲の関節のところにも小さな傷があって、塗料の破片が皮膚の中に残った状態になっていました。たしか、そのボートはピンクみたいな派手な色じゃなかったと思うんですが。採取したサンプルを研究所に送っておきました」

「ピンクなら――」キンケイドがいった。「〈リーンダー〉の色だ」

電話を切ると、キンケイドはチームのメンバーたちにカリームからの報告の要旨を伝えた。カリンにきく。「ダグ、ボートの経験者として教えてくれ。被害者の爪にはピンク色の塗料がつき、拳に傷がついていた。なにがあったと思う？」

カリンの顔が少し青ざめた。「誰かに転覆させられたのかもしれませんね。オールがゆるんでいたら……つまり、オールロックのナットがゆるめてあったら、そう難しいことじゃありません。不意をつければ、むしろ簡単でしょう。被害者がボートを元に戻そうとしても、オールを使って押さえておけば、ボートを戻すことができません」

「被害者が水面から手を出してオールをつかもうとしたとき」キンケイドが補足した。

「犯人は彼女の手の甲をオールで叩いたわけか」

「でも、だったら靴から足を抜いて、泳いで水面に出ればよかったのに」ベルがいった。

「頭を殴られていたとしたら、混乱してなにもできなかったかもしれない。それに、急なことで驚いて、水中ですぐに水を飲んでしまったのかも」

「誰かに転覆させられた、か」シンラ警部補が割りこんだ。「すべて憶測の域を出ませんよね、警視」

「憶測を手がかりにして捜査を進めることも大切だよ、警部補」キンケイドの表情が険しくなっていた。ついさっきビーンとベルを相手に軽口を叩いていたのが嘘のようだ。

「どうやら殺人事件の捜査になりそうだ」

デニス・チャイルズ警視正に電話をかけ、経過を報告した。

一瞬の沈黙のあと、大きなため息がきこえた。「殺人事件として扱うしかないようだな」警視正はあまりうれしくないようだ。「きみはチーフとしてそこに残り、情報を管理してもらいたい。テムズ渓谷署にはこちらで話をつける。人材がもっと必要だな。データ入力のスタッフを確保する。そっちの人員はどうだ?」

「いまのところ問題ありません。ただ――」

「元亭主を殺人現場でみかけたっていう証言はないのか?」

「まだ得られておりません」キンケイドは普段よりも丁寧な口調でいった。「それと、警視正、レベッカ・メレディスのこの十四年間の暮らしは、元夫とボートだけで成り立っていたわけではありません。警官だったんです。しかも警部にまでなっていた。きっと優秀な警官だったはずです。職場を訪ねてみるつもりです」

どんどん増えていく車に混じって、M4道路でロンドンに向かう。キンケイドは運転に集中していたが、ときおりカリンがこちらをちらちらみていることにも気づいていた。「なんだ？ いいたいことがあるならいってみろ」アストラは追い越し車線に入り、快調に走っている。

「警視正となにかあったんですか？」カリンはきいた。「なんだか……警視が不機嫌になっているようなので」

「フレディ・アタートンを犯人にしたがってる。気が早すぎる」

「統計上の数字でも持ち出してきたんですか？」

「いや、まだだ。だがそのうち持ち出してくるだろうな」警察官ならみんな知っていることだが、殺人事件は、被害者ときわめて親しい関係にあった者が犯人であるケースが半分以上だ。警視正はそんな強力なデータを持ち出すこともせず、フレディ・アタートンを犯人だと決めつけようとしている。どういうことなんだろう。

「けど、たしかに――」カリンが考えを整理しながらいった。「今朝わかったことからすると、犯人がボート選手だという可能性が大きくなりましたよね。少なくともボートのことを知っている人間です。しかもメレディスの練習コースについても知っていた。フレディ・アタートンはそのいずれにも当てはまります」

「ああ、可能性はある」たしかにカリンのいうとおりだ。しかし、アタートンを容疑者リストのトップにあげることには抵抗を感じる。自分が意地を張っているだけなんだろうか。意見を押しつけられたのが面白くないだけなのか。いや、捜査の初期に結論を急ぐのは危険だとわかっているからだ。それに、これは自分が担当している事件だ。他人にあれこれ指図されたくない。

西ロンドン署の刑事部のオフィスは、しんと静まりかえっていた。一階の受付にいた巡査部長が、刑事部に連絡をしておくといっていた。警察署というのは、情報が広まるのが早い。まるでみんながテレパシーでも使っているように、あっというまに広まるのだ。おそらくこのフロアにいる警官全員が、キンケイドとカリンが何者かということも、来訪の目的も、すでに知っているのだろう。

警視のオフィスは刑事部のいちばん奥にあった。ごちゃごちゃしたオフィスとはガラスの壁で仕切られている。ドアをノックした。半開きのブラインドごしに、中の机についている男が立ちあがるのがみえた。

ピーター・ガスキル警視はきびきびとした動きでふたりの手を握った。「警視、巡査部長、どうぞおかけください」長身の男だった。きちんとカットされた褐色の髪は少し後退していて、かえって育ちのよさそうな感じがする。高価そうな紺色のブレザーを着たガスキル警視の姿をみて、キンケイドは、〈リーンダー〉の雰囲気にぴったりの紳士だ、と思った。

「残念なことです」ガスキルはそういいながら、革張りの椅子に戻った。座ると余計背が高くみえる。きっと椅子の座面をいちばん高いところまで上げているのだろう。ここにやってくる相手を萎縮させる狙いがあるのだろうか。「どんな事情であれ、部下を失うのはつらいことだが、殺されるとは……」首を横に振る。「まったく、ひどい話だ。殺人に間違いないんですね？」

「チャイルズ警視正から連絡があったんですね？」キンケイドはきいた。警視正が話したのなら、自分が同じことを繰り返す必要はない。

「ええ。警視正はあなたに全幅の信頼を置いているようだ。たいしたものですね、警視」

いやな感じだ。そもそも、ピーター・ガスキルはこちらの名前ではなく役職だけで呼びかけてきた。距離を置こうという態度だ。そして今度は人を上から見下すような物いいをする。〝たいしたものですね〟とはどういう意味だ？

しかしそれには反応せず、笑顔を返した。一本とった、とは思わせたくない。「ああ、それはどうも」とだけ答える。ガスキルは驚いただろう。もっと丁寧な言葉遣いを期待していただろうから。だが、肩書はふたりとも警視だから、立場は対等なはずだ。

「メレディス警部についてなんでもいいから教えてもらえますか」

「メレディス警部は模範的な警官でしたよ。署内でもみんなに尊敬されていた」

「警官としてでなく、個人としてはどうです？　好かれていましたか？」

「個人として？」このときはじめて、ガスキルの顔に当惑がみえた。「そんなことはどうでもいいのでは？　上級職の警官は、人に好かれることが仕事じゃない」

今度はキンケイドが相手を見下す番だった。「殺人事件の捜査には必要な情報ですよ。もちろんそんなことはご存じでしょうが。レベッカ・メレディスが同僚とうまくやっていたかどうかが知りたい。署内での確執や対立があれば、そのことも」

ガスキルの目には敵意がこもっていた。「まさか、メレディスの死にこの署の人間が関与しているとでも？」

「さあ、それはなんとも」キンケイドは肩をすくめた。「現時点ではなにもわからない。わかっているのは、レベッカ・メレディスは誰かにボートを転覆させられ、そのまま押さえこまれて溺死させられたと思われる、というだけです」

しんとしたオフィスに、ガスキルがはっと息を吸う音が響いた。キンケイドはガラスの壁に背を向けていたが、刑事部全員の視線が自分に集まっているのを感じていた。肩甲骨のあいだに穴でもあきそうな気がする。

カリンが眼鏡を押しあげた。ガスキルがキンケイドから目をそらす。張りつめた空気が少し緩んだように思われた。「ひどい話だ。許せない。あなたの推理がたまたま当たっているとしたら、犯人を必ずつかまえなくては」

またた、とキンケイドは思った。率直な返事ではあったが、やはりこちらを見下している。推理が〝たまたま当たっているとしたら〟とは――そんな失礼なことをよくいえたものだ。

「扱っている仕事のせいで、誰かに襲われたということはありませんか？」カリンがきいた。警察官への逆恨みによる犯行はいままでにも起きたことがある。その可能性も考えなければならない。

「十代の若者によるナイフを使った傷害事件を調べていた」ガスキルはそっけなく答えた。「ヘンリーって町がどこにあるかも知らないような子たちだ。行きかたも知らないし、ボートを転覆させる方法だって知るわけがない」

カリンは簡単には引きさがらなかった。「ボートについてはどうです？　サマータイムが終わってから、仕事を早めに切りあげて帰るようになったときいています。仕事に影響は出ませんでしたか？」

「ベッカは、仕事はきちんとこなすと約束してくれた」

キンケイドはカリンの目配せに気がついた。ふたりとも同じことに気づいたらしい。ガスキルが被害者のことをベッカと呼んだ。普段からそう呼んでいたのだろう。

「同僚たちはどうです？」キンケイドがきいた。「みんなもそのことには賛成していたんですか」

「それは自分できいてくださ い。結局はみんなわかってくれたはずですがね」

「結局は、ですか」キンケイドは姿勢を変えて少しリラックスすると、ズボンのしわを伸ばしてから続けた。「メレディス警部がオリンピックに向けてフルタイムの練習をしようと考えていたのはご存じでしたか?」

ガスキルの顔に逡巡がみえた。ほんの一瞬で消えてしまったが、間違いない。嘘をつくかつくまいか、迷っているのだ。どうしてだろう。

ガスキルは、すでにきっちり揃えられている書類の山に手をやった。「ええ、きいていましたよ。しかし、まだ結論は出していなかったはずだ。やるとなれば、署全体でサポートしたはずだが、われわれは彼女を失いたくなかった」言葉の選択を間違えたことに気づいて、ガスキルは付け足した。「一時的にという意味ですよ」

ガスキルが咳払いをした。もう終わりにしてくれ、というサインだ。「警視、もういいだろうか。ランチの約束があるのでね。メレディス警部のチームについては、パターソン巡査部長が捜査に出ているので、ビシク巡査にきいてみるといい」

キンケイドは素直に従うことにした。もっといろいろわかったら、あらためてガスキル警視を攻めてみよう。立ちあがってガスキルの手元近くまで手を伸ばした。これならガスキルも応じないわけにはいかないだろう。「お時間をありがとうございました」

ガスキルも立ちあがった。「逐次連絡をしてくれるとありがたい」

「もちろんです」

「ビシク巡査はその右側の机にいる」ガスキルはあごをしゃくると、また手元の書類に視線を落とした。一ページ目の文章はもうすっかり暗記してしまったのではないか、とキンケイドは思った。

ふたりが刑事部のオフィスに出て背後でドアが閉まると、カリンが小声でいった。

「食えないおやじですね」

「まったくだ」キンケイドも小声で返してから、レベッカの部下の巡査のところに行こうとした。しかし、若い男性巡査はもう立ちあがって、こちらに歩みよってきていた。

「ブライアンです」手を差し出してきた。「ブライアン・ビシク巡査です。ボスは――警部は――本当に亡くなったんですか？」がっしりした体格だが、黒髪のせいで顔の青白さが強調されている。みるからにショックを受けているようすは、平然としていた上司とは対照的だ。

「ああ、残念だが」キンケイドは答えた。

「そんな、信じられません。メレディス警部はまだ……」ビシクはごくりと息を飲み、キンケイドとカリンを手招きした。廊下の、比較的静かなところで話を続ける。「なにがあったんですか。教えてください。ここでは噂ばかり飛び交っていて」

「月曜日の夜、メレディス警部は行方不明になった。ボートの練習に出たあと、帰ってこなかったんだ。遺体が翌日発見された。殺人事件として本格的に捜査をはじめたところだ」

「そうですか。わかりました」ビシクは途方にくれているようだった。「けど、メレディス警部を殺そうと思う人間がいるなんて――いえ、厳しいところのある上司でしたが、なんでも率直に話してくれる人でした」一瞬、視線が奥のオフィスに向かった。〝誰かさんとは違って〟といいたいのだろう。

「メレディス警部のチームはうまくいっていたのかい？」

ビシクはためらってから答えた。「ええ、まあ、警部がトレーニングのために早く帰ってしまうことについては、微妙な雰囲気はありました。警部自身がみんなに時間のことをうるさくいっていましたから。それで、よくケリーといっしょに、ベッカはクソ上司だと――」自分の言葉にひるむように目を見開いた。「――ああ、そんなことといわなきゃよかった。まさかこんな……そんなつもりじゃ……」

「いや、気にしなくていい」キンケイドがとりなした。「ショックだったんだろう。誰でも、死ねばすぐ聖人君子になるってわけじゃない。それに、きみたちが腹を立てたのももっともだと思う」ビシクの肩から力が抜けるのが、傍目にもわかった。「メレディス警部の私生活について、なにか知らないか？　なにか問題を抱えていたとか」

「いえ、まったく」ビシクは首を振った。「二、三年前に離婚したのは知ってましたけど、ぼくなんかがどうこういえるようなことじゃないし」

「なんでもぺらぺらしゃべるタイプの女性じゃなかったと？」

「警部の私生活なんて、スフィンクスにも謎だったでしょうね」ビシクは急にあわてた顔をした。「ああ――まただ。亡くなった人に失礼なことを」

キンケイドはビシクの肩をぽんと叩いた。「気にするな。自然なことだ」ポケットに手を入れた。「名刺を渡しておくから、なにか話したいときや、なにか思い出したとき、連絡をくれないか。このたびは本当に気の毒だったね」歩きだして、何気なく振りかえった。「メレディス警部は――上司とはうまくいっていたのかい？」奥のオフィスのほうにあごをしゃくる。

ビシクの顔から表情が消えた。「それはぼくにはなんとも」大柄な体にしては驚くほどのスピードで、刑事部のオフィスに入っていった。


シェパーズ・ブッシュ・ロードに出ると、道路の反対側の柵のそばに女性がひとり立っていた。せわしなくスパスパと煙草を吸っている。片手をまるめて親指と人さし指で煙草を持つしぐさは、まるで男性のようだ。女性はキンケイドたちに気づくと煙草を地面に落とし、ハイヒールの靴で踏みつけた。道路の左右を確かめてから、キンケイドたちに近づいてきた。

ブロンドで、やせ型だが、レベッカ・メレディスのようなアスリートタイプではない。グレーのスーツのスカートがおなかにぴったりはりついて、ちょっときつそうだ。ジャケットの肩幅が広すぎるのか、肩先が落ちてしまっている。

近くでみると、ブロンドの髪の根元は黒かった。遠くからみた印象よりもだいぶ年上のようだ。

「スコットランドヤードの刑事さんたちですね」女性の言葉にはエセックスの訛りがかすかに感じられた。「パターソンです。ケリー・パターソン巡査部長、ベッカの部下です」水色の目の縁が赤い。鼻も赤くなっている。泣いていたのだろうか。

「キンケイドです。こちらはカリン巡査部長」

「ブライアンがいってたけど、本当なんですね。ベッカのこと。殺人事件だってききました」

「情報がまわるのが早いな」

パターソンはゆがんだ笑みを浮かべた。「ブライアンって、メールの達人なんです。みんなが魔法の指って呼んでるくらい。それをベッカが――」パターソンの唇にぎゅっと力がこもった。「――いつも怒ってて。ううん、わたしのことはブライアン以上に怒ってた。そのうち携帯電話を取りあげてやる、いつもそういわれてた」

「だが取りあげはしなかったんだね」

「ええ。でも、わたしもそれなりに控えてたから。特にベッカが怒ってるときには。それより——」パターソンは水色の目でキンケイドをみつめた。カリンにも視線を送り、ちゃんときいているか確かめると、話を続けた。「亡くなった人を悪くいうもんじゃないとかなんとかいうけど、いわずにはいられないの。ベッカには心底むかつくことがあったわ。

でも、正直な人だった。ベッカがなにか文句をいったり、人に指図したりするときは、必ずそれ相応の理由があった。あの——」警察署の入口に目をやり、その視線を二階の窓まで上げた。「誰かにきかれたら、わたしからきいたっていわないでくださいね。わたし、四歳と六歳の子がいるんです。だから厄介事に巻きこまれたくない。でも、ベッカがこんな目にあうなんて、納得がいかない。二階のあのお偉いさん、アンガス・クレイグのことはなにかいってました？　それを黙ってたなら、あいつの話なんか嘘っぱちよ」

キンケイドが詳しい話をきこうとしても、ケリー・パターソンは首を振るばかりだった。ブライアン・ビシク同様、ふたりのあいだにさっと壁を作ってしまった。

「アンガス・クレイグ？」カリンがいった。アストラを置いた駐車場に戻ってきたところだった。「副警視監のアンガス・クレイグのことでしょうか」

キンケイドは車のエンジンをかけたが、しばらくアイドリング状態で考えこんでいた。「何ヵ月か前に退職したと思うが」

「知り合いですか？」

「いや、個人的には知らない。だが会ったことはある。ぼくの参加してた研修会でスピーチをしてた。退職祝いのパーティーではぼくから挨拶した。他人とすぐに打ち解けるタイプだった。ちょっとなれなれしい感じもしたかな。一歩間違うと尊大な感じというか」キンケイドは顔をしかめ、バックミラーを確認して車を道路に出した。「だが、あの人とレベッカ・メレディスになんの関係があるんだろう」

カリンはもう携帯電話を出して、なにやら打ちこみはじめていた。キンケイドが大きくハンドルを切って車をホランドパーク・ロードに入れたとき、カリンの手が止まった。

「嘘だろ」目を丸くしてキンケイドをみる。「アンガス・クレイグはハンブルデンに住んでます」

# 10

ボートレースの参加選手は、個人としても、また、チーム全体としても、前年とは違う、その年独自のスタイルと特徴を作りだしていく。チーム全体の力でそうなることもあるし、チーム内に強力なキャラクターのメンバーがひとりかふたり交じっていれば、そのメンバーに影響されてそうなることもある。

――ダニエル・トポルスキ『Boat Race: The Oxford Revival』

遺体安置室のストレッチャーに載せられ、白いシーツをきっちりかけられた遺体の顔は、生前のベッカの顔とは似ても似つかなかった。

たしかに、顔立ちはベッカのそれだ。すっと通った鼻すじ。日差しの下でボートを漕いでいたせいで鼻梁のまわりにできた薄いそばかす。黒くてまっすぐな眉。右耳のそばにある小さなほくろ。少し角張ったあご。

しかしフレディ・アタートンにとって、ベッカのじっとした顔をみるのははじめてだった。ベッカの顔はいつも動いていたからだ。眠っているときでさえ、眉根を寄せて、難しい問題を考えているかのようだった。いや、トレーニングを思い出していたのかもしれない。唇やまぶたを動かしながら夢をみていた。

誰かが髪を梳かしてくれたのだろう。うしろに流れてゆるやかに波打っている。本人が生きていたら、こんな髪形はいやだといったはずだ。フレディは手をぎゅっと握り、衝動を抑えた。髪を直してやりたい。黒い睫毛に触れたい。頭上のライトが強すぎるせいで、頬に睫毛の影ができている。

遺体安置室の係員をみてうなずいた。「間違いありません。ベッカです」

「レベッカ・メレディスさんなんですね？」若い係員がいった。フレディは、係員がつけている鼻のピアスがやけに気になっていた。

目をそらした。「はい、そうです」

「ご愁傷様です」形ばかりの言葉だった。「ここにサインしてください」係員はフレディにクリップボードを差し出した。小包を届ける配達員が受け取りのサインを求めているかのようだった。

それでおしまいだった。

フレディは病院の駐車場に出た。空気が新鮮で、さっきまでいた場所に比べると暖かく感じられる。ロス・アボットが待っていてくれた。エンジンをかけたままにしているのは最新モデルの白いBMW。ガソリン代のことなんか心配いらないのさ、と世界に向けて叫んでいるかのようだ。ベッカがみたら文句をいっただろうが、いまのフレディにとってはどうでもよかった。好きなだけ気取っていればいい。柔らかい革のシートがありがたかった。

「大丈夫か？」ロスがいった。

フレディはうなずくのが精一杯だった。ロスは、お昼にモルトハウスの自宅へフレディを迎えにきて、レディングの病院まで連れてきてくれた。遺体を確認するあいだ、ロスには外で待っていてもらった。取り乱すところをみられたくなかった。しかし、フレディは意外なほど冷静でいることができた。遺体を確認しているのが自分ではなく、誰かほかの人間のような気がしていた。

「これからどうする？」ロスの言葉で、フレディは我に返った。

「飲みにいく」

「ヘンリーに戻るか。〈マグース〉だな」

「いや、〈マグース〉はまだやってない。四時からなんだ。いまはまだ二時半だ」それに、ハート・ストリートにあるあのバーの騒々しい雰囲気の中で飲む気にはなれなかった。知り合いも多い。仕事のあとにふらっとやってくる知り合いと顔を合わせて、なにかきかれたり慰められたりするのは絶対にいやだ。

「〈オテル・デュヴァン〉にするか」ロスがいった。「あそこからなら歩いて帰れる」冗談のつもりらしかった。

「ああ、そうだな」その店はフレディのマンションの向かいにある。モルトハウス同様、ブラクスピア・ブルワリーの所有する建物群のひとつだ。バーはたいてい静かだし、地元の住人がやってくるのは夜遅い時間だ。午後のこんな時間に来るのは出張でヘンリーにやってきたよそ者がほとんどだろう。

ヘンリーに戻る車の中で、ロスはこの新車がどんなにすばらしいかという話を延々続けた。フレディにとってはちょっと無神経な行為にも思えたが、自分がしゃべらなくていいなら、それだけでありがたかった。

思っていたとおり、バーは静かだった。ポロシャツとスポーツジャケットの男たちが革張りのソファに座り、なにかの書類をみて話し合っている。新しい客が入ってきても、顔を上げようともしない。ウェイトレスは新人の女の子で、それもフレディには好都合だった。ふたりに関心を示さず、さっさと注文をとろうとする。

「ヘンドリックスを――」ロスがウェイトレスに微笑みかけた。フレディには見覚えのある笑顔だ。ロスはこの笑顔でオックスフォードの女の子全員を口説こうとしていた。

「――ダブルのオンザロックで。キュウリのスライスをつけてくれ」

車なのにいいのか？　フレディはロスにききたくなったが、昔は自分もそうだった。運転のことなんか考えもせず、ジンをダブルで注文したものだ。それに、ロスが事故を起こしたとしても自分には関係ない。肩をすくめ、注文した。「同じものを」

ロスがウェイトレスにクレジットカードを渡したが、まもなく、ウェイトレスが戻ってきて小声でいった。「お客様、お客様のカードはお使いになれないようです」

「くそっ、使えない銀行め」かっとしたロスの顔が赤くなった。そういえば、気の短いやつだった――フレディは昔を思い出した。「まともな仕事もできないやつらが、なにを偉そうに！」

「おれが払う」フレディがいった。気まずい思いをしている友だちがかわいそうになってしまった。財布に手を伸ばす。「今日のお礼のかわりに――」

「いや、いい」ロスは別のカードを出していた。「大丈夫、こっちのカードなら問題ない。さっきのやつはしょっちゅう引っかかるんだ。コンピュータがダウンしたとかなんとかいって」

二枚目のカードは認証されたようだ。ウェイトレスが酒と作り笑いを携えて戻ってきた。

ロスはグラスをあげた。「乾杯、というわけにはいかないな」

「ああ、献杯だな」ひと口めのジンが喉を焦がして流れおちていく。キュウリのにおいをかいでいると、夏のレガッタの記憶が蘇ってきた。キャンヴァス地の屋根を張った観客席で、みんながピムスを飲んでいた。ベッカがいた。レースに勝って、顔を紅潮させていた。ロスはシャンパンのボトルを振って泡立てていた。頭がくらくらする。あれはヘンリーだったか、それともオックスフォードでのレースだったか。

ロスをみた。「昔は楽しかったな」

「ああ、たしかに」ロスはジンを一気に半分飲んで、顔をしかめた。「だが、トレーニング中は飲酒禁止ってのはつまらなかったな」

「おまえはいつもサボろうとしてたよな」フレディの記憶にあるロスは、いつもなんだかんだと言い訳をして練習をサボっていた。そしてアイシス、すなわちセカンドクルーに入れられて怒り狂ったことがある。しかしボートの女神はロスに微笑んだ。ザ・レガッタの当日、ブルー、すなわちトップクルーで漕ぐはずだったライバルがひどく腹をこわしてダウンし、ロスがその代わりに出ることになった。

ところが運命の女神は気まぐれだった。その日はなにもかもうまくいかなかった。悪天候のうえにチームの力がひとつにまとまらなかった。ボートが思うように進まない。力めば力むほど状況が悪くなっていく。ボートは沈む寸前にまでなり、結局、相手に大差をつけられて負けた。フィニッシュラインでは全員が力尽きていた。レースのあと、誰も口には出さなかったが、みんなが同じことを思っていた。ロス・アボットの力不足のせいだ、と。

しかしロスは、そんなことで将来を悲観するような男ではなかった。〝ブルー〟の一員だったという事実を利用して生きてきた。オックスフォードやケンブリッジでは、どんなスポーツをやっていても、大学代表選手になれば高く評価されるものだが、それがボートなら別格なのだ。ボートの〝ブルー〟だったという事実さえあれば、レースに勝とうが負けようが、とにかくゴールまで沈まなければいい。

フレディはジンをもうひと口すすって、ロスを観察した。ボート選手としては身長が低いほうなので、当時は、そのぶん体格をよくしようとしていたものだ。ウェイトリフティングが得意で、不器用だが力だけは強かった。

いまも、薄手のスポーツジャケットに包まれた胸板は厚い。しかし腹まわりが昔よりふくらんで、しかも柔らかくなったようだ。ジンの飲み過ぎだろうな。フレディはそう思いながら、またグラスを口に運んだ。「いまも体を動かしてるのか？」

ロスはうれしそうな顔をした。「家の中にジムを作ったんだ。家も買ったばかりなんだよ。バーンズだ」

「バーンズ？　すごいじゃないか。仕事がうまくいってるんだな」

「まあ、上向いてきたかな」ロスはそういってフレディに顔を寄せ、意味ありげにウインクした。「でかい取引が決まったんだ」首を振ってにやにやする。「そのうちびっくりさせてやる」

〝ブルー〟のOBたちは、大学の成績とは関係なく、投資銀行に就職した者が多い。不動産業界に入った者よりいい結果を出しているようだ。

バーのほかの客のほうに目をやった。ロスの同類だろうか。成金連中め。高そうな服、高そうな酒。もったいぶって声をひそめ、なにかを話し合っている。もしかしたら自分もあんなふうになりかけていたんだろうか。ベッカが離れていった本当の理由は、それだったのかもしれない。

考えがあっちへ行ったりこっちへ行ったりする。ジンが頭にまわってきたらしい。集中しよう。今日は珍しくロスが付き合ってくれているんだ。「ロス、今日のことは本当に感謝してるよ。いい友だちがいてくれてよかった」

「ばかだな」ロスはきまり悪そうにフレディの肩をぽんと叩いた。「誰だってこれくらいのことはできるさ。おれにできることがほかにもあったら、なんでもいってくれ。うちのも来たがったんだが、仕事もあるし、子どももいるし」

「クリスか。元気か？　子どもたちはどうだ？」

ロスはまた声を落とした。「クリスは昇進するかもしれない。まだ内々の話の段階だが、仕事ぶりがお偉いさんに気に入られたらしい」

一瞬、フレディはベッカの声をきいたように思った。ちょっと意地悪な口調で、こういっている。〝昇進したからって、いい警官だとは限らないわ〟フレディは首を振った。本当に頭がおかしくなってきたんだろうか。意識してロスの言葉に耳を傾ける。

「――子どもたちは、これもまだ決まりじゃないが――」店内をみまわし、最高機密を打ち明けるかのようにひそひそ声でいった。「――イートンに行けそうなんだ」

「イートン？」フレディは、自分の中に怒りがこみあげてきたことに驚いていた。「すごいな。じゃあ母校は見限るってわけか。ベドフォード・スクールはアボット家の子孫にはふさわしくないってことか？」

「そういうわけじゃないよ」ロスは傷ついたような声でいった。「子どものためにいちばんいいのはなにか。そこを考えてやらなきゃならないんだ。世界に羽ばたかせてやるためにね」

「たしかに」フレディは作り笑いをした。自分も子どもが欲しかった。ベッカはいらないといった。いまとなってはどうでもいい。

疲れが押し寄せてきた。家に帰りたい。ひとりになりたい。

ロスはグラスの酒を飲みほすと、フレディに口を挟む隙も与えず、ウェイトレスを呼んで酒をもう一杯ずつ注文した。そしてフレディをみる。「今日のことだが、本当に残念だったたな。彼女――どうだったんだ？　ひどい傷でもついていたのか？」

「いや、そんなことはなかった」フレディはうしろめたさを感じていた。この優しい友だちに対して、一瞬でも反感を持ってしまったなんて。「見た目にはなにもなかった。ただ――」喉が詰まって、いおうとした言葉が出ない。〝死に顔だった〟。

「警察とはなにか話したのか？　もうなにかわかってるのか？」

「ああ、話した。だが、誰もなにも教えてくれない。スコットランドヤードの重大犯罪課の警視が来てたよ」

ロスは低い口笛を吹いた。「すごいな。本気の捜査ってわけだ。おまえもアリバイをきかれたのか？」

昨夜のアルコールのせいで、目眩がいつもよりひどい。そうなるとわかっていたのに。捜索のあと、チームのメンバーとは顔を合わせないようにして帰ってきた。しかしひとりになると、ベッカの遺体が蘇ってきて、目の前から消えてくれなかった。堰のすぐ下で木の根に引っかかっていたベッカ。水の中でゆらゆら揺れていた髪の毛。

そこでパブに出かけたら、タヴィーにみつかってしまった。その後は転がるようにして家に帰ってくると、キャンプ用の簡易ベッドに倒れこんだ。しばらくのあいだは、シードルの酔いのせいでうとうとしていたが、そのあいだも、ベッカの白い顔が何度も目の前にあらわれた。目を開き、助けてくれというようにこちらをみている。

それから悪夢がはじまった。ベッカの体のあちこちがなくなっている。吹き飛ばされたようだ。顔も、ベッカではなく、隊の仲間の顔になっていた。悲鳴が響く。タヴィーもあらわれた。なにか大声で指令を出しているが、こちらには理解できず、従うこともできない。

目覚めたときは汗をかいていた。現実は夢よりひどかった。ベッカが死んだ。親友であり、唯一の友だちだったタヴィーにも、見捨てられてしまった。

空が白みはじめると、眠るのをあきらめて、できるだけ濃いコーヒーをいれた。それから、フィンを連れて外に出て、川面がゆっくり輝きだすのを見守った。灰色の水が灰色の空に溶けていく。やがて、遠くの土手に木立のシルエットが浮かびあがると、朝もやが流れだし、まだ青々とした柳の枝が川岸で揺れているのがみえてきた。

川岸。キーランは眉根を寄せて記憶をたどった。フィリッピをみつけたときからずっと気になっていた、あの光景。

川岸に誰かがいた。ボートがみつかった場所ではない。それよりだいぶ上流の、テンプル島の対岸だ。暗がりの中に立つ人影をみたときは、釣りでもしてるんだろうと思った。そう、日曜の夜、ジョギングをしていたときだ。

月曜日も同じ場所にいた。

夜のジョギングは、ベッカの練習の時間に合わせている。しかし月曜日はベッカが川に出るのが遅かったのだろう。彼女が出てきたときには、自分はもうだいぶ上流まで走り、ヘンリー橋あたりまで来ていたのだ。

あのときもう少しだけ遅い時間にスタートしていたら……ゆっくり走っていたら……ベッカを助けることができたんだろうか。

あの男が――ベッカが来るのを待っていたんだとしたら？　テンプル島まで行ってから〈リーンダー〉に向けて折り返したベッカは、あの男のすぐそばを通った。上流に向かって漕ぐ練習のときは、風や水流の関係で、バッキンガムシャー側の土手に近いそのコースをとるのがベストなのだ。

ベッカがそこで襲われたとしたら。あるいは転覆させられたとしたら。ベッカの体はボートから離れて流された。ボートもそこから下流に流される。ボートが最初に引っかかりそうなのは、ベナムの森のはずれ――フィリッピがみつかった、まさにその場所だ。ベッカはさらに流されて、堰の下の水が渦を巻いている場所に引っかかったのだろう。

キーランは立ちあがった。明るくなるのを待って、あの男をみかけた場所に行ってみよう。ところがそのとき、目の前がぐるぐる回りはじめた。気づいたときには、川岸の柔らかい草の上に倒れていた。

うなりながらつぶやく。「くそっ、なんだって目眩なんか」冗談じゃない。突然目眩が襲ってきたかと思ったら、木のように倒れてしまうなんて。

それから長いこと、キーランはぐるぐる回る空が明るくなっていくのをみていた。しまいに眠ってしまったらしい。フィンが小さな声をあげながら、鼻先でつついて起こしてくれた。

「ああ、すまない」かすれた声でいった。口の中がからからに渇いている。「まったく、役立たずな飼い主だよな」

ためしに頭を少し動かしてみた。大丈夫だ。少し眠ったのがよかったんだろう。いつもそうだ。しばらくすると、起きあがることができた。ふらつきながら家に入ると、フィンの皿に餌を出してやり、簡易ベッドに横になった。もう一度、今度はさっきよりもぐっすり眠った。目が覚めると午後になっていた。足はふらつかない。これならヘンリーに歩いていけそうだ。

バッキンガムシャー側の土手に楽に出られるルートはない。ランドローバーで近づくことはできるが、マーロウ・ロードから出ている小道は歩くしかない。それに、目眩が頻繁に起こることや、その激しさを考えると、車は運転したくない。小型ボートで小屋の対岸に渡り、そこから歩くことにした。ときおりフィンの背中に手をついて支えにした。家を出てからずっと、タヴィーに会いたいような、会うのが怖いような、複雑な思いを抱えていた。

すれ違った人のうち何人かは、ふらつきながら歩くキーランをみて、軽蔑のまなざしを向けてきた。酔っぱらいだと思っているのだ。しかしキーランは気にしなかった。いまはとにかく記憶を確かめたい。木陰にいたあの男が幻だったのか、本物の人間だったのかが知りたい。

西から広がってきた雲に半ば隠れた太陽が地平線にだいぶ近づいた頃、フィリス・コートの入口までやってきた。ここから小道に入る。フィンが、〈ヘンリー・フットボール・クラブ〉のそばの草地をじっとみている。前に散歩をしたときのことを覚えているのだろう。あそこにはウサギがいた。それでも、主人の足元から離れることなく歩きつづけている。

道は永遠に続くような気がした。草地が終わるとキーランはほっとしたが、フィンといっしょにこの先へ行ったことはいままでに一度もない。なにが待っているのかと思うと気が重くなった。このへんにはテムズ川の水が入りこんだ湿地の森が広がっている。幅の狭い板の橋を歩いていくしかない。迂回路はなさそうだ。手すりをつかみ、子どもみたいに慎重に足を進める。次の橋はさらに狭くなっていたが、同じようにして前進した。

頭上から垂れ下がる木の枝に頭をこすられながら歩いていくと、道があまりはっきりみえなくなってきた。曲がりくねって、ときには森に深く入っていく。やがてすっかり消えてしまいそうになった。

もう一度曲がると、目的地にたどりついた。すぐにここだとわかった。

小道と川のあいだに、視界の開けた一画がある。周囲には木々や下草が繁っている。木の一本に標識がかけられていた。〈許可証なしの釣りは禁止〉とある。地面の草は柔らかく湿っていて、十月も下旬だというのにまだ青々としている。端のほうのぬかるみに、くっきりとした足跡らしきものがあった。

近づかないことにした。証拠を消してはならない。しかし、水際にたまった漂流物が荒らされているようにみえる。木々のあいだから北のほうをみると、テンプル島の白い建物がみえた。ベッカはここで死んだんだろうか。

頭に血がのぼる。しゃがんでフィンの肩に腕をかけ、目眩と闘いながら深呼吸した。そのとき、背すじに不気味な戦慄が走った。

この感覚は前にも経験したことがある。イラクにいたときだ。自分の小隊が敵兵に監視されているとわかった、あのとき。あれと同じ感じがするのは、誰かにみられているからだろう。フィンが耳を立てている。うなり声はあげない。なにか感じているんだろうか。それとも、主人の心の変化を読み取っただけだろうか。

フィンが小さく鳴いて、頭を擦りよせてきた。キーランのバランスが崩れる。「よしよし、わかった」小声でなだめてやった。キーランは注意深く立ちあがり、あたりをみまわした。小道の両方向をみてから、背後の森に目を凝らす。なにもない。

頬にぽつりと水滴があたった。続いてもう一滴。朝から重く垂れこめていた雲から、とうとう雨が降りだした。きっとあっというまに暗くなる。早く歩きださないと、あの細い板の橋や草地を、真っ暗闇の中でよろよろ歩いていくことになる。懐中電灯は持ってこなかった。

もう一度、川べりをみた。あそこに男が立っていたのは間違いない。妄想なんかじゃない。しかし、自分はイラクで使いものにならなくなったぽんこつだ。きのうも、かろうじて残っていた信頼をみずから失うような真似をしてしまった。こんな男のいうことなんか、誰が信じてくれるだろう。

キンケイドとカリンがスコットランドヤードに着いたとき、警視正はランチに出ていた。その後はランベスで会議があるという。

シェパーズ・ブッシュに戻って、もう一度ピーター・ガスキルと話してみたい。しかし、あれはベッカの部下が内緒で打ち明けてくれたことだ。そこで、キンケイドはカリンとふたりで署の食堂に行き、サンドイッチを買ってくると、オフィスにこもってアンガス・クレイグのことを調べはじめた。いやな感じがする。

スコットランドヤードの上級職の警官は、ある程度の頻度で、あちこちの部署に移動してさまざまな役職につくものだ。しかし、クレイグに関しては、その頻度が極端に高い。しかもある時点からは、あれだけ高い役職についた人間なのに、どんどん責任の少ない業務に変わっていっているようにみえる。

コンピュータから体を離した。眉根を寄せたまま、マーク・ラム警視に電話をかけた。ノティング・ヒル署の、ジェマの上司にあたる人物だが、キンケイドの旧友でもある。あの男なら率直な意見をきかせてくれるだろう。

「クレイグ？」簡単な挨拶のあと、ラムはいった。「オフレコだが、たしかに怪しい男だ。いくつかの会合でいっしょになったことがあるが、関わりたくないタイプだな。自分の権力を笠に着るのが好きだし、同僚のことなんか考えちゃいない」

「女性警官と問題になったことは？」

「噂はいくつかあったな」ラムは話しにくそうだった。「軽々しく口外したくないことだし、どれも確証はないんだ。しかし、女性警官たちはできるだけクレイグに近寄らないようにしている、そんな印象がある」

「女と働くのはいやだとかいう古くさい偏見があるからやりにくい、みたいなレベルじゃないんだな？」

「ああ、もっと深刻な理由だと思う。ちょっと待ってくれ」ラムが誰かと話しているのがきこえる。「すまない、もう行かないと。ジェマに伝えてくれ。来週から来てくれるのを楽しみに待っていると」

「もちろん」キンケイドは答えて電話を切った。

ノックの音がして、カリンが入ってきた。「ヘンリーに連絡をとっていました」来客用の椅子に腰をおろす。「家族担当の警官に、フレディ・アタートンのケアを任せました。ただ、アタートンは、すでに遺体の身元確認をすませていました。警官に同行させるつもりだったんですがね。

それと、広報にも連絡して、いつもと同じようなコメントを伝えておきました。『優秀な警官だったメレディスに心からの弔意を。この悲劇的な事件の真相は、署一丸となって解決する所存で……』とかなんとか。ただ、明日の朝の会見は警視に頼みたいそうです。一張羅を着てカメラの前に立ってください」

キンケイドはうなずいた。会見は苦手だが、捜査を進める上で必要な仕事だし、ときには事件解決につながることもある。今夜は家に帰れそうで助かった。服を着替えられる。「鑑識から連絡は？　聞きこみの結果はどうだった？」

カリンは首を横に振った。「まだなにも。アンガス・クレイグの件はどうでした？」

「いまはなんとも。とにかく警視正に話してみないと始まらない」腕時計をみる。もうすぐ五時だ。警視正はなにをやっているんだろう。辛抱も限界に近づいてきた。が、会荷造うまでは絶対に帰らない。「ダグ、ぼくはもう少し残る。きみはもう帰るといい。荷造りで忙しいんだろう？　引っ越しはいつだ？」

カリンはにやりとした。「今週末です。荷物が少なくて助かりました」

「じゃあ、こういう日はゆっくりするといい。明日は朝早くからヘンリーに向かうぞ」

カリンがいなくなると、キンケイドは書類の整理をはじめた。壁の時計が気になる。警視正のオフィスのドアをノックしにいこうか。そう思ったとき、警視正の秘書から電話がかかってきた。いまから来てほしいとのこと。

チャイルズ警視正のオフィスに遠慮なく入ると、警視正はいつもの椅子を勧めてくれた。しかしキンケイドは座らなかった。

「お時間はとらせません」

普段から厳しいチャイルズのまなざしが、さらに厳しくなった。「ダンカン、どうした。なにかわかったのか？」

キンケイドがデニス・チャイルズ警視正の部下として働くようになって、六年以上になる。お互いファーストネームで呼び合う仲になっている。キンケイドはチャイルズのことを親しい友人だと思っているが、ふたりのつながりはそれだけではない。キンケイドとジェマが住んでいるノティング・ヒルの自宅は、チャイルズの妹から借りたものなのだ。しかしいまは、くだけた口調で話す気にはなれなかった。

「警視正、アンガス・クレイグ副警視監とレベッカ・メレディスになにかつながりがあるのをご存じでしたか？」

チャイルズははっとしていった。「ガスキルにきいたのか？」

チャイルズはもともと立派な体格の持ち主だった。ここ一年で減量に成功したせいで、皮膚が少したるんでいるようにみえる。まるでワンサイズ上の人の皮膚を借りているみたいだ。アーモンド形をした目のまわりにもたるみができて、表情がいっそう読み取りにくくなっている。しかしいまの反応からすると、なにか知っているに違いない。

パターソン巡査部長の立場を考えて、質問には答えなかった。「どうして話してくださらなかったんですか。レベッカ・メレディスとクレイグ副警視監になんらかのつながりがあるとしたら、副警視監の住まいとメレディスの遺体が発見された場所が二キロと離れていないという事実は見過ごすわけにはいきません。偶然にしてはできすぎていると思いませんか？」

「ダンカン、きみに皮肉は似合わない。それに、きみはなにも知らないんだろう？」チャイルズはキンケイドの顔をしげしげとみつめた。ため息をつき、大きくてぴかぴかの机の上で、ずんぐりした両手を合わせた。「だが、きみのことだ。この問題を放ってはおかないだろうな」

「この問題とは？」

「表沙汰にならないようにと願っていた。非常にデリケートな問題なんだ。メレディス警部とクレイグとのあいだに、特別なつながりがあったわけじゃない。だが、彼女のほうから……ある種の訴えがあった。クレイグの、彼女に対するふるまいについてだ。そのことと、彼女が亡くなったことにはまったく関係がない。わたしはそう信じている。だが、そのことが世間の知るところとなれば、スコットランドヤードにとって非常に不幸なスキャンダルになる」

「不幸な?」キンケイドはレベッカ・メレディスの遺体を思いうかべた。「上級職の警官が殺されたんです。それ以上に不幸なことはそうそうないと思われます。なにがあったのか、ちゃんと話してくださいませんか。メレディスの訴えはどういうものだったんですか?」

チャイルズは椅子をうしろに引いた。「ダンカン、頼むから座ってくれ。そんなふうに目の前に立たれていると、頭が痛くなってくる」

キンケイドはしかたなく、ステンレスと革でできた来客用の椅子を引いて、座面の端に腰かけた。

チャイルズは唇をすぼめた。なにかまずいものでも食べたときのようだ。「一年前、メレディス警部はピーター・ガスキルにこんな話をした。なにかの集まり——たしか送別会だったかな——のあと、アンガス・クレイグがメレディスを車で送ると申し出た。

ちょうど帰り道だからといってね。そして彼女の家に着くと、クレイグはちょっとトイレを使わせてくれといい、そして、彼女を……暴行した」

キンケイドは、警視正が言葉の選択に迷うのをはじめてみた。「〝暴行〟はマスコミの使う言葉ですね。実際はなにがあったんですか？」

「メレディスいわく――」チャイルズは椅子を少し回転させ、窓のほうに顔を向けた。

キンケイドと正対したくなかったらしい。「――クレイグにレイプされた、と。そして――少なくともメレディスによれば――このことを問題にしたらクビにしてやるといわれたと。メレディスはDNAを採取してガスキルに訴えた」

「それで、ガスキル警視はどうしたんですか？」

チャイルズはまた椅子を回して、キンケイドと向きあった。表情をゆがめている。

「ピーター・ガスキルは合理的な対応をした。メレディスの訴えが世間に公表されれば、その出来事自体、醜い水掛け論になるだろう、といったんだ。合意の上でのセックスだったのに、あとで気が変わって訴えた、そんなふうに批判されて否定したくても、証拠もなにもない。警察の評判も下がるし、彼女のキャリアにも傷がつく。男性警官はみな、彼女とは仕事をしたがらなくなるだろう。

そしてガスキルはメレディスに約束した。クレイグをすぐにでも、ひっそり退職させる、そうすればほかの女性警官が同じ被害を受けることもないだろう、と。クレイグはスコットランドヤードからなにがしかの譴責《けんせき》を受けることになるだろう、とも」

キンケイドはチャイルズを凝視することしかできなかった。「まさか」

いつもは冷静なチャイルズが眉をひそめ、強い口調でいった。「ダンカン、きみならもっとましな解決方法を思いついたというのか？　警察の評判はここ数年だけをみても最悪だ。きみも知っているだろう？　上級職の警官が人種差別的な発言をしたとか、性差別をしているとか、身内に甘いとか。レベッカ・メレディスの訴えが公になれば、信用が壊滅状態になる。結局彼女のキャリアに傷がつくだけで、得るところはなにもない」

キンケイドは息苦しさを覚えていた。「しかし、彼女は死にました。今後のキャリアを心配する必要がなくなったということですよね。ほかの女性警官、いや、ほかの女性の安全を考えるべきでは？」

「きみはメレディスの訴えを信じるということか。真実は知りようがないのに。もちろん、クレイグは否定した」

「そりゃあそうでしょう」キンケイドは立ちあがった。体を動かしていないと、怒鳴りたくなる衝動を抑えきれない気がした。「メレディスがそんな作り話をする必要がどこにあるんです？　墓穴を掘るようなものじゃないですか。

それに、クレイグはその段階で退職しなかった。さっき調べたのでわかっています。

二週間前にようやく退職しましたが、それでも顧問として残っています。しかも功労賞まで受けている。たいした譴責ですね。

レベッカ・メレディスはそれを知って怒ったでしょうね。上司に裏切られたと感じたはずです」

チャイルズの広い額に縦じわができた。机の上のモンブランをまっすぐに直してから、キンケイドの目をみた。「ダンカン、ことを荒立てないでくれ。話には続きがある。レベッカ・メレディスはみずから問題をややこしくした。自分だけでなく、まわりの人間をも泥沼にはめたんだ。いずれきみにもわかる。それに、彼女にはやりたいことがあった。ボートだ。そのためには、全額支給の長期有給休暇が必要だった」

「信じられない」キンケイドは驚いてチャイルズをみつめた。「まさか、レベッカ・メレディスがスコットランドヤードを脅迫したと？」

「警察はそれに応じ、和解案を出した。彼女はそれを検討しているところだった」

「和解案を？」レベッカ・メレディスはそうまでしてボートをやりたかったのだろうか。それとも、クレイグに人生を傷つけられて、その傷を修復したかったのだろうか。

「彼女がそれを蹴っていたとしたら？」

「警察が泥にまみれることになっただろう」チャイルズは重苦しいため息をついた。

キンケイドは目をそらして、窓に近づいた。上司をみないできく。「では、ぼくにこの事件を担当させたかったのはどうしてです？」

「きみがいちばん優秀だからだ。きみなら真相を解明してくれる。捜査を慎重にやってくれる」

外はすっかり暗くなっていた。雨も降りだしていた。ウェストミンスター大聖堂やヴィクトリア駅周辺の明かりがぼやけている。キンケイドはそんな景色をみながら、必死に言葉を探した。怒りのせいで頭の中にかすみがかかったようで、まともな答えがみつからない。「アンガス・クレイグには、レベッカ・メレディスを殺害する動機がありました。家も近所です。その事実に気づかないふりをしてほしかったんですか？」

「いや、そうじゃない。きみには警官としての仕事を完璧に遂行してほしかった。いまもそう思っている。確証のない訴えを理由にほかの警官を攻撃するようなことはしないでもらいたい。

じゃあ、そういうことで――」チャイルズは、減量したとはいえまだかなり大柄な体を、椅子から持ちあげた。「家族サービスが大変なんだ。ダイアンの妹が二週間の予定で遊びにきてる。面倒でしかたがない」ドアのほうに歩きだしたが、部屋を出る前に振りかえった。「ダンカン、連絡は逐次入れてくれ」

キンケイドはひとり取り残された。

「『おお、ネズミよ、教えてくれませんか。この池からどうやって出たらいいのでしょう？』」それから三時間後、ダンカンは本を読んでいた。どうやったらアリスの科白《せりふ》らしくきこえるだろう。「『わたし、もう泳ぎつかれてしまって——』」

「だめ」シャーロットがダンカンの手をどけるようにして、めくったページを元に戻した。「さっきのとこ、もう一回」

「女の子がお布団にもぐりこむところかな？」ダンカンはシャーロットの小さな白いベッドの頭のところに座り、本を膝にのせていた。シャーロットは体を少しずらしてダンカンの場所を作ってくれていた。

デニス・チャイルズ警視正と話したあと、ダンカンはすぐにスコットランドヤードを出て家に帰ってきた。ちょうど、夕食の支度で家じゅうがばたばたしているときだった。

「よく帰ってこられたわね」犬と子どもたちに騒々しい大歓迎を受けたあと、ようやく夫婦でキスをすると、ジェマがいった。「今夜もヘンリーにお泊まりかと思ったわ」

「牛乳配達員とのデートを邪魔して悪かったね」ダンカンはジョークで応じた。

しかし、ジェマはダンカンの表情が暗いのに気づいて眉をひそめた。「どうかしたの？　事件のこと——」

ダンカンが首を振ったとき、トビーが割りこんできた。「牛乳の配達員って誰？　うちには来ないよ？」

「誰でもないよ。ママが話してるのに、邪魔しちゃだめじゃないか」

トビーはめげなかった。「キットが野菜炒めを作ってるよ。ぼくも野菜を切ったんだ。お手伝いしたい？」

「お手伝いか。させてもらおうかな。トビーの指を切り落としてやる」家庭のにぎやかな空気に包まれながら、ダンカンは頭の中を整理しようとしていた。

今夜はダンカンがシャーロットに本を読んでやる番だ。ジェマはトビーをお風呂に入れている。この本を選んだのはシャーロットだ。キットが昔読んだものがリビングの本棚に入っていた。それをみたとき、ダンカンはジェマに目配せした。「アリスはまだ早くないかな？」

ジェマは肩をすくめた。「本人がいっていうんだから、いいんじゃない？　ほかのを読もうとしてもきかないわよ。わたしも楽しんでるわ」

「子どもの頃、読まなかったのかい？」ダンカンは驚いてきいた。ジェマの家族はみな本好きではなかったそうだ。いまになって子どもの本と出会い、新たな世界が開けたような気がしている、とジェマはいった。

ダンカンが上掛けを引きあげてシャーロットの鼻のてっぺんまで覆ってしまうと、シャーロットはうれしそうに笑った。しかしすぐに上掛けをはねのけて、指先で本を叩いた。「ちがうの。『わたしを飲んで』っていうところ」

ダンカンはしかたなくそのページに戻った。「『うわあ、変な感じ！』とアリスはいいました。『望遠鏡みたいに体が縮まっていくわ！』

たしかに、そのとおりでした。アリスは身長が二十五センチくらいになっていたのです。アリスの顔がぱっと明るくなりました。なぜなら、これくらい小さくなれば、あの小さなドアを通って、きれいなお庭に出られるから。でもその前に、もうしばらく待ってみることにしました。これ以上小さくなるのかな？　なったらどうしよう、と心配になったからです。『そのうち止まると思うけど』アリスは独り言をいいました。『止まらなかったら、そのうちなくなっちゃうかも。キャンドルみたいに。そうしたらわたし、どうなっちゃうのかな？』」

「ふーっ」ダンカンはキャンドルの火を消す真似をした。

「そんなのうそだもん」シャーロットがいった。「勝手にお話を作っちゃだめ」

「これを書いたルイス・キャロルって人も、このお話を作ったんだよ。全部、その人が考えて作った物語なんだ」

シャーロットが目を大きく見開いた。そして首を横にふる。「アリスも？」

「アリスもだよ」

「うそ」シャーロットは自信満々にいいきった。「そんなのうそ。だってこれはアリスが冒険したお話だもん。ねえ、アリスは小さくなってうれしかったと思う？」

ダンカンはちょっと考えて答えた。「どうかな。シャーロットだったらうれしいかい？」

シャーロットはかぶりを振った。「ううん、あたしは大きくなりたい」

ダンカンはこれをきいて一抹の寂しさを覚えた。「じゃあ、目をつぶって。早く寝れば早く明日になる。お誕生日もすぐに来るぞ」

「本当？」

「本当だよ」

「わかった」シャーロットは目をぎゅっと閉じたが、すぐにまたあけた。「ちゃんと寝るまでそばにいてね？」

「ああ、約束だ」

「あとで、またみにきてくれる？」

「来るよ。安心しておやすみ」また上掛けを掛けてやった。今度はシャーロットはダンカンの手を自分の両手ではさみ、その上に自分の頬をのせた。

まもなく、シャーロットのまぶたが下がってきて、やがて閉じた。あっというまに両手からも力が抜ける。規則的な深い寝息がきこえはじめた。

自分の手に重ねられた小さな手をみながら、ダンカンは思った。これほど愛らしいものを、いままでにみたことがあっただろうか。キャラメル色をした小さな手は自然に丸まっている。爪がピンク色の真珠のようだ。つくづく不思議な感じがする。こんな可愛い子が、自分の人生に突然あらわれてくるなんて。しかも、この子は自分を愛しはじめてくれている。父親失格になるようなことは絶対にしない、と心に決めた。この子には父親が必要なのだ。

シャーロットの頬にそっとキスすると、手を抜きとった。

顔を上げると、ジェマが部屋の入口に立ってこちらをみていた。「ダンカン、お見事だったわ」

「アリスのおかげだよ。トビーはどうだい？」

「もっと簡単なのを読んでるわ。『パイレーツ・オブ・カリビアン』のコミック版」

「まあ、〈デイリー・ミラー〉を読むよりいいだろう」

「そうね、それはまだ早いわ」ジェマはダンカンの顔をみた。「キッチンに来て。お茶をいれるわ。今日のことを話してちょうだい」

キッチンに座ると、二匹の犬も夫婦の足元に腰を落ち着けた。ジェマのクラリス・クリフのティーポットが誇らしげにテーブルを彩っている。しかし、カップは古いマグカップを使った。揃いのものではないし、縁も欠けている。しかし、土曜日にポートベロ・マーケットを散策してみつけた掘り出し物なのだ。ここに座る前に、ダンカンはトビーとキットのようすをみてきた。それから犬を外に出してやった。外はまだ小雨が降っていて、気温もぐっと下がっていた。しかしキッチンは暖かい。群青色の調理器《アーガ》のおかげで、ほっとするようなぬくもりを楽しむことができた。

　頭の中を整理しながら、まずは、今朝レベッカ・メレディスの死についてわかったことを話した。それから、デニス・チャイルズとの会話の要点を伝える。「この事件は担当したくないな」最後にそういった。

「手を引くつもり？」ジェマは驚いてきいた。「無理よ」

「けど、ぼくは本来これから休暇に入るところだったんだ」

　ジェマはため息をついた。「それはわかってる。わたしだってあなたと同じくらい、それを楽しみにしてたわ。でも、こういう事件から手を引いたら――あなたのキャリアにとってもよくないはずよ」

「だが……きみはどう思う？　捜査の方向を――」唇がゆがむ。「――変えなきゃならないんだ。警察のお偉いさんの立場を守るために」

「やりたくない気持ちはわかるわ。でも――」ジェマはダンカンの目をみた。まっすぐで正直なそのまなざしが、ダンカンは大好きだった。「レベッカ・メレディスのことはどうなるの？　犯人をみつけたいでしょ？　彼女のためにも犯人をつかまえてほしい。

その結果、どんなことになったとしても」

「クレイグが犯人だとしたら、どんなことになるかわかってるかい？　ぼくたちには守らなきゃならないものがあるんだよ」ダンカンは両手を広げた。この家も、二階の部屋で眠っている子どもたちも、失いたくない。

ジェマはポットのお茶をふたつのカップに注ぎ、クラリス・クリフのミルク入れに残っていたミルクを入れた。「デニス・チャイルズをもっと信じてもいいんじゃない？　そのお偉いさんは——なんて名前だったっけ。クレイグ？」

「アンガス・クレイグ。いかにもスコットランド人らしい、いい名前だ。こういう状況でなければ気に入ってしまいそうなくらい。だが——」ダンカンは途中で口を閉じた。ジェマが話をきいていない。「ジェマ？」

「薄茶色の髪の人？　あまり背が高くなくて、がっしりしたタイプの」ジェマの声が一オクターブ上がっていた。

「会ったことは二、三度しかないが、たしかにそういう感じだ。どうして——」

「驚いたわ」ジェマは目を大きく見開いた。「レベッカ・メレディスの話では、その上司に車で送るといわれて、家に着いたらトイレを使わせてほしいといわれたのよね？」

「ああ、そうだが——」

ジェマはダンカンを制した。言葉が堰を切ったように出てくる。「巡査部長の昇任試験に合格したあとだった。ダンカン、あなたのところに配属される一ヵ月か二ヵ月前だったと思うわ。ヴィクトリアでパーティーがあって、参加したの。どういうパーティーだったかは覚えてないわ。誰かのお別れパーティーかなにかだと思うけど。スコットランドヤードで仲良くなったばかりの同僚に誘われて、行くことにしたの。

全体としては楽しいパーティーだった。けど、お開きになったとき、雨がザーザー降りだった。わたし、お酒を飲むと思ったから車では行かなかったの。みんなが散り散りに帰りはじめたとき、誰かが、レイトンに行く地下鉄が止まってるといって」ジェマは一瞬ためらってからつづけた。「そうしたら、『車で送ろうか』って」

「クレイグか」

「ええ、間違いないわ。わたしのこと、すごく心配してくれて。父親みたいに優しかったし。おまけに副警視監だっていうから……わたし、なんだかうれしくなっちゃったの」ジェマはお茶を飲み、よく磨いたマツ材のテーブルの上でマグカップを九十度ほど回した。「送ってもらったわ。車の中では他愛もないおしゃべりをした。映画のことか、そんな話だったかしらね。そしてレイトンに着くと、中に入れてくれないかといわれた。それほど切羽詰まっているわけじゃないけど、パーティーでビールを飲んだし、それに、ちょっと遠回りしてレイトンまで来たから、家に帰る前にトイレに行っておきたいって。

どうぞ、と答えたわ。家が散らかってることを思うと焦ったけどね」

ダンカンは椅子に座ったままそわそわしはじめた。足元で眠っていたコッカースパニエルのジョーディが目を覚まし、不満そうに低くうなって、また眠りについた。「続けてくれ」ダンカンは緊張した口調でいった。ジェマの顔から目を離そうとしない。本当は、話の続きをきくのが不安でならなかった。

「自分の身の上なんか、なにも話してなかった。そりゃそうよね。知りもしないお偉いさんに、そんなこと話すわけがない。離婚したばかりのシングルマザーっていう立場で気苦労が多かったし、キャリアの上で不利になるかもと思っていたし」ジェマはダンカンをみて、目をそらした。「だから、一人暮らしだと思われたんじゃないかしら。けど、その夜はたまたま、母がトビーの世話をするために来てくれてたの。トビーは癇癪を起こして大騒ぎしてるとこだった。クレイグがうちに入ってきたとき目にしたのは、顔を真っ赤にして泣きわめく子どもを抱えてリビングを歩きまわる、うちの母親だったってわけ。クレイグはそのまま回れ右をして、出ていった。おやすみもいわずにね。

変だなと思ったわ。でも、トイレなんか貸してくれといったのが恥ずかしくなったのかもしれないし、汚れたオムツを踏んづけるはめになったら困るとでも思ったのかもしれないし」肩をすくめた。「それっきり、そのことは忘れてた。その後クレイグと顔を

リオではないか。

「けど？」ダンカンは背すじに冷たいものを感じていた。レベッカとまったく同じシナリオではないか。

「あの夜、母が来ていなかったらどうなってたのかしら。アンガス・クレイグが、レベッカ・メレディスにしたのと同じことをわたしにするつもりだったとしたら」


キーランが小屋に戻るだいぶ前から、外は真っ暗になっていた。体はびしょ濡れで、冷えきっている。頭がくらくらした。頭と体が切り離されているような感覚だ。耳鳴りがする。目眩がひどくなる前兆だ。

明かりをつけ、フィンの体をタオルで拭いてやった。ドライフードを皿に入れる。しかし、自分の食事は、作ることを考えただけで吐き気がしてきた。

最後にものを食べたのはいつだろう？　きのうの捜索の前にプロテインバーを食べたきりか。ふらつくのも無理はない。

簡易ベッドに倒れこむ。頭の中には、さまざまな光景が切れ切れにあらわれてきた。画質の悪い古い映画をみているようだ。自分も、せめて体だけは拭かなければ。しかし、たったそれだけのことをするにも、何歩か歩かなければならない。それがどうしてもできそうにない。

目撃したことを誰かに話さなければ。だが、誰に話せばいい？　タヴィーは口をきいてくれないだろうし、まして、こちらの話なんかきいてくれないだろう。スコットランドヤードの警官はどうだろう。耳を傾けてくれそうな男だった。しかし、どうやって連絡をとったらいいのかわからない。近くの警察署に行って状況を説明するなんて、とても無理だし、そもそも警察署まで行けるかどうかもわからない。

視界がぐるぐる回りはじめた。ベッドの端をつかんで、本格的な目眩に備えた。しかし、それは免れたらしいとわかったとき、ほっとしてため息をついた。フィンがドライフードを食べ終えて、ベッドの足元の床に寝そべった。前足にあごをのせ、キーランの顔をみつめる。

キーランはじっとして、頭の中で数を数えた。十秒たった。もう大丈夫かもしれない。体を拭くだけならなんとかなりそうだ。それからサンドイッチでも食べてコーヒーを飲もう。そうしたら、土手にいた男の件をどうするか、あらためて考える。

慎重に立ちあがったとき、小屋の外で水のはねる音がした。フィンが耳を起こした。なんだろうという顔をしている。首をかしげ、低くうなりはじめた。背中の毛が逆立っている。

そのとき、世界が爆発した。

# 11

ハリーが借りたボートのひとつは、スイス製の美しいものだった。木製のダブルスカルで、持ち主はゲイル・クロムウェル。一九七七年に癌で亡くなった有名なスカラー、サイ・クロムウェルの未亡人だ。……トレーラーに載っているボートの中では、ゲイルのダブルスカルがいちばん美しかった。……ゲイルの意見では、クロムウェルのダブルスカルに乗れば、オリンピックのメダルも夢ではない、とのことだった。

——ブラッド・アラン・ルイス『Assault on Lake Casitas』

「ラムを買ってきた」イアンがタヴィーの鼻先で紙袋を振った。「子羊だ。メエー。ベジタリアンのごちそうにどうかな」紙袋には、警察署の向かいの店で買ってきたケバブが入っていた。焼いた子羊肉のにおいが、消防署の休憩室いっぱいに広がった。

「気をつけないと、あの人たちがにおいにつられて集まってくるわよ」タヴィーは緊急車両の並ぶ車庫を指さした。いま、署長が消防団員を集めて訓練をおこなっている。今夜の救急車——正式には緊急派遣車両《ラピッド・レスポンス・ビークル》、略してRRVと呼ばれている——の当直はタヴィーとイアンのふたり。イアンはタヴィーがベジタリアンであることをいつもからかっている。

今夜はすでに出動要請があった。高齢の女性が転んだとのことだった。救急車の出動中に、消防のチームが食事をすませてしまったので、イアンがふたりぶんの夕食を買ってきてくれた。

タヴィーをからかう口実が欲しかったのかもしれない。タヴィーはティーンエイジャーの頃から自分の意志でベジタリアンになったが、焼いた肉のにおいを嗅ぐと唾液が止まらなくなる。イアンはそのことをよく知っているからだ。

遺伝のせいだからしかたないのよ、とタヴィーは思っていた。そういう肉体的反応は、北欧で狩猟生活をしていた祖先のDNAに組みこまれていたのだ。肉を焼くにおいは、生死を分かつにおいでもあったはずだ。

「フムスも買ってきてくれた？　ファラフェルは？」

「もちろんありますとも、マダム」イアンは背中のリュックから別の紙袋を取りだして、休憩室のテーブルに置いた。固いプラスチックの椅子を引いてきて腰をおろし、自分のぶんの紙袋をあけた。

「イアン、あなたって男の中の男ね」タヴィーは渡された紙袋をのぞきこみ、においを嗅いだ。ほかほかのピタパンに、かりっと揚がったファラフェルが挟んである。フムスもおいしそうだ。色鮮やかなコリアンダーとチリのソースをかけて、レタスとキュウリとトマトを添えてある。ジューシーでぐちゃぐちゃしていて、最高のにおい。ベジタリアンにはベジタリアンの楽しみがある。

紙袋をテーブルに置こうとして、タヴィーは鼻にしわを寄せた。なんだかわからないが、茶色い汚れがテーブルのあちこちについている。「あの人たち、なにを食べたのかしら。それに、テーブルを拭きもしないで」

「チリコンカンだろうな」イアンはケバブを頰張りながらいった。「あの新人が料理当番なんだ」

タヴィーはシンクの近くにあるキッチンペーパーを一枚取って、テーブルを拭いた。ただし、拭いたのは自分が使う三十センチ四方だけ。「ああ、あの人。ボンゾだかボーゾだか知らないけど、署長の研修が終わったら、わたしが鍛えなおしてやるわ。こんなの我慢できない」

「ボンゾでもボーゾでもなくブラッドだよ、タヴィー」イアンは紙袋の底からケバブをもうひとつ取った。「感じのいい若者みたいだけどな」

「まあね。別れた夫を思い出すわ。すっごくいい男」タヴィーはまた機関室をにらみつけた。

イアンは苦笑いをした。「手厳しいな」

「あなたが優しすぎるのよ」タヴィーはいったが、笑顔で腰をおろした。イアンと組むのはいい。救急救命士としても優秀だし、もっといろんな資格をとろうとしてがんばっている。タヴィーのほうが上級の資格を持っていると知っても、不満はみせなかった。

この仕事では、急病人を運ぶこともあるし、高齢者の事故や心臓発作などの現場に駆けつけることもある。ちょっと頭のおかしい人に呼ばれることもある。

イアンは決断力があり、辛抱強い。だから、どんなケースにも対応できる。家族は妻と可愛い子どもがふたり。冷静で有能なイアンが捜索救助隊に入ってくれたらどんなに助かるだろう、とタヴィーは思っていた。

しかし、キーランのこともそう思っていたのだ。大きな戦力になってくれると思っていた。なのに、そうはならなかった。

気持ちが沈んでいく。食欲もなくなった。昨夜、厳しく責めつづけたときのキーランの顔が忘れられない。離れていくときのキーランの顔。絶望に満ちた目をしていた。あのときの言葉をなかったことにできるなら、なんだってするのに。

昨夜は眠れなかった。心配でたまらず、電話をかけるべきかどうか、ずっと迷っていた。おかげで今朝は真っ赤に充血した目で出勤することになってしまった。それからはずっと忙しく、電話をかける余裕もなかった。ただ、電話をかけることができたとしても、なにを話せばいいのかわからない。

「食べないのか?」食べかけのファラフェルをみて、イアンがいった。「食べないならもらうぞ。おれも好きなんだ」

「勝手にすれば」タヴィーはいったが、声にも力がこもらなかった。紙袋を持って、またテーブルにおろす。急に、誰かに打ち明けたくなった。ただ、捜索のことやその後のことは詳しく話せない。「イアン、友だちにひどいことをいっちゃったときって——本当のことだけど、ひどいことには変わりない——どんなふうに謝る?」

「酒をおごるかな」

タヴィーは思わず天井を向いた。「そうね、でも、今回はまずいかも。相手を責めた理由のひとつが、お酒のことだったから」

イアンが興味を持ったようだ。「〈マグース〉の前で怒ってたやつか。ボートの修理をしてる、変なやつだろ?」

「え、どうしてそれを——」あのときの言葉が全部、他人にきかれていたということか。またたくまに町じゅうに広まったに違いない。「でも、変なやつじゃないわ。イラクで衛生兵だった人なの」

「へえ」イアンの顔からいつもの明るい表情が消えた。「PTSDか」

「そうみたい。それと、頭にけがをしたそうよ。でも、詳しいことはなにも話してくれない」タヴィーは迷ったが、話すことにした。なんだかうしろめたい。「彼のことは、ちょっと調べたの。捜索救助隊に入らないかって誘う前にね」罪悪感を覚える。正当な理由があって調べたとはいえ、やはりいやな感じがする。「即席爆発装置にやられて、小隊の彼を除く全員が死んだんですって」

「気の毒にな」イアンは首を振った。「で、今回はなにをやらかして、きみからあんな大目玉を食らったんだい？　きのうは捜索があったらしいね」

そうか、イアンは知っていたんだ。「イアン――これはきかなかったことに――」

そのとき、消防のサイレンが鳴って、タヴィーの言葉がかき消された。

「ほら、いわないこっちゃない。食べられるときに食べとかないと」イアンがいって、ケバブの残りを口に入れた。「ファラフェルはあとで電子レンジにかけてもうまくないからな。レタスがしおれるし――」

「しーっ」タヴィーが片手をあげた。車のエンジン音や隊員たちの大声に混じってきこえてくる通信指令係のアナウンスの中に、気になる言葉がふたつあった。「火災」と「島」。まさか――無線機がガーガーと音をたてた。救急車にも出動要請がかかったのだ。

「けが人がいる模様」指令係がいう。「なんらかの爆発によるもの。ミル・メドウズの向かいの島で、建物が炎上中」

タヴィーは救急車へと走った。

消防車が署から出る前に、ボルボの救急車を道路に出すことができた。タイヤをきしませて発進する。普段は助手席でのんびりしているイアンが、今日ばかりは片手でダッシュボードをつかみ、片手でシートベルトを締めようとしている。ウェスト・ストリートから猛スピードでマーケットプレイスに入る。回転灯もサイレンもつけていた。うしろから消防車のサイレンもきこえてくる。青い光がバックミラーに映る。

「早く！　早く！」タヴィーは小声でつぶやいた。自分だけでなく、背後の隊員たちへの懇願でもあった。

「タヴィー、どうした？」イアンが歯を食いしばったままいった。「どっかにつっこんで死ぬつもりか？」

「違うの——」それ以上はいえなかった。「つかまってて。消防車は〈川とボートの博物館〉の駐車場を通っていくしかないと思うけど、この車なら現場の近くまで行ける」

〈エンジェル〉の建物をかすめるようにして角を曲がり、テムズサイドを進む。道路がカーブするところまで来ると、車止めのあいだを抜けて、川沿いの遊歩道に入った。この暗がりの中を歩いている人がいたら、車に気をつけたほうがいい。

ヘッドライトの中に、右手にあるミル・メドウズのベンチやごみ箱が浮かびあがっては消えていく。黒々とした静かな川が左手にみえる。柳の枝がボルボの屋根をなでて、かさかさと音をたてた。川の中州の島にはいくつかの家の明かりがみえる。

次の柳がうしろに消えたとき、現場がみえた。

カオスだ。カオスとしかいいようがない。炎と火花が空に散っている。川そのものが燃えているみたいだ。

いや、燃えているのは川ではない。キーランの小屋だ。そうだろうと確信していたが、やっぱりそうだった。川がカーブしている場所にも、近くの家にも、見覚えがある。

オレンジ色の炎を背景に、黒い人影がいくつかみえる。小屋のちょうど対岸のところまで来たと判断すると、タヴィーは車を草地に駐めて外に飛びだした。手には救命用具の入ったバッグを持っていた。ボルボのサイレンを切ったので、あたりは静かになった。島の人々の叫び声が、川ごしにきこえる。しかし消防車のサイレンはまだ遠い。

イアンも降りてきて、タヴィーの横に立った。「まずいな。どうやってあそこまで行く？」少し下流に行ったところにナロウボートが繋留してある。しかし明かりがついていない。誰も乗っていないのだ。「消防車は博物館のほうから来るから、まだまだ時間がかかるな」イアンがいった。まだ影も形もない。

黒い影にしかみえない人々が、タヴィーたちに気づいたようだ。必死に手を振っている。ひとりが叫んだ。「おーい！　助けてくれ！　消防車はまだか？」

「もうすぐ来るわ。わたしたちは救急救命士なの」タヴィーも声を張りあげる。「ボートをこっちにお願い。消防車が来るまでは、火はどうにもできないわ」キーランの小型ボートが船台に留めてあるのがみえる。

男はちょっと躊躇したようだが、ボートのもやいを解いて乗りこむと、あっというまに川を渡ってきた。オールの扱いに慣れている。

「まったく、なにがあったんだか」男はそういってボートを岸につけた。「隣の家の者です。妻とふたりでテレビをみていたら、どーんと音がして、あとはもうめちゃくちゃだった」

タヴィーはボートが苦手だ。注意深く小型ボートに乗りこんだ。イアンは平気で乗ってきた。男がボートを漕ぎだす。

「けが人は？　キーランは大丈夫？」タヴィーは男にきいた。タヴィーはいつも〝氷の女〟と呼ばれている。どんな現場でも落ち着きはらっているからだ。しかしいまは、心臓が胸から飛びだしてきそうだ。レベッカ・メレディスの捜索をしていたとき、キーランはこんな気持ちだったのかもしれない。そして、最悪の予想が当たってしまったのだ。みぞおちのあたりに、鉛のような恐怖感が居座った。

「現場の住人を知ってるのか？」イアンの顔に狼狽がみえる。ちらちらした光の中でもはっきりわかった。「まさか、さっきの――」

タヴィーは答えず、漕いでいる男をみていた。「お名前は？」

「ジョンです」

「ジョン、けが人はいるの？」

「わかりません。近寄れなくて」木材の割れる音がして、さっきより派手に火花が散った。「くそっ」ジョンはオールを持つ手に力をこめた。舳先が上がる。「妻が心配だ。みんなを避難させないと。消防車はまだ来ないのか」

タヴィーは振りかえった。青い光がゆっくりこちらに近づいてくる。「来たわ。でも公園を抜けないと、全部燃えてしまう」

「早くしないと」

船台に近づくと、顔に炎の熱を感じた。ボートが着岸するのと同時に船台にあがる。あやうく足を踏みはずしそうになった。隣家の前に女性が立っている。

「ジョン！」女性がいった。「消防車は来るの？　早くしないと――」

「ジャネット、離れてろ」ジョンはボートを係船柱に結びつけた。タヴィーに続いて船台に上がる。イアンもボートを降りた。ジョンは女性に、そっちの空き地に行けと、自分たちの家の右のほうを手振りで示した。

タヴィーは岸を振りかえった。消防車が川岸に一列に並んでいる。もうすぐ放水がはじまるだろう。

「ふたりとも、離れて」そういったあとは、夫婦のことを忘れて、炎に突進していった。

「タヴィー、正気か？」

イアンの声がきこえたが、自分には関係ないことのように思えた。

近づくと、顔が焦げそうに熱かった。船台と小屋のあいだはほんの数メートルしか離れていない。そのとき、黒い影がみえた。炎のぱちぱちいう音に混じって、犬の甲高い鳴き声がきこえた。

「フィン！　フィン！」

犬は吠えるだけで、タヴィーのところに来ようとはしない。タヴィーは腕で顔を覆い、さらに近づいた。犬が動かない理由がわかった。主人を置いて逃げることができないのだ。

キーランはうつ伏せに倒れていた。脚を開き、両手を体の下に敷いたような格好だ。床に両手をつく余裕もなく倒れたのだろうか。

あとは訓練のとおりに体が動いた。ベルトにつけてある懐中電灯を手にすると、何歩か前に出た。うしろからイアンの声がきこえる。「タヴィー、どうかしてるぞ」それでもすぐあとについてきてくれた。

膝をついて、うつ伏せになったキーランを照らす。フィンが小さな声をあげながらタヴィーの顔をなめようとする。「フィン、大丈夫よ。大丈夫よ。落ち着いて。座れ。よし、いい子ね」犬は座ったが、恐怖に震えている。懐中電灯を向けると、犬の白目が光った。

キーランの肩に手をかける。反応があった。うめき声がきこえる。

「キーラン、わたしよ。起きあがれる？　動ける？」

キーランはもう一度うなって体を上向きにした。「フィンを——早く、フィンを——」

「しゃべらないで」懐中電灯で顔を照らす。一瞬、顔の半分が焼け焦げているようにみえた。しかし触れると濡れている。キーランの肩に触れたタヴィーの手にも血がついていた。

「頭が——」キーランが手を上げる。「なにかが落ちてきて——」

「ここから出るわよ。立てる？」タヴィーはキーランの脇に腕を入れた。イアンが反対側を支える。

キーランを立たせることができた。しかしそのとき、キーランが体をよじった。「ボートが――」

「ボートは無事よ」

「違う、おれが作ってる。シェルだ――」よろめきながら足を踏みだす。その先には細長い物体があった。防水布がかけてある。「燃やしたくない。彼女の――」

叫び声やディーゼルのポンプ音が川を越えてきこえてくる。あれは署長の声だ。「退避せよ！　退避せよ！」放水銃の水に直撃されたら、深刻なけがを負う。それに、火が収まる前に小屋が爆発するおそれもある。キーランは、ボートの修繕のために溶剤を使っている。引火したら恐ろしいことになる。

「キーラン、早く逃げないと」タヴィーとイアンは再びキーランの体をつかみ、半ば持ちあげるようにして歩きだした。よろめきながら前に進む。フィンが少し前を歩き、振りかえってはキャンキャン吠える。「フィンを助けてあげないと。キーラン、あなたにかかってるのよ」

キーランがタヴィーをみた。顔の半分が血まみれだ。しかしはじめて目に反応があった。助けにきたのが誰だかわかったようだ。よかった、とタヴィーは思った。

「タヴィーなのか？　タヴィー、誰かが窓から火炎瓶を投げこんだ」怒っているというより、わけがわからないという口調だった。「おれをぶっとばそうとしたんだ」

ジェマはキッチンのテーブルに座ったまま、紅茶を飲むのも忘れて、たったいま知った恐ろしい事実に愕然としていた。あの夜、トビーと母親をみたときにアンガス・クレイグの態度が急に冷たくなったと思ったのは、考えすぎだろうか。いや、そうではないと思う。思いもよらない危険が身に迫っていたということだ。

テーブルを挟んだダンカンの顔は怒りに引きつっていた。「もしもクレイグがきみに指一本でも触れていたら、ぼくはやつを殺していたと思う」

思わずびくりと体が震えるほど、恐ろしい口調だった。ダンカンがこんな冷淡な口調で話すのは、いままでにもほんの二、三回しかない。いずれも殺人事件について話しているときだった。

「あの頃はまだ知り合ってなかったわ」

「そんなの関係ない。あとからだって、そんなことがあったとわかれば許さない」

でも、もしそんなことがあったら、ダンカンに話すだろうか。

それに、もし自分がアンガス・クレイグにレイプされ、黙っていないと職を失うぞと脅されたとしたら、どう対処していただろう。子どもを育てなければならないし、別れた夫は養育費を入れてくれない。それに警官の仕事が大好きだった。自分の能力を証明したい、出世したい、という思いも人一倍強かった。

ピーター・ガスキルがレベッカ・メレディスにいったことは、そのまま自分にも当てはまる。クレイグといっしょにパブを出るところは人にみられている。セックスに合意はなかったと主張したくても、その証拠がない。あとになって気が変わったんだろうといわれても反論できない。

そして裁判になったとしたら――そこまでいく可能性はかなり低かっただろうが――クレイグの弁護士に名声をずたずたにされていただろう。レイプの被害を訴えた女性が被告の弁護士に傷つけられるケースは、これまでいくつもみてきた。体の痣や膣の裂傷があるときでさえ、〝女が乱暴なセックスを好んだから〟ということにされてしまう。そういう女なんだという印象をいったん植えつけられたら、もうおしまいだ。真実がどうだったかなんて、もう関係ない。

そんなことがあれば、クビにはされないとしても、その後は署内でのけ者にされてしまうだろう。

レベッカ・メレディスは自分より階級が上だし、影響力もある。それでも泣き寝入りするしかなかったのだ。

ダンカンのあわてたような声をきいて、ジェマは我に返った。「ジェマ、本当に無事だったのか――」

「ええ、もちろんよ。指一本触れられてない。けど――レベッカの別れた夫がレイプのことを知ったらどう思ったかしら。あるいは自力で調べて突き止めたとしたら？　ダンカン、あなたと同じように怒ったと思う？」

「かもしれないな。あの男はレベッカをずいぶん心にかけていたからな」ダンカンはかぶりを振った。「だが、やつが殺すとしたら、レベッカじゃなくてクレイグだ」

「嫉妬したとしたら？」

「レイプされたレベッカを殺すほどの嫉妬心か」ダンカンは顔をしかめた。「ありえなくはないが、ゆがんだ感情だな。フレディ・アタートンがそういう人物だとは思わない」

「アタートンのこと、好きなの？」

ダンカンは肩をすくめた。「まあ、そうかな。だがそれ以上に、彼がスコットランドヤードのスケープゴートにされてるのが気に喰わないんだ。あまりにも安直じゃないか。推定無罪の原則はどうなったんだ、クレイグのほうがよっぽど怪しい。賭けてもいい」

ジェマは立ちあがり、ふたつのカップをシンクに持っていき、すすいだ。水を止めて振りかえる。「そうね、クレイグは怪しいわ。でも、どうしていまになって？　レベッカがレイプのことをピーター・ガスキルに話したのは、一年も前のことなのよ」

「クレイグが功労賞を受けて退職したってことをレベッカが知ったんじゃないかな。で、バトル再開ってわけだ」ダンカンは椅子をうしろに引き、ジョーディの耳をなんでた。「上司を信じていたのに裏切られた。そりゃあ怒るだろう。彼女がガスキルを殺さなかったのが不思議なくらいだ」

両手から水を滴らせたまま、ジェマはテーブルに戻って腰をおろした。「そうね。でも、どんなに腹が立っても、彼女の立場ではなにもできないわ。なのになんでクレイグが彼女を殺すの？」

ダンカンはジョーディをもう一度なでてから、視線をジェマの背後にやった。どこにも焦点が合っていない。「レベッカに、別の攻撃材料があったのかもしれない。あるいは、新たな攻撃材料をみつけたか。あのセックスに合意がなかったことを示す方法がみつかったのかもしれないな。あるいは——時間をさかのぼって考えると……」髪に何度も手を入れてかきあげた。考えごとをするときの癖だ。髪がハリネズミのようになってしまった。

「四年前、きみがターゲットになった。そして一年前、メレディスがレイプされた。クレイグはそのあいだ、どうしていたんだろう。四年前より前は？」ダンカンはジェマをみた。視線が鋭くなっている。「同じやりかたで女性を狙っている。間違いなく常習犯だ。きみとレベッカ・メレディス以外にも被害者がいる」ダンカンはテーブルに身をのりだし、ジェマの手を握った。力がこもりすぎて、ジェマがびくりと身を引くほどだった。「ジェマ、きみが被害にあったらどうしていたと思う？」

本当は考えるのもいやだったが、ジェマはよく考えて答えた。「頼れる人はいなかった。少なくとも、頼りにできると思える人はいなかった。レベッカがピーター・ガスキルを信じて訴えたようにはね。それに、レベッカもそうだったと思うけど、わたしも、事件を公にしたら自分のキャリアが終わると思ったはず。訴えた結果がどうなろうと。でも、いつかあいつを痛い目にあわせてやるためのなにかを——なにかの材料を——手に入れようと思ったかもしれないわ」

ほかの女性はどうだっただろう。夫や子どものいる警官だったかもしれない。必死に働いて築いてきたキャリアがあったかもしれないし、とにかく食べていくために給料が必要だったかもしれない。「ほかの被害者が——あなたのいうとおり、何人もいたと考えるべきだとわたしも思うわ——レイプの被害を犯人不詳のまま訴えていたとしたら、どうかしら？　記録には残るし、DNAの情報も残る。チャンスさえあれば、それを武器にすることができるかもと思って」

そうやって被害届を出した人はいたかもしれない。しかしそのあとは口をつぐんでいるしかなかった。何ヵ月も、何年も、事実を隠しつづけた。その嘘がほころんで、人生がめちゃくちゃになった人はいないんだろうか。

ジェマははたと思いついた。「メロディにきいてみるわ。彼女、サファイア・プロジェクトの一員なの。レイプ被害者のファイルを調べてみる。未解決のをね。被害者がどんな人かもわかるでしょうから、クレイグがどんな女性警官を狙ったかもわかるはず」ジェマは椅子に座ったままそわそわと体を動かした。さらに具体的に考えてみる。「犯人を知っているのに知らないといわなきゃならない。もしそんなことになったら、それ以外のことは真実をいろいろ書くと思う。人間ってそういうものだと思う。簡単にできることだし。となると、被害届に共通点があるはず。そう思って捜せばみつかると思うわ」

ダンカンはうなずいた。「なにかみつかるかもしれないな。メロディはこのことを秘密にしてくれるだろうか。この件は、できることならぼくだって表沙汰にしたいくらいなんだ」その口調からすると、ダンカンとデニス・チャイルズとの不和はしばらく続きそうだ。

「ただし、ここには大きな仮定がひとつある。クレイグが女性警官しか狙わないということだ。警官以外の女性もターゲットになるとしたら、相当難しいぞ」

「そうね」ジェマはほかの女性のことを考えた。人生を傷つけられ、めちゃくちゃにされた人が、ほかに何人もいるのだ。そして首を横に振った。「それはないと思う。クレイグが自分の権力を利用するには、相手が警官でなきゃならない。だから警官しか狙わないわ」

ジェマは目を閉じて、四年前のあの晩のパブでの会話を思い出した。友だちにからかわれていたのを覚えている。離婚が成立して晴れて独身ね、よかったわね、とかなんとか。クレイグがそばできいていたとしてもおかしくない。さらに何気ない質問をいくつかすれば、ジェマが昇進したばかりで、仕事に野心を持っていることがわかるだろう。トビーのことは誰も話題にしなかった。

そういえば、とジェマは思った。「クレイグにとってレベッカ・メレディスは、ずいぶん手近なターゲットだったと思わない？　家が近いっていうのもそうだけど、それだけじゃないわ。レベッカは警部だった。警部にまでなっていれば、脅されてもそれほど動じないでいられるでしょう。わたしはあの頃、まだ巡査部長になったばかりだったけど。レベッカを狙ったってことは、ずいぶん油断してたんじゃないかしら。

「あるいは、あえて難しいターゲットを狙ったか、だな。リスクが大きければ、より大きな刺激が得られる。ガスキルとも親しかったんだとしたら、ますます──」電話が鳴った。ダンカンはジーンズのポケットから携帯電話を取りだし、ディスプレイをみた。「シンラだ。ヘンリーの警部補だよ。出ないわけにはいかない」

ジェマはダンカンの顔を見守った。電話のスピーカーから漏れる金属質の声をきくダンカンの眉間に深いしわができた。ダンカンはキッチンの時計をみてからジェマをみて、電話の相手にはみえていないにもかかわらず、ひとつうなずいた。「わかった。いますぐ行く」しかし電話を切っても、ダンカンは座ったままだった。ジェマをまっすぐにみて、わけがわからないという顔をしている。

「どうしたの？　アタートンを逮捕したとか？」

「いや、ぼくの知るかぎり、アタートンは大丈夫だ。だが、捜索救助隊のメンバーのひとりを、誰かが殺そうとしたらしい」

# 12

低いところにはにおいが集まりやすい。水と同じだ。同じ場所をぐるぐる回ってしまう現象と同様、においだまりがあると、風向きが変わったときに、犬がにおいの元を探しだせなくなる危険がある。こういう場所については、ハンドラーも把握しておくべきだし、コントロールマップにも記載しておくべきである。

――アメリカ救助犬協会『Search and Rescue Dogs: Training the K-9 Hero』

タヴィーとイアンはやっとのことでキーランを小屋から連れだし、隣家の芝生に避難させることができた。それを待って、放水銃による放水が始まった。しかしキーランはそこからはもう動こうとしなかった。地面にうずくまり、片腕をフィンに回して、顔から血と涙を流しつつ、黒い煙をみつめていた。

タヴィーは不安になり、イアンの顔をみた。

「ここまで離れていれば大丈夫だと思う」川の上に明かりが灯りはじめた。小島の住人がボートで帰宅しているらしい。消防署員の一部もこちらにやってきた。「そのうち完全に消える」

ジョンの奥さんは感じのいい中年女性で、ジョンといっしょに自宅の芝生まで戻ってきていた。「なにかできることはあるかしら？　もう心配ないんでしょう？」女性はタヴィーにきいた。「わたしはジャネットです」それからキーランにいった。「キーラン、大変なことになったわね。わたしたちにできることがあれば……」

キーランは小さな声を漏らした。泣き声のようだった。

「タオルとお水をいただけますか？」タヴィーがてきぱきと答えた。「ジョン、島に向かってるボートが安全に着岸できるように、指示を出してもらえますか」ふたりはすぐに動きだした。

「じゃあ」タヴィーはキーランに向きなおった。「頭をみせてちょうだい」

「ほっといてくれ」キーランはいったが、声に力がなかった。目は炎をみつめている。

タヴィーは救命用具のバッグをあけて、必要なものを取りだしはじめた。そうしながら小声でイアンにいう。「署長に連絡して。キーランが、火炎瓶を投げこまれたっていってたでしょう。野次馬を現場から遠ざけたほうがいいし、警察にも早く連絡したほうがいい」

ジャネットがタオルを何枚かと、水の入ったボウルを持ってきた。タヴィーは礼をいって、あとは離れてもらった。濡らしたタオルでキーランの顔を拭うと、キーランがびくりとした。

「じっとしてて」タヴィーは懐中電灯で患部を照らした。血をすっかり拭いてしまうと、ほっとため息が出た。額から頭部にかけて皮膚が割れている。ひどいありさまではあるが、傷は浅い。出血ももうほとんど止まっている。

「縫わなきゃだめね。すぐに救急センターに連れていくわ」

キーランは首を横に振ろうとして、またびくりとした。「ちょっと傷口をふさいでくれればいい。たいしたことない。頭もはっきりしてる」

「本当？　ちょっとみせてもらうわね」タヴィーは小型のライトで瞳孔を照らした。正常な反応をしている。よかった。しかし、左右の眼球が小さく痙攣《けいれん》するように動いているのが気にかかる。体を離して考えた。「キーラン、眼振《がんしん》があるわね。お酒を飲んでた？」呼気にアルコールのにおいはしない。しかし医療の現場でも、法律の現場でも、酒を飲んでいるかどうかを調べるには眼振の有無をみるのが普通だ。

「いや、目眩なんだ」キーランはしぶしぶ答えた。「持病になってる。イラクで爆撃にあって……」

「キーラン、かわいそうに」そのときの負傷のせいで目眩が起きていることまでは知らなかった。だから眼球がこんなふうに動くのか。キーランがときどき「調子が悪い」といっているのも、目眩のことだったのかもしれない。「どうして黙ってたの?」

キーランはタヴィーをみて、もうすぐ消えそうな炎をみた。「話していたら、捜索救助隊に入れてくれなかっただろう?」

認めたくないが、キーランのいうとおりだ。「じゃあ、捜索中にばたんと倒れるおそれもあったんでしょう? どうするつもりだったの?」

「転んだっていうつもりだった」キーランは弱々しい笑みをみせた。「それに、いつもの目眩はもっと軽いんだ」懇願するような響きが混じっていた。「本当だ。嵐の影響もあったし、きのうおとといのこともあったし。その上頭を打って……」

「病院に連れていくわよ」

「やめてくれ。タヴィー、頼むよ」キーランは片手をタヴィーの腕にかけた。タヴィーははっとした。キーランのほうから触れてきたことが、いままでに何度あっただろうか。「ここにいさせてくれ。ジョンに寝袋を貸してもらうよ。小屋を離れたくないんだ」

「ばかなことといわないで」

「じゃあ車で寝る。博物館の駐車場で。よくやってるんだ」

「キーラン——」

「頭ははっきりしてる。無理矢理連れていくことはできないはずだ」

たしかにそうだ。イラクでのことがあって以来、キーランにとって病院は恐ろしいところになってしまったのかもしれない。ほかに手だてはないだろうか。

「じゃあ、うちに来るといいわ。フィンもいっしょに。いろいろ落ち着くまで、ずっといていい。わたしもあなたを見張っていられるし」

制服警官が闇の中からあらわれた。肩章からすると巡査部長だ。「あの小屋の持ち主かい？」警官はキーランの顔をのぞきこんだ。キーランがうなずくと、警官は続けた。「火炎瓶がなんだって？　近所の人たちの話では、あんたはここでボートの修理をやってるそうじゃないか。どうせ不注意で溶剤に火をつけてしまったんだろう。違うか？」

タヴィーの不安とアドレナリンが混じりあい、凝縮されて、冷たい怒りになって爆発した。立ちあがり、巡査部長の鼻先に自分の顔を近づけると、相手の胸に人さし指を突きたてた。「よくもわたしの患者にそんなひどいことを！　火炎瓶のことはすでにシンラ警部補にも連絡が行っているはずよ。いっておきますけど、この男性はきのうの捜索救助隊のメンバーだし、火炎瓶のことはよく知ってて、みればそれとわかる。今夜、この人は殺されかけたのよ！」

フィンはさっきまでキーランにぴったり寄り添っていたが、立ちあがって喉を低くうならせている。

巡査部長はまずいなという顔でキーランをみると、一歩さがった。「シンラ？　知らないな」

「そのうちわかるわよ。テムズ渓谷署の刑事さん。頭の悪い警官には容赦ないタイプだったわ」

「そんなに怒らなくても――」

フィンがまたうなった。さっきより迫力がある。

警官がもう一歩うしろにさがった。態度を変えることにしたらしい。「そうか。シンラ警部補だね。なにか指示が出てるかどうか確かめるとしよう」

しかしそれでは終わらなかった。タヴィーやフィンからさらに距離を置いた警官は、また偉そうな態度でこういった。「いいか、放火だったにせよ事故だったにせよ、あそこは火災現場だ。絶対に――」キーランをみる。「――荒らすなよ。なにも持ち出すな。あんたの住所を控えておく。名前は――」

「コノリーさんよ」タヴィーがいった。

「コノリーさん、近いうちに誰かが事情聴取に来るから、そのつもりで。その犬をちゃんとつないでおいたほうがいいぞ」

「フィン、落ち着け」キーランがいった。

「コノリーさんはうちに来ることになってるわ。犬もいっしょよ」タヴィーは警官に自分の住所を伝えた。

キーランは両手で頭を抱えた。

キーランがリビングの真ん中に突っ立っている。さて、これからどうしたらいいだろう、とタヴィーは思った。

タヴィーよりずっと背が高いだけでなく、キーランがいるとこの部屋まで小さくみえる。体がわずかに揺れている。いまにも倒れそうな巨木みたいだ。

「座って」タヴィーはいった。犬に命令している気分だ。いちばん大きな椅子を指さした。

キーランはちょっと落ち着かないようすで腰をおろした。その姿をみおろすことができるようになって、タヴィーはほっとした。考えてみれば、いままでキーランと会うときはいつも、屋根も壁もない広い場所だった。だから、身長が三十センチも違うことをあまり意識せずにすんでいたのだ。

急に閉所恐怖症になったような気分でリビングをみまわしているうち、タヴィーはあることに気がついた。この家に男性を入れたのははじめてだ。唯一の例外は、消防署の仲間たちが引っ越しを手伝ってくれたときだけ。

この小さな家を買ったのは、元夫のビーティーとの暮らしに対する反動みたいなものだった。結婚するまでは両親と暮らしていたし、結婚してからは、ビーティーが所有していたリーズのマンションで暮らし、一年後にふたりともオックスフォードシャーで仕事をみつけてからは、レディング郊外の新興住宅地に引っ越した。家が自分たちを選んでくれたんじゃないか、そう思いたくなるくらい住み心地のいい家だった。

それから八年が過ぎて、夫婦関係が修復不可能なレベルまで破綻した頃には、ふたりとも、郊外での暮らしに魅力を感じなくなっていた。ビーティーは、自分が本当に好きなのは、男らしい男が好きな従順な女だったと気づいてすぐに、世話好きな赤毛の看護師といい仲になった。

タヴィーのほうは、自分が本当に求めていたのは、自分のことは自分で決められる人生なのだと気がついた。結婚生活はめでたくご破算。誰に気を遣うでもなく、自分の意志だけで選んだ家を買うことができた。

それがこの小さな家。タヴィーの愛するマイホームだった。独身生活も、仕事も、犬も、捜索救助隊の活動も、心から愛していた。ときには、自分と犬しかいないこの家が物足りなく感じられることもある。とはいえ、この展開はまったくの予想外だった。大柄で無愛想で頭にけがをした男と、人間と同じくらい大きな犬が、この家で暮らすことになるなんて。

犬たちは、互いにとことんにおいを嗅ぎあって、たっぷり尻尾を振ったあと、腰をおろした。

「オーケー」タヴィーはちょっとおおげさに部屋をみまわした。「寝る場所を作りましょうか」予備の毛布を入れてあるトランクをあけて、それを取りだし、クッションをひとつのせた。「これを使って」

「そこまでしてくれなくていいよ。頭をちょっと打っただけなんだ」キーランはタヴィーをにらみつけたが、その表情に迫力はなかった。バタフライテープで傷口を合わせているので、額の皮膚がテープに引っ張られ、片方の眉の端が吊りあがって、「どうしたの?」ときいているような顔になってしまっている。

出会ったときからずっと、キーランには自堕落な印象があった。青白い肌で目は濃いブルー、黒いぼさぼさの髪をしているからだ。傷痕がさぞかし似合うだろう。この傷は間違いなく痕になる。

小さなソファをみていった。「わたしはここで寝るわ。あなたはベッドを使って。クイーンサイズだから、足がぶらぶらすることもないはずよ」ベッドは、離婚したときに持ってきた数少ないもののうちのひとつだった。

キーランは椅子に背中を預け、目を閉じた。そんな顔をすると余計にやつれてみえる。口を開いたとき、出てきたのは疲れきった声だった。「タヴィー、きみのベッドを占領するわけにはいかないよ。ここに置いてくれるだけでじゅうぶんだ。本当に感謝してる」額のテープにおそるおそる手をやり、びくりとした。「ベッドまでは使えない。床で寝るよ。許可が出たらすぐ小屋に戻る。必要ならまた簡易ベッドを買えばいいし」

火の勢いや、放水銃が建物に与えただろうダメージを考えて、タヴィーはかぶりを振った。「キーラン、あそこにはもうなにも――」

「この目でみないと信じない」キーランは体を起こした。切羽詰まったような口調になっている。「あの小屋がおれのすべてなんだ。どんなにめちゃくちゃになっているとしても」

タヴィーはソファの端に腰をおろした。すかさずトッシュがやってきて、タヴィーの膝に頭をのせた。黒い眉をV字形にして、タヴィーの顔をみあげる。環境が変わったことで、トッシュも動揺しているのだろう。タヴィーは頭のてっぺんの柔らかいところをなでてやった。「ボートは――防水布がかぶせてあったボートは――彼女のだといってたけど、それって、レベッカ・メレディスのこと？」

「ボートをはじめたときから、木製のシェルを作ってみたいと思ってた。まだ子どもの頃だったけどね」キーランの声はさっきより落ち着いていた。「父親が家具職人だったから、木工のことはよくわかってる。おれのボートを使えば彼女はオリンピックに行けるかもしれない、そう思った。

くだらない妄想だったかもしれない」キーランは首を振った。「ベッカがそれを気に入ったとしても、木製のボートで戦うなんて実際はどうなのかな。彼女は大金をはたいて最高級のカーボンファイバー製ボートを手に入れることになっただろう」

「それ、現実的な話なの？　オリンピックのこと。彼女、そこまで強かったの？」

キーランはひげの伸びかけたあごをなでて、力強くまばたきした。「あんな漕ぎかたをする選手はみたことがなかった。だが本人にとっては呼吸をするのと同じなんだ。完璧だった。だが、才能だけじゃ勝利はつかめない。執念も必要だ。彼女にはそれもあった」

「あなたは……」タヴィーはいいかけて、ひとつ息をついた。この先は足を踏みいれてはならない領域だ。しかし、きかないわけにはいかない。「そんな執念を持った女性と、どうして親しくなったの？」

キーランは小さく微笑んだ。自虐的な笑みだった。「おれは……都合がよかったからさ」

「でも、どうして——あなたたちは——」自分の頰が赤くなるのがわかる。それでもタヴィーはきいた。「わたしには関係ないことだってわかってる。でも、ふたりの関係はいつから——」

キーランは、やっと打ち明けられる、とでも思っているようだった。「去年の夏からだ。夕方になると川岸に立って、彼女の練習をみるのが日課だった。ある日、彼女のシエルのリガーが故障した。おれが手を貸した。そして話をした」

トッシュをロープ遊びに誘ったのに相手にされなかったフィンは、キーランの足元にやってきた。キーランはフィンの頭をなでた。タヴィーとトッシュの姿をそのまま鏡に映したような格好だ。一瞬、タヴィーは思った。キーランと自分の関係は犬なしには成り立たないが、キーランとレベッカ・メレディスはそうではなかった。フィンを連れていないときのキーランは、どんな男に変身するんだろう。

キーランは話しつづけた。思い出に浸っているのか、言葉がだんだんゆっくりになる。「そのあと、ふたりでシェルを並べて漕ぐようになった。何度やっても、おれは彼女には勝てなかった。おれのほうが背が高くて有利なのに。漕いだあとはいろんなことを話した。

ある夜、おれは川に出ていかなかった。具合が悪かったんだ。彼女はおれの住処を知ってた。おれの小屋の前をふたりで何度も何度も通ったからだ。で、彼女はおれを心配して訪ねてきた」

長い沈黙。タヴィーは気まずくなった。「そのときから、ということね」軽い口調でいったが、本当は喉がぎゅっとしめつけられていた。

キーランは肩をすくめ、さっきと同じ自虐的な笑みをみせた。「彼女にとってはただの気晴らしさ。最初からわかってた。なんとなくね」

「きのう……」タヴィーは口を開いた。うまい言葉を探そうとしたがみつからないので、おそるおそるきいた。「あんな穏やかな夜に、ベッカが転覆なんかするはずがない──そういってたわね。そして今夜のことがあった。小屋の火事。火炎瓶が投げこまれたといったわね。どういうことだと思う？　誰だか知らないけど、どうしてそんなことを？　もしかしたら……」タヴィーは彼女の名前を口にするのが苦しくなっていた。きのうの捜索中は気軽に「レベッカを捜せ」と犬に命令していたのに。レベッカ・メレディスは、きのうまでは名前だけの存在だったということだ。「今夜のこと、彼女の事件と関係があるんじゃない？」

キーランの顔から表情が消えた。シャッターがおりたかのようだ。「わからない」

「キーラン──」

キーランは左右に首を振り、椅子の肘かけに両手を置いて、立ちあがろうとした。「タヴィー、やっぱりここにはいられない。厚意には甘えたいが、火炎瓶の犯人が、今度はここを狙うかもしれない」

今夜はジェマの隣で眠りたかったが、あきらめるしかない。キンケイドは旅行カバンを車のトランクに放りこみ、一路ヘンリーをめざした。途中でカリンを拾っていくこともしなかった。

携帯でカリンに電話をかけると、カリンはすぐに電車に乗りますといった。しかしキンケイドは朝まで待てと答えた。「キーランって男には、ぼくひとりで会ってみる。シンラにも、最初の事情聴取はぼくにやらせてほしいといってある」

「キーランって男、きのうはちょっとようすがおかしかった」カリンの声が割れる。通信状態がよくないらしい。「ボートのことを、まるで聖杯かなにかみたいに崇めて、やたらうるさいことをいってた。あいつがレベッカを殺したんじゃありませんか？　そして今度は自爆しようとしたとか」

「犬もいっしょに死ぬところだった。それはないだろう」キンケイドはいった。自殺する前に犬も撃ち殺したケースなら扱ったことがあるが、こういうのはいままでにない。人間と犬とのあいだにあれだけ強い絆があるなら、犬を焼死させるとしても、その前に睡眠薬でも与えておくだろうし、むやみな燃やしかたはしないだろう。茶毘に付すつもりで薪を整えるはずだ。

それよりも、キーラン・コノリーの小屋の窓から誰かが火炎瓶を投げこんだ可能性のほうがずっと高いと思う。「それに、コノリーがレベッカ・メレディスを殺す動機がわからない」キンケイドはいった。

「けど、コノリーはボートをやっていました。転覆させるにはどうしたらいいか、知っていたはずです」

「それはそうだ」車はリメナム・ヒルまでやってきた。ヘンリーの明かりが前方にみえる。「だが、手段はあっても動機がなければ推理は成り立たない。ダグ、もうすぐヘンリーに着く。なにかわかったら連絡する」電話を切り、すぐに橋を渡ってヘンリーの中心部に入った。シンラからきいた住所をみる。ウェスト・ストリート。消防署のすぐ近くとのこと。

小さなテラスハウスの鉛枠の窓から暖かな光が漏れている。ノックをすると、中から人の声がきこえた。それに応えるように、犬の鳴き声が響いた。

「トッシュ、フィン、大丈夫よ」女性の声。きのう捜索救助隊にいた女性の声だ。犬が静かになり、ドアが開いた。

「キンケイド警視」タヴィー・ラーセンは驚いていた。「シンラ警部補がいらっしゃるものと思ってました」

きのう会ったとき、彼女は捜索救助隊の黒い制服を着ていた。今夜は救急隊の制服で、これも同じく黒だ。かっちりした黒い服がよく似合う。小柄な体と繊細そうな顔立ちに、きりっとした印象がプラスされる感じだ。

「シンラから連絡を受けてね。失礼してもいいかな？」

「ええ、もちろん」タヴィーは一歩さがり、黒のラブラドール・レトリバーの首輪をつかんだ。コノリーの犬だ。名前はなんだったろうか。「ごめんなさい、フィンはうちのルールに慣れてないものだから」タヴィーは無言の問いに答えてくれた。

タヴィーはドアのそばのテーブルで缶詰をあけた。ラブラドールの視線をとらえ、「座れ」という。犬は即座に尻を床につけた。ジャーマン・シェパードも座った。タヴィーは缶詰から取りだした犬用ビスケットを与えた。犬がすごい勢いでそれに食いつくのをみて、キンケイドはタヴィーの指が心配になった。「いい子ね。伏せていなさい」

犬は伏せた。

犬のことはもう忘れよう。キンケイドは部屋の奥にいるキーラン・コノリーに目をやった。コノリーの額にはテープが貼ってある。顔はまだ煤と血で汚れているし、茶色いTシャツとカーペンターパンツにも黒っぽいしみがついている。立ちあがろうとしたが、キンケイドが手で制した。「いや、そのままで」

「こちらへ」タヴィーがキンケイドにソファを勧めた。「いまお茶をいれますね」そうしていいのかどうか迷っているようだった。

「ありがとう。うれしいよ」

「では」タヴィーはキンケイドに笑顔をみせてから、不安そうな目でコノリーをみた。そしてリビングの隣のキッチンに入っていった。

キンケイドのいるところから、キッチンにあるクリーム色のほうろうのガスレンジがみえる。背が高くて幅の広い棚がふたつあり、その上にはアンティークの鏡と、きれいな飾り皿が並べてある。キッチンの中央にはシンプルな木製のテーブルがあり、紅葉した木の葉となにかのベリーが花瓶に挿してある。

タヴィーは古いケトルに水を入れてガスコンロにかけると、トレイにマグカップを並べはじめた。

視線をリビングに戻す。キッチンと同じくらいシンプルで感じのいい部屋だ。木製の椅子は水色と緑に塗って赤い布をかけてある。その横の床には本の山。小さなテーブルには地球儀が置いてある。キッチンにあるような大きな棚がこちらにもあって、油絵の肖像画が額に入れないまま飾ってある。床はサイザル麻のカーペット。タイルで囲まれた鋳鉄の炉床で燃えているのはガスの炎だろうか。ジャーマン・シェパードのトッシュが、暖炉の前に置かれた花模様のかぎ針編みのラグでくつろいでいる。その隣には犬のおもちゃのバスケットがあり、いくつかはバスケットからこぼれている。

いかにも一人暮らしの女性の家という感じだ。ジェマが暮らしていた部屋を思い出す。ガレージを改装したあの部屋を出て、ふたりでノティング・ヒルの家に引っ越してきたのだ。

キーラン・コノリーは小さな肘かけ椅子に体を押しこむようにして座っている。この繊細な部屋に、キーランの大きな体はまったく似合わない。実際に居心地が悪そうだ。フィンが主人の足元に座っている。

キンケイドは注意深くソファに腰をおろしたが、長い脚が自分でも目障りに思えた。

「気分はどうだい？」キーランに話しかける。キーランは肩をすくめた。

「なんとか生きてます」手をあげて傷に触れようとしたが、触れずに手をおろした。

「タヴィーがいうには、ハリー・ポッターみたいになるそうです」

「ハリー・ポッターならいいじゃないか」キンケイドは微笑み、相手の緊張を解こうとした。「今夜のことを話してくれるかな？」

タヴィーが戻ってきた。トレイにはティーポットとマグカップ。青と白の、ハートと星を交互に並べたデザインのやつだ。真面目な感じの女性にしては、ずいぶん可愛らしい趣味に思える。

「ちょっと——ちょっと休んでいたんだ」キーランが話しはじめた。タヴィーにちらっと視線を送ったようすからすると、このへんはタヴィーも知っていることなのだろう。

「小屋の簡易ベッドで。ボートの修理を仕事にしてて、その工房で暮らしてる。部屋はひとつきり」

キンケイドはタヴィーからカップを受け取り、ミルクにはうなずき、砂糖をみせられてかぶりを振った。タヴィーはキーランのカップにも紅茶を注ぎ、黙って砂糖を二杯入れた。そして、ペンキを塗った椅子の端に腰かけた。「続けてくれ」キンケイドはキーランに話の続きを促した。

「大きな音がした。ガラスが割れる音だ。そして火があがった。一瞬——」キーランは両手でマグカップを包んだ。紅茶がこぼれそうになる。手が震えていた。「——イラクみたいだ、と思った……」カップを口元に運び、ひと口すすって飲みこんだ。それで少しは落ち着いたようだ。「瓶から火が出てた。割れてたが、ワインの瓶だとわかった。ラベルがついてたんだ。瓶の首のところにはボロ布が詰めてあって、それが燃えてた。

フィンがむちゃくちゃに吠えて、おれの体を押した。フィンを逃がしてやろうとしてドアのところまでいったとき、ひゅうって音がした。あの音は知ってる。爆発の寸前に風が起こるんだ。フィンの首輪をつかんで芝生に出ようとした」

キーランは目を閉じて、突然喉がからからになったかのように、紅茶をごくごく飲みほした。「気づいたら、タヴィーに起きろといわれてた」

「まあ、そんなようなことをいったわね」タヴィーは淡々といったが、顔は青ざめていた。「死んでると思ったわ」キーランのカップに紅茶を注ぐ。「近所の人が躊躇なく九九九にかけてくれてよかったわ。でも、何分かは気を失ってたはずよ。あんなに頭を打ったんだもの。レントゲンを——」

キーランがタヴィーをにらむ。いくらいわれても折れる気はないよといっているようだ。「大丈夫だ。ちょっとふらついてるだけだよ」

キンケイドも紅茶のおかわりをもらった。しかし家でもジェマのいれた紅茶を飲んできたので、紅茶の海で泳いでいる気分になってきた。「キーラン、誰がそんなことをしたのか、心当たりはあるかい？」

「いや——ありえない話なんだ。話しても、おれの頭がおかしいと思われるだけだ」

「いや、そうは思わない」キンケイドは身をのりだし、カップを膝に置いた。「話してほしい」

キーランは顔を上げて、キンケイドの目をのぞきこんだ。瞳の中になにがみえたにせよ、キーランはキンケイドを信じることにしたらしい。「みたんだ。月曜の夜。ベッカが川で練習する前に、なにかを。日曜日にも、同じ時間に同じものをみた」

「どういうこと？　なにかをみたって」タヴィーがいった。「きいてないわよ」

「話すチャンスがなかった」キーランはキンケイドに視線を戻した。「ジョギングをしてた。日が短くなったので、朝はボート、夕方はジョギングをすることにしてた。フィリッピがみつかった場所、覚えてるかい？」

キンケイドはうなずいた。「ああ。あのとき、きみは動揺していた。レベッカ・メレディスが穏やかな川で転覆なんかするはずがない、彼女はエリート選手なんだ、といっていた」

「誰も信じてくれなかった」キーランは顔をゆがめた。

「いや、信じたよ。いまも信じている。そこでなにかをみたのかい？　ボートをみつけた場所で?」

「いや、違う。彼女が水に落ちたのも、あの場所じゃない」

キンケイドは体を前にずらした。脈が速くなっている。「どうしてわかった?」

「彼女が水に落ちた場所がわかったんだ」

「え?」タヴィーがいった。「キーラン、いったいなにを――」

暖炉のそばで静かに寝そべっていたジャーマン・シェパードが首をもたげ、ひとつ吠えた。主人が動揺しているのに気づいたらしい。

「オーケー、ちょっと待った」キンケイドは交通整理の巡査のように片手を上げた。「ふたりとも、落ち着いてくれ。キーラン、最初から順を追って話してくれないかな」

キーランは座ったまま体を動かし、不安そうな視線をもう一度タヴィーに送った。

「こんな話をすると、おれがストーカーだったみたいだけど、そうじゃない。はじめてベッカに会ったのは去年の夏だ。おれはその頃、夕方に漕ぐのが日課だった。さっき夕ヴィーに話したとおりだ。だがいまは、朝いちばんに漕ぐようにしてる。夕方はジョギング。ちょうど、ベッカが練習してるタイミングに合わせて走ってた。そうすると都合がいいんだ……そのあと会うのに」

タヴィーがそわそわしている。キンケイドは彼女の顔を盗みみた。繊細な造りの顔に、納得がいかないという表情が浮かんでいる。それだけではない。たぶん傷ついているのだろう。

「ベッカの家に行くこともあった。彼女がボートを〈リーンダー〉に戻したあと」キーランはだめ押しのようにいった。タヴィーがなにもいわないので苛立っているのかもしれない。そして、ため息をついた。「だがおれは、彼女が漕ぐところをただみているのが好きだった。本当に——本当に美しかった」

「みたかったな」キンケイドはいった。心からそう思っていた。

キーランはありがとうというようにうなずいた。「おれがいくら練習しても、あんなふうには漕げない。逆立ちしても及ばない。だが、彼女の調子が悪いとき、どこがいけなくて悪循環にはまっているのか、おれは見抜くことができた。おれはプライベートのコーチみたいなものだったと思う。ところが——この週末は——彼女はいつもと違っていた」言葉が出てこなくなった。また話しにくくなったのだろうか。

「ぼくとふたりきりのほうが話しやすいのかい？」キンケイドはきいた。話しにくいのはタヴィーのせいかもしれないと思ったからだ。

キーランは少し迷ってから答えた。「いや、タヴィーにもきいてほしい。ベッカとおれの関係について、わかってほしいんだ。ただ、うまく話せない。なんだかおかしな関係みたいに思われそうで。実際はそうじゃなかったと、おれは思ってる。おれたちふたりのことは、おれたちふたりにしかわからないというか」

「なるほど」キンケイドはキーランの背中を押した。「で、この週末、彼女のどういうところがおかしかったんだい？」

「金曜日の夕方、彼女は川に来なかった。土曜日の朝も。土曜日は、一週間のうちでいちばん厳しいトレーニングをする日なのに。だから家に行ってみた。元気なのか、病気かなにかじゃないか、心配だったから。家の前に彼女のニッサンがなかった。出かけてるのかと思ったら、驚いたことに、家から出てきた」キーランが眉間にしわを寄せると、額のテープが下に引っぱられた。「けど、彼女は――なんだか――ぴりぴりしてた。なにかで頭がいっぱいというか。おれをみても――」唇に力がこもる。「――うれしそうな顔をしなかった。昨夜は電車で帰ってきたといってた。そんなことははじめてだ。知り合ってからただの一度も、そんなことはなかったんだ。

車を取りにいくならロンドンまでおれの車で送ろうかといったら、そっけなく断られた。やることがあるとかで」

「やること？　どんなことだろう」

「きかなかった。そのまま帰ったから。そうするしかないじゃないか」キーランは肩をすくめた。「日曜日の夕方は漕いでたけど、おれとは口をきこうとしない。おれがなにかまずいことをやって、彼女を怒らせたのかと思った。けど、まったく心当たりがなかった。そして月曜日、おれがジョギングに出るのが早かったのか、それとも彼女が〈リーンダー〉から出てくるのが遅かったのか、彼女が漕ぐのをみることはできなかった」

悲しみで顔がゆがむ。「おれがあのときあそこにいれば……」片手で口元を拭った。

「あいつを止められたかもしれないのに」

「あいつって誰だ？　なにかをみたといったが、それは人間なのか？」

キーランはうなずいた。「釣りをしてるんだろうと思った。バッキンガムシャー側の土手の、テンプル島と草地の中間あたり。木立の多いところだが、川岸と小道のあいだにちょっと開けたところがあるんだ。日曜日、ベッカが漕いでるときに、その男はそこにいた。月曜の夕方も、同じ時間にそこにいた。あとで考えると、釣りなんかやってなかった。なにか道具のようなものを持ってはいたようだが、釣りじゃないし、それより、なにかを待っているようにみえた。

それで、今日の夕方、その場所をみにいった。ぬかるみに足跡がついてた。水際も荒れていた。そこで争ったかなにかしたみたいに。そのあたりを上流に向かって漕ぐとき、ベッカは岸にかなり近いところを通るんだ。あの日、彼女が練習に出たのは遅い時間だったし、そこを通ったときには真っ暗だったと思う……そこで誰かが待っていたとしても、彼女はすぐ近くに行くまで気づかなかったと思う」

「川の深さは？」

「そんなに深くない。川岸近くでは一メートルもないかもしれない」

「つまり、その釣り人——のような男が、川に入っていって、彼女のボートを転覆させたんじゃないか、と？」

「ああ。ボートの知識がないとできないことだが」

「なるほど」キンケイドは椅子に深く座りなおし、レベッカ・メレディスになにが起こったのかを考えた。心が重くなる。キーランの話には筋が通っている。いままでにわかっていることとも齟齬がない。「知っていたんだろうな。証拠がみつかっているんだ。遺体からも、ボートからも。引っくり返った艇体をオールで押さえられて、レベッカは水面に上がってくることができなかったと思われる」

「ひどい」キーランの顔から血の気が引いて、額のテープと同じくらい白くなった。

「おれの——考えすぎだと思ってたが、違うんだな」目に涙が浮かんでいる。「なんでだ？　なんでベッカにそんなことを？」

「ここに来ればそれがわかるかと思っていたんだが」

キーランは首を左右に振った。「想像もできない。そりゃあ、ベッカは他人に厳しいところもあったが、仕事柄必要なことじゃないか。ボートをやってる人間はだいたい、気が短いものなんだ。だが彼女は、わざと人を傷つけるようなことはしなかった」

「競技のことはどうだろう。彼女さえいなければと思っていたライバルはいないだろうか」

「まさか」キーランのショックが声にあらわれていた。「〈リーンダー〉の人たちは違う。みんな、立派な人たちだ。ボートを修理したことがあるんだ。それにあの人たちは、ベッカが本気でオリンピックを狙ってたことも知らなかったし、ベッカの実力も知らなかった。ベッカが夕方に練習してたのは、そういう事情もあってのことなんだ。土曜日は下流のほうで練習して、〈リーンダー〉の人たちを避けてた。みんなに目をつけられたくないと思ってた」

「ミロ・ジャキムはそのことを知っていた」

「ミロと話したのか」キーランは意外そうにいったが、うなずいて考えた。「ああ、ミロは知ってた。コーチだったし、友だちだったし。ミロはいい人だよ」

キンケイドは判断を保留した。ミロはたしかにいい人にみえた。レベッカの死を心から悲しみ、フレディのことを気づかっているようにみえた。しかしミロにとって、みずから率いる女子チームをオリンピックに導くチャンスは、このあと何度あるだろう。いうまでもないが、ミロが川岸にいてベッカを呼んだとしたら、レベッカはなんの疑いもなくボートを岸に寄せたに違いない。ボートを転覆させる方法も、ミロならよく知っている。

椅子の端に座り、傍目にもわかるほど無理をして沈黙を守っていたタヴィーが、立ちあがってダイニングテーブルに移動した。ひとつかみの書類をぱらぱらめくりながらいう。「キーラン、その場所って――テンプル島の少し上流のところでしょ？」

「ああ、そうだが――」

タヴィーは束の中から一枚を取りだした。「その場所、わかったわ。そのあたりを受け持ってたチームが、ちょっと気になる場所としてピックアップしてたの。記録に残ってる」

「ちょっと気になる場所とは？」キンケイドがきいた。

「犬が興味を持った場所のこと。ただ、気にはしたけど、よくわからなくてそのまま通りすぎたってことです。そういう場所は全部記録してます。そういうのがいくつかあれば、なにか傾向がみえてきて、捜索対象を捜す手がかりになることがあるんです。けど、今回はここだけだった」

キンケイドは眉根を寄せた。「犬がそこでレベッカのにおいを嗅ぎとった可能性はあるんだろうか。岸に上がっていなくても」

「可能性はあります。それに、その男――キーランがみた釣り人みたいな男の服や持ち物にも、においはついたでしょうし」

「犬はフィリッピからもベッカのにおいを嗅ぎとってるんだ。フィリッピは水に浸かってたのに」

「たしかに」キンケイドはコッカースパニエルのジョーディのことを思い出した。庭で走っているとき、耳をぴんと立てて鼻先を地面につけることがある。人間にはない高度な聴覚や嗅覚があることがうらやましく思えるものだ。「その報告書と地図をコピーさせてもらってもいいかな？　原本はなるべく早く返却させる」

タヴィーがうなずくと、キンケイドはキーランに向きなおった。「キーラン、きみがその男をみたのは、対岸からだね？　もう一度会えば、同一人物だとわかるだろうか」

「日曜日も月曜日もかなり暗かったし、帽子をかぶって顔が陰になってた。男だってことははっきりしてる」

「背の高い女性という可能性は？」

キーランは少し考えて答えた。「ない。体のシルエットが男だった。肩幅が広くて。それに、立ったときの感じが――両足を大きく開いてた」

「わかった。それがその男の特徴だってことだ。しかし、大きな疑問が残る。レベッカを襲った犯人と、きみを襲った犯人が同一人物だとすると、そいつはどうしてきみのことやきみの住まいがわかったんだろう。そいつもきみをみたということだろうか。そいつはきみが何者かを知っていた。だから自分もきみにみられたと思った。そういう可能性はあるかな」

「さあ――わからない。おれはほとんど毎日ジョギングしてるし、このへんの人たちはみんな、おれのことを知ってる。ただ――気になることがもうひとつある。川辺のその場所をみつけたとき、誰かの視線を感じたんだ。肩甲骨のあいだを射抜かれた気分だった。その感じ、わかってもらえるだろうか」

「現場にいるのをみられたと？」

「そのときは気のせいだと思った。だが、可能性はあると……」キーランの体が小さく震えた。フィンが頭を上げる。キーランは手を下げてフィンの頭をなでた。互いに安堵を与えあっているような姿だった。

「あとをつけられた可能性は？」キンケイドが尋ねた。

「いや、だとしたら、草地を歩いてるときに気づいたと思う。だいぶ暗くなってたが、それくらいはわかる」キーランは言葉を切り、よく考えた。「だが、あの道がマーロウ・ロードと交わるってことは、そいつにもわかってただろう。近道をしてマーロウ・ロードに戻り、あとは車に乗ってしまえば、おれがヘンリーに戻っていくのを見届けることができたんじゃ……」

「きみとフィンが並んで歩いてれば、きっと目立つだろうからね。今夜の火事の前はどうかな。なにかきこえたとか、なにかみえたとか」

キーランは目を大きく見開いた。「忘れてた。水音がきこえた。フィンも気づいたようだった。オールの音だと思う」

「つまり、放火犯はボートでやってきたと？」

「あそこは島だからね。それに、もしうちから離れたところにボートをつけたとしたら、ご近所の家の庭を通ってこなきゃならない。帰りもそうだ。小さな島だから、人にみられるリスクは高い」キーランの顔がこわばった。「火炎瓶はボートの上から投げこんだんじゃないかな。くそっ」

キンケイドはヘンリー橋からみた川の景色を思い出した。数えきれないほどのボートが両岸に繋留されている。心の中で低くうめいた。レンタルボートの会社はたくさんある。そのうちのひとつから小型ボートを借りるくらい、誰にもできるだろう。制服警官たちに頼んで調べてもらおう。一時的に行方がわからなくなっているボートが一艘あるかもしれない。

立ちあがった。指示を出さなければならないことがたくさんある。「キーラン、放火担当チームが明日の朝いちばんに、きみの小屋を調べはじめる。報告を待つことにしよう。それはそうとして、きみはここにいるのがいちばんいいと思う。

タヴィー、報告書と地図は制服警官に届けさせる。その現場を誰かに見張らせて保全したほうがいいな。朝、鑑識を現場に向かわせよう」

キーランがよいしょと立ちあがった。少しふらついている。犬たちも勢いよく立ちあがり、今度はなにがあるのというように息を弾ませた。

「ありがとう」キーランはシンプルにそういった。

「それはこちらの科白だよ。キーラン、タヴィー、ありがとう」キンケイドはタヴィーにも笑みをみせて、キーランに向きなおった。「ひとつだけわからないことがある。きのう、フィリッピをみつけたとき、どうして話してくれなかったんだい？　きみとレベッカ・メレディスの関係について」

「それは——ベッカの気持ちを考えたからだ。彼女はおれたちの関係を周囲には秘密にしたがってた」

「なんでだろう。ふたりとも独身なのに」

「おれなんかと付き合ってるのが恥ずかしいんだろう、おれはずっとそう思ってた」キーランは、血液や煤で汚れた自分の服をみおろした。「自分なりにできるだけちゃんとしてるときだって、オフィスのパーティーや家族のクリスマスディナーには呼びたくないような男だからな」

「レベッカの元亭主は、彼女がほかの男と付き合ってると知ったら怒っただろうか」

キーランは考えこんだ。「さあ、それはないと思う。少なくとも、ふたりはただの友だち同士にしかみえなかったし。だがベッカはこういったんだ。珍しく、ふたりで口論したときだった。ベッカは怒ると黙って相手を拒絶するタイプだから、口論はしたくてもなかなかできなかった。誰かと付き合ってるのをみられるわけにはいかない、相手が誰であれ、と」

キーランは顔を赤くしてタヴィーをみた。おそらく、レベッカが実際にいった言葉は、いまとは違うものだったんだろう。「どうしてだろう?」キンケイドがきいた。

「攻撃材料にされるおそれがあるから、といってた」

# 13

ボート競技自体独特な世界だが、シングルスカルはその中でも特に変わっている。ほかの種目の選手たちから崇められる一方、信用もされない。崇められるのは、より高度な芸術を体現する種目だからだ。流れるような漕ぎ《ローイング》をカレッジ時代に体得するのは非常に難しい。

――ダニエル・J・ボイン『The Red Rose Crew: A True Story of Women, Winning, and the Water』

脚が痛い。腕も、肩も、胸も。どうしたらこの痛みが消えるんだろう。そのためなら死んだっていい。

酸素不足でぼんやりした脳の一部が呼びかけてくる。止まるな。死ぬな。死ぬのはゴールしてからだ。

満潮のテムズ川の凍りつくように冷たい水が足元にはねかかる。と思ったら、ボートの右舷から水が入ってきはじめた。いや、水じゃない。糖蜜みたいに粘っこく、脚にからみついてくる。八人がこんなにがんばっているのに、ボートが進まない。

ボートがセメントでできているみたいに思えてきた。オールも重くてなかなか動かない。誰かがあきらめたみたいだ。漕いでいない。残りのメンバーにそのしわ寄せが来ている。誰だ？　怒りがこみあげる。しかし唇も冷えきって、言葉を発することができない。

バウからストロークまで、男たちがしゃがれた声で悪態をつくのがきこえる。大声をあげる余裕さえないのだ。すると、「漕げ！　おまえら、なにやってる！」とコックスが叫んだ。全員にきこえる声を出す力が残っているのはコックスだけだろう。「バウサイド、バウサイド！　オールをみろ！　このままだと……」

遅かった。オールがほかの艇のオールと接触してしまった。胸に痛みが走る。オールのハンドルがすごい力で胸を押してくる。まもなく、オールが手から離れてしまった。

「もうだめだ！」こうなったらもう回復できない。どうしたら——

冷たい水が口元まで来た。顔が沈む。ボートがどんどん沈んでいく。息ができない

……

フレディは目を覚ました。大汗をかき、荒い息をついていた。シーツがロープのようによじれている。

「くそっ」体を起こし、上掛けを押しやった。ザ・レガッタの悪夢をまたみてしまった。ここ何年もみていなかったのに。しかし今回のがいままでいちばんひどかった。ひどい天候の中での最悪のレースの記憶が、ベッカの身に起こったことと混じって、こんな悪夢になったんだろう。

しかし、夢だとわかったところで、ほっとすることはできなかった。起きていても、心は不安と絶望にかき乱されるばかりなのだから。

きのうの午後ロスにいわれるまで気づきもしなかったが、ベッカを殺した犯人だと警察に疑われているかもしれない。「警察ってのは、第一に配偶者を疑うんだ」ロスはそういった。「まあ、おまえの場合は元配偶者ってことになるけどな」

ベッカが亡くなったと知ってしばらくは、ただただ動揺していた。警察になにをきかれても、警察はそういう質問をするものだとしか思わなかった。いまになって考えれば、自分の対応がばかみたいだったとわかる。ベッカが溺れ死んだときのアリバイもないし、無実を証明する手だてもない。夢の中と同じ、絶望的な状況だ。

湿ってへたった枕にもう一度頭を置いた。別にどうなったっていいじゃないか。自分にはもうなにも残っていないんだから。

キンケイドは〈レッド・ライオン〉の豪華なイングリッシュ・ブレックファストを楽しんだ。きのうダグ・カリンにも食べさせてやればよかったと、ほんの少しだけうしろめたさを感じる。これから鉄道の駅でカリンと待ち合わせだが、時間はまだ三十分以上あるし、このきりっとした秋晴れの朝を楽しみたい。ホテルを出て道路を渡り、ヘンリー橋へと歩きだした。

橋の欄干にもたれかかって、下流方向を眺める。〈リーンダー〉のボートが川に出るところだ。フォアやエイトの艇がいくつも、船台から離れていく。選手たちが体勢を整え、ギアやリギングを調整する。それから、オールが同時に水に潜った。出てきたオールから水が滴り、澄みきった空気の中、ダイヤモンドみたいに輝いた。

どの艇も下流へ進んでいく。コーチたちが自転車に乗って川辺の道を走る。ミロ・ジャキムの姿もある。女子エイトのチームに大声で指示を出している。

やがてボートやコーチがみえなくなると、キンケイドは橋を離れ、頭の中をまとめながら、テムズサイドを歩いて駅に向かった。ステーション・ロードまで来ると、腕時計をみた。まだずいぶん時間がある。そこでそのまま遊歩道を歩き続けた。〈川とボートの博物館〉がある。朝食のとき、ここのパンフレットを読み、いいことを思いついた。

中に入る。ショップには近づかないことにした。きっと、ジェマや子どもたちに買って帰りたくなるようなものがたくさん並んでいるはずだ。『たのしい川べ』関係の展示もみたかったが、素通りした。

階段をあがり、細長いギャラリーに入った。常設展示として、シドニー・コックスレス・フォアのボートが天井から吊るされている。二〇〇〇年のシドニー・オリンピックで、スティーヴ・レドグレイヴ、マシュー・ピンセント、ティム・フォスター、ジェイムズ・クラックネルの四人がこの艇に乗り、イギリス代表として金メダルをとったのだ。解説板によると、これはイギリスのボートメーカー、エイリングズ社製で、このチーム、このレースのために作られたものだという。

下からみると、白い艇体のあまりの細長さに驚かされた。こんなに細くて長いボートがうまく進むものだろうかと思ってしまう。水に浮かべていないせいもあるが、巨人の使う空飛ぶ剣のようだ。

部屋のいちばん奥の大画面で、レースのビデオが延々とループ再生されている。もちろんキンケイドはそのレースをリアルタイムでみている。その後何日も、ニュースやスポーツ番組はイギリスチームが金メダルを獲得したことばかり伝えていたものだ。しかし、キンケイドにとってはそれほど関心がなく、流れているからみる、という程度だった。

しかし、こうして六分間のレースをあらためてみてみると、ものすごいパワーと苦しそうな表情に圧倒される。そして、なにより美しい。ビデオが最初に戻った。もう一度みたかったが、しかたなく画面に背を向けた。観衆の応援の声が耳から離れない。

ここに来た目的は、レベッカ・メレディスがどういう人物だったか、彼女を駆り立てていたものはなんなのか、それをよりよく知ることだった。ボートをみて、ビデオをみて、わかったことがある。ボート競技もあのレベルまでいくと、一般人とはまったくかけ離れた世界を経験することになるんだろう。苦しみと気分の高揚とてつもない感謝の気持ちが交互に訪れて、選手たちを魅了するのではないか。

だからといって、人生のなによりも大切なものなんだろうか？　レベッカ・メレディスが警察と取引をしてもいいと思うほどのことなのか。そのせいで、アンガス・クレイグに与えられたのとはまた別の傷を負うことになるかもしれないのに。


「ひどいな」ダグ・カリンがキンケイドの横でいった。目の前には、キーラン・コノリーの小屋の黒こげの残骸がある。

駅を出たあと、ヘンリー橋のちょっと上手にあるレンタルボートの店まで歩き、小型のモーターボートを借りて、中州にやってきた。キンケイドはボートの操縦をカリンに喜んで任せた。カリンは見事な舵さばきでボートを進めて島に近づくと、まったくぶつけることなく船台に寄せた。

制服の火災調査官がふたり、ルーティーンのとおりに仕事をこなしている。撮影、計測、サンプル採取。隣の家の大きな桟橋につないであるのが、彼らのボートだろうか。現場保存のための青と白のテープが小屋を囲むように張られていて、出てきた風にかすかに揺れている。

写真を撮っていた調査官が小屋から出てきて、小さな芝生の庭に立ち、キンケイドとカリンを出迎えた。

キンケイドは身分証を出した。「キンケイド警視です。こちらはカリン巡査部長。スコットランドヤードの者です」

「オーウェン・モリス、オックスフォードシャー火災調査官です」モリスは持っていたカメラを左手に持ちかえ、握手をした。「お待ちしてました」白髪まじりの金髪を短く刈りこんでいる。白い肌がかなり赤みを帯びている。日差しを浴びている時間がよほど長いのだろう。

濡れた灰のにおいがきつい。今日はさらっと涼しいのに、このにおいだ。昨夜は空気が湿っていたから、きっとひどいにおいがしたことだろう。

「よく助かりましたね」モリスがいって、仲間の調査官がいる小屋を振りかえった。その若い赤毛の女性をみた瞬間、キンケイドはジェマを思い出した。赤毛の調査官は作業を続けている。サンプルを採取しては、採取した場所の情報を書き入れる。

キンケイドは惨状に驚いて、片方の眉を吊りあげた。「ひどい焼けかただな」

「ええ。しかし骨組みはしっかり残っています。落ちた梁は一本だけ。屋根もほとんど残ってますね」モリスは首を振った。「溶剤がたくさん置いてありました。幸い、ほとんどは金属の棚に入っていたんです」

「火元は溶剤なのか？」キンケイドはきいた。

「いえ。まあ、現場をみてください」モリスが小屋に入った。ふたりもあとにつづく。モリスは窓があったところを指さした。いまは四角い穴になっている。窓枠の破片がところどころに残っているだけだ。「たしかに、これは火炎瓶によるものです。瓶の破片と、瓶の口に詰めてあったボロ布がみつかりました。瓶が割れて火があがったときの、円錐形の炎のあとも確認できます」

キンケイドは小屋の奥のほうまで観察した。煤とごみと水たまりがあるだけだ。「わかりました。で、火炎瓶はこの窓から投げこまれたと？」

「ええ、間違いなく。溶剤が一本だけ爆発しました。そのせいで住人が頭にけがをしたのかもしれませんね」

キンケイドは岸のほうをみて、距離を目測した。「ボートから投げこめるものだろうか」

「それなりの肩があれば、いけるでしょう」モリスはいった。「男女の決めつけはよくないですが、おそらくは男の仕業かと思います」

カリンは船台のほうに戻って川の上下に目をやった。「いま、レンタルボートを調べさせてます。誰かが小型ボートを借りて犯行に及んだかもしれませんからね。けど、シングルスカルという可能性もあるんじゃないですか？　スカラーがここに近づいて、瓶を投げ、そのまま離れていったとしてもおかしくない。静かで速くて、人にもみられにくいでしょう」

キンケイドはその可能性を考えた。「レベッカ・メレディスを殺したのはボート関係者だと思われる。とすると、その推理ももっともだな。だが、犯行に使うボートはどこで手に入れる？」

カリンは肩をすくめた。「このあたりにはボートクラブが三つもあります。経験を積んだスカラーなら、そのどこからでも、すぐにここまで来られます。あるいは――」小屋の外の架台に置かれたシングルスカル艇を指さす。煤で汚れてはいるが、損傷はほとんどなさそうだ。「あれはコノリーのボートですよね。ほかにも、こんなふうに私有地に置かれているボートが、この付近に何艇あるかわかりませんよ」

「小屋の中にもボートがありました」モリスがいった。「コノリーが修復中だったんでしょうか。多少焦げていましたが、それほどひどくありません。それと、あのボートですが――」芝生の端に置かれた、防水布のかけられた物体を指さした。「――奇跡としかいようがありません。まったく無傷でした」

芝生に出た。カリンが布の端を持ちあげた。「こいつは――」つぶやいて、布の下をみつめた。ゆっくり、恭しく、布をはいでいく。愛する女性の裸体からシーツをはいでいくかのようだ。ボートが完全にあらわになると、カリンは一歩さがって低い口笛を吹いた。

レース用のシングルスカルだ。しかし木製で、カーボンファイバーではない。もうできあがっていて、塗ったばかりのニスが光っている。

博物館にあったシドニー・コックスレス・フォアのボートを小さくした感じだ、とキンケイドは思った。しかし、木製なので、あれより豪華なものにみえる。命が宿っているみたいだ。手を伸ばして木目の感触を味わう。どの接合部も完璧にできているし、磨きもじゅうぶんにかけられている。サテンのような肌触りで、てのひらにぬくもりを感じた。

「マホガニーでしょうね」モリスがいった。「ぼくも木工をやるので。けど、これは――」首を横に振った。「――こんなすごい作品はみたことがない。アマチュアには絶対無理です。本当にすばらしい」

「いまでも木製のボートを漕ぐ人はいるのかな」キンケイドがいった。

「いることはいます」カリンも、誘惑に抗えないかのようにボートをなでた。「通というか、凝った一部の人たちですがね。木製のボートでレースに出る人もいます。けど、トップクラスのレースでは、おそらくありえないでしょうね。しかしこれは――そんなことは関係なく、美しいという理由だけで欲しくなってしまう」艇のまわりを一周して観察する。「よくできたボートであると同時に、アート作品でもありますね。ハイテクのカーボンファイバーのボートにも負けない、すばらしいデザインです。いや、こちらのほうがよくできているかも。専門家じゃないからわかりませんが」

カリンは顔をあげ、突然、不安に駆られたようにいった。「このボートをこんなところに放りだしておいちゃだめです。なにがあるかわからない。とてつもない価値のあるものなのに」

「価値？」キンケイドはきいた。「価値といってもいろいろあるが」

「ぼくみたいな人間にとっては、ひと財産ですよ。トップクラスのスカラーにとっても、これは大金をはたいて手に入れたい代物です。デザインも独特だし――」肩をすくめる。「――どんな値がつくかわかりませんよ」

このボートのために人を殺す、そんなことがあってもおかしくない。キンケイドは考えた。キーランを襲った犯人の狙いはこのボートであって、レベッカ・メレディスとは無関係だったのか？　あるいは、自分にはまだみえていないだけで、そのふたつの事柄にはつながりがあるのかもしれない。

「キーランにこのことを話してみよう。早いほうがいいな。だがその前に、鑑識からの報告がききたい。キーランが話していた場所のことで、なにかわかったかどうか。それと、こっちの犯人が――」燃えた小屋に目をやる。「――どうやってここに来たかも、早く突き止めたい。ダグ、おまえのいうとおりだと思う。このボートは安全な場所に保管したほうがいい」

「お隣さんがすごく協力的なんです」モリスがいった。「小さな小屋もあるし、もしかしたらこれを預かってくれるかもしれませんよ。現場の検分が終わったらきいてみます」

キンケイドはうなずいた。「いい考えだ」カリンをみる。「ダグ、これから〈リーンダー〉に戻るのか？　ほかのボートクラブに事情をきく人員は、ぼくが手配する。ミロ・ジャキムやほかのスタッフに会って、昨夜シングルスカルが何者かに持ち出されていないか、きいてくれ。フレディ・アタートンがクラブにいなかったかどうかも確かめるんだ。ダグ、きみならクラブに溶けこめる」にやりと笑った。「ぼくは捜査本部に戻るよ。記者会見は少し延ばすかな。いずれやらなきゃならないが――」カリンの電話が鳴った。

「すみません」カリンは首をかしげてポケットから携帯電話を取りだし、電話に出た。名前を確認されたのか、それに答えると、耳をそばだてているキンケイドのほうをちらりとみた。それから相手に礼をいって電話を切った。

「ボスにとってはいやな知らせです。警視正は喜ぶかもしれませんが。レベッカ・メレディスの保険ブローカーからです。メッセージを残しておいたらコールバックしてくれました。レベッカの生命保険の受取人に変更はなく、いまもフレディ・アタートンになっているそうです。なんと、保険金は五十万ポンドだとか」

ジェマはキッチンの出入り口で立ち止まり、うしろを振りかえった。「出かけても大丈夫ね？」

キッチンのテーブルに並べられた小さなティーセットから視線を上げて、アリヤが笑みを返した。「大丈夫です。ご心配なく」

アリヤはアジア系の若い女性で、シャーロットが両親といっしょにフルニエ・ストリートの家に住んでいたときのベビーシッターだ。昨夜、ダンカンがヘンリーに行ってしまったあとも、ジェマはアンガス・クレイグのイメージを頭から追いだすことができなかった。サファイア・プロジェクトのファイルをメロディに調べてもらうというアイディアを実現させるために、アリヤに連絡して、明日の午前中シャーロットをみていてくれないかと頼んだ。

アリヤは明日は予定がないといって、喜んでくれたようだった。三十分前に到着したアリヤは、シャーロットとの再会祝いと称して、ティーカップにミルクを入れて飲んでいる。シャーロットはジェマが出かけると知っても平気なようだった。トビーは近所の家に遊びに行っているし、キットは二匹の犬と自分の部屋に閉じこもっている。秋休みの宿題があるんだ、といっていた。いまのところ、家は不気味なほど静かだ。

ジェマはアリヤをみて、少し痩せたんじゃないかと思った。髪が前よりつやつやで、肌もきれいになっている。「学校、どう？」ジェマはきいた。アリヤは弁護士になるための勉強をすると決意している。ただし、バングラデシュ出身のとても保守的な家族は、それをよしと思っていない。

「とても楽しいです」アリヤは褐色の細い指でシャーロットのティーカップを持ち、テーブルの端から真ん中に移した。ジェマはアリヤの頬が赤くなったことに気がついた。「ラシードに勉強を教えてもらってるんです」

「ラシード？」ジェマは驚いてアリヤの顔をみた。まさか、ラシード・カリームのこと？

「あの法医学者の」アリヤがいった。「刑事さんと知り合いだっていってました。クリニックを手伝いに来てくれてて。あのことがあってから……」声が小さくなる。

アリヤはシャーロットの両親のナツとサンドラを崇拝していた。イーストエンドにあるクリニックで、サンドラといっしょにボランティアとして働いていた。アジア系の女性が集まるクリニックだ。そういえば、とジェマは思った。あのクリニックのことをラシードに話したのは自分だ。なにもいわずにクリニックを助けてくれるなんて、いかにもラシードらしい。しかも、ナツとサンドラのうしろ楯を失った少女に、勉強まで教えてくれるなんて。

アリヤは若くて、多感な年頃だ。それに、ラシード・カリームをひと目みたら、もっといい年をした、分別ある女性だって、思わずくらくらきてしまう。ラシードが無意識のうちにこの子を傷つけるようなことにならなければいいけれど。

「それはよかったわね」アリヤががっかりした顔をしているのに気づいて、ジェマはいった。

「リヤ、トラックをとって」シャーロットの言葉が気まずい空気を打ち消してくれた。シャーロットはトビーのおもちゃのバンをテーブルの上で動かしている。「トラックもお茶を飲むの？」

アリヤの隣の椅子に座ったシャーロットの足は、床から三十センチほど浮いている。朝、髪にしっかり留めてやったはずのヘアクリップが早くもはずれてしまっていた。Tシャツの胸のところには泥汚れ。あれが泥以外のものでないことを祈るばかりだ。とにかく、シャーロットは女の子らしい女の子ではない。ある意味ジェマの期待ははずれたが、本当に女の子らしい女の子だったとしたら、どう育てていいのかわからなかっただろう。

「トラックはガソリンを飲むのよ」アリヤがいった。「けど、このトラックだけはお茶を飲むかもね」

「ええ」ジェマはハンドバッグのストラップを肩にかけなおした。「いってらっしゃい」といった。

「わかってますよ」アリヤはおおげさにあきれたような顔をした。「携帯の番号——」

「わかった。じゃ、行ってくるわね」ジェマは、シャーロットにお別れのハグをしたい衝動をこらえた。シャーロットが大人にくっついて離れないのをなおそうとしているところなのに、こちらからくっついていっては意味がない。ひとつ深呼吸をしてからバイバイと手を振って、玄関に向かった。早く行かないと、出かけるのをやめてしまうかもしれない。

外に出ると、明るい日差しが迎えてくれた。ひとりになれた！　気分が浮き立ってくる。脚をまっすぐ伸ばし、大人のペースで歩きはじめた。角を曲がってランズダウン・ロードに入ると、少し遠回りをしていこうと決めた。

十分後、ジェマはノティング・ヒル署にいた。ホランドパーク・アヴェニューの〈スターバックス〉で買ったラテをふたつ持っている。メロディがよくコーヒーを買ってきてくれるので、たまにはお返しをしようと思った。

「警部補！」入口にいた巡査部長がいった。ジョニーという名の、白髪まじりのスコットランド人だ。ジェマが配属されるずっと前から、ノティング・ヒル署の名物警官として働いている。まるで長いこと行方不明だった親戚に会えたかのように、うれしそうに笑ってくれた。「疲れ目が一発で治ったよ。出勤は月曜日からだと思ってた」

「月曜日からよ。ちょっとメロディに会いにきただけなの」持ってきた紙コップをみせた。

「新しい家族はどうだい？　写真は？」

「たくさんあるわ」ジェマは笑顔で答えた。コーヒーを受付のカウンターに置き、携帯電話を取りだした。

シャーロットの写真を出すと、巡査部長は画面をスクロールしながら、歓声をあげてくれた。「可愛いなあ！」携帯をジェマに返した。「仕事に戻ったら、この子に会えないのが寂しくなるんじゃないか？」

「ええ。でも、仕事も恋しくなってきたところなの。きっと――」

「ボス？」メロディがロビーに出てきた。「ボスが来てるって誰かがいうから来てみたんです」

「警察署にはエスパーがいるのね」ジェマは笑顔でいった。「いつもびっくりしちゃう。謎の通信網ね」すっかり持ち場に戻った気分だった。

「コーヒー！　ボス、ありがとうございます」メロディがカップをひとつ持ち、奥へと歩きだした。「いま、サファイア・プロジェクトのオフィスを乗っ取ってるところです。マイクとジニーが証人として法廷に呼ばれてるので」

廊下を歩いていると、署の空気が肌になじんでくる気がする。食堂から揚げ物のにおいが漂ってくる。誰かの話し声。声が上がったり下がったり、ときには控えめな笑い声が混じる。キーボードを打つ音や、電話の音。どの音も、自分の鼓動のようにききなれたものばかりだ。「ラム警視は？」

「支部長会議です。ボスがせっかく来てくれたのに会えなくて、きっとあとで悔しがりますよ。すぐ会えるんですけどね。月曜日にはボスは戻ってくるんですから」メロディはうれしそうだった。

ジェマはためらいながら口を開いた。「あのね、メロディ。じつはわたし、警視がいなくて助かったと思ってるところなの」マーク・ラム警視との関係はうまくいっているが、これからやろうとしていることを説明するとなると、なかなか厄介だ。

メロディが一瞬で真顔になった。まわりを確認してからサファイア・プロジェクトのオフィスに入り、ドアを閉める。狭いオフィスはひどく散らかっていた。コンピュータ、ファイルキャビネット、メロディの同僚たちの私物。メロディは自分の机についた。ほかの三つの机とは比べものにならないくらい片付いている。「ボス、なんなんですか？」

昨夜の電話では、記録をみせてほしいといっただけだった。ジェマは近くの椅子を引いてきた。裁判所に行っているというジニーの椅子だろう。ハートと花の模様のマグカップと小さな鉢植えが机に置いてある。若い女性の机だ。「女性警官がレイプされて、犯人不詳というケースはなかった？」

　メロディは眉に力をこめた。「女性の警官？　それだけですか？　ほかの条件は？」

　ジェマは記憶をたどった。レベッカ・メレディスがレイプのことをガスキル警視に訴えたのは一年前。ジェマがクレイグに会ったのは四年前。しかしクレイグの手口は、レイトンにやってきたあの夜よりずっと前に確立したものだと思われる。「ここ十年」いいながら、ぞっとした。

　メロディは目を見開いた。「ボス、長すぎますよ」首を横に振る。「さすがのわたしでも、そこまでとなると、時間がかかります」視線がジェマの目をとらえた。「それより、なんの捜査なのか教えていただけませんか」

　ジェマは怒りで胸が苦しくなった。さっきまでの明るい気分が、アンガス・クレイグがほかの女性たちになにをしたのかを考えただけで、すっかり暗くなってしまった。

　署に入ってきたときに上司の目を気にしてしまったことも、この捜査がいかに危険なものかということを再確認するきっかけになった。「メロディ、あなたは手を引きたいというかもしれない。それは理解できるわ。ダンカンはすでに上層部から釘を刺されてる。あなたのキャリアに傷をつけたくない」

「ボス、話してください」メロディの両手がキーボードの上を舞っている。「わたしはそんなに弱い女じゃありません。なにを調べたいのか、話してください。そんなに恐ろしい話なんですか？」

「退職した副警視監による連続レイプ事件を調べてるの。とんでもない結果になるかもしれない」

# 14

肉体のガソリンとして、選手は一日あたり六千〜七千キロカロリーの食事を摂る。平均的な成人の摂取量の約三倍だ。……それぞれの料理が普通の三倍盛りつけられている、それが彼らにとって〝普通の〟食事なのだ。フォスターは特製の大皿をランチのパスタ用に持ってきた。犬の餌用の皿を使う選手もいる。植木鉢を使う選手も多い。

――ローリー・ロスとティム・フォスター『Four Men in a Boat: The Inside Story of the Sydney 2000 Coxless Four』

〈リーンダー〉のフロントオフィスにいた女性に名前を告げ、ミロ・ジャキムに会いたいといったあと、カリンは、待ち時間を有効に使うことにした。両手をうしろで組み、ロビーを歩きまわる。飾られている写真やトロフィーにみとれないように努めた。ギフトショップの前で立ち止まり、陳列棚をみながら考えた。フレンチカフのシャツを新調しようか。そうすれば、ピンク色のカバのデザインのカフリンクを使うことができる。迷っているカリンに、女性がうしろから声をかけた。

「わたしだったらあの紺色の野球帽も買いますね」

驚いて振りかえると、リリー・メイバーグが立っていた。美人の支配人だ。

「ピンクのじゃだめかな?」カリンは精一杯さりげないふうを装って答えると、どぎついピンク色の帽子をあごでしゃくった。

「勇気がおありなんですね」リリーは微笑んだ。「でも、あまりお似合いにならないかも。やっぱり紺色がいいですよ」カリンの腕に軽く触れた。「いけない、大切な仕事を忘れそう。受付にいらしてください。ミロがまもなくまいります」

リリーのあとについて階段をのぼるあいだ、カリンはふたつの欲求の板挟みになっていた。ぴったりした紺色のスカートをはいた尻が目の前で動いているのも眺めていたいし、階段の壁に並んでいるオリンピックや世界選手権のメダリストたちの写真もみたい。このあいだ来たときは、この写真をちらっとみただけだった。ボスの前で立ち止まったり写真にみとれたりしたくなかったからだ。なのにいまは、目の前をみずにはいられない。

「レストランはお昼の支度中なんですけど」階段をのぼりきると、リリーがいった。「バーはオープンしてます。なにかお飲みになりますか?」

「いえ、けっこうです。昼前には飲まないことにしているので」

「お仕事中のお酒はやっぱりだめなんですか?」

野暮な警官だと思われたくなかったので、カリンは肩をすくめていった。「ランチにビールくらいなら飲むことはありますよ」

両手をポケットに入れて、バルコニーのドアに近づいた。目の前に広がる草地は、六月のレガッタのときには観客席が設置される場所だ。左に目をやると、たくさんのボートがラックにかけられているのがみえる。

小さなロビーの両側にあるダイニングルームをのぞきこみたい思いをこらえて、リリーのほうを振りかえった。しかしそのとき、壁にずらりとかけられたオールが目に入った。オリンピック選手のオールだ。すごい。レベッカ・メレディスのオールもここに並んでいたかもしれないのだ。

「リリー、火曜日の朝はここにいましたか?」カリンはそのときの状況を頭に浮かべようとしながらたずねた。「レベッカ・メレディスがいなくなったと最初にいいだしたのは誰だったか、覚えていますか? フレディ・アタートンだったか、ミロだったか」

考えこむリリーの顔をよくみると、鼻のまわりにそばかすが散っている。「さあ、わたしにはわかりません。フレディは窓辺のテーブルにいました。あそこです」指したテーブルは、ボート小屋と川をみわたせる場所にあった。「フレディは、ミロが入ってくるのをみて立ちあがりました。けどわたしはそのとき、コーヒーをいれなきゃならなくて。戻ってきたときには、ふたりともいなくなってました。それからミロが戻ってきて、フレディがベッカを捜しているといったんです」

リリーは頭を左右に振り、か細い声でいった。「まだ信じられません。みんな、すごくショックを受けてて」

「ベッカと親しかったんですか？」

リリーは肩をすくめて目をそらした。濃い蜂蜜色の髪を耳にかける。「ベッカと親しかった人はいないんじゃないかしら。彼女はいつも——」いったん言葉を切ってから続けた。「そっけないというか。でも、思いやりはありました。ボート選手って、びっくりするくらい、自分勝手な人が多いんです。ベッカはスタッフをこき使ったりしなかったし、相手がボートをやっているとわかれば、敬意をもって接してくれたものです。すごい人なのに、全然偉そうじゃなかったし」

リリーの視線がカリンの肩ごしになにかをとらえたようだ。背すじがぴんと伸びて、支配人らしい態度になった。いかにも仕事中という笑みを浮かべる。「ミロが来ました。では、わたしは失礼しますね」

ほっそりしたリリーのうしろ姿を、カリンは未練たっぷりに見送った。そのうち彼女が仕事中ではないときにばったり会えたら、一杯飲まないかと誘ってみようか。いや、やめておいたほうがいい。捜査上の人間関係とプライベートの人間関係はきっちり分けておくべきだ。

ミロ・ジャキムに向きなおり、握手をした。ミロがいった。「リリーに呼ばれてきたんだが、なにか話があるとか？　場所を変えよう。ここは会員専用の場所なので」ミロはカリンを従えて廊下を歩きだした。〈選手食堂〉と書かれたドアの中に入る。

ミロに続いて中に入るとき、カリンは息をするのも忘れていた。高まる期待のせいで鳥肌が立つ。ここここそ、この国の――いや、世界の――ボート選手の聖地だ。彼らが練習の合間に集まるところなのだ。

しかし、現実は現実だった。

一瞬、学食に戻ったような気分がした。実用的としかいいようのないテーブルや椅子も、ベーコンエッグやフライドポテトのにおいも、まったく同じだ。五、六人の選手がばらばらとテーブルについている。食べているのは、たぶん二度目の朝食だろう。みんな、シャワーを浴びてきたばかりというふうにみえる。それでも、室内の空気には、汗のにおいと、古くなった運動靴のにおいがしみついている。

「お茶でもどうかな」ミロはそういって、部屋に入ってすぐのところにあるテーブルを勧めた。

カリンはキッチンのそばにある給茶機をみてげっそりしたが、なるべくうれしそうに「ええ、ありがとうございます」と答えた。リリーの誘いを受けて、バーの飲みものをもらっておけばよかった。

ミロはすぐに戻ってきた。ミルクっぽい色をした液体の入ったマグカップをふたつと、砂糖の壺を、テーブルに置く。「ありがとうございます」カリンはいって、しぶしぶカップに口をつけた。鋳鉄のボイラーから出てきた液体みたいな味だった。心臓発作を起こしそうなくらい、砂糖をたっぷり入れた。

選手は男も女もいるが、みんながこちらを気にしているのがわかる。話し声がきこえなくなった。きこえるのは、テレビで再生しているレースのビデオの音声だけ。

カリンはネクタイをゆるめた。今日は〈リーンダー〉に行くことになる、今朝はそう思って、持っている中でいちばんいいスポーツジャケットとネクタイを選んできた。あの〈リーンダー〉に行くんだから、と。

しかし、ここにいる選手たちはみんな、カジュアルな格好をしている。自分だけ気合いが入りすぎているようで、なんだか気恥ずかしい。ミロはアイロンのかかったチノパンツと、胸のところに小さなピンクのカバがついた紺色のポロシャツ。これこそ、ここにぴったりの格好なのだ。

「トーストとベイクトビーンズはどうだ？」ミロがいう。「本日のスペシャルだ」目をきらきらさせている。部屋にいるだれかがおならをした。それが合図になったかのように、あちこちから忍び笑いがきこえた。ミロはどちらも無視した。

「アスリートにぴったりの朝食ですね」カリンは笑いをこらえた。「ぼくはけっこうです。今朝、駅でちょっと食べてきたので。朝食を二度とるほど体を鍛えていないし」

「きみはボートをやるんだろう？」ミロはカリンの体を値踏みするような目をした。

「このあいだ会ったとき——詳しいようだった。だが、レギュラー選手ではなさそうだな。身長からいっても」

「カレッジでエイトを」

「バウか？　ストロークか？」

「バウサイドです」

「カレッジは？」

「イートンです」カリンは、いつもより気楽に答えた。警察と違って、ここなら、パブリックスクールに通ったお坊ちゃんだとからかわれることもないだろう。しかし、だんだん自分が事情聴取を受けているような気分になってきた。

ミロはうなずいた。「いいね。いまもボートを？」

「パトニーに家を買ったばかりなんです。ＬＲＣに入ってみようかと思っています」学生時代も、ロンドン・ローイングクラブ《LRC》に入ってレガッタに出たことがある。しかし大人になってからは、クラブに足を踏み入れていない。あの家を買うかどうか迷っていたとき、パトニー橋を起点とするレガッタのコースを歩き、名門クラブのクラブハウスを眺めたものだ。〈リーンダー〉もかつてはあそこにあって、干満差の大きなテムズ川を見渡していた。その後ヘンリーに移ってからも、両クラブは密接な関係を維持している。

ただ、LRCは〈リーンダー〉ほどのエリートクラブではない。とはいえ、あのクラブに入っていって入会申し込みをするのには勇気がいる。ほかの会員に比べたら自分は初心者だ。それに、いつもの不安――間抜けなやつだと思われるんじゃないだろうか？――を振り払うことができない。

「ボートは買ったのか？」ミロがきいた。

もしかしたらこのコーチは、わざと雑談を続けているのかもしれない。聞き耳を立てている選手たちがさっさと部屋を出ていくのを待っているのだ。しかし、人にきかれたくないのなら、どうしてこんな場所を選んだんだろう。会員や選手に邪魔されずに話せる場所なら、この建物の中にいくらでもあるのに。

「いえ、まずは始めてみて、それからですね。当面はクラブのボートを使わせてもらえればじゅうぶんかと」お茶をもうひと口飲んだ。顔をしかめないように気をつけた。そろそろ本題に入ろう。「ジャキムさん、今日うかがったのは――」

「ベッカのことだな。もちろんわかってる」ミロはため息をついた。来るべきものが来た、とでもいうようだ。がっしりした肩がわずかに下がる。「悲しいことだ。みんな、まだショックを受けている。フレディは電話に出ない」

「アタートンさんにはこのあと会いにいく予定です。残念ながら、この件は殺人事件として捜査することになりました」

ミロの表情から動きが消えた。カリンは一瞬、快活な見た目に隠れていたミロの本当の姿をみたような気がした。それはまさに、選手たちに限界を超えたパフォーマンスを求め、実現させる男の姿だった。〈リーンダー〉のレベルの選手たちを指導するには、たくましく、狡猾でなければならない。第一級の戦略家でないと務まらない役割なのだ。ミロはすべてを予測した上でこの場に臨んでいたのだ。

選手たちはミロのボディランゲージを読み取ったようだ。あるいは声の調子が変わったことで、なにかを察したのかもしれない。食べかけの食事をあきらめて、ひとりまたひとりと、食堂から出ていった。カリンのほうに好奇心いっぱいの視線を向けるのを忘れない。

ふたりきりになると、ミロはひとつうなずいた。また表情が読み取れなくなった。

「で、巡査部長、この先はどういう話になるのかな?」

「レベッカ・メレディスが殺されたと知っても驚かないんですね」

「いや、驚いたよ。だが、ベッカがくだらない不注意による事故で溺れ死んだときかされたほうが、よほど驚いただろう」

「あなたが彼女を育てあげたんですよね」カリンは慎重に話を進めた。「不注意で亡くなったということなら、あなたの評判も下がってしまう」

「それもある」ミロは肩をすくめ、挑むような視線をカリンに向けた。「カリン刑事、驚いたかい。だが、それが人間じゃないか。誰だって、まずは自分のことをいちばんに考える。認めない人間は嘘つきだ。

だからといって、ベッカが死んだのを悲しんでいないというわけじゃない」ミロの口調が急に厳しくなった。「フレディのことも気の毒に思う。ベッカのかなわなかった夢を思うと、それも残念だ。そして、自分のことをいちばんに考えるからといって、ベッカを殺した犯人を殺してやろうと思わないわけじゃない」

「それは警官の前ではいわないほうがいいと思いますよ、ジャキムさん」カリンは穏やかに応じた。

「では、わたしにそのチャンスが訪れないうちに、犯人が逮捕されることを願うとしよう」

カリンはミロをみつめた。この男の真意が知りたい。「犯人があなたの友人だったとしても、同じように思いますか？」

「友人？」ミロは驚いていった。それから濃い眉をひとつに寄せた。意味がわかったらしい。「フレディのことをいっているのか？　それはありえない。あいつがベッカを殺すなんて。あの男はベッカを神のように崇めていた」

今度はカリンが肩をすくめる番だった。フレディをかばう言葉がどこか不自然に思える。ミロだって、フレディがやったんじゃないかと疑ったことはあるはずだ。「人間だから、という話がありましたが、ときに人間は、愛と憎しみの両方を抱えることがあります。その境界は細い線にすぎない。両者がどうせめぎあっているのか、他人にはわかりません」

「そんなことはわかっている」ミロのあごに力がこもった。頑なな意志がうかがえる。「だが、フレディは犯人じゃない」

カリンは一歩引いた。「では、レベッカ・メレディスに死んでほしいと思っていた人に心当たりはありますか？」

「いや」ミロはかぶりを振った。「想像もつかない。そもそも彼女はどんなふうに――」

「それはまだ捜査中です。捜査中といえば、昨夜の事件もそうです。レベッカの遺体をみつけた捜索救助隊のメンバーのひとりが、昨夜襲われました」

「なんだって？」レベッカの死が他殺ときかされたときはあまり驚かなかったミロが、

今度は本気で驚いている。「襲われたってどういうことだ？　メンバーとは誰だ？」

「キーラン・コノリー。もうひとりのメンバーとチームを組んで、堰のあたりを捜索した人です。昨夜、誰かが彼の住むボート小屋を燃やそうとしました。中にいる彼ごと。キーラン・コノリーを知っていますか？」

ミロはちょっと考えて答えた。「あの無口な男か。ボートの修理をやっている男だな。何度か話したことはある。うちの会員だけでなく、選手のボートも直してくれた。腕がいいんだ。で、無事だったのか？」

「ええ、そのようです。コノリーがレベッカ・メレディスと付き合っていたのはご存じですか？」

「付き合っていた？　どういう意味だ？」ミロは混乱しているようだった。

「文字通りの意味です。ふたりは男女の仲でした」

ミロはまた眉をひそめた。「ふたりで川に出ているところは何度もみたことがある。夏の頃にね」ゆっくり答える。「だが、ふたりともシングルスカラーだからであって、それ以上のことなんか考えもしなかった。本当なのか？　じゃあフレディは――」言葉を切ったミロの顔に、突然不安の色が浮かんだ。目が泳いでいる。

「フレディは知っていたのか、ですね」カリンが言葉を継いだ。「知っていたら、嫉妬したでしょうか？」

「それは——いや、わたしにはわからない。いや、それはないと思う」ミロはマグカップをのぞきこんだ。底の残滓《ざんし》が答えをくれるとでもいうように。「ベッカとフレディは仲のいいカップルだった。いっしょにいるのが楽というか。夫婦というよりきょうだいのようにみえることもあった。だが、不貞を働いたのはフレディのほうだ。ベッカじゃない」

「そしてふたりは別れた」

「ああ、そのあとにな。いや、そのあとにというより、いろいろあったあとに、というべきかな」

「浮気は一回だけじゃなかったと？」

「フレディは魅力的な男だ。女が放っておかない」ミロがかばうのをきいて、カリンは不思議になった。どうしてみんな、フレディ・アタートンがなにをやっても、フレディだからしかたがない、というういいかたをするんだろう。「それに、同情できる点もあった。ベッカは仕事が忙しくて、フレディをあまりかまってやらなかった」

「ボートのことはどうです？　レベッカは本気で練習していたようですが」

「それは去年からの話だ。正直、ベッカはもうあきらめたものと思っていた。ここには籍を残していたが、それも人づきあいの関係でしかたなくだった。ところがこの春、ベッカはボートを買った。だが練習に関しては、こそこそしている感じだったな。シェルをここに置いておくだけで、練習はほかの選手といっしょにやらない。週末にはいっしょに漕ぐこともあったが、全力を出さず、惰性で進むだけなんだ。いま思うと、ライバルの実力がどんなものかをみていたんだろうな」

「彼女が本気だとわかったのはいつですか？」

「二週間ほど前だ」ミロは川に目をやった。話しにくいことなんだろうか、とカリンは思った。「タイムをとってみた」

「彼女に黙ってですか？」

「法に触れるわけじゃないだろう」ミロの口調にはかすかな棘があった。しかしすぐに落ち着いたようすで続けた。「選手のひとりとこっそりやった。その直前、口をすべらせたやつがいたんだ。何人かがベッカに金をもらって、ウェイトトレーニングの道具とローイングマシンを彼女の自宅に運んでやったと。それで……急に気になってね。選手たちの競争相手のことをつかんでおくのがわたしの仕事だし」

「それで？」

「速くなっていた」ミロはカリンの目をみた。

「あなたがまた正式なコーチになりたいといったら、彼女は受け入れたでしょうか」

「たぶん。しかし、ベッカは昔からチームプレイが好きじゃなかった。それに、ほかの女子選手たちがいい顔をしなかっただろうな。彼女が突然やってきたら、これまでに築いてきた序列が踏みにじられると思っただろう」

「難しい問題ですね」

「いや、ベッカが自力でオリンピックをめざすつもりだったなら、そして、それが実現するなら、誰にどう思われようが関係ないと思っていたはずだ。わたしも含めてね」

「けど、あなたにはダメージがあるのでは？　いまいる選手たちを、これまでいっしょうけんめい育ててきたんだから」カリンはキンケイドの何気ない口調を精一杯真似てみた。

「ダメージ？」ミロは笑い声をあげた。「自分のチームを勝たせたいから、わたしがベッカを殺したというのか」カリンが無表情なので、ミロは苛立ちはじめた。「ばかばかしい。シングルスカルの有望選手はふたりほどいる。トップレベルではないが、この先もっと伸びるかもしれない。伸びなければ、ほかの選手に懸けるだけだ」

「では、おききしてもいいでしょうか。月曜の晩にどこにいらしたか」

「もちろんここだ。ボート小屋の施錠を確かめにいったら、ベッカがフィリッピを出しているところだった。少し話をしたあと、わたしはジムに戻って選手たちのトレーニングを監督した。それからみんなで夕食を食べた」

練習に出る直前のベッカと言葉を交わしたあと、川の向こう岸の隠れ場所まで行ってベッカを待ち伏せる——そんなことは可能だろうか。ベッカがテンプル島をまわって方向転換するまでにそこに行かなければならないのだ。おそらく無理だが、そもそもミロがベッカと話をしたというのが本当ならの話だ。ベッカが練習に出た時刻についても、本当のことをいっているとは限らない。

しかし、ミロが自分の行動について嘘をつくとは思えない。スケジュールが決まっていて、簡単に裏がとれるのだから。それに、もしキーラン・コノリーの話が本当なら、川の対岸にいた男は、二晩連続でそこにいて、ベッカを待ち伏せしていたことになる。ミロはそのあいだ、コーチの仕事をしていたはずだ。

とりあえず、この話はここまでだ。キーランの件に移ろう。「ジャキムさん、昨夜のことですが、クラブのシングル艇が持ち出されたとか、行方不明になっていたとか、そういうことはありませんでしたか？　八時頃のことです」

「シングル艇？　どうしてだ？」

「キーラン・コノリーの住む小屋は、〈川とボートの博物館〉近くの中州にあります。襲撃犯人が同じ島に住んでいない限り、ボートを使ったはずです。レース用のシェルを使ってもおかしくない」

「たしかに。だが、ボートを使った犯行だったとしても、それはうちのじゃない。外のラックにかけてあるシングル艇は二艇ほどだし、みんながよくみているから持ち出せない」ミロは哀れむような目でカリンをみた。「テムズ川のこのあたりにあるシングル艇を全部調べるつもりなのか？　幸運を祈るとしかいいようがない」

キンケイドはニュー・ストリートのモルトハウス前でカリンを待っていた。モルトハウスは、ブラクスピア・ブルワリーの工場を改築した高級マンション群だ。道路の向かい側には〈オテル・デュヴァン〉がある。ここも元はブルワリーの建物だった。今日のランチはここにしようか。きっとしゃれたランチが食べられるだろう。それは楽しみだが、その前にやらなければならない事情聴取のことを考えると、どうにも気が滅入ってしまう。

手持ちのカードはどれも、フレディ・アタートンを疑えといっている。ヘンリー署で開いた記者会見は、簡単かつ曖昧な発表にとどめておいた。それからチャイルズ警視正に電話をかけた。レベッカ・メレディスの生命保険についてわかったことを知らせると、警視正は、ネズミをみつけた猫のように大喜びだった。もっとも、警視正の場合、それがはっきり態度に出るわけではない。声のトーンがほんのわずかに上がるだけだ。おそらく、左右の眉も少し上がっているだろう。

電話ですませてよかった。警視正のそんな顔はみたくない。

気まずい気分で会話を終える前に、事件があった時刻のフレディ・アタートンのアリバイを確かめるのに全力を尽くすと約束しなければならなかった。

電話を切ると同時に、イモジェン・ベル巡査がやってきた。鑑識が、キーランが話していた川辺の一画から、部分的な足跡を採取したとのこと。小枝に引っかかっていたなにかの繊維もみつけたし、水際は踏み荒らされたような形跡があったそうだ。いまは指紋採取に取り組んでいるところだという。

つまり、レベッカは、キーラン・コノリーがいっていた場所で殺されたということか。足跡や繊維がアタートンのものだったとしたら、チャイルズ警視正は歓声をあげるに違いない。

自分の仕事はレベッカ・メレディスを殺した犯人をつかまえることだ。それはわかっているが、なんだかアタートンのほうにぐいぐい押されているような気がしてならない。しかも、真犯人をつかまえるのとはまったく別の理由で。

気に喰わない。

意地になっているだけなんだろうか。なんでも自分の好きなようにやりたい子どもが、親に注意されても聞き分けようとしない——それと同じなのか。

あるいは、少々複雑な関係だったとはいえ、愛していた女性を失って悲しんでいる男をみて、同情しているだけなのか。容疑者かもしれない人物にそんなに感情移入しちゃだめだ、とジェマによく注意したものだが、自分も同じことをやっているのかもしれない。

落ち着かない気分で通行人を眺めた。みんな、暖かな日差しを浴びて明るい顔をしている。ランチも楽しみなのだろう。目の前のホテルは赤レンガ造りで、白い縁取りが陽気な雰囲気を作っている。ホテルの向かいの建物には時季外れのピンクのバラ。〝最後のチャンスよ！〟と叫んでいるかのように、元気よく咲いている。今日はいろんな人たちにとって最後のチャンスの一日なんじゃないか、そんな気がしてきた。

カリンにもう一度かけようと思って携帯電話に手を伸ばしたとき、通りのいちばん端の角をカリンが曲がってきたのがみえた。

自信に満ちた歩きかただ。〈リーンダー〉のゴージャスな雰囲気がいくらか乗り移ったんだろうか。

「なにかわかったか？」カリンが近くまで来ると、キンケイドはきいた。

「シングル艇が行方不明という話はありませんでした。ミロ・ジャキムがいうには、夜はボートの管理に特に気をつけているそうです」

「ちょっと都合のいい結果を期待しすぎたかな。ベル巡査に、ほかのふたつのクラブを当たらせてる。ほかには？」

「ミロ・ジャキムは容疑者からはずしてもよさそうです。彼は、フレディ・アタートンが犯人だと確信しない限り、アタートンをかばうつもりのようです。ただ、面白い話がききました」カリンはワイヤーフレームの眼鏡をはずし、ネクタイでレンズを拭いた。

「ミロが積極的に話してくれたんです。結婚を破綻させたのはアタートンのほうだと。浮気です。それも何回も。ミロ・ジャキムとレベッカはコーチと選手の関係でしたが、友人でもありました。そのわりに、アタートンの浮気のことをそんなに怒っていないようでしたが」

「どちらとも友人だったわけだからな。だが、単に男として共感しただけかもしれない。男って生き物はこれだからな」

「アタートンは反省しているようです」カリンは拭いた眼鏡をかけた。「本人にきいてみましょう」

モルトハウスのマンションの入口には、立派な鋳鉄の門がある。片側の目立たないところにパネルがあり、ボタンで部屋番号を押すと、各住戸につながるようになっている。キンケイドは上着のポケットに入れていた紙切れを引っぱりだしてメモを確かめると、アタートンの部屋の番号を押した。

フレディ・アタートンの状態は最悪だった。

フレディ・アタートンの住まいも、だれがみても最悪だと思うだろう。全体が黒と灰色でまとめられている上、照明も足りなくて薄暗い。しかも、改修のときに古い建物の特徴を下手に残したせいで、どこか古くさい感じがする。

その上、ひどく散らかっている。リビングのあちこちに服が脱ぎすててあり、コーヒーテーブルにはスコッチの空き瓶が置いてある。その隣にはシリアル用の深皿。ただし入っているのは煙草の吸い殻だ。オープンキッチンのどこかから、腐った食べもののにおいが漂ってくる。

「すまない」アタートンはいった。家の状態のことだけをいっているのではなさそうだ。裸にジョギングパンツを一枚はいているだけだし、髪もぼさぼさで、片側が頭にぺったり貼りついている。いままでベッドにいたのだろうか。「いま——なにも手につかなくて。シャツを着るからちょっと待ってください」あたりをみまわした。空中からシャツがぱっとあらわれるとでも思ったのだろうか。まもなく、ダイニングチェアの背にワイシャツがかけてあるのをみつけて、それを着た。ボタンをふたつかけたが、どちらもかけ違っている。「コーヒーでもいれましょうか」

灰皿代わりのシリアル皿を持ってあたりをきょろきょろする。置き場所を探しているのだろう。結局それを炉辺に置いた。その上には濃紺のオックスフォードのオールがかけてある。この部屋で唯一、色のついた部分だ。「すまない」もう一度いうと、ソファに戻ってきた。「煙草はやめたんだが、あんなことがあって——どうしようもなくて——」

「アタートンさん」キンケイドが話しかけた。「お話がしたいんですが、座っていただけますか？」

フレディ・アタートンの青白かった顔が灰色になった。椅子の端をつかんで腰をおろす。クッションの上にスーツの上着が置きっぱなしになっているのに、気がついてもいないようだ。「なにかあったんですか？」

キンケイドがカリンに向かってうなずき、それを合図にふたりも腰をおろした。カリンは肘かけ椅子に、キンケイドは、彫刻のほどこされた大きな灰色のダイニングチェアを引いてきて、フレディのそばに座った。こんな趣味の悪い椅子、いったい誰が選んだんだろう。

「アタートンさん。フランスの恐怖政治から逃げ出してきたみたいな椅子だ。フレディと呼ばせてもらいます。別れた奥さんのことですが、警察は殺人事件と判断しました」

「殺人事件？」アタートンの目の下は、煤でもついているように真っ黒だった。「じゃあ——」いいかけて、言葉を飲みこむ。「スコットランドヤードが来たときいたとき、ベッカも警察の人間だからだと思ったんだ。だが、まさかそんな——殺されたなんて……。どうしてベッカが殺されなきゃならないんだ？」

「それを知るためにうかがったんです。最初にわれわれが現場に呼ばれたのは、レベッカが行方不明だったからです」キンケイドは説明した。「捜査に……進展がありました」

「ベッカになにがあったか、わかったのか？」フレディの声は糸のように細かった。

「どんなふうに死んだのか、わかったんだな。どうして誰も――」フレディは首を振った。気持ちを落ち着かせようとしているようだ。「失礼。取り乱して申し訳ない。まだ話せないんだろうな」ひとつ息をついた。「で、今日はなにを？」

「アタートンさん、ご協力ありがとうございます。月曜日の夕方にどこにいたか、そこから話してください」

「月曜日？」

フレディは驚いたような顔をしたが、キンケイドは演技だと確信した。「奥さんが亡くなった日です。まさか忘れていませんよね」

「ああ、それはもちろん。ただ――いろいろあったから、頭の中が……」シャツの胸ポケットを叩き、空っぽだと気がつくと、その手を膝に落とした。コーヒーテーブルにはベンソン＆ヘッジスの煙草の箱があるが、中身はなく、くしゃくしゃに握りつぶされている。

「四時から六時頃です」キンケイドは付け足した。

フレディは一度、二度とまばたきをして、片手をまたポケットに持っていった。「ここに――ここにいた」

「ひとりで？」

「ああ」

「証言してくれる人はいますか？　近所の人と顔を合わせたとか、そういうようなことはありませんでしたか？」

「いや、誰とも会ってない。昼はクラブに行って食事をした。そのとき、ミロからベッカのことをきかされた。真剣に練習しているようだと。ボートを再開したのはもちろん知ってたが、ベッカからは、体を絞るためだとか、仕事のストレス発散だとかきいていたんだ」

「彼女がボートを買ったのは知っていましたね？　あのフィリッピです」

「ああ、だが、ベッカがクラブのボートを借りて使うなんて、考えられないことだし」

「すごく高いボートですよね」カリンが言葉を挟んだ。「最高級品です」

「ベッカには金があったから」

いまの言葉がほんの少し苦々しくきこえたのは気のせいだろうか、とキンケイドは思った。それはまたあとで確かめることにしよう。「その日、ミロは具体的にはどんなことを？」

「選手の何人かに手伝わせて、わたしの家の――いや、彼女の家だな――空いている部屋をトレーニング室にしたとか。ウェイトトレーニングの機械とローイングマシンを置いたらしい。タイムを計った話もきいた。飛躍的に上がっていると」

「本人の許可なくタイムをとったそうですね」カリンがきいた。

「ああ、そうらしい」フレディは気まずそうにいった。「ベッカは秘密主義だからね。それに、ミロがベッカのタイムをとろうと思った気持ちもわかる」

「ほかの選手たちより強いからでしょうか」キンケイドがきいた。

「いや、それだけじゃない。ミロにコーチを任せるつもりがベッカにあるなら、ミロはメダリストを育てたコーチになれるかもしれない。マスコミは選手のカムバック・ストーリーが大好きだ。それに、チーム全体への刺激剤にもなる」

キンケイドはその意味を考えながら、さらにきいた。「ミロにはじめて話をきいたとき、ミロは、あなたがベッカが練習に出たことをきいて激怒していたといっていました。彼女の電話に残されたメッセージでも、あなたはすごく怒っていた。どうしてですか？　彼女にはそれだけの見込みがあると、あなたも思っていたんじゃないんですか？」

「わたしは──」フレディは無精ひげの伸びた頰をてのひらでこすった。「もしがんばっても結果が出なかったらと思うと、心配だったんだ。前回も──彼女は完全には立ちなおれなかった。自分を許すことができなかったんだ」

「手首を折ったんでしたね。彼女に責任はないでしょう」

「いや、ある。わたしにもある。彼女に説得されて、わたしが折れてしまったんだ。オリンピックの前のクリスマスだった。チームは厳しい練習をしてた。ミロはみんなに、けがに気をつけろといっていた。なのにベッカはスイスへスキー旅行に行きたがったんだ。自分だけは無敵だ、けがなんかしない、そう思っていたんだろう。だが無敵じゃなかった。ゲレンデで転び、手首を折った。それも、ひどい折りかただった。

ミロはそれこそ激怒したよ。その後、ベッカが自分のポジションを取り戻すためにどんなに懸命にリハビリに励んでも、ミロは、傷が治ったとは認めようとしなかった。激しいトレーニングに耐えるだけの状態にはまだなっていない、といってね」フレディはため息をついた。「ふたりとも頑固だった。相手を恨むことで自分を正当化しようとした。いや、ふたりとも正しかったのかもしれない。わからない。わだかまりが解けるのに、ずいぶん長いことかかったよ」

「なるほど、だから練習再開をミロに知らせるのにはちょっと抵抗があったんですね」カリンがいった。「自分にはできるという確信がほしかったんだろうな。ミロを納得させるためにも、自分のためにも」

「そのとおり」フレディは、わかってくれてありがとうというようにカリンをみた。

「つまり、彼女が心配だったから怒った、それだけですか？」キンケイドがきいた。「ほかになにか疑われている、フレディはそう思ったようだ。顔を赤らめて答えた。「ほかにどんな理由があるっていうんだ？」

「レベッカが職を失ったら困ると思ったのでは？」キンケイドは立ちあがり、部屋の中を歩きまわりはじめた。フレディがそれを目で追いかける。「あるいは自分から警察を辞めるとか。そしてあなたのところに援助を求めてきたら困る、と。あなたはこう思う。もうたっぷり渡したじゃないか、と。噂でききましたよ。ずいぶん多額の支払いをしたそうですね、離婚のとき」

「そんなこと――いったいだれが」

「ミロ・ジャキムもいってましたし、レベッカの弁護士も。ベッカの生命保険のブローカーも」キンケイドは話を誇張しているという自覚はあったが、相手にショックを与えたかった。

さっき赤くなったフレディの顔が、また青白くなった。「嘘だ。いや、たしかにベッカには多額の慰謝料を受け取る権利があった。そして実際受け取った。だがわたしは納得してる」

「別の噂によると、あなたはいま、経済的に行き詰まっているそうですね」カリンがキンケイドの座っていたダイニングチェアに移動して、フレディのほうに身をのりだした。「レベッカにあんなにたくさんやらなきゃよかった、そう思うのも自然なことです。この不景気でも、リメナムのあの家にはかなりの価値がありますからね」

「しかしレベッカは、あなたからの慰謝料に感謝していたはずですよね」キンケイドはゆったりと歩いてカリンの横に立った。ふたりでフレディを叩きのめそうという態勢だ。「それも当然のことです。レベッカはまともな女性だった。そうですよね？　怒りっぽくて、負けず嫌いで、とっつきにくいところはあったが、とてもいい人だった」

「なんなんだ？　なにをいってるんだ？」フレディはソファの背に体を押しつけた。そこを通りぬけてどこかに消えていこうとでもしているようだ。

「レベッカは、自分になにかがあったらあなたが困らないようにと、しっかり手を打っていたんです」カリンはそこまでいうと、キンケイドの顔をちらりとみた。キンケイドがうなずいたので、話を続けた。

「あなたを遺産の受取人および管理人にしただけでなく、五十万ポンドの生命保険も、あなたを受取人にしていました」

沈黙が広がる。フレディがはっと息を吸う音がきこえた。かすかに開いた窓から、ニュー・ストリートを行き交う人の声が小さくきこえてくる。キンケイドはフレディの顔を注意深く観察した。本当は前から知っていたことを指摘されて、ぴくりとまぶたが動くのではないか。嘘をつこうと考えているせいで、視線がさっと泳ぐのではないか。

しかしフレディの顔は苦しそうにゆがんだだけだった。震える手が口元を覆う。「嘘だ。そんなこと、嘘だ」

「本当ですよ」キンケイドはなんだかフレディが気の毒になってきた。

「だが、そんなもの、わたしは――」フレディは頭を激しく振った。溺れかけた人のようだ。「もう取り消させることもできないのか」

その瞬間、キンケイドはフレディを信じた。レベッカ・メレディスが不実だった元夫への復讐を考えていたとしたら、いま終わったといっていい。彼女は、フレディが良心の呵責に耐えられないほどのプレゼントを遺していったのだ。

「これで経済的な問題は解決されたわけですね」カリンは平然とした表情で、感情をこめずにいった。「ただし、殺人で有罪になれば別ですが」

「違う。違う。解決の見込みはあった」フレディはシャツの裾を両手で握りしめていた。「いま取りかかっているプロジェクトがあって──リメナム・ヒルのふもとを整地して高級住宅地を作るんだ。新しい出資者もみつかった。火曜日の朝は、そのために〈リーンダー〉に行った。朝食を食べながら話し合うはずだった。ところが、その相手があらわれなかった。だからベッカに電話しつづけたんだ。その男の素性を確かめるために」

「どうしてそんなことをレベッカに?」キンケイドはきいた。なにかだいじな情報を聞き逃しただろうか。

「その男は警官なんだ。いや、元警官というべきか。名前はアンガス・クレイグ」

# 15

これらのページの下には、モノクロの世界が広がっている。一般大衆の目に触れることはめったにないが、二世紀も前から、資本家や政治家――このデリケートな社会を作って、ときにはそれを揺るがす人々――は、その世界を下地として活動しているのだ。イーヴリン・ウォーが描いた『ブライズヘッド再訪』の美しい世界と、チャック・パラニュークが描いた『ファイト・クラブ』の奮闘の世界が出会うようなものだ。ヒーローたちと悪者たちが繰り広げる華やかな世界。そこで起こるのはたったひとつの出来事――ザ・レガッタだ。

――マーク・デュ・ロンド『The Last Amateurs: To Hell and Back with the Cambridge Boat Race Crew』

「アンガス・クレイグ？」キンケイドはフレディの顔を凝視した。「ぼくたちをからかってるのか？　まったく面白くないが」

「は？　なんのことだ？」フレディはいぶかしげな顔をして、キンケイドからカリンに視線を移した。

「会う約束をしていた相手はアンガス・クレイグ元副警視監、その住まいはハンブルデン。そうなんですね？」

「わたしがその人に会っちゃいけないとでもいうのか？」フレディはパニックを起こしかけていた。「先週知り合って、プロジェクトのことを話した。すると、興味がある、いくらか出資してもいい、といわれた。だから火曜日の朝、クラブで食事をしようということになった」

「相手はあなたがどういう人物か、知っていたんですか？　レベッカの別れた夫だということを」

「さあ、知らないと思うが」フレディは眉をひそめて記憶をたどった。「こちらから話したことはないな」

キンケイドは両手をポケットにつっこみ、うろうろ歩きはじめた。「前からの知り合いではなかったんですね？」

「違う。さっきもいったように、先週たまたま知り合ってしゃべっただけだ」

「どこで？〈リーンダー〉で？」

「いや、違う。あそこは十時には閉まって、墓地みたいになってしまう」フレディがそれ以上いわないので、キンケイドは歩きまわるのをやめて、フレディに鋭い視線を送った。「わかったよ、いうよ。ストリップ・クラブだ。知ってるかな。だが、ストリップときいてあなたたちがイメージするようなとこじゃない」ぼさぼさの頭を片手でさらにかき乱す。「女の子はいるが、ステージで踊るわけじゃない。パブが全部閉まったあとも営業してる、ヘンリーで唯一の店だ。だから、みんなが吸いよせられてくるのさ。音楽が流れて、いい酒があるんだ。みんなが飲んでおしゃべりする場所なんだよ」

そういえば、イモジェン・ベルもそんな話をして、同僚のビーン巡査に厭味をいわれていた。町の長老たちやビーン巡査の道徳観なんか、この際どうでもいい。「フレディ、あなたはクレイグに会ったことがなかったわけですね。じゃあ、どちらから会話をはじめたんです？」

「前にもみかけたことがあった。〈リーンダー〉でも。ただし、たぶんゲストだ。会員にはなってないと思う」フレディはいったん口を閉じ、唇をなめた。「水を飲んでいいかな」

カリンが立ちあがった。「持ってきますよ」

キンケイドはカリンが水道水をグラスに注いで持ってくるのを待った。フレディが水を半分飲み、グラスをテーブルに置くと、話を続けた。「じゃあ、みかけたことはあるが話したことはない、ということですね。ということは、相手もあなたをみたことがあるというわけだ」

「たぶん。だがわたしは、〈リーンダー〉でベッカと会うことはないし、ベッカはストリップ・クラブには行かない。どういうことだろう。ベッカとアンガス・クレイグにはなにか関係があるのか？」

どう答えたらいいだろう。キンケイドは迷った。レベッカがフレディにレイプの件を話していなかったのは明らかだ。少なくとも事件の詳細は話していない。レベッカ・メレディスという女性についてやっとわかってきたことと突き合わせると、彼女はなにも話さなかったのだろう。

レイプの件は他言無用といわれている。いまはこのまま流すしかない。「それはわかりません。ただ、妙だなと思いましてね。元副警視監とたまたま知り合った数日後、元の奥さんが殺された。しかも、火曜の朝は食事の約束をしていたのに、その男はあらわれなかった。あとから連絡はありましたか？　どうして来なかったかの説明は？」

「なかった。あの朝は、リリーいわく、マーロウ・ロードで事故があったそうなんだ。だから、渋滞にはまって来られなくなったものと思ってた。そうしたら、そのあと――あんなことになってしまって……」

キンケイドの電話が鳴った。キンケイドは小さく悪態をついたが、発信者の名前をみて電話に出た。ベル巡査だった。

「警視」

ディスプレイをみなくても、はきはきとした声と無駄のないしゃべりかたをきくだけで、誰だかわかっただろう。

「連絡が必要かと思いまして。鑑識がそちらに向かっています。わたしは〈ヘンリー・ローイングクラブ〉と〈アッパー・テムズ・ローイングクラブ〉に行ってきました。昨夜ボートがなくなったという報告はありませんが、会員の中にはボートを外のラックに置く人がいるそうで、それを特に監視している人はいないと」

「くそっ、しまった」キンケイドはいった。そういえば、鑑識がこちらに来るときは連絡してくれと頼んであったのだ。鑑識はフレディの車を調べることになっている。フレディの靴と衣服も、土手でみつかった足跡や繊維と合致するものがないか調べなければならない。

事情聴取はそれまでにすませてしまうつもりだった。必要な質問をした上で、フレディがなにかを隠したり洗い流したりする暇を与えないようにしようと思っていた。なのに、この事情聴取はちっとも計画どおりに進んでいない。

「警視?」ベルが困ったようにいった。

「すまない、ベル、こっちの話だ。到着までにどれくらいかかる？」

「三十分くらいです」

「わかった。ありがとう。ボートクラブの件も助かったよ。また連絡する」電話を切ると、キンケイドは首を振り、カリンがしようとしている質問を遮った。フレディの正面に腰をおろす。

「アタートンさん――フレディ――これから、警官が何人かやってきます。あなたの車と持ち物を調べるために」フレディが反論しようとしたが、キンケイドは片手を上げた。「捜査のルーティーンです。できるだけご迷惑はかけないようにします」

「なにがルーティーンだ。車？　持ち物？　いったいなんで――なんのために？」フレディは立ちあがろうとしたが、キンケイドとカリンが前に来たので立てなくなった。

「ブーツ、あるいはウォーキングシューズ。それと、外出用の上着ですね。しかしその前に、昨夜のことをきかせてください」キンケイドは質問を続けた。「午後七時から九時のあいだ、なにをしていましたか？」

「なんなんだよ」フレディはすっかり混乱しているようだった。「昨夜？　なんで昨夜のことなんかきくんだ？」

「質問に答えてください」

「ここにいた。それまでは、通りの向かいの店で友だちと飲んでた。その友だちが――

遺体安置室に連れてってくれたんだ」フレディは言葉を切り、グラスに残っていた水を飲みほした。「そのあと家に帰ってきて、ベッカのお母さんが南アフリカから電話をくれるのを待っていた。葬式をどうするか、具体的なことがはっきりするまでは飛行機の予約ができないといわれたんだ」

「電話はかかってきたんですか？」

「ああ」フレディは思い出して顔をしかめた。「かかってきた。八時頃だったかな。はっきり覚えていない。いちいち時計はみないほうで」

「電話はここに——固定電話にくれたんですか。それとも携帯に？」

「固定電話だ。携帯だと電話代がとんでもないことになる。マリアンはお金に細かい人なんだ」

キンケイドは首をかしげた。フレディの不愉快そうな顔が気になった。「レベッカのお母さんとうまくいっていなかったんですか？」

フレディはため息をついた。「うまくいくもいかないもない。ベッカとお母さんはなにからなにまで意見が合わなかった。わたしのこともそうだ。まあ、わたしに関しては、お母さんのいうとおりだったとベッカも認めたかもしれないな」悲しそうな顔でいう。「だが、だからといってふたりが仲良くなったわけじゃない。ベッカは〝だからいったでしょう〟という言葉が大嫌いだった。

それに――ああ、困った。ベッカが全財産をわたしに遺したと知ったら、マリアンがどんなに怒るかわかったものじゃない」

フレディ・アタートンはなんて孤独な人なんだろう、とキンケイドは思った。「あなたの家族はどうなんです？　交流はあったんですか？　しばらくいっしょにいてくれそうな人は？」

「母に電話した。ベッカのことをニュースで知るのはあんまりだと思ったから。母はここに来るといってくれたが、断った。ひとりでいるほうがましだから。母はちょっと――重いんだ」

「お父さんは？」

フレディの唇がゆがんだ。「ご愁傷様と母から伝えられた」

「そうですか」両親が支えになってくれないのは明らかだ、とキンケイドは判断した。それにしても、カリンがフレディに割り当てたはずの家族担当官は、なにをやっているんだろう。「フレディ、家族担当官から連絡はありませんでしたか？」

フレディはかぶりを振った。「いや」

チャイルズ警視正が――あるいは、スコットランドヤードを牛耳っている人物が――手を回したんだろうか。家族担当官は、被害者の遺族のサポートとケアをする。捜査に進展があれば逐次報告することにもなっている。なにからなにまで世話をするというわけではないが、家族担当官が女性であれ男性であれ、被害者を愛していた人たちの悲しみを慰め、葬式の手配を手伝う。世間の注目を集める事件では、マスコミとのあいだに入って緩衝材の役割をすることもある。

フレディ・アタートンはレベッカ・メレディスの現夫ではなく元夫だ。それでも、心のケアをもっとも必要とする関係者であると思われた。しかし、彼は——少なくともチャイルズ警視正によれば——最重要参考人でもある。家族担当官の職務は遺族をサポートすることではあるが、彼らもれっきとした警官なのだ。遺族の中に犯人がいるということを、業務中に知るケースもあり、そのときは上司に報告しなければならない。利益相反することの多い、難しい仕事だ。しかしフレディ・アタートンのケースでは、家族担当官が特に役に立ってくれるのではないか、とキンケイドは思う。

しかしいまは、ほかにも気になることがある。「レベッカのお母さんは——メレディスさんでいいですね？」フレディがうなずくのをみて、キンケイドは続けた。「メレディスさんの連絡先を教えてください」フレディの電話の通話記録も調べることになるが、そのことはいわなかった。フレディと元義母のあいだに共謀がなかったかどうか、フレディが逃げ場をみつける前に突き止めたい。

「けど、どうしてなんだ？」フレディがいった。「まだわからない。どうして昨夜のことを？」

「レベッカの遺体をみつけた捜索救助隊のメンバーのひとりを、昨夜誰かが殺そうとしたんです」

「殺そうと？」胸元でグラスを握るフレディの手の関節が白くなった。「そんな――いったいなんで？」

キンケイドは身をのりだし、フレディの怯えた青い目をみた。「レベッカの元夫が嫉妬にかられて、というのがもっともありそうな話です。彼はレベッカの恋人でした」

フレディは黙ってキンケイドをみつめかえした。顔からいっさいの表情が消えている。しばらくするとカリンをみて、確証がほしいというように「恋人？」といった。声が震えていた。

カリンはうなずいた。「キーラン・コノリーという男です。元衛生兵で、ボートをやっています。ボートの修理もやっていて、ラブラドール・レトリバーといっしょに捜索救助隊に入っています。あのときは堰のあたりを調べていました」フレディの顔をじっとみる。「あのときにはもう彼のことをよく知っていたのでは？」

「いや、まったく知らなかった。みたことはある。あの朝もみかけた。背の高い、黒髪の男だろう？　黒い犬を連れた」フレディは首を振った。どうしても信じられないようだ。「あの男が――だれかに殺されそうになったと？　無事だったのか？　いったいなにが?」

キンケイドは感心した。レベッカに恋人がいたことを知って、フレディが本当に驚いているのなら、いまの科白はなかなか立派なものだ。「頭に傷を負っただけで、元気ですよ。しかし、住まいの小屋はひどいありさまです。火をつけられ、かなり燃えてしまった」

「その男とベッカが……そんなこと、考えてもみなかった……」フレディは急に笑い声をあげた。「いや、わたしがばかだった。結婚してるときでさえ、ベッカがほかに男を作ってもおかしくなかったし、そうする権利はあったんだ。離婚してからは、誰と寝ようがベッカの自由だよな。だが、ひとこと話してくれたっていいんじゃないかと……」

キンケイドはフレディをみているうちにあることに気がついた。昨夜タヴィーの家で会ったキーランは、フレディに外見がよく似ている。背が高く、黒髪で、痩せてはいるが筋肉質で……。だからレベッカはキーランに惹かれたんだろうか。傍目にはわかりにくい、ほかの共通点もあったのかもしれない。どちらの男性との関係でも、レベッカは立場が上だった。彼女は自分が上に立つのが好きだったということか。それを意識していたにせよ、していなかったにせよ。

「あなたを傷つけたくなかったのかもしれませんよ。あるいは……」キンケイドはちょっと考えた。「レベッカはキーランに、自分たちの関係を他人に知られたくない、知られたら攻撃材料にされるから、と話していたそうです。どういう意味かわかりますか？」

「攻撃材料に？」フレディはかぶりを振った。「少なくともわたしのことではないと思うが」

「恋人ができたからには家の権利を自分に返せ、というつもりはなかったんですね？」

「まさか。それに、仮にわたしがそんなことを要求したとしても、離婚のときに正式に彼女のものになったんだ。法律的にも、わたしにそんなことをいう権利はみじんもない」

フレディがあまりにもはっきりいうので、キンケイドはかえって怪しいと思った。家を返してほしいといおうとしたことはあるのかもしれない。しかしいろいろ考えて、それをとりやめたのではないか。

レベッカを殺そうと考えたからだろうか。

しかしそれには、レベッカが遺言書を書き換えていないことを確かめる必要がある。いまのところわかっているレベッカ・メレディスの性格からすると、そういう細かいことは誰にも話さないだろう。ただし、フレディが可能性に賭けたという線は残る。レベッカは母親に財産を遺したくないと思っているはずだし、捨て猫の保護団体に大金を遺贈する、などということもしそうにないからだ。

キンケイドは目の前の男を観察した。ショックを受け、疲れ果て、怯えている。そういう殺人犯はいくらでもみてきたから、フレディ・アタートンが元妻を殺し、なおかつ心から悲しんでいるということも考えられなくはない。

だが、それはないだろう。つじつまの合わないことがいろいろある。フレディに昨夜のアリバイがあるのなら、キーランを襲った犯人とレベッカを殺した犯人は別人ということになってしまう。それだけはない、とキンケイドは思った。

鑑識チームが到着したとき、キンケイドは証拠集めとフレディ・アタートンのアウディを運ぶ手配をカリンにまかせて、旧ビール工場の中庭に静かな場所を探し、イモジェン・ベル巡査に電話をかけた。

「もしもし。そちら、問題ありませんか」

「ああ、大丈夫だ。さっきは驚かせてすまなかった。ベル巡査、きみは家族担当官の研修を受けたことがあるか？」

「基本だけですけど。難しい仕事だなあと思いました」

「ああ、たしかにそうだ。それで……一時的にでかまわないんだが、お茶をいれたり手を握ったりっていう仕事をやってもらうわけにはいかないだろうか」

沈黙があったが、やがてベルが答えた。キンケイドの気のせいかもしれないが、ベルはこの事態を楽しんでいるのだろうか。なんとなくそう思えるような口調だった。「それって、女だから頼まれてるわけじゃありませんよね？」

キンケイドはにやりとした。「もちろん、男だって女性と同じようにお茶はいれられるし、人の手を握ることもできる。女性よりうまくないかもしれないができる。しかし、今回のこのケースに関しては、女性がやってくれたほうがいいんじゃないかと思うんだ」

イモジェン・ベルは、キンケイドがみたことのあるレベッカ・メレディスの若い頃の写真とよく似ていた。レベッカの好みの男性のタイプが一貫しているなら、フレディの好きな女性のタイプもそうかもしれない。それを確かめてみたい。

フレディ・アタートンは、自信をなくした男の典型みたいな状態になっている。だったらせめて、自信をひとつだけ与えてやろう。

イモジェン・ベル巡査がやってきてからほんの二、三分のうちに、ダグ・カリンはフレディ・アタートンのマンションを出た。「彼女がいればフレディもすぐ落ち着くでしょう」電話を何本もかけなければならなかったのでずっと中庭にいたキンケイドに、カリンはいった。「ぼくは彼女の邪魔をしたくなかったので出てきました。あの男、イモジェンにならなにか話すでしょうか」

「どんなことでも可能性はある」キンケイドは当たり障りなく答えた。

カリンはボスの顔をじっとみつめた。「ボス、あの男はシロだと思ってるんですね？」

キンケイドはすぐには答えず、〈オテル・デュヴァン〉を指さした。「ランチにしよう。おなかがぺこぺこだ」チェーンのホテルだが、料理が特においしいといわれている。

「いいですね。〈リーンダー〉の選手たちが玉子料理やベイクトビーンズを食べるのをみて以来、ずっと腹ぺこだったんです」カリンはすぐに応じて、ホテルに向かって歩きだした。ふたりはまもなく革張りのソファに腰を落ち着けた。現代風のしゃれたバーだった。

ふたりとも〝本日のスペシャル〟を注文した。タラのスモークと野菜を使ったフィッシュパイのクリーミーなチェダーソースがけ。それと、キンケイドは紅茶を頼んだ。ビールが飲みたかったが、今日は頭をクリアにしておきたい。

ウェイトレスが飲み物を持ってきた。カリンは自分のグラスを鼻先まで持ちあげてキンケイドをみた。「ぼくの読み、当たってますか」会話の中断などなかったかのようにいう。

キンケイドは肩をすくめ、紅茶にミルクを入れてかき混ぜた。「フレディ・アタートンには絵に描いたような動機がある。カネだ。それと、それほど明白ではないが——嫉妬もある。月曜の夕方にレベッカを殺すのに必要な専門知識があり、チャンスもあった」

「しかし、キーランが襲われた時刻のアリバイがある――」

「そのとおり」キンケイドはカリンを待つあいだに捜査本部に電話をかけ、フレディの通話記録の手配と、レベッカの母親への確認を依頼した。「とすると、キーランの事件は無差別的なものだったのか。いや、ぼくはその線はないと思う。ということは、川で待ち伏せしていたのはフレディじゃない。しかも、それだけじゃない――」ウェイトレスがやってきたので、キンケイドは話を中断した。二十代の可愛らしい女性だった。ピアスをしたへそを誇らしげに出している。ナイフとフォークを置くのを、キンケイドは笑顔で見守った。

近くのテーブルにひと組の客が来たので、声を落として話を続けた。「フレディ犯人説だと、レベッカが金曜の夜になにをしていたのかの説明がつかない。

レベッカはどうしてロンドンに車を置いて、電車で帰ってきたのか。土曜日にキーランが訪ねてきたとき、どうして機嫌が悪かったのか。土曜の朝の練習をどうして休んだのか。土曜日のロンドンでいったいなにがあったのか。

どれも、レベッカの生活パターンからはずれることばかりだ。そこが引っかかる」キンケイドは紅茶を飲み、顔をしかめた。ぬるい。生ぬるい紅茶は嫌いだ。

「だがいちばん引っかかるのは」キンケイドは必要以上に力をこめてカップをソーサーに戻した。「フレディがアンガス・クレイグと偶然知り合い、その数日後にレベッカが殺されたってことだ」

「クレイグが殺したと？」

キンケイドはナイフとフォークをマットの上にまっすぐ置きなおした。「レベッカをレイプしたのはクレイグの大きな間違いだった。自分のテリトリーを荒らしたこと。そして、思ったよりタフな女性を狙ってしまったこと。飲みすぎて判断力が鈍っていたのかもしれないな。だがいずれにしても、事件のあと、クレイグはレベッカのことをなにからなにまで調べあげただろう」

ウェイトレスが料理を持ってきた。微笑んだウェイトレスをみて、キンケイドは少し傷ついた。微笑んだ相手が自分ではなくカリンだったからだ。

小さなキャセロールで作ったフィッシュパイは、表面のマッシュポテトが黄金色に輝いて、とてもいいにおいがする。フォークを入れると、蒸気がふわりと立ちのぼった。

カリンもフォークを口元に運び、息を吹きかけている。〝そんなことをしてはいけません〟と母親にいわれて育っただろうに。「フレディが何者なのか、クレイグがそのとき知ったとすると」カリンがいった。「どうしていま頃になって近づいてきたんでしょうね」

「レベッカが動きだしたからかもしれない。彼女はいつ知ったんだろう。クレイグが退職時に功労賞を受けたこと。ガスキルとその上司がレベッカとの約束を破ったこと。それと、ほかにも気になることがある」

まだひと口も食べていないのにナイフとフォークを置くと、キンケイドは携帯電話を取りだして、着信履歴からかけなおした。

「ベル巡査か。キンケイドだ。まだフレディのマンションに？」

「はい。キッチンもアタートンさんも、だいぶすっきりしましたよ」口調から達成感が伝わってくる。「これからフレ――アタートンさんがいくつか電話をかけるといっているので、サポートします」

「鑑識は？」

「もう帰りました。必要なものはすべて手に入れたようです。車はできるだけ早く調べると伝えてほしい、そういわれてます」

「ありがとう。よくやってくれた」キンケイドはいったん口を閉じた。そして、言葉を選んで尋ねた。「ベル巡査、アタートンさんにきいてほしいことがある。バーで例の紳士に出会ったのは先週の何曜日だったか」

「ちょっと待ってください」電話のむこうで会話をしているのがうっすらきこえる。やがてベルがまた電話に出た。よく通る声がきこえる。「木曜日だと思う、とのことです」ベルは詳細をききたそうだったが、キンケイドは礼だけをいって電話を切った。

「木曜日だ」答えを待っているカリンをみて、キンケイドはいった。

カリンはタラのスモークをひと切れかじり、歯のあいだからふうっと息を吐いた。「口の中が焼けそうです」水をひと口飲んだ。そして少し考えこむと、こういった。「偶然という可能性もありますよね。クレイグとフレディが知り合ったのは」

「ああ、可能性はある。とすると、その翌日レベッカが妙な行動をしたのも偶然だ。だが、ダグ、西ロンドン署にもう一度行ってみてくれないか。レベッカの同僚にきいてきてほしい。金曜日、いつもと違うことがなかったか」

「ボスはこれからなにを？」カリンはいぶかしげにキンケイドをみた。

「ダグ、おまえを巻きこみたくない」キンケイドはまだ手をつけていない料理を凝視した。急に食欲がなくなってしまった。「アンガス・クレイグに会ってみる」

カリンが目をみひらいた。口に運ぼうとしたフォークを途中で止めたまま、いった。

「警視正の機嫌を損ねるんじゃありませんか」

それで済めばいいほうだろう、とキンケイドは思った。

これまでのキャリアの中で、本当なら許されない手段をとったことは何度もある。法の網をかいくぐるようなやりかたをしたこともある。チャイルズ警視正からは、かなりの自由裁量権を与えられていると自覚していた。それで事件さえ解決できればいいのだ。しかし、明確な指示を与えられているときに、それに反したことは一度もない。レベッカ・メレディスはクレイグからの被害を訴えたが、もみ消された。キンケイドは、そのやりかたが気に入らないという気持ちを警視正に伝えた。今回の事件はクレイグが怪しいと思う、ともいった。

警視正から返ってきたのは、警告の言葉だった。

紅茶を飲んだ。もう冷たくなっていたが、どうでもよかった。急にからからになってしまった口の中を潤すことができれば、なんでもいい。

まともな判断力を持った人間なら、いますぐ事件から手を引くだろう。ほかのだれかにまかせてしまえばいい。フレディ・アタートンという格好のスケープゴートがいるではないか。個人的にはフレディは潔白だと思うが、そんなことは関係ない。アンガス・クレイグが己の権力を使って働いた悪事も、闇に葬ってしまえ。ジェマやレベッカ・メレディス、そのほか何人の女性を毒牙にかけたか知らないが。

「ああ、そうだろうな」キンケイドはゆっくり答えた。「だが、警視正には黙って行動するつもりだ」

# 16

決死の覚悟で、人生最大の二十ストロークを繰りだしてやる。最初のストロークから、強い推進力を感じた。チーム全員が全力を出している。［ジェイムズ・リヴィングストン］

——デイヴィッド・リヴィングストン、ジェイムズ・リヴィングストン
『Blood Over Water』

ダグ・カリンがトワイフォード駅で電車を乗り換え、パディントン駅に着いたときには、もう夕方近くなっていた。

地下鉄でシェパーズ・ブッシュ駅に行く。そこから西ロンドン署まではだいぶ歩くが、カリンは平気だった。朝からの好天はまだ続いていたし、朝、ボート選手たちを

〈リーンダー〉でみたせいで、気づきたくないことに気づいてしまったのだ。もう少しシェイプアップしないと、シングルスカルへの再挑戦は難しい。

電車にも歩きにも時間がかかったおかげで、ゆっくり頭を整理することもできた。今日これからの方針も決まった。ピーター・ガスキル警視と雑談するつもりはない。むしろ、できればガスキルと会わずに目的を果たしたい。

前回ケリー・パターソン巡査部長と話した印象では、あれ以上きいてもなにも話してくれないだろう。今日はブライアン・ビシク巡査を攻めてみよう。

署に着くと、受付にいる警官に頼んで、ビシクを呼びだしてもらった。何分かして、巡査は下りてきてくれた。ビシクは不安そうだった。前に会ったときより、少しやつれたようだ。顔は青白く、目のまわりが少しむくんで赤くなっている。ジェルで固めた髪にはフケが浮いている。

「カリン巡査部長」ビシクはいった。「なにか——進展はあったんですか？」

「まあ、少しはね」カリンは答えた。「とても興味深い発見もあった」

「警視がいなくて、申し訳ないです」

「いや、じつはきみに会いたかったんだ。どこかで話せるかな？」

ビシクは不安そうな目で受付の巡査部長のようすをうかがった。「話すといっても、前に話したことくらいしか……」

もどうだい?」

カリンは受付に背を向けて、声を低くした。「上司がいないなら、どこかでビールで

「えっ……」ビシクはまた受付のほうをみた。巡査部長は電話に出ている。ビシクも小声で答えた。「わかりました。ブルック・グリーンまで行くとパブがあります。地下鉄の駅のほうに戻っていくとわかります。そこで十分後に。外のテーブルで待っててください。ビールはフォスターを」

カリンはそのパブに見覚えがあった。なかなかしゃれた感じの店だ。カリンが到着したとき、まだ時間が早いせいか、外のテーブルはいくつかあいていた。中に入ってビールを二杯買い、外に出てテーブルにつくと、ビシクが早歩きであらわれた。

「ありがとう」ビシクは鉄の椅子にどっしり腰をおろすと、グラスを持ちあげた。ごくごく飲んでグラスを置き、上着のポケットから煙草を取りだす。一本取って火をつけ、ほっとしたように息を吐いた。「ふう、生き返った」

顔をしかめてもう一度煙草を吸い、金属の灰皿で揉み消した。青白い煙が空にまっすぐ上がっていく。ビシクは首を振った。「近頃、なにより腹が立つのは、煙草を吸うたびにうしろめたい気にさせられるってことですよ。ベッカはいつも、ぼくとケリーにぶつぶついってた。考えてみれば、ふたりとも、ベッカを怒らせるために必要以上に吸っ

てたかもしれないな。だがいまは……火をつけるたびに、ベッカの声がきこえるような気がする。ケリーもそういってるし」

「今日は、パターソン巡査部長は？」

「知らないんですか？」

カリンはかぶりを振った。「なにをだい？」

「別の部署に異動になりました。きのう付けで、突然」

「嘘だろう」カリンはビシクの顔を凝視した。手に持ったビールのことなど忘れてしまった。

「嘘ならいいんですけど」ビシクはさらにビールを飲み、肩をすくめた。「こうやって話してるのも、本当はまずいんだろうな」

「パターソン巡査部長はぼくたちに情報をくれたんだ。そのこと、きいてるかい？」

「いえ。けど、署の前だったから、ぼくはみてました。みてた人がほかにもいるんだろうな」

カリンは考えた。みたのはガスキルだろうか。それとも受付の巡査部長がガスキルに報告したのか。あのほんの数秒間に、どんな人が通りかかっただろう。記憶をたどりながら、不意にうすら寒くなった。敵にすべてをみられているような気がする。

通りの左右をきょろきょろしているカリンをみて、ビシクがいった。「ここなら大丈夫ですよ。署からだいぶ離れてます。だからここを選んだんです」次の煙草に火をつけた。「それに、ぼくはなにも知らないし。ケリーがなにをいったのかも知りません。ぼくをシベリアに送りたければ送ればいい。こうなったら、もうどうでもいい」

「じゃあきみは、アンガス・クレイグのことをなにも知らないのか」

ビシクは目をすがめてカリンをみると、高価そうなサングラスをポケットから取りだしてかけた。日差しは急に弱くなってきたというのに。「元お偉いさんという以外にはなにも。どういう人なんです？」

カリンは首を振った。「知らないんなら、きかないほうが身のためだ。ところで、ガスキル警視は今日はどこへ？」いまこのときも、レベッカ・メレディスにつながりのあった人物を片っ端から遠ざけようと画策しているのかもしれない。

いや、そんなはずはない。それはさすがに考えすぎだ。

「ゴルフです。ぼくには理解できませんけど、警視はゴルフが大好きで。今日はそういうのにもってこいの一日なんじゃありませんか。ぼくはビヤガーデンでのんびりしてるほうが好きだけど」ビシクはサングラスをはずし、耳にかける部分をいじりはじめた。

「ボスなら――ベッカなら――ボート日和だといったでしょうけど」

ここから切りこんでいこう。カリンは決めた。「先週の金曜日も今日みたいに天気がよかったと思うが、レベッカは車ではなく電車でヘンリーに帰ったらしいんだ。どうしてだか知らないかい？」

「金曜日？」ビシクは眉間にしわをよせて、サングラスのフレームをひねりはじめた。ポートベロ・マーケットで売っている安物ならいいんだが、とカリンは心配になった。

「いや、わかりませんね。ベッカはいつもと同じ時間にオフィスを出ました」

カリンはがっかりしたが、さらにきいた。「その日、なにか変わったことはなかったかな？　車をロンドンに置いて電車で帰るなんて、普通ならやらないことだと思う」

ビシクはビールを少し飲み、じっくり考えはじめた。のんびりしすぎていて、待っているほうはいらいらしてくる。「例の傷害事件の捜査が行き詰まってました。少年たちは、仲間が腹を刺されるのをみていたのに、誰も証言しようとしないんです。正直、気持ちはわかりますけどね。証言なんかしたら、次は自分を刺してくれといってるようなものだ。けど、ベッカはすごく怒ってました。そのほかには――ああ、そういえば」ビシクはうれしそうに笑った。「風紀取り締まり担当だとかいう女性警官がほかの署から訪ねてきました。ふたりでベッカのオフィスに入って、話しこんでたな」

「女性？」

「ええ。知り合いみたいでしたよ。しかし、女のおしゃべりは長いですね」

「その人が何者か、知らないかい？　なんでよその署を訪ねてきたのかな」

「さあ、ぼくはその日の午後いっぱい、気難しいティーンエイジャーたちの相手で忙しかったので」ビシクはそういってから含み笑いをした。なにか思い出したらしい。「ブロンドで、年はベッカと同じくらいでした。けっこう美人でしたよ。あの人ならデートに誘ってもいいな」煙草を吸う。うしろめたい気持ちはどこかに飛んでいってしまったらしい。「けど、紹介はしてもらえなかった。ずいぶん長いことおしゃべりしてたから、きっと長い付き合いなんだろうなと思いました。『おじさんは元気?』とか、そんな話をしてたし、ベッカはにこにこしてたし。いま思うと、珍しいことです。

それから、ふたりで外に行ったのかもしれないな。今日のぼくたちみたいに」ビシクはそういいながら、自分の言葉に驚いているようだった。「ベッカにも私生活があったんですよね。もっとも、ぼくがそれを目にすることはなかったけど」

「その女性が何者か、誰にきけばわかるだろう」

「ケリーが——パターソン巡査部長が——知ってるかもしれない。その日の午後はずっとオフィスにいましたから、いまはダリッジだかプラムステッドだか——いつもそのふたつを混同しちゃうんだ——に行っちゃいましたけど。それと、たぶん警視も知ってます。その女性がうちの部に来たときからみてたはずです」

もう少し自分で調べてから、ガスキル警視にそのことをきいてみよう。「パターソン巡査部長の携帯の番号を教えてくれないか」

「了解」ビシクは煙草を消して携帯電話を取りだした。それから上着のポケットに手を入れて、くしゃくしゃの馬券を一枚引っぱりだした。カリンがペンを差し出す。ビシクは携帯の画面をみながら馬券に番号を走り書きすると、それをカリンに渡した。「出てくれるといいんですが。きのうからつかまらないんですよ」

キンケイドはヘンリーを出るのに予想以上に手間取っていた。遅めのランチのあとにカリンと別れてから、まずは捜査本部に戻った。シンラ警部補とほかのスタッフに、レディ・アタートンの事情聴取のあらましを説明したが、アタートンが最後にいったことはまだ話さずにおいた。

それから、マスコミ相手に二度目の記者会見。何人かの手ごわい新聞記者たちが――多くはタブロイド紙の記者だろう――いまも警察署の前に貼りついて、新しい情報をすっぱ抜こうと待ち構えているからだ。

チャイルズ警視正には電話をかけなかった。そのことが心に重くのしかかっている。

車でハンブルデン・ミルを走るうちに、ここの地理がよくわかった。アンガス・クレイグの自宅からレベッカ・メレディスの遺体が発見された場所までは、ちょっとがんばれば歩いていけてしまう。そして、レベッカが実際に殺されたであろう水際の場所まで歩いていくのは骨が折れるが、車でならあっというまにたどりつける。

ハンブルデンの村に入ると、車のスピードをゆるめた。教会があり、パブがあり、バラに彩られた赤レンガの家が並んでいる。絵はがきのように美しいところだ。

目的の家は村のはずれにあった。長い私道を入っていった先に、堂々と鎮座している。一介の警視ふぜいがいきなり訪ねていってノックをしていいものか、迷ってしまうような立派な扉だった。

ほかの場所にあれば、〝レンガの山〟と呼びたくなるような家だったが、この景色には見事になじんでいた。建築の形式はよくわからないが、名工が何年もかけて造りあげた家なのだろう。

広々とした芝生にはごみひとつ落ちていない。暖かな印象のレンガと赤いタイルの屋根のむこうには、斜面を埋める真っ赤な紅葉。背景幕に描かれた絵のようだ。

美しい。愛すべき家だ。同時に、人の称賛を浴びるための家でもあるのだろうか。

豪華としかいいようがない。副警視監がどんなに偉いといっても、こんな家が買えるわけがない。奥さんが金持ちということか。

アストラを私道に駐めてから考えた。アンガス・クレイグにどんな言葉をかけようか。いや、あまり周到に準備していかないほうがいいだろう。

車から降りてドアを閉める。かちゃりという小さな音がしたのを確かめてから、ネクタイを直し、砂利敷きの道を歩きだした。話すことは歩きながら考えよう。

グリフィンの形をした真鍮《しんちゅう》の呼び鈴を押す。家の奥でそれが鳴るのがきこえた。犬が甲高くひと声鳴いた。

右足に、左足にと、体重をかけかえながら、待った。おおげさなデザインの呼び鈴からすると、糊の利いたシャツとモーニングのスーツを着こんだ執事が出てきてもおかしくない。しかし、出てきたのはアンガス・クレイグ本人だった。

キンケイドの記憶にあるとおりの男だった。ただ、最後にみかけたときもがっしりした体をしていたのに、さらに何キロか肉がついたようだ。薄くなりつつある薄茶色の髪は櫛できちんとなでつけてある。大きくて血色のいい顔は不機嫌そうにゆがんでいた。なにかだいじな仕事を邪魔された、とでもいうようだ。着ているのはゴルフウェア。靴もゴルフ用のスパイクシューズだ。

アストラをみて、二重ガラス窓のセールスマンと間違われるといけない。キンケイドは先手を取ることにした。「クレイグ副警視監ですね？　スコットランドヤードのダンカン・キンケイド警視と申します。ご記憶にないかもしれませんが、ブラムシルの研修で何度か講義を拝聴しました」

不機嫌そうだった顔に、すぐさま作り笑いが浮かんだ。アンガス・クレイグは相手が何者かを知っている。訪ねてきた目的も知っている。キンケイドはそう確信した。

「ああ、キンケイド警視か。覚えている。メレディス事件の捜査で手腕を発揮しているそうだね」

「ありがとうございます。ちょっとお話をうかがいたいのですが、よろしいでしょうか」

「ああ、もちろん」クレイグはそう答えたが、表情は苦々しかった。「中へどうぞ。書斎で話そう。いまちょうど靴を履きかえようと思っていたところだ」

キンケイドがクレイグのあとについて歩きだすと、クレイグはドアを閉める前にちょっと振りかえってアストラをみた。「ヤードはなかなか気前がいいな。警視クラスであんないい車を手配してもらえるとは」

「あれは私物なんです」キンケイドはなぜかアストラを取りあげられそうな気がして、あわてていった。

クレイグは薄茶色の眉を片方上げただけだった。失礼なことをいったと謝りもしない。幅広いオーク材のフローリングをスパイクシューズが踏むたび、ゴツゴツと大きな音がする。奥さんは怒らないんだろうか、とキンケイドは思った。あんな靴で歩いたら、せっかくのフローリングが台無しだ。クレイグは玄関ホールに置かれたベンチのところで立ちどまり、ゴルフシューズから革のスリッパに履きかえた。そのあいだ、キンケイドはじっと待っていた。

インテリアはキンケイドが思っていたほどけばけばしいものではなかった。壁や木造部分は柔らかなオフホワイト。家具もフラワーアレンジメントも、高価なものにはみえるが、いたってシンプルだ。趣味のよいヌードの木炭デッサン画が片側の壁に並んでいる。男性のも女性のもあった。家の奥のほうから、犬の甲高い鳴き声がきこえる。クレイグはゴルフシューズをベンチの脇に置いて立ちあがった。「うるさいな。妻の犬なんだが、妻が出かけるといつもあの調子だ」玄関ホールの奥の部屋にむかってあごをしゃくる。「警視、こちらへ」

クレイグに続いて部屋に入る。そこは、家のほかの部分と同じように美しい部屋だった。しかし、置かれた机があまりにも大きすぎる。

大きな窓から表の芝生がみえる。今日は季節外れといえるくらい暖かいのに、優雅な曲線を誇る鋳鉄の火格子の中では小さな火が燃えている。

暖炉の前には革の肘かけ椅子がふたつ、斜めの角度をつけて置かれている。楽しくおしゃべりをするのにはもってこいの場所だ。しかしクレイグはその椅子ではなく、巨大な机の奥に陣取った。キンケイドは肘かけもない小さな椅子を引いてきて座るしかなかった。

相手を威嚇しようという、ピーター・ガスキルがとったのと同じ戦略だ。キンケイドがクレイグのことをなにも知らない状態でここに来たとしても、これだけでクレイグのことを嫌いになったに違いない。

黒々とした本棚には、ゴルフのトロフィーが並んでいる。ところどころに革装丁の古典文学。開いたことなどきっと一度もないはずだ、とキンケイドは思った。窓と窓のあいだに置かれたサイドテーブルには、十八年もののグレンリヴェットとカットクリスタルグラスをふたつのせたトレイがある。しかしクレイグはキンケイドにそれを勧めるつもりはないらしい。

キンケイドは小さな椅子の上でなるべく楽な姿勢をとると、上着の下襟についてもいない糸くずを払い、部屋をみまわした。失礼な扱いをされているからといって、不満や反感を示したら、相手の思うつぼだ。それより、こちらから水を向けずにいたら、クレイグは自分からレベッカ・メレディスの事件について話しだすだろう。どんなコメントをするつもりだろうか。それが知りたい。

思ったとおり、クレイグは話しだした。「メレディス警部のことは本当に残念だった。だが、別れた亭主とやらが有力な容疑者だときいた」だれからきいたのかはいわなかった。

有力な容疑者？　クリスティの小説の世界に迷いこんだみたいだ。「そうですか」キンケイドはちょっと意外そうにいった。「それは初耳ですね。その有力な容疑者とは、アタートンさんのことですか？　彼は捜査に協力的ですよ。彼がレベッカ・メレディスの死に関わっているという確固とした証拠はみつかっていないんです」

キンケイドは足首を交差させて、できるだけ無表情でいることを心がけた。心の中では怒りがふつふつとたぎりはじめている。「それはそうと、副警視監はアタートンさんと知り合いだったんですね。火曜日の朝、彼と食事の約束をしていたとか。約束は果たせなかったそうで、残念でしたね。副警視監ほどの知識と経験を持った人があの場にいれば、元奥さんが行方不明になって心配しているアタートンさんに、有用な助言をしてあげられたでしょうに」

一瞬、クレイグの表情が変わった。なにかを計算しているようだ。それから、少しさげすむような顔をした。「ああ、あの男に会ったことはある。だがそのときは、あの男がメレディス警部の元亭主だとは知らなかった。あの男が持ちかけてきた出資話が計画倒れなものだということもね」

「つまり、〈リーンダー〉で会おうという約束をしたあと、フレディ・アタートンのことを調べたというわけですか？」

「もちろんだ。わたしは三十年以上警官をやっていたんだぞ。それを忘れてもらっては困る」

もちろん忘れてはいない。「だから、火曜日に約束の場所に行かなかったと？」それはまずいのではというように肩をすくめる。「電話一本かけてキャンセルすればよかったのに」

クレイグは、おまえはばかかという目でキンケイドをみた。「警視、わたしのマナーを批判するつもりか? アタートンなど、ぺてん師の一歩手前のような男だ。礼儀など必要ない。ほんの一瞬でも騙されかけたかと思うと胸くそが悪い」大きな両手を机の端に置き、椅子をうしろに押しやった。話はこれまで、というつもりらしい。「殺人事件をしっかり捜査しろ。わたしに関わるな。こっちは忙しいんだ」

しかしキンケイドは、まだ帰るつもりはなかった。「メレディス警部のことはもっとよくご存じでしたね」鼓動が急に速くなった。こめかみをハンマーで叩かれているみたいに、どきどきという音がする。

ルビコン川を渡ってしまった。もうあとには退けない。

「なんの話だ?」クレイグはいった。控えめな声ではあったが、気取った感じはすっかり消えていた。

「メレディス警部があなたにレイプされたと訴えた件です。彼女の上司のピーター・ガスキルは、正式に訴えるのはやめろと彼女を説得した。彼女は聞き分けましたが、それには条件があった。あなたが罰を受けるように取り計らう、ガスキルが彼女にそう約束したからこそ、彼女は説得をのんだんです」

クレイグのピンク色の顔が真っ白になっていた。「よくもそんな――」

「しかし、あなたは罰を受けなかった。そうですよね?」キンケイドは身をのりだし、クレイグの視線をとらえた。「その約束は破られた。それどころか、その反対のことが数週間前に起こった。レベッカ・メレディスはそれを知ってしまったんです。彼女に脅されたんですか？　どうやって彼女を黙らせたんですか？」

クレイグは息を吸いこんで、厚い胸をさらにふくらませた。「あの女はイカレてる。あんな訴えを起こしておいてクビにならなかっただけでも幸運と思うべきなんだ。ガスキルとわたしとで寛大な措置をとってやったのに、あの女にはそれがわからなかったようだ」

「しかし、これはそんなに単純な問題ではないのではありませんか、副警視監どの」キンケイドはわざとおおげさな敬称をつけてやった。部屋が急に暑くなったように思える。暖炉のそばから離れたい気持ちをぐっとこらえた。「レベッカ・メレディスは警察の手続きについて知っていました。だから、ガスキルに相談する前に、すでに病院に行っていたんです。犯人は不詳としたままですが、DNAのサンプルを証拠として採取しておいた。ガスキルもそのことは知っています。あなたも知っているでしょう。問題は、レベッカ・メレディスが自分のキャリアを危険にさらしてまで、その証拠を使ってあなたを訴えると決断したか否かです」

「DNAなんて、なんの意味もない。たしかに、わたしはあの女とセックスした。だが、してといわれたからしただけだ」クレイグは鬼のような顔になっていた。「そうじゃなかったとあの女がいったとしても、証明することはできなかった」

レイプをしたと認めたようなものだ。キンケイドはそう思ったが、クレイグの悪意のみなぎる言葉をきいて、気分が悪くなってきた。もしジェマを襲うのに成功していたとしたら、ジェマについても同じことをいうんだろうか。ほかの女性についても。人を信じたという以外に、なんの落ち度もない人たちなのに。

「ピーター・ガスキルは優しい男だ。そんな訴えをしたら、自分がどんなあばずれかを世間にいいふらすようなものだと、あの女に教えてやったんだからな」クレイグの言葉が止まらない。机に置かれた大きなガラス製のペーパーウェイトを右手でつかみ、握ったりゆるめたりしている。「訴えていれば、あの女のキャリアは終わり、警察の評判も傷ついていた」

キンケイドは皮肉をいわずにはいられなかった。「あなたの名声は無傷のままだったと?」

「生意気なやつだな。いい加減にしろ」クレイグの顔に血色が戻っていた。ピンクを通り越して紫色になっている。よほど怒っているのだろう。犬の吠えかたが激しくなった。さっきまでは会話に相槌を打つ程度だったのに急に激しくなったのは、主人が威嚇するような口調になったからだろう。

クレイグは顔をしかめ、悪態をついた。「クソ犬め。そのうち殺してやる」

それからキンケイドに視線を戻すと、こういった。「とっとと帰ってくれ。おまえの上司になんの報告も行かないと思ったら大間違いだぞ。この蛮行の報いを受けるがいい」

キンケイドはゆっくり立ちあがった。「副警視監、あなたは自分が法律よりも偉いと思っているんですか？　自分には法律の支配が及ばないと？」もしそうなら、気の毒な男だ。しかし、いまさら救ってやることはできない。「はっきりさせておきましょう。あなたはレベッカ・メレディスの殺害とは無関係だとおっしゃるんですね？」

「当然だ」クレイグは侮蔑の表情を隠さなかった。「警視、警告しておく。それ以上ばかを晒すな」

「では、月曜日の夕方どこにいたか、教えていただけますか？」キンケイドは警告を無視してきいた。「そうですね、四時から六時までのあいだ」

クレイグが怒鳴ろうとして思いとどまるのがわかった。水色の目が泳ぐ。なにかをすばやく計算しているのだ。答えることでなにを失うか、考えているのだろうか。まもなく、クレイグは口を開いた。「五時までここにいた。その後はパブで飲んでいた。いつもと同じだ」

「〈スタッグ・アンド・ハンツマン〉ですね？」

クレイグは小さくうなずいた。「ああ、そうだ」

「五時まで家にいたことを証言してくれる人はいますか？」

「妻がいる」妻という言葉を口にするとき、クレイグは割れたガラスを嚙むような顔をした。

「奥様にお話をうかがえますか？」

「いまは出かけてる。家にいたら、あのクソ犬があんなふうに吠えない」

「では、またうかがいます。今日はご協力ありがとうございました」キンケイドはいったんクレイグに背を向けてから、振りかえった。「そうだ、もうひとつ。昨夜の八時頃、どちらにいらっしゃいましたか？」

クレイグが意外そうに目を見開いた。口のまわりの筋肉からわずかに力が抜けるのもみてとれた。

クレイグはこの質問を予期していなかったということか。キンケイドはその場に立ちつくした。自分は取り返しのつかない間違いを犯してしまったのかもしれない。

「ロンドンで会合に出ていた」クレイグの目がぎらりと光った。「きみが怒らせるとまずい人たちに会っていたんだ」

# 17

「ボートレースをみてごらん。レースの途中でどうしても漕ぐのをやめたくなる気持ちがわかるだろう。わたしは、どのレースでも、漕いでいるときこんなふうに思っている。『いま漕ぐのをやめられたら、もうなにも望まず、永遠に休んでいよう。わたしが漕ぐのをやめたらどうなるか、そんなことはどうでもいい。この苦しみよりつらいことなんかないだろうから』」［ジャック・コーネリウス］

——マーク・デュ・ロンド『The Last Amateurs』

「リボン、ほしい！」シャーロットがいった。
「そうね、リボンね」ジェマが答えた。ふたりはベティ・ハワードが住むカラフルでにぎやかな部屋の床に座って、ベティが持っているグログラン織のリボンのストックをみせてもらっていた。

「青いの」シャーロットの小さくて繊細な顔立ちに、これじゃなきゃいやという表情が浮かんだ。真剣なんだ、とジェマは思った。ジェマは、いったいどんなことがはじまるのかもわからないまま、土曜日の誕生日パーティーのテーマは『不思議の国のアリス』がいいというシャーロットに、いいわよと答えてしまったのだ。

幸いなことに、ドレスはベティが作ると申し出てくれた。ドレスというよりコスチュームだ。シャーロットは、キットが持っていた古い『アリス』をみて、ジョン・テニエルの挿絵にすっかり夢中になってしまった。本のカラーページを何時間みつめていただろう。そのページでは、アリスは黄色いワンピースに青いエプロンドレスを重ねて、さらにその上に、糊のきいた白いエプロンをかけている。

ジェマはその本をおそるおそるベティにみせた。するとベティはからからと笑っていった。「もちろんオーケーよ、ジェマ。わたしにかかれば、これくらい朝飯前だわ。自分の娘たちにも作ったんだもの」

子どもの頃からお針子をしていたベティは、十六歳のときに婦人用帽子店で帽子を作りはじめ、その後、普通の衣服や装身具から、ノティング・ヒル・カーニバルのコスチュームに至るまで、さまざまなものを縫うようになった。五人の娘はもう大人になり、たったひとりの息子は――ジェマの友だちのウェズリーだ――まだ母親といっしょに暮らしている。ベティはいま、ウェストボーンパーク・ロードに面したマンションにアトリエを持って仕事をしている。規模は小さいが、大繁盛しているらしい。

今日は最後の仮縫いということで、ジェマがシャーロットを連れてやってきた。最後でよかった――ジェマはほっとしていた。ドレスはまだ家に持って帰れないのよというと、シャーロットは脱ぐのがいやだといって癇癪を起こす。ジェマはシャーロットがもっと女の子らしいものに興味を持ってくれたらいいのに、と思うことがあったが、その願いがこんな形でかなったというわけだ。

「これはどう？」ジェマは、ヤグルマギクを思わせる青紫色のリボンを手にした。これなら青いエプロンドレスにもよく合う。「ベティ、どうかしら？」

ベティはミシンの前に座ったまま、リボンの長さを目測した。「それなら足りそうね。クリップは持ってきてくれた？」

ジェマはハンドバッグからヘアクリップを出した。ドラッグストアでみつけてきたばかりのものだ。

ベティはクリップとリボンを持って、シャーロットにいった。「シャーロット、アリスのリボンを作ってあげますからね」

シャーロットは本を持ち、イラストに目を凝らすと、視線をあげてジェマをみた。

「黄色い髪になりたいな」

「それは無理だわ。それにほら」ジェマは本を手にすると、テニエルのほかのイラストのページを開いた。「この絵では、アリスは赤い髪をしてるでしょ。わたしと同じよ。アリスは好きな色の髪になれるってことね」

シャーロットはとりあえず納得したらしくうなずいたが、眉はぎゅっと寄せたままだった。「アリスはくるくるしてないもん」

「くるくるしててもいいじゃない」ジェマはシャーロットの巻き毛に指をからませた。「アリスもきっとこんな髪になりたかったって思ってるわよ」

「本当?」

「本当よ」

ミシンの前で、ベティがにこりと笑った。「アリスはベティおばちゃんみたいな髪にもなりたかったはずよ」ベティの黒い縮れ毛にはだいぶ白髪が混じっている。たいていの日は、アップにして鮮やかな色のバンダナでまとめてある。今日はシャーロットのドレスと同じ黄色いスカーフだ。

シャーロットはくすくす笑った。「えーっ、おかしいよ」

「おばちゃんはこれが好きなのよ」ベティは笑顔でいった。しかしジェマとベティの目が合ったとき、ジェマは互いが同じことを考えていることに気づいた。いつかシャーロットが、自分もアリスと同じ肌の色になりたい、という日がくるかもしれない。シャーロットはジェマのバッグに手を伸ばして、中をさぐりはじめた。「クリップ、ちょうだい」

ジェマはそっとバッグを取り返した。奥のほうにサプライズが隠してある。小さな手と目に触れないように、もっと気をつけたほうがいい。

一週間前、ポートベロの露店のひとつで、アンティークの茶色い薬瓶をみつけた。きれいな紙のラベルも買って、〝わたしを飲んで〟と書きこんだ。パーティーの日にウェズリーがケーキを焼いてくれるはずなので、ケーキの上に飾ってもらおうと思っている。

「クリップはひとつだけなのよ。リボンができあがるのを待っててちょうだい。土曜日まではつけられないのよ。いいわね？　さあ、ベティおばちゃんのお手伝いをしましょう」シャーロットの関心をそらすために、そういった。

シャーロットが元気よく立ちあがり、靴下だけの足でミシンに近づいていく。ジェマはその姿をみていてはっとした。あと何日かすると、昼間はシャーロットに会えなくなる。つらくて息が止まりそうになった。どうやって寂しさをこらえたらいいだろう。

とはいえ、今日の午前中に署に行ったときは、家に帰ったようななつかしさを覚えたものだ。仕事仲間、日々のルーティーン、そしてなにより、頭を使って考えることが、自分にとってどんなに大切なのかを、あらためて思い知った。仕事と家庭のどちらかではなく、そのあいだにちょうどいい中間地点があればいいのに。

どうすればいいかは、すぐにわかるだろう。ただし、月曜日から職場に復帰できればの話だ。アリヤには、ベビーシッターを短期間できないか考えてみてほしいと頼んである。ダンカンが休暇をとれなくなったときのための代替案だ。

事態は厳しくなってきたようにみえる。

昨夜からは特にそうだ。昔アンガス・クレイグに出会ったときのことを話してから、ダンカンのようすがいつもと違う。夫は——この言葉にはまだなじんでいない——いつも穏やかで、常に結果を見越して行動するタイプだ。しかし、そう簡単に腹を立てることはないぶん、怒るときはものすごく怒る。昨夜の夫の顔は憤怒に燃えていた。

クレイグとの出来事は、たしかに重大な意味を持つ。レイトンに帰ったあの夜、ジェマは大きな危険に晒されていたのだ。どう考えても間違いない。それに、ダンカンにそれを話したのも、成り行き上しかたのないことだった。しかし、いまは不安でたまらない。ダンカンがなにか早まった行動に出なければいいのだけれど。

自分は捜査に加わっていないという無力感を覚える。自分にはどうすることもできないと思うと、苛立ちばかりが募ってくる。

メロディと組んで調べればなにかわかるかも、と朝までは思っていたが、どうやら望みはなさそうだ。もっとも、メロディは調べつづけるといってくれている。

自分の考えが間違っているとは思わない。クレイグは同じパターンで女性を襲っている。ただ、被害を受けた女性警官たちが犯人不詳のまま被害届を出しているはずと思ったのは、かなり甘かったのかもしれない。

「ほうら、できたわよ」ベティがいった。ジェマが物思いにふけっているあいだに、ベティはリボンをきれいに結んだ形にしてミシンで縫い、手縫いでクリップを留めつけてくれたのだ。いま、それをシャーロットの髪につけている。

シャーロットはうっとりした表情で、頭のリボンをさぐるように触り、ジェマに駆けよってきた。「みせて」

「あらあら」ジェマはシャーロットを一回転させ、その姿をまじまじと眺めた。「アリスにもみえるし、お姫様にもみえるわね。じゃあ、鏡をみせてあげるわ」ハンドバッグからコンパクトを取りだそうとしたとき、携帯電話にメッセージのランプがついていることに気がついた。かかってきた電話に気がつかなかったということか。

心臓がどきりとした。ダンカンや子どもたちと離れているときは、いつもこうなる。メッセージのログを調べると、電話はメロディからだったとわかった。電話の直後にくれたらしいメールが入っていた。

「すぐに会えますか。報告があります」とある。

ジェマは顔を上げた。「ベティ、シャーロットを少しだけみててもらってもいいかしら？　緊急事態なの」

キンケイドはクレイグの家の私道を出ると、ハンブルデンの曲がりくねった道を走りはじめた。家々の屋根は夕闇に包まれ、村全体がバラ色と金色に染まっている。ぽつぽつと明かりがつきはじめ、明るい窓がずらりと並んでいるようにみえる。煙突から煙が立ちのぼっている。

頭に浮かんできたくだらない文句のことだけを考えようとした。いまも両手が震えるほどの怒りをなんとか鎮めたい。絵に描いたように美しい村の真ん中に、恐ろしいモンスターが住んでいた。

美しさと邪悪さが共存しているということだ。

あれほどの悪人が、そうと気づかれることなくここで暮らしているのだろうか。それとも、気づいている人たちはいても、どうすることもできずにいるのか。

〈スタッグ・アンド・ハンツマン〉に着くと、急ハンドルを切って駐車場に入った。チャンスを逃すわけにはいかない。クレイグのアリバイをいまのうちに調べておかないと、手遅れになる。クレイグの自宅を訪ねたことを警視正に知られたら、身動きがとれなくなるかもしれない。

アストラでも入れられるスペースをみつけて、駐めた。ちょっと考えてから携帯電話の電源を切った。少しでも時間を無駄にしたくない。

外からみたところ、〈スタッグ・アンド・ハンツマン〉は居心地のよさそうな店だった。デザインというより雰囲気が昔ふうなのがいい。毎日夕食前に一杯やりにきたくなる。

店はまだ静かだ。客が来ているとしても常連客で、静かにゆっくり飲んでいるのだろう。アンガス・クレイグは、今夜ばかりはここに来ないだろう。来ないでほしい。店に入り、バーカウンターについて、ロドン・ホピットを一パイント注文した。バーの奥にかけられた黒板によると、地ビールのひとつらしい。名前が気に入って、飲んでみたくなった。

バーテンが持ってきたビールは赤褐色をしていた。口に入れる前からホップの香りが鼻腔に広がった。

「うまいエールだね」キンケイドはバーテンにいって、上唇についた泡を拭った。

「レディングのすぐそばの工場で作ってるんですよ」バーテンは痩せた男だった。酒場で働いているのに、酒を飲まないのだろうか。「お客さん、このへんの人じゃないですよね？」キンケイドにきいてきたが、絶対にそうだと確信しているのだろう。

せっかくだから会話をはじめてみようか。狭い店内にはまだほかに客がいない。チャンスだ。真実にできるだけ近づいてやる。

「ロンドンから来たんだ」ビールを少し飲んだが、これからヘンリーまで車で帰るんだぞと自分にいいきかせた。「じつは、スコットランドヤードの者です」内緒話をするように声を低くする。「先日亡くなったボート選手のことを調べていて」

レベッカ・メレディスのことを単なる〝ボート選手〟と表現したことに、うしろめたさを覚える。いまでは、レベッカのことが知り合いだったように思えているし、友人を失ったような悲しみを感じているからだ。

「気の毒でしたねえ」バーテンは心からそう思っているようだった。「友人の奥さんが捜索救助隊に入ってて、ああいうことがあるたびにショックを受けてますよ。そりゃあそうでしょうね」

「たしかに。ぼくもそう思う」キンケイドはキーランとタヴィーのことを考えた。キーランは元気にしているだろうか。

「警察も大変ですよね。現場にも行ったんですか？　ミルの近くですよね」語尾の感じから、好奇心が伝わってきた。ということは、このバーテンはゴシップ好きかもしれない。パブを繁盛させるには必要な条件だ、とキンケイドは経験上思っている。「ハンブルデンは人通りが少ないんですよね」

「じつは、クレイグ副警視監のところに行ってきたんだ。ご機嫌伺いにね。副警視監の縄張りで仕事をするようなものだから」

「それは礼儀正しいことで」

当たり障りのない、いいコメントだ。しかし、バーテンの表情は明らかに変わった。目をそらしている。この男は、アンガス・クレイグの人格を知っている。

「ここへは、彼に勧められて来たんだ」キンケイドは続けた。「いいビールを出すし、近所だからと」もうひと口飲む。「うらやましい限りだ。しょっちゅう来るのかい?」

バーテンは、すでにぴかぴかになっているグラスをまた拭きだした。「ええ、ほとんど毎晩」ドアの上の時計をみた。「だいたいこれくらいの時間に」

長居しないほうがよさそうだ。しかし、どうやったらクレイグのアリバイをさりげなく確かめられるだろう。キンケイドがそう思っていると、バーテンがいった。「昨夜は来なかったな。どこかに出かけていたのかも」

「ロンドンで会議があったとかなんとか……いや、違う」キンケイドは頭が混乱したというように眉をひそめた。「それは月曜日だ」

「いえ、月曜日は来ましたよ。いつもよりちょっと遅かったかな。はっきり覚えてます。というのも、翌日、みんなでそういう話をしてたから。あのかわいそうな女性がテムズ川を流されてるとき、おれたちはみんなこのパブで呑気に飲んでたんだよな、とかなんとか」バーテンは首を振った。

「釣りにでも行ってたのかな。いい天気だったから」バーテンは不思議そうにキンケイドをみた。「釣り？　どうしてです？　クレイグさんは釣りはしませんよ。ハンティング専門です」「ああ、なるほど」キンケイドはできるだけ前に身をのりだした。「じゃあ、この店は副警視監にぴったりだ」

面白くもなんともないコメントをきいて、バーテンは形ばかりの笑顔を返し、うなずいた。「クレイグさんにもいわれましたよ。ええ、何度も」

バーテンは目の前の客のことを、クレイグの腰巾着とでも思っているだろう。そればかりか、うすのろ警官とも思っているかもしれない。それならそれでかまわない。「立派な家だったなあ。副警視監の奥様の家族が昔から住んでた家なんだって？　奥様に会えなくて残念だったな」

バーテンの表情がやわらいだ。「素敵な女性ですよ。ご家族はずいぶん昔からハンブルデンで暮らしてて。クレイグさんは──エディは──いつも人助けをしてます」村の中心の方角をあごでしゃくる。「いまは教会にいるんじゃないかな。土曜日に結婚式があるので、その準備を手伝ってるはずです」

「ふうん。あとで寄って挨拶しようかな」キンケイドはわざとらしく腕時計をみた。「しまった。もうこんな時間か」ビールをもうひと口だけ飲むと、グラスをカウンターに置いた。まだ半分残っていた。

〈スタッグ・アンド・ハンツマン〉では、間抜けな腰巾着を演じてみせた。しかも、ビールもまともに飲めない男だ。

「急がないと」キンケイドはそういって、あたふたしながら店を出た。

パブの駐車場に車を置いたまま、村の中心まで歩いていった。冷たい風が、路上にたまった茶色い落ち葉を舞いあがらせる。上着の襟を立てて歩きながら、コートを車に置いてこなければよかったと思った。昼間の陽気が嘘のようだ。

さっき車で通ったとき、教会はこちらという標識をみた記憶がある。ヘンリーの教会と同じく、聖母マリア教会と呼ばれているようだ。しかし、実際にそこまで行ってみると、ヘンリーの教会よりもずっと小さいことがわかった。細長くて背の低い建物で、神を讃える場所というよりも人々が安らぐ場所という印象だ。

屋根つきの門をくぐろうとしたとき、教会のポーチに女性が出てきた。ドアに鍵をかけている。次の瞬間、ポーチの明かりで女性の姿がはっきりみえた。キンケイドは驚いて足を止めた。

どんな女性をイメージしていたのか自分でもよくわからないが、こういう女性でなかったのは間違いない。そこに立っているのは、背が高くほっそりとして、白髪まじりの髪を短めのスタイリッシュなボブに整えた女性だった。裾の揺れるウールのスカートは、革製のニーハイブーツのてっぺんをちょうどこするくらいの丈。パーカを羽織り、首には長いスカーフを巻いている。スカートの裾まで垂れたスカーフは鮮やかな緑色で、若葉や青リンゴを連想させる。

女性は鍵を手にしてこちらを向くと、キンケイドに気づいて足を止めた。「教会にご用ですか？」

警戒心は感じられない。親切心からきいているのがわかる。

「クレイグさんですか？」

「ええ。あの、失礼ですが」

キンケイドは明るいところに進み出た。「ダンカン・キンケイドと申します。スコットランドヤードの警視です」

クレイグ夫人は門のところまでやってきた。「夫でしたら、家にいると思いますわ」上品で落ち着いている。かすかな好奇心がうかがえる。

「いえ、じつは奥様にお話がうかがいたくて」いいながら、急に気が進まなくなってきた。「どこか、お話しできる場所はありませんか？」

警戒心がマントのようにクレイグ夫人を包んだのが、傍目にもわかった。それから、彼女は少し移動した。門の屋根の影が落ちて、顔がはっきりみえない。「ここでよろしいのでは？」

「クレイグさん――」キンケイドは動揺していた。この女性にごまかしは通じない。きくべきことをまっすぐきくしかなさそうだ。「月曜日の夕方、ご主人がどこにいらしたかご存じですか？　午後四時くらいから」

一秒が過ぎ、二秒が過ぎる。木々をそよがす風の音がきこえる。教会のポーチの明かりが照らす緑色のスカーフを、夫人が首に巻きなおした。「家にいました。わたしと。それからパブに行きました。いつもと同じように」

質問をきいてほっとしたようにみえたのは、気のせいだろうか。アンガス・クレイグがパブに出かけるのが、彼女の一日の中で最高の瞬間なのかもしれない。

「クレイグさん、警官が溺れて死んだ話はおききになりましたか。レベッカ・メレディスという人です」

「ええ。ボート選手だそうですね。村じゅう、その話で持ちきりでした」

「ご主人は、亡くなった女性と知り合いだったとおっしゃっていましたか？　彼女のことをなにか――」

「警視さん」キンケイドはその声をきいて、腕に触れられたような錯覚を覚えた。しかし彼女はそういうことをするタイプではない。声で訴えることしかしない女性だ。「なにをおききになりたいのかわかりませんが、わたしがクレイグの妻だということをどうぞお忘れなく」話は終わりです、といわれたも同然だった。

クレイグ夫人がまた動いた。顔に光が当たる。一瞬、その顔に絶望の色がみえた。錯覚ではない、とキンケイドは思った。彼女はキンケイドの横を通って歩きだした。「もう帰らないと。バーニーが心配だわ」

「バーニー？」だれのことだろう。家に子どもはいなかったはずだ。

「犬です。主人は犬を家に入れるのを快く思わなくて。では、警視さん、おやすみなさい」

「おやすみなさい、クレイグさん」歩いていく方向は同じだが、キンケイドは彼女を先に行かせ、みえなくなるまで見送った。


ベティの家を出るとすぐ、ジェマはメロディに電話をかけた。そのまままっすぐ署に向かうつもりだったが、メロディが微妙な反応をした。「ボス、それはあまりよくないかも。そうだ、一杯飲みながら話しませんか？〈デューク・オブ・ウェリントン〉でどうでしょう。そこならわたしのほうが先に着きます」

〈デューク〉は、ポートベロ・ロードとエルジン・クレセントの交差点にある。ジェマもよく知っている店だ。少なくとも外からはしょっちゅうみている。天気のいい土曜日の午後は、ジャズギタリストのふたりが、店の外でよくセッションをしている。ジェマはそれをみかけると立ちどまって耳を傾けることが多かった。きいていると、楽しくて思わず笑顔になる。お代として一ポンドか二ポンド、ギターケースに入れることにしている。

しかし、考えてみれば、中に入ったことはない。メロディは先に着くといっていた。もう近くまで来ているということか。

建物はヴィクトリア朝スタイル。淡いピンクの化粧漆喰で仕上げてあり、ものすごくおしゃれな店というわけではない。しかしポートベロ・ロードに面したドアから中に入ってみると、陽気な雰囲気があふれていた。メロディはすぐにみつかった。店のいちばん奥の丸くて背の高いテーブルについている。ジェマはバーをまわって奥へ入り、メロディの隣のスツールに腰かけた。

メロディがグラスを渡してくれた。「ジントニックにしました。絶対一杯飲みたくなるから」

「どうしたの？　それに、どうしてここに？」

「ボスが電話に出ないから、おうちにかけたらキットが出たんです。ボスがベティのところにいるって教えてもらったので、わたしもそこに行こうと思って」

メロディは疲れているようだ。髪も、夕方から急に出てきた冷たい風に吹かれたせいで、かなり乱れている。直していないなんてメロディらしくない。メロディのグラスの中身はもう半分になっている。

「ボス、発見がありました。午後、ファイルをみてたんです。そうしたら、まずこれが」メロディはバッグの中に手を入れ、紙を一枚取りだしてジェマに渡した。

名前がずらりと並んでいる。

「女性警官が六名。この十年間の記録です。内容は、細かいところがいろいろ違いますが、基本的なところは同じです。独身か、夫やボーイフレンドが——ひとりはガールフレンドでしたけど——留守のときに襲われました。パブで飲んでたとか、パーティーに参加したとか、とにかく仕事関係の付き合いのあと、家に帰ったとき、誰だかわからない犯人に侵入されたというパターンです。どのケースも、家に無理矢理侵入したという形跡はありません。また、犯人の特定もできていません」

ジェマは無言でメロディの顔をみつめ、ジントニックをごくりと飲んでから、またリストをみた。ジンが喉を焦がす。咳きこんでしまった。「みんな違う署の人ね」しゃべれるようになると、そういった。

「ええ。ほとんどの女性は、アンガス・クレイグがそのとき配属されていた署の警官です。そうでない女性は、上級職の警官が出席しそうな集まりに参加していました」

「なんてこと」ジェマはつぶやくようにいった。「やっぱりそうだったんだわ」

「もっといいのもありますよ」メロディはそういってから肩をすくめた。「いえ、事件としてはひどいんですけど。ファイルを調べた範囲でわかるのはここまでです」ジェマに別の書類を手渡した。「六ヵ月前の事件です。レイプがらみなのでわたしたちのところに記録がありました」店内をみまわす。ほかのテーブルは仕事帰りの客で埋まっているが、みな、自分たちの会話しか頭にないようだ。店内はどんどんうるさくなってきている。

「被害者の名前はジェニー・ハート。タワーハムレッツの警部でした。でも住まいはキャムデン・ストリートで、ホランドパークとケンジントンのあいだでした。うちからも遠くありません」

「過去形で話してるわね」ジェマはいった。グラスがやけに冷たく感じられる。手がじっとりしてきた。

メロディは自分のジントニックを飲んだ。もう氷しか残っていない。「ジェニー・ハートは離婚経験のある四十歳の女性で、生前の写真をみるかぎり、ブロンドの美人です。お酒好きだという評判がありました。特に、住まいのすぐそばの〈チャーチル・アームズ〉という店がお気に入りで。ボス、行ったことありますか？」

ジェマはかぶりを振った。「前を通ったことはあるけど。お花がきれいなお店よね」

つまり、典型的なパブということだ。黒い壁に、格子状になった窓が並んでいて、窓の外にはハンギングバスケットの花がこれでもかと飾られている。壁がみえなくなるくらいだ。

「息が詰まるくらい窮屈な感じの店ですよ。店内のあちこちにチャーチルの遺品や記念品が置いてあって。でも、店自体は思ったより広いんです。小さな部屋をいくつもつなげたような店で。どこまで続くんだろうと思うくらい」

「それで」ジェマはいった。口の中がからからだ。「メロディ、ジェニー・ハートになにがあったの？」

メロディはグラスに残ったふたつの氷で音をたててから、ジェマの目をみた。「五月一日、ジェニー・ハートは同僚にこう話しました。今夜は〈チャーチル〉で飲んで、帰ったら早めに寝るわ、と。忙しい日が続いていたそうです。子どもが殺される事件があって。

月曜日、彼女が出勤してこないので、同僚が心配して電話をかけました。でも応答がない。火曜日、近所の人が、異臭がするといって警察を呼びました」

ジェマは、キッチンで肉を焼くにおいが店内に漂っていることに気がついた。ごくりと唾を飲んで、急にこみあげてきた吐き気を抑えこんだ。話の続きもわかってきた。

「それで？」

「彼女はレイプされ、扼殺されていました。死後剖検の記録によると、喉についていた痣は、親指と人さし指に強く押されたものでした。指紋もとれました。室内はかなり荒れていました。激しく抵抗したのでしょう。しかし、外部から侵入した形跡はありませんでした」

ジェマはひとつ息を吸った。「それで？」

「剖検をしたのはケイト・リン先生です。徹底的に調べてくれる先生ですよね。爪に組織が残っていたそうです。膣には精液が残り、破れた衣服にも精液がついていました。犯人はコンドームもつけなかったんです。

プロフィールを照合してみました。ジェニー・ハートから採取されたＤＮＡは、レイプ被害を訴えたほかの女性警官たちから採取されたものと合致しました。レベッカ・メレディスもそのひとりです。そこまではサファイア・プロジェクトが上げた成果なんですが、ＤＮＡを照合すべき容疑者がいない状況です」

メロディ同様、ジェマもジントニックの残りを一気に飲み干した。「レベッカも、被害届にはクレイグの名前を出していないわ。だから、採取されたＤＮＡがクレイグのものだとする証拠がないの。なにかないかしら。クレイグとジェニー・ハートを直接結びつけるようなものが」

ジェマが持った資料をみてうなずきながら、メロディがいった。「それ、中をみてください」

ジェマはジェニー・ハートの剖検報告書をめくった。科研のデータや、同僚や近所の人たちの証言が記載されている。裏には、ファイル原本にはなかったはずのものが貼りつけてあった。アンガス・クレイグの写真だ。タキシード姿の男が何人かいるうちのひとり。ほかの何人かも、ジェマには見覚えがあった。上級職の警察官だ。

「警視総監主催のダンスパーティーです」ジェマが尋ねる前に、メロディがいった。「去年のものです。〈クロニクル〉のファイルの中にありました。あれ、すごく便利なんですよ。で、事件についてですが、〈チャーチル〉のスタッフのひとりが、事件の夜、ジェニーが男性と話しているのをみたような気がする、といってるんです。でも混雑した店だし、はっきりとは覚えていないと。〝中年の男性〟という以外に特徴はわからないそうです。それだけじゃ役立つ情報とはいえませんよね。照らし合わせるものがあれば別ですけど」

ジェマがさっと背すじを伸ばしたので、膝がテーブルにぶつかり、グラスが倒れそうになった。あわててグラスを押さえる。「そのスタッフとは話したの?」

「〈チャーチル〉に行ってみました。店主の話では、そのウェイトレスの名前はロザモンド。ここ数日、休暇でフランスに行ってるそうです。でも明日のシフト表には入ってました。ランチからです」

ジェマは必死に頭を回転させた。そんなにうまくいくものだろうか。アンガス・クレイグは何年間もつかまることなく女性たちを餌食にしつづけてきたのに。でも、運さえよければ――もしかしたらもしかするかもしれない。信頼できる証人がたったひとりいればいいのだ。その証言さえあれば、DNAサンプルを請求することができる。
ほかの女性警官たちが証言を拒むなら、それはそれでかまわない。ジェニー・ハート事件が鍵だ。DNAが一致すれば、アンガス・クレイグがどんなに人を脅しても、逃げ道は作れない。殺人罪に問われることになるだろう。

# 18

わたしたちのチームが勝ったのは幸運のせいではない。厳しい練習をして、わずかな創造力を働かせ、ひとつのゴールをめざしてひたすら力を合わせたからだ。

――ブラッド・アラン・ルイス『Assault on Lake Casitas』

キンケイドはヘンリーまで戻ると、ニュー・ストリートからテムズサイドに入った。途中、〈オテル・デュヴァン〉とフレディ・アタートンのマンションを通りすぎた。アストラを川に面した駐車場に入れる。そこからはヘンリー橋の明かりと、対岸の〈リーンダー〉がみえた。

もう空は真っ暗だ。月曜日の現場付近はどんな感じだっただろう。いまより少し時刻は早かった。光の消えていく川面に、細いボートが浮かんでいる。闇の中ぼんやり光る白いボートが、〈リーンダー〉の船台から離れていく。

アストラの窓をあけ、耳をすませた。オールのたてる水音がきこえるような気がする。ボートのシートが前後に動くときのリズミカルな金属音。オールがオールロックに当たる音。そんなさまざまな音をたてながら、ボートはすうっと流れていく。そして闇の中にきえていく。

もっとこうしていたかったが、視線を川面からはずし、電話の電源を入れた。メッセージを確認する。チャイルズ警視正からはなにもない。一瞬ほっとしたが、連絡がないのはどうしてかを考えると、安堵している場合ではないと気づいた。

クレイグが昼間の来訪について苦情を入れていないということもありうるのだろうか。脅しが効けばあいつは手を引く、そう考えている可能性は？

クレイグがそう考えているとしたら、〝自分がやりました〟といっているようなものではないか。

あるいは、とりまき連中を動員して、反撃の準備をしているところかもしれない。

同じことだ。クレイグは遅かれ早かれ復讐してくる。なのにこちらには証拠がない。クレイグの家に乗りこんでいく前と後とで、手札の数は変わっていない。いや、クレイグに月曜日の夕方と水曜日の夜のアリバイがありそうだとわかった以上、手札はむしろ減ったのだ。

もう一度川に目をやった。時系列をまとめてみよう。レベッカが〈リーンダー〉を出たのが四時半少し過ぎなら、テンプル島をまわって上流へと方向転換したのは、五時から五時半のあいだということになる。

クレイグが五時にレベッカを殺し、びしょ濡れで泥まみれのまま歩いて車に戻り、ハンブルデンに戻ってシャワーを浴び、元気よく歩いて六時までにパブに行く、というのは可能だろうか。

妻には知られることになる。妻が家にいればの話だが。しかし、控えめにいっても、エディ・クレイグが証言をしてくれる可能性はおそらくないだろう。

クレイグと犯罪を結びつけるには、物理的な証拠が必要だ。レベッカの殺害現場にあった髪や繊維、足跡が、クレイグの車にあればいい。あるいはクレイグ自身からとれればいい。しかし、それがあったとしても、絶対的な証拠とはいえない。キーランの証言した場所でレベッカが殺されたと断言することはできないからだ。いずれにしても、いまはしっかりした証拠がなにひとつない。これでは照合用のサンプルの提供をクレイグに要求することなど不可能だ。

クレイグがレベッカを殺害した証拠がみつかったとしても、クレイグには、キーランの小屋が襲われた日時に、動かしようのないアリバイがある。

だが、キーランを襲ったのがクレイグではないとしたら、いったい誰なんだ？　フレディ・アタートンではない。通話記録があり、義理の母親が証言してくれればアリバイが成立する。

今夜もヘンリーに泊まろうか。フレディともう一度話してみてもいい。キーランにまた話をきいてみようか。八方塞がりとはこのことだ。いや、きっとどこかに出口がある。いまは壁に遮られてみえないだけだ。正しい相手に正しい質問さえすればいい。だが、それが誰なのか、どんな質問なのか、さっぱりわからない。

川を吹きわたる風が冷たい。キンケイドは体を震わせ、車の窓を閉めた。やはり今夜は〈レッド・ライオン〉に泊まろうか。そう思ったとき、電話が鳴った。驚いたので床に落としそうになり、やっとのことで持ちなおして表に向けた。カリンからだ。

「ボス」キンケイドが出るとすぐ、カリンがいった。「いま、ヤードに戻ってきたんですが――」

「警視正に会ったか？」

「いえ、ただ――」

「そうか。目立たないようにしてろ。ぼくはスズメバチの巣をつついてしまったらしい。気をつけないと、おまえも刺される」

短い沈黙があった。カリンはキンケイドの言葉の意味を解釈してからいった。「いま、ボスのオフィスにいます。警視正はもう帰ったようです」おそるおそるという口調になった。「ボス、うまくいかなかったんですか?」

「立場によってはイエスでもノーでもあるが」キンケイドはできるだけ平静を保って答えた。「クレイグがレベッカ・メレディスをレイプしたのは間違いない。本人が認めたも同然だった。だが、やつと殺人を結びつける決め手がなにもない」

「コノリーの小屋の件はどうでした?」

キンケイドは落ち着いていられず、姿勢を変えた。「水曜の夜のアリバイをきいたら、クレイグは驚いていた。火事の件を知らないんだろう。それに、火事が起きた時刻に、やつはロンドンにいたらしい。きわめて重要な地位の人々との会合があったとか」

「もしかして、そのひとりはピーター・ガスキルだったのかも」

「ありそうな話だな」

「そのことも話したくて、電話をかけたんです」カリンの口調はどこか満足げだ。「ちょっと調べてみたら、あのふたりは――クレイグとガスキルは――とても親しい仲だというのがわかりました。ガスキルが警視に昇進できたのはクレイグのおかげなんです」

「ガスキルと話をしたわけじゃないな?」キンケイドは危険を感じた。

「いえ、ガスキルだけは避けてました。ただ、今日はガスキルは昼からずっといませんでした。ゴルフとかで」

「そうか」キンケイドは自分が驚いていないことに驚いた。「偶然だな。われわれのもうひとりの友人も、今日はゴルフをしていたそうだ。で、誰に話をきいた？」

「ビシク巡査です。パターソン巡査部長は、ぼくたちと話をするのを人にみられたらまずいと思っていたようですが、そのとおりでしたね。彼女はきのう、別の署に飛ばされました」

「なんだって？」電話を握るキンケイドの手に力がこもった。「どこへ？」

「ダリッジです。問い合わせたところ、彼女は今日からそちらに出勤してます。上司の警部は驚いてましたよ。部下がもうひとり必要だと思っていたわけじゃないのに、と」

ガスキルのやりそうなことだ、とキンケイドは思った。クレイグも同じ。関係各所に指令を出して、パターソン巡査部長をあっというまにほかの署に異動させてしまうとは。いったい協力者が何人いるんだろう。

「異動先の署に電話をかけてみましたが、彼女はもう帰宅していました。ビシクから携帯の番号をきいてあります。けど、出ないんですよ」

「だろうな」キンケイドはいった。「出たくないんだろう」指先でハンドルを叩く。「告げ口したらいじめられる、それを学んだんじゃないか」

「だとしても、もう一度話をきかないわけにはいきません。というのも、ビシクがいうには、金曜日、レベッカに変わったところがあったとしたら、女性警部が訪ねてきたってことなんです。レベッカの古い友だちのようにみえたと。ビシクはその女性警部に紹介してもらえなかったんですが、ケリー・パターソンは紹介されたようなんです。ビシクは、そのあとレベッカと女性警部がどこかに飲みにいったようだといっていました。ガスキルはその女性が何者か、知っているでしょう。けどガスキルにきいちゃだめなんですね？　警視正の機嫌も損ねることになるんでしょうか」

「ガスキルには近づくな」キンケイドは戦略を考えた。「パターソン巡査部長が今夜これからも電話に出ないようなら、明日の朝いちばんで彼女の職場を訪ねてくれ。こっそり頼む」

キンケイドは、チャイルズ警視正に連絡がつかないことが不思議だった。チャイルズ警視正はなにをどこまで知っているんだろう。クレイグやガスキルの悪事は見抜いているんだろうか。それとも、上から与えられた命令に従っているだけなのか。

チャイルズ警視正の人となりはわかっているつもりだった。上司であると同時に友人でもあると思っていた。その警視正が、クレイグの悪事を知っていてもかばおうとするなんて、とても信じられない。

これからどうしたら——

「ちょっと待ってください」カリンがいった。「いま、ボスのＰＣにメールが来ました。鑑識からです。フレディ・アタートンの車と私物について」カリンが黙った。メールを読んでいるのだ。ずり落ちてくる眼鏡を直しながら読んでいる姿がキンケイドの目に浮かんだ。「胸をはって警視正に報告してください。車からも衣類からも、土手の草も泥も検出されなかったとのことです。繊維も一致せず。足跡は、現場でみつかったのはフレディのよりワンサイズ小さかったそうです。

それと――」カリンの声から興奮が感じられた。「――土手の水際から採取したさまざまな破片の中に、フィリッピの艇体から剝がれた塗料のかけらが混じっていたそうです」

「やはり、彼女はそこで殺されたのか」キンケイドはゆっくりといった。「そしてフレディ・アタートンは犯人ではない」フレディ・アタートンとキーランの姿を思い浮かべた。ふたりとも同じような背格好だ。「靴のサイズが小さかったとすると、キーランもはずれるだろうな」

「土手で人影を目撃したというキーランの話は捏造じゃないか、小屋の火事も、迫真性を増強するためにキーランが自ら放火したんじゃないか、と思っていたんじゃありませんか？」

「インテリくさいしゃべりかたをするな」キンケイドはカリンに注意した。冗談をいう余裕が戻ってきている。「だがたしかに、その可能性はあると思っていた。キーランを信じてはいたが」

しかし、フレディが容疑からはずれ、キーランもはずれるとすれば、怪しいのはやはりアンガス・クレイグではないか。ふりだしに戻ってしまった。この先どうしたら――」

携帯がブーと音をたてた。ジェマからの電話だ。「ダグ、待っててくれ。いや、切ってもいい。すぐかけなおす」キンケイドはそういってボタンを押した。

ジェマはキンケイドに「もしもし」としかいわせてくれなかった。興奮した口調で、言葉が次から次に出てくる。「すごいことがわかったわ。ううん、メロディがみつけてくれた。サファイア・プロジェクトの未解決レイプ事件を調べたの。ある女性警部がレイプされて殺されてた。六ヵ月前。パターンが一致するの」

一気にしゃべったジェマが息をついている。キンケイドは両手が冷たくなり、吐き気がした。「証拠は?」

「証人がいるかもしれない。被害者が殺される直前に飲んでたパブのウェイトレスよ。連絡がとれるのは明日以降だけど」

「きみもメロディも、そのことを誰かに話したか?」

「いえ、話してない――」

「話すな」キンケイドは自分の口調がきつくなっているのがわかったが、伝えるべきことを確実に伝える必要があった。「パブで話をきいた相手に電話をかけて、このことは絶対に誰にも話すなと念を押せ。いや、その電話もメロディにかけさせろ。きみはできるだけ事件にかかわるな。ジェマ、いまどこだ？」

「これからベティの家に行くところ。シャーロットを預かってもらったから」

「じゃあ、早くシャーロットと家に帰ってくれ」口調がさらに厳しくなる。「家から出るな。誰とも話すな。メロディにも伝えてくれ、誰とも話すなと。そのウェイトレスが証言してくれると決まるまでは、この件をそっとしておきたい」

「あの男、そんなに危険なの？」ジェマの声からさっきの元気がなくなっていた。

「そうだ」キンケイドは答えた。クレイグから感じた悪意と傲慢さが忘れられない。この件にジェマを巻きこまなければよかった。「ジェマ、気をつけてくれ。一時間で家に帰る」


ロンドンに帰る車の中からカリンに電話をかけた。ジェマからきいたことを伝え、引き続きケリー・パターソンに連絡をとってくれと頼んだ。

ようやくノティング・ヒルまで帰ってきた。家をみるのがうれしかった。チェリーレッドの玄関ドア。窓から漏れる明かり。この家に関してはデニス・チャイルズに借りがあるということを、いまは考えないようにした。

玄関に入ったダンカンを、ジェマが出迎えた。さっと唇を合わせ、いつもよりほんの少し長く、頰と頰を合わせた。「おなか、すいてる？」一歩さがってジェマがいった。「またピザで悪いんだけど。帰りに〈スーゴ〉に寄ってきたの」ちょっと笑ってつけたす。「わたしたち、そのうちピザになっちゃうわね。気をつけないと」

「ピザになれるなら、トビーが大喜びするだろうな。なんのピザになるだろう。ペパロニかな？」ダンカンはアストラのトランクからとってきたコートをラックにかけた。かがんでジョーディをなでてやる。シドも来た。ちょっと大きめの黒猫だ。シドはダンカンの帰りを犬のように察知するらしく、いつもダンカンの到着五分前には玄関ホールのベンチに来て、何食わぬ顔で居眠りしている。

「あなたはアーティチョークね」

「しーっ。子どもたちにきかれるぞ」ダンカンはなるべく普通の会話をしようと心がけた。「休暇にはいったら、もうちょっとバラエティ豊かな夕食を用意できるようにがんばってみるよ。本物の主夫になるんだからね」

ジェマはダンカンの顔をちらりとみた。なにかききたそうだったが、話題を変えた。「子どもたちはもう食べて、ちびちゃんたちはお風呂もすませたわ。シャーロットがあなたにおやすみをいってもらうのを待ってる。アーティチョークとハムのピザはオーブンで温め中よ」

「了解。ありがとう」家の中が暖かい。リビングをみると、ジェマがガスの暖炉に火を入れてくれていた。しかし、にぎやかさが足りない。「キットとトビーは？」

「本を読むといってたけど」ジェマは意外でしょというように目を見開いた。「トビーはなにをやってることやら。キットはたぶんメールね」

「ラリーかい？」

ジェマはうなずいた。「データ量を制限したほうがいいかしら」

キットには六月末の誕生日に携帯電話を買ってやった。ベーシックな機能のやつだ。安全のためだけではない。それを使って学校にうまく溶けこんでほしいと思ったからだ。しかしキットは、いとこのラリーに毎日何時間もかけてメールを送っている。ダンカンも姪のことは可愛がっているが、不安定で愛情に飢えた子だとわかっているので、キットとあまり仲良くさせるのは考えものだと思っていた。

「子どもたちのようすをみてくる」ダンカンはスーツのジャケットを脱いでラックにかけた。コートラックには、さっきかけた自分のコートと、子どもたちのパーカが並んでいる。それから階段をのぼった。シャーロットのマリーゴールド色の部屋がある。

半開きのドアからのぞきこむ。ベッドサイドランプの弱い明かりがついていた。ベッドの上掛けに小さな光の円ができている。部屋に入ってみると、シャーロットはぐっすり眠っていた。上掛けを鼻の上まで引っぱりあげているが、片手は頭のほうに伸ばしている。ベッドサイドテーブルに置いた、髪につける青いリボンに触れたかったのだろうか。

ベッドの端に腰かけて、額にかかった髪をどけてやる。シャーロットは動かない。ダンカンはそっと身をかがめて、無精ひげが肌に当たらないように気をつけながら、額の端にキスした。それからシャーロットの片手を上掛けの下にしまってやった。

帰ってきてよかった。

忍び足で廊下に出ると、男の子の部屋をみにいった。トビーは床に鉄道の線路を作っている。家や物が壊れるようなことをしていなくてよかった。

キットは、少なくとも表向きは読書中だった。しかし、ドアが開いた瞬間、携帯電話を枕の下に隠したのを、ダンカンはみてしまった。

ジェマのいうとおりだ。しかし、携帯電話の使いかたと、キットとラリーがどう付き合っていくかは、それぞれ独立した問題ではなく、複合的な問題だ。解決はもう少し先にしよう。いまはやらなければならないことがほかにたくさんある。

子どもたちと言葉を交わしてから一階のキッチンに戻ると、ジェマが皿にピザをのせてくれていた。グラスには赤ワイン。とっておきのボルドーだ。

テリアのテスは、二階で、キットのベッドの足元で丸くなっていた。ジョーディはキッチンでジェマといっしょにいたが、食卓に近づいてくると、ダンカンの足に頭をのせ、満足そうな息をついた。シドは遠くの椅子から夫婦を眺めている。いや、ピザをみているのだろうか。猫はいつでも食べものを狙っている。

ジェマの飲んでいる紅茶のカップの横に、ひと束の書類がある。手を伸ばすと、ジェマが止めた。「先に食べて」

素直にピザをひと切れ食べた。ダンカンのいちばん好きなやつだ。グラスのワインを半分飲む。しかし食欲はなかった。さぞかしおいしいだろうと期待していたワインも、口の中にえぐみを残すばかりだ。

リビングの暖炉が恋しくなった。しかし、キッチンを出るわけにはいかない。重要な話はキッチンで、というのが習慣になってしまっている。ほかの家もそうなんだろうか。チェシャーの実家のキッチンがむしょうになつかしくなってきた。キンケイド家の重要事項は、すべてあのキッチンで決められたのだ。子ども時代のダンカンもジュリエットも、あそこにいると理屈抜きで安心していられたものだ。

しかし今夜は安心していられない。このキッチンにいても、守られているような気がしない。皿を押しやって書類に手を伸ばした。今度はジェマに止められなかった。

ジェマのみている前で書類に目をとおす。顔をあげたとき、ジェマの真剣な顔がそこにあった。「クレイグよね」

ダンカンはうなずいた。「そう思う」

「犯行がエスカレートしてるわ。より階級の高い女性を狙うようになってるし、手口も残忍になってる。レベッカ・メレディスを襲ったときは大きなリスクがあったけど、結局うまく逃げおおせることができた。そのことで、自分は無敵だと思うようになったんだわ」ジェマはテーブルごしに手を出して、書類に触れた。「この女性――ジェニー・ハートのことだけど。クレイグに、自分はどう脅されても絶対に泣き寝入りしないと宣言したんじゃないかしら」

あらためてページをめくり、現場の写真をみた。ジェニー・ハートのリビングはひどいありさまだ。コーヒーテーブルが引っくり返り、割れたガラスが床に散らばっている。雑誌や新聞もだ。「それだけじゃないな。彼女は戦った。かなり激しく」視線を上げてジェマをみる。「ほかの被害者は――けがを申告してるのかい？　切り傷や痣ができたとか、喉を絞められたとか」

「痣は報告されてる。頬骨を粉砕骨折した被害者もいたわ」

ダンカンは、アンガス・クレイグのたくましい腕や肩を思い出した。女性をレイプするとき、クレイグはまず女性の不意をつき、力でねじ伏せ、最後に脅しをかけるのだろう。おそらくその順番だ。しかしジェニー・ハートのときは、脅しの部分だけ手を抜いたのかもしれない。あるいは、暴力をふるいたいという欲求に負けて、後戻りができなくなってしまったのか。

ジェニー・ハートより前のケースでは、クレイグは、これはチャンスと思ったときだけ女性を襲っている。もっとも、パブや会合に出かけては、積極的にチャンスを作っていたわけだが。

ジェニー・ハートのときはどうだったんだろう。彼女がどこで飲むか、何時頃か、あらかじめわかっていたのか。その夜、パブで彼女に会ったときから、この女を殺すと決めていたのか。

そうだとしたら、レベッカ・メレディス殺害はどうなんだろう。ジェニーのときより地味な犯行だし、用意周到な犯行でもある。どうして彼女が自宅にいるところを襲わなかったのか。彼女が一人暮らしだとわかっていたのに。

答えはすぐに思いついた。レベッカ・メレディスは厄介な女だとわかっていたからだ。それに、今度襲えば相手もどれだけの反撃をしてくるかわからないと思ったのだろう。

しかし、わからないことがある。クレイグはどうして今頃レベッカを殺そうとしたのか。一年前、レベッカが事件を公にするといってきたときには殺さなかったのに。

なにがきっかけになったんだろう。それと、クレイグは、レベッカが不審な死を遂げたら、ガスキルに疑われるんじゃないかと思わなかったのか？　あるいは、ガスキルも腐りきった警官なのか。だからクレイグは、なにをやっても大丈夫と安心していたのか……

「もしもーし」ジェマが目の前で手を振っている。「おとぎの国にでも行ってたの？妖精さんじゃなくてわたしに話してくれればいいのに」

「ひどい話だ」ダンカンは首を左右に振った。「きみやメロディを巻きこまなきゃよかった。クレイグの権力には太刀打ちできない」ジェマの周囲にクレイグの手が及ぶと考えただけでも、怒りがふつふつとわきおこってくる。

「ジェニー・ハートの件を調べなおすよ。明日はダグとぼくとでそのウェイトレスに会いにいく。本当はダグにもこの件からはずれてほしいくらいだが」

ジェマは、なにいってるの、という目でダンカンをみた。「警視正から手を引けといわれたらどうするつもり？　もしあなたが身動きとれなくなったら、だれもクレイグに手を出せなくなる。ウェイトレスに会うのはメロディにまかせて。サファイア・プロジェクトの一環として事件のフォローアップをしてる、そういうことなら筋が通るのよ。メロディの裁量でやれる範囲の調査ってこと。もしウェイトレスからはっきりした証言が得られたら、そこから先はあなたにお願いするかもしれない」

ジェマのいうとおりだ。ダンカンは認めざるを得なかった。もう少しワインを飲んでから、しかたなく答えた。「わかった。だがメロディに任せるように。きみは手を出しちゃいけない。きみにはこの件に近づいてほしくない」

「もちろんよ」ジェマはいったが、顔にはチェシャ猫みたいな表情が浮かんでいた。

ダンカンの血圧が急上昇した。「真面目に答えてくれ。この写真をみたんだろう？」紙の束をてのひらで叩く。「クレイグがどんなに危険な男か、きみはわかってない。ぼくは――」

ダンカンの携帯電話が鳴った。ピザを食べるときからテーブルに置いてあったので、振動のせいで皿とフォークがかたかたと音をたてた。ジョーディが頭を持ちあげて低くうなった。

「まったく」つぶやきながら、無神経きわまりない道具に手を伸ばした。「今度はなんなんだ？　今度鳴ったらトイレに流してやる」

あごがこわばっているのが自分でもわかる。アンガス・クレイグが斧を振りおろしてくるのをいまも恐れているせいだ。

しかし、今回の電話もまた、チャイルズ警視正からのものではなかった。クレイグが怒っているぞとか、譴責処分が待っているぞとか、そんなことを伝える電話ではなかった。

ディスプレイに表示されたのはイモジェン・ベル巡査の名前だった。

「警視」イモジェンがいった。驚くほどおどおどしている。「ベル巡査です。遅い時間にすみません。もうご自宅ですよね。〈レッド・ライオン〉にかけてみたら、チェックアウトされたとのことで……」

る。

「かまわないよ。どうした？」ジェマがテーブルごしにいぶかしげな視線を送ってくる。ダンカンはどうすることもできず、ただ肩をすくめた。

「すみません、余計なことでした」ベルの口調がさらに重くなる。「あの——わたし——まずいことになりました。フレディ・アタートンが逃げてしまったようです」

# 19

レースの日が迫っている。もう逃げられない。はじめて出場する選手にとっては、胸がわくわくするとか、気分が高揚するとか、そんな余裕はほとんどない。あるのは恐怖のみだ。戦いそのものが怖いのではない。面目を失うのが怖いのだ。何ヵ月ものあいだたゆまぬ練習をしてきたのに、緊張して失敗したらどうしよう、自分の失敗のせいでレースがうまくいかなかったらどうしよう、と思ってしまう。仲間や友だちや家族をがっかりさせたらどうしよう、一世紀半も続くオックスフォードとケンブリッジのボートレースの伝統に傷をつけたらどうしよう、そんな恐怖に襲われるのだ。

——ダニエル・トポルスキ『Boat Race: The Oxford Revival』

「どういうことだ？　全部話してくれ」

ベルはためらった。「全部、ですか」

「ああ、全部だ」ダンカンは苛立ちを抑えながらいった。「なにが重要でなにがそうじゃないか、ぼくに判断させてくれ。いいね？」

「はい」ベルはまだ不安そうだった。「今日の午後に警視と話をしてから、冷蔵庫にあったもので昼食を作りました。なにか食べさせたほうがいいと思って。そうですよね？」

こちらの答えがききたかったわけではないようだ。ベルはそのまま続けた。「それから、ほかに誰もやる人がいないようなので、フレ……――アタートンさんと――葬儀屋に行きました。ごく普通の葬儀をする手続きをしたんです。あれは……いやなものですね。あれが毎日の仕事じゃなくてよかったと思いました」

「そうだろうな」ダンカンは相手を力づけるようにいった。「よくやってくれた。それから？」

「マンションに戻って、死亡記事を出す手配をしました。すぐに〈タイムズ〉に出す必要があったので。そのとき――わたし、彼女があんなにすごい人だってことを知らなかったんです。スーパースターみたいな人だったんですね」ヒーローを崇めるような口調になった。

「たしかにそうだな。だが、とても人間らしいところもあった。いまのフレディには、彼女の欠点は思い出せないんだろう。彼女も人間だったし欠点もあった。それを忘れちゃならない」

話しながら、ジェマをみた。ジェマは立ちあがり、皿とカップを静かにシンクに置いてきたあと、隣に座って、会話の一方だけをきいている。

ジェマにはどんな欠点があるだろう。強情で、軽はずみなところがある。早合点したり、思ったことをすぐ口にする癖もある。他人にすぐ同情したり、なにかにのめりこんだりしてしまう。なにか約束するのを尻ごみしがちだ。その約束を絶対守れると確信できるまで前に進むことができないのだ。

「フレディはレベッカを崇拝した。ありのままのレベッカを愛していた」

レベッカ・メレディスは、有名なボート選手としてだけでなく、欠点のある人間として愛されたかったのではないだろうか。そうやって愛してくれる人がいるのに自分から手放してしまった。そのことに気づいたときにはもう遅かったのかもしれない。

「そうですね」ベルはいったが、いまひとつ納得していないようにもきこえた。「それが終わったあと、夕食の準備をしようと思いましたが、冷蔵庫には古い牛乳とビールが何本かあるだけで。買い物に行ってくるとわたしがいったら、アタートンさんは――なんだか上の空でした。買い物リストを作ることもできないくらい。それで、〈セインズベリ〉に行って帰ってきたら――」ベルの言葉が途切れた。

「どうした？」

「帰ってきたら、いなかったんです」

「消えていたわけか。歩いて出かけたのかな。車は？　本当にいなかったのか？」

「ノックもしたし、呼び鈴も鳴らしました。携帯にも固定電話にもかけました。本当に心配になってきたので、マンションの管理人に連絡して、中に入れてもらいました。すごく心配でした……死体をみつけることになったらどうしよう、と。けど、彼はいませんでした。部屋は出かける前のままだったし、置き手紙もありません。車のキーは玄関のそばの小さいテーブルに置いたままになっていました。ふらっと出かけて、そのまま帰ってこないという状況です」

「酒は飲んでいたのか？」

「いえ。高級なスコッチが少し残っていたのに、自分でそれを全部シンクに流してしまったくらいです。においを嗅ぐと気分が悪くなるといって」

飲みに出かけたのではないということだ。ダンカンはベルにいった。「電話をかけつづけてくれ。きみは間違ったことをしていない。フレディの世話をして、わたしにも連絡をくれた。だがフレディ・アタートンは大人の男だし、行動を制限することはできない。訴追でもされていれば別だが」

「そういうことにはならないんですよね？　訴追のことです」

「鑑識が調べた結果、フレディと殺人現場を結びつける証拠はなにも出てこなかった。だから、いまのところ、それはないだろう」自信たっぷりの口調でいったが、内心は不安を感じていた。「ほかにはなにかあったかい？　フレディと話をしてて、ちょっと普通じゃないなということはなかったかい」

なにもきこえなくなった。イモジェン・ベルは考えこんでいるらしい。やがて彼女はこういった。「ボートのことをしきりにきいていました。いつ返してもらえるのか、と。たぶん鑑識の調査がもうすぐ終わるから、そうしたら返ってきますよと答えました。それでよかったでしょうか」

ダンカンは眉をひそめた。「もちろんそれでいいが――遺言が執行されるまでは、フレディはボートを受け取れないはずだ」

電話を切ったとき、ジェマは正面の椅子に戻っていた。自分にもボルドーを少し注ぐと、いった。「レベッカの元夫が行方不明なのね？　大丈夫かしら」

「自殺をするようなタイプじゃない。それに、フレディの世話をしていたベル巡査がいうには、フレディはフィリッピのことばかり気にしていたそうだ。レベッカのレース用ボートのことだ。自殺するつもりなら、ボートのことなんか気にかけない」

「まさかとは思うけど――」今度はジェマがためらった。「フレディの身に危険が迫っているってことはない？」

ダンカンは考えた。クレイグやガスキルや、その周辺の悪いやつらは、秘密を守るためならどんなことでもやりかねない。「ないといいんだが」

ダンカンはよく眠れなかった。横になり、ジェマの脚のぬくもりを自分の脚に感じながら、ジェマが使っているライラックのバスソープの香りを嗅いだ。フレディ・アタートンは無事だろうか。ジェマのことも心配だ。やがて、朝が近づいてきた。

ようやく少しは眠ったようだが、寝室の窓がほんのわずかに明るくなった頃、目が覚めた。

ジェマの飼い犬ジョーディが、いつのまにかベッドの足元のほうで眠っていた。その体の下からそっと足を引き抜くと、ダンカンは起きあがってシャワーを浴び、服を着た。身支度ができると、かがんでジェマの唇の端にキスした。「ヘンリーに行ってくるよ」

「え？」ジェマは眠そうな目をあけた。「どうしたの？」

「どうもしないよ。ほら、まだ寝てなさい。あとで電話する」

子どもたちを起こさないように、忍び足で階段をおりた。そのとき不意に、早朝のこの家には独特な雰囲気があると気がついた。静かにまどろんでいる獣のようだ。己の目覚めを待ちながら、さまざまなものの入り混じった息を吐き出している。紅茶とトーストと犬のにおい。子どもたちの温かな吐息。

われながら面白いことを考えたものだ。ダンカンは上機嫌で玄関に向かった。ジェマ以外には誰も起こさずにすんでよかった。しかしそのとき、床のタイルを踏むかちりという音がした。

振りかえると、ジョーディがいた。あとをついて階段をおりてきたらしい。顔を上げて尻尾を振っている。コッカースパニエル独特の、人をとがめるような目を向けてくる。

ダンカンはしゃがんで、ジョーディの耳をなでてやった。「ごめんな、外には連れていけないよ」小声でいう。「ベッドに戻りなさい」

ジョーディは首をかしげ、さらに激しく尻尾を振った。ダンカンはもう一度頭をなでてやった。「家族を守ってくれよ。特にジェマを頼む。いい子だ――」

ダンカンは立ちあがり、ジョーディをみつめた。そうだ。どうしていままで気づかなかったんだろう？

キンケイドがヘンリーに着いたときには、空はすっかり明るくなっていた。橋を渡ったとき、エイトのボートが何艇か、〈リーンダー〉から出ていくのがみえた。脚のたくさん生えた小型船隊のようだ。朝の空気は冷たく澄んでいた。風もない。ローイングにはもってこいの条件だろう。しかし、いま会いたいのはボート選手ではない。

まずはヘンリー署の捜査本部に顔を出した。

シンラ警部補がいた。不運な名前のビーン巡査もいる。しかし、少し前までの張りつめた雰囲気は霧散して、いまは、いるだけで眠たくなりそうな雰囲気が漂っている。新しい情報が入ってこないせいだ。キンケイドからも、教えてやれることがない。いまはまだ早い。

ベル巡査のことをきこうとしたとき、本人が入ってきた。くたびれた姿をして、目も充血している。

「警視」ベルは会釈してから椅子に座り、プラスチックのコーヒーカップを両手で包んだ。わずかなあいだでいいから温もりがほしい、そう思っているかのようだ。

「眠れなかったのかい？」キンケイドはきいた。

ベル巡査は顔を赤らめた。「アタートンさんのことが心配で。マンションを見張ってました」

キンケイドは驚いて彼女をみつめた。「ひと晩じゅう？」

「ええ、車から。ゲートの前に車を駐めて」

だから、服を着たまま眠ったみたいな、くたびれたようすをしているのか。眠っていないとしても、ひと晩じゅうその格好でいたわけだ。キンケイドは感心した。しかし、どう解釈したらいいんだろう。勤勉な警官だというアピールなのか、それともフレディに惚れこんでしまったのか。両方かもしれない。

「よくやってくれたね。フレディは帰ってきたかい？」

「いいえ」ベルは肩を落とした。「まだ電話にも出てくれません」

シンラ警部補が話に割りこんだ。「水曜の夜にメレディス夫人から国際電話がかかってきたことは、確認がとれています。通話記録からも、メレディス夫人からも。四十二分間の通話でした。アタートンがキーラン・コノリーの小屋に火をつけるのは、ふたつの場所に同時に存在する能力がない限り、無理です。あるとしたら、義理の母親と共謀している可能性ですかね」シンラはちょっと考えた。「電話に出て、そのまま受話器をはずしたまま――」

「歩いて、または車で、シングルスカル艇を借りたか盗んだかした場所まで行き、キーランの島まで漕いでいき、火炎瓶を投げつけてから艇を返しに行き、マンションに戻ってきて電話を切る。四十二分では無理じゃないかな」

「そうですね。それに、レベッカ・メレディスの母親がそんなことに協力するとも思えません。レベッカの遺言書の中身を知った上で、遺産を山分けする約束でもしていたなら別ですが。しかし、現時点でわかっていることからすると、メレディス夫人は娘の金や不動産をあてにしなければならないほど困窮していません」

「いうまでもないが、いまの話は、フレディ・アタートンがレベッカを殺したという前提での推理だ。だが鑑識は、殺害現場から得られた物証とアタートンは結びつかないといっている」

「じゃあ、アタートンさんのこと、どうします?」ベルがいった。「捜索願を出しますか?」

キンケイドは考えこんだ。カリンがいてくれたら相談できるのだが、カリンには、メロディやジェマから支援要請があったら対応できるようにロンドンで待機していてくれと頼んできた。「もう少しだけようすをみよう。〈リーンダー〉にはいなかったんだね?」

「きのうの夜の時点では」

「もう一度確かめてくれないか。ぼくも会ってみたい人がいるので、そのあとまた集合しよう」キンケイドは戸口に向かったが、不意にあることが引っかかった。「ベル巡査、フレディはどうしてそんなにフィリッピの返却にこだわったんだろう。理由をいっていなかったかな?」

「理由は……」ベルは眉根を寄せて、具体的な言葉を思い出そうとした。「自分が直せるのはそれだけだから、と」

朝食もとらずにノティング・ヒルを出てきたので、署の販売機でコーヒーを買おうかと思った。しかしすぐに思いなおした。外に出ればスターバックスがある。スターバックスが大好きというわけではないが、発泡スチロールに入った茶色い泥水よりはずっとましだ。

数分後、スターバックスの紙コップを手に、マフィンをふた口で食べ終えたキンケイドは、タヴィー・ラーセンの家の呼び鈴を押した。

二頭の犬が同時に吠える。男性の大きな声がした。まもなく、キーラン・コノリーがドアをあけてくれた。水曜日の夜には痣になりかけていた額の傷は、いまでは紫色になっている。しかしテープははずれたようだ。たしかに、眉の上を斜めに走る傷は、ハリー・ポッターのようにみえなくもない。

キンケイドをみて、キーランの顔は明るくなった。「小屋の件かい？」吠え続けているジャーマン・シェパードとラブラドールが玄関から出ていかないように、体で戸口をふさいでいる。

「それもあるんだが」キンケイドはいった。「入ってもいいかな？」

「あ、ええ、どうぞ」キーランは犬をみた。「フィン、トッシュ、静かにしろ。そっちで寝ていなさい」

二頭は最初の命令には従ったが、ふたつめの命令はきかなかった。部屋に入ったキンケイドのにおいを徹底的に嗅ぐ。ズボンごしでも、犬の息の温かさがよくわかった。

「ほかの犬のにおいが気になるのか?」キンケイドはそういって二頭の耳のまわりをなでた。キーランにいう。「ご褒美のビスケットをやらなきゃいけないんじゃないか?」

「ああ、そうだった」キーランはドアのそばのテーブルに置かれた缶をあけた。二頭が急におとなしく座った。「犬を飼ってるのかい?」キーランはそういってキンケイドをみた。キンケイドが警官であると同時に人間だということに、いまはじめて気づいたかのようだ。

「妻がコッカースパニエルを。息子はテリアを飼ってる」

「コッカースパニエルか。いい犬だね。麻薬や爆発物の取り締まりでも活躍してる。小さい割に体力があるし」

「ああ、そのとおり」

二頭の犬はビスケットを食べ終えると、暖炉の両隣に置かれたベッドに移動した。タヴィーのリビングは、もう人形の家のようではなくなっていた。大型犬が二頭と大柄な男がひとりいるからというだけではない。犬のおもちゃが床に散らばっているし、テーブルには空のカップや新聞が散らばり、ソファや椅子には男性の衣服が適当にかけてある。

キーランはソファの背からジーンズを取ると、キンケイドにソファを勧めた。「散らかってて申し訳ない。タヴィーの乾燥機が壊れてるんだ。タヴィーは職場の人たちからいろいろ借りてきてくれたけど、おれが着てたものは全部洗わなきゃならなくて」

「タヴィーは？」

「今日は仕事だ」キーランは椅子に座り、大きな手を膝の上で組んだ。「小屋のことだが——どうだろう。早く帰りたいんだ」

早く帰りたいといってはいるが、水曜日の夜、火事の直後と比べると、それほど切羽詰まった願いではないようにみえる。それもそうだろう、とキンケイドは思った。あのときはショックとけがと恐怖でパニック状態だったのだ。今日のキーランは、タヴィーの小さな家の中をリラックスして歩きまわっている。居心地がよくなってきたのかもしれない。

「タヴィーと殺しあいはしてないようだね」キンケイドはいった。

「いまのところはね。それに近いことはあった」キーランが苦笑いをした。「気になるんだ。なにか残ってるものはないかと——」

「火災調査チームの調査は今朝終わったとシンラ警部補がいってた。証拠の採取が終わって、現場はひどい状態ではあるが安全だというお墨付きが出た」

「へえ」願いがかなって、キーランは当惑しているようにみえる。「よかった」

「ぼくもきのうみてきたんだが、思ったほどひどくはなかった。ただ、やることはたくさんあるな」

キーランはうなずき、額を掻こうとでもいうように手を上げたが、思いなおして手を下げ、膝に戻した。「タヴィーがいうんだ。持ち物なんか替えがきく、命があったことに感謝すべきだと。たしかにそうなんだろうが、おれの場合、持ち物が全部あそこにあったからな。なにひとつ――」首を横に振る。考えていることを全部口に出すのはやめよう、とでも思ったのだろうか。「犯人はわかったのかい？」かわりにそういった。「理由も知りたい。おれがみかけた男なのかな」

「まだわからないんだ。だが、土手のあの場所のことは――」キンケイドにとっては、これが話のきっかけになった。「――きみのいうとおりだった。あそこに誰かがいて、物証を残していった」身をのりだして、犬のほうをみる。二頭とも、四本の足を横に投げ出して寝そべっている。世の中のことなどどうでもいいというようだ。「それで、気になったんだが――あの場所に誰かのにおいが残っているとしたら、犬はその人をさがしあてることができるんだろうか」

キーランは眉を寄せて答えた。「あれから四日か。おれもあそこに行ったし、鑑識の人たちもあそこを徹底的に調べたんだろう？　タヴィーはベテランだけど、まず無理だろうなあ」

自分のことが話題になっていると感じたのか、フィンがうなって顔を上げた。

「においとある種の感情が結びついていると、犬が反応することはある」キーランはキンケイドの目をみないで説明を続けた。「たとえば、重大な出来事があったときとか、そのにおいが知ってる人のにおいだったときとか」

フィンが立ちあがってあくびをした。そしてキーランの足元に座りこんだ。「だが、その人が朝ソーセージを食べたとか、そんな理由でも反応してしまうことがある」キーランは手を伸ばしてフィンの頭をなでてやった。「おまえたちは気まぐれだからな」

「わかった。ありがとう」キンケイドの期待がしぼんでしまった。「ダメモトできいたんだ」

キーランはキンケイドと目を合わせた。まっすぐな鋭い視線だった。「犯人がわかってるのか？」

「証拠がないんだ」

頭にあった筋書きはこうだった。ジェニー・ハートの件で、メロディとジェマがクレイグの目撃証言をとってきてくれたら、クレイグのにおいを犬に嗅がせることができる。レベッカ・メレディスの殺害現場にクレイグのにおいが残っていたとはっきりわかれば、クレイグの車や持ち物を調べる令状をとることもできるだろう。

ジェニー・ハートのためにクレイグをつかまえたい。レベッカ・メレディスのことを思うと、その気持ちはいっそう強くなる。

「キーラン」キンケイドは立ちあがった。「犯人はいまも自由に動きまわっている。きみは、土手にいる犯人を目撃したと思われる唯一の人間だ。もうしばらくここで暮らしてくれ。夜はひとりで出歩いちゃだめだ」

キンケイドは玄関の前で振りかえった。「ああ、それと——きみが作っていたボートのことだが、きみはずいぶん心配していたね。いまは隣の人の小屋に保管してもらっている」

忠告を守るとキーランに約束させることができないまま、キンケイドは別れを告げた。レベッカ・メレディスと関係のあった人全員を安全な鍵付きの部屋に閉じこめておくことはできないのだ。

気温が上がってきたようだ。キンケイドはマーケットプレイスを歩きはじめ、足を止めて腕時計をみた。まだ十時だ。ジェマから連絡が来るのは、早くて二時間後。ジェマはメロディに同行するつもりだろう。間違いない。行くなとどんなに警告されても、ジェマは警官なのだ。目撃者の証言は自分の耳できくと決めているだろう。

それはそうと、フレディ・アタートンはどこにいるのか。なんとしてもみつけなければ。

〈オテル・デュヴァン〉のバーを覗いてみた。まだ時間は早いが、フレディが禁酒の誓いを早々に破ったなら、ここにいるかもしれないと思ったのだ。

それから橋を渡って〈リーンダー〉に行った。ベル巡査を信頼していないわけではないが、彼女とフレディが行き違いになったということも考えられる。フレディはいなかったが、キンケイドは受付で美人のリリーと話したあと、ダイニングルームとバーをチェックし、最後に選手専用の食堂を覗いてきた。

受付に戻ってリリーに礼をいったあと、突然、フランス窓からバルコニーに出てみたくなった。バルコニーからは、川と、レガッタのときに観客席になる草地がみわたせた。いまはそこにはなにもない。緑の草に覆われた地面のところどころに、コンクリートの支柱が立っているだけだ。六月になると、ここに大きな天幕が張られるのだ。

ヘンリー・ロイヤル・レガッタを直接みたことはないが、写真やビデオはみたことがある。多くの人々がつめかけて、天幕が張られて、川面が日差しを反射しているところを想像してみた。選手とボートがスタート地点の船台を離れ、川に並ぶ。色と動きの美しいシンフォニーがみられるのだろう。

ベッカも来年六月のレガッタに参加するはずだったんだろうか。オリンピック出場権を懸けて戦うつもりだったんだろうか。

背後でドアの開く音がした。振りかえると、ミロ・ジャキムだった。

「リリーにきいたんだ。フレディを捜しているって?」ミロがいった。「大丈夫なんだろうか」

「昨夜、ふらっとマンションを出て、そのまま帰ってこなかったそうです。いそうな場所に心当たりはありませんか?」

「昨夜電話をくれたんだが、わたしはジムにいて出られなかった。メッセージはなかったし、こちらからかけなおしても応答がなかった」ミロは眉をひそめた。「車は置いていったのか?」

「ええ」

「じゃあ、実家に帰ったわけじゃないんだな」ミロは首を振ると、キンケイドと同じように草地に目をやった。「ベッカが死んで、フレディがあれほどショックを受けるとはね。なんの挫折もなく生きていける恵まれた人間なんてそうそういないものだが、フレディはそのひとりなんだと昔から思っていた。やつはすべてを持ちあわせていた。ルックス、人脈、才能。だがここ何年かは、潮目が変わってきたようだな。努力をしないと、それらを維持できなくなったというか」

隣に立つミロの姿をみて、キンケイドは思った。ミロ・ジャキムはフレディに嫉妬していたのだろうか。苦労の末にいまの地位を手に入れた人物、という印象がある。チャンスをみつけてはそれをつかみ、コックスのように辛抱強く努力を続けたに違いない。

レベッカ・メレディスとの関係も、普通のコーチと選手の関係とは違う複雑なものだ。

「フレディとレベッカのことを昔からご存じなんですよね」

「ふたりがまだ大学生だった頃からだ。ふたりの人生は前途洋々にみえたが、どこかから蝕まれていったんだろうな」ミロの言葉からは果てしない悲しみが伝わってきた。

肩をすくめたあと、ミロは背すじを伸ばした。自信に満ちたいつものミロになっていた。「これからまた川で練習だ。フレディをみつけたら、わたしに電話をするようにいってくれないか」艇庫の前に通じる階段をおりはじめたとき、ミロは振りかえった。「ベッカの家には行ってみたか？　フレディが居場所を求めるとしたら、あそこだと思う」


グレイズ・ロードの駐車場に戻ろうか。いや、警察署の近くまで行ったら、捜査本部に引き寄せられてしまう。クレイグの尻尾をつかむまでは、なるべく姿をみせずに戦うのが上策だろう。

歩いてリメナムに行こう。車で走ったときの感じからすると、距離はそんなになさそうだ。

牧歌的で美しい道のりではあったが、目的地は思ったよりもずいぶん遠かった。リメナムにあるレベッカ・メレディスの自宅に着いたときには、体がほてっていた。薄手の革のジャケットを選んだのは正解だった。スニーカーだったらどんなによかったことか。

　日差しのもとでみると、家は少し荒れているようにみえた。定期的なメンテナンスを怠っているせいだろう。生け垣は伸び放題だし、芝生も刈ったほうがいい。玄関のまわりのペンキも剝げかけている。

　門の掛け金がはまっていない。敷地内に入ると、玄関のドアも半開きになっていた。さまざまな可能性が頭をよぎる。どれも愉快なものではない。

　立ち止まり、心臓のどきどきいう音をききながら、庭と家のようすを観察する。ジェマに気をつけろといった自分が、危険な場所に軽々しく足を踏み入れるわけにはいかない。

　音はしない。なにも動かない。そのとき、足跡に気づいた。今朝は朝露がたっぷり降りていたから、生け垣の陰になった部分の芝生はまだ湿っている。一列に並ぶ足跡が玄関ポーチから芝生に入り、家の側面へと続いている。

　用心しながら足跡をたどる。家の角を曲がったとき、庭のいちばん奥にフレディ・アータートンが立っているのがみえた。川を眺めているようだ。着ているのはジーンズと色あせたオックスフォード・ブルーのTシャツ。裸足《はだし》だ。

「フレディ」キンケイドが小さく呼びかけると、フレディは振りかえった。

「刑事さん」フレディはためらいがちな笑みをみせた。どうしていいかわからない、そんな顔にもみえた。

「大丈夫かい」キンケイドはきいて、近づいた。オックスフォード・ブルーのTシャツは、本物のオックスフォード・ブルーだった。つまり、オックスフォード大学ボート部のエンブレムがついている。「みんな心配してたんですよ。特にベル巡査が」

「イモジェンか。いい名前だ。可愛い子だし」さっきよりしっかりした笑顔だった。しかしフレディはすぐに顔をしかめた。「わたしを捜してくれたのか」

「メッセージもみてないんだね」

「ああ、電源を切ってたので。マスコミがうるさすぎる」

「昨夜からここに？」

フレディはうなずいた。

「庭でなにをしてたのかな？」キンケイドは子どもにきくような口調で尋ねた。

「あれを――あれをみたかったんだ――」フレディの歯がかちかち鳴った。キンケイドは、フレディのジーンズの裾がびっしょり濡れていることに気がついた。草についた露のせいだろう。自分のも濡れてしまった。「だが、ここからじゃよくみえないな。テンプル島だよ。ベッカはあの近くで――」

「そう、あの近くで」キンケイドは答えてから、感情をこめずにいった。「靴をなくしでもいれて、体を温めよう。話の続きはそれからだ。いいね？」

「フレディ」キンケイドはフレディをなだめるようにいった。「中に入らないか。紅茶

あった。ベッカがとっておいてくれたんだ」フレディの目に涙が光った。

のところを触った。「このシャツがあった。大学時代のシャツなんだ。クローゼットに

「靴か」フレディは視線を落とした。自分が裸足なのをみて驚いたようだ。シャツの胸

たのかな」

ソファにくしゃくしゃの上掛けがかかっている。フレディはここで眠ったということか。二階の寝室は使わなかったのだ。気持ちはわかる、とキンケイドは思った。死んだ元妻のベッドではよく眠れないだろう。しかもそのベッドは、死んだ元妻がほかの男と使っていたものなのだ。

「フレディ、着替えたほうがいい」

「そのうち乾くから平気だ。わたしはボート選手なんだ。いや、それは昔の話だな。しかし、ボート選手にとって、濡れるのは当たり前のことなんだ」

外は明るいのに、リビングは冷え冷えとしていた。キンケイドがはじめてここに来たときと同じだ。「暖炉に火を入れてくれないか。ぼくはきみほど頑丈じゃないのでね。なにか暖かい飲み物を作ってくる」

キッチンにティーバッグがあった。高価なものではない。テトリーだ。レベッカが地に足のついた生活をしていたのがわかる。冷蔵庫にはプラスチックの水差しがあって、ミルクが半分入っている。そろそろ消費期限が切れるだろう。ケトルを火にかけると、キンケイドはリビングを振りかえって声をかけた。「ミルクと砂糖は？」

フレディはうなずいた。「どちらもたっぷり。これもボート選手の常識だ。カロリーは摂れるところで摂っておく」ガスの暖炉に火をつけると、フレディはソファから上掛けをどけて、小さなコーヒーテーブルに広げていた古い写真らしきものを触りはじめた。

キンケイドはふたつのマグカップにお湯を注いだ。自分のカップには砂糖は入れない。最後の最後に、ミルクもやめようと決めた。リビングにそれを運び、フレディのそばの椅子に座った。「なにをみてたんだい？」ききながら、フレディにカップを渡した。

「ベッカがこれもとっておいてくれたんだ。知らなかったよ。ペンを探してライティングデスクの引き出しをあけたら、これが入ってた」フレディは写真をキンケイドのほうに向けて並べた。

どれも、いまよりずっと若いフレディの写真だった。オックスフォード大学ボート部のウエアを着ている。エイトのストロークを務めているものもある。苦しそうに顔をゆがめて、懸命に漕いでいる。パーティーやレース後の写真もあった。若いレベッカがフレディの頭からシャンパンをかけているのもある。ふたりとも笑っている。

フレディはその写真を手にとり、指先で表面をなでた。「ブルーの一員になって二年目だった。婚約したばかりでね。ベッカにシャンパンを渡したのはロスだ。あいつらしいな」

「ロス？」

「チームの仲間だ。わたしを——」言葉が途切れる。フレディは紅茶をひと口飲んだ。「遺体安置室に連れていってくれた。大学時代はずっと四人いっしょだった。ベッカとわたし。ロスと奥さんのクリス」

フレディはレベッカの本棚に飾られたフレーム入りの写真に視線を送った。同じボートレースのチーム全員で撮った写真だ。「あそこに写ってる。レースの直前に撮った写真なんだ。ロスはセカンドクルーだったが、レース直前に交代要員として入ってきた」

キンケイドは写真をみた。がっしりした体格の若者たちがにっこり笑っている。誇らしそうに、不安そうに。「シャンパンはレースのお祝いなんだね」

「いや、負けたチームはやらないのが普通だ。あの年、わたしたちのボートは水浸しだった。溺れてもおかしくなかった。ベッカはたぶん——いや、どうだろう——あのレースのあと、態度が変わったんだ。彼女の目には、情けない男にみえたんだろうな」

「たかがレースなのに」キンケイドはいった。

フレディは、なにをばかなことを、という目でキンケイドをみた。「違う。あれは、ザ・レガッタだ。そのあとの人生でなにを成しとげようと、あのレースにはかなわない。勝っても負けても、あのレースに出ることがいちばんなんだ。だがベッカは、わたしの勝利を望んでた。本人以上に」

「嫉妬してたんじゃないのかな。男性だけに与えられたチャンスに」キンケイドはいった。いままでにわかったレベッカ・メレディスの人となりを考えると、そんな気がする。「唯一、彼女の手が届かないもの。それが、ザ・レガッタに出場することだったのでは？」

フレディははっとして目を見開いた。「そうか。考えてもみなかった。だからあんなにこだわったんだ」

「あなたの負けは彼女の負けでもあった」

「相当ショックだったようなんだ。怒っただけじゃなく、がっかりしていた。わたしに辛く当たった」フレディは肩をすくめた。「付き合いは続き、結婚もした。なにもなかったように。だが、そうじゃなかったんだ。そして——追い打ちをかけるようなことが起きた」

「オリンピックの代表争いだね。レベッカはけがをした。挫折を味わった」

フレディはうなずいた。「わたしたちにはもう乗り越えられないと思った。だがその後、彼女は警官になった。それからしばらくはうまくいっていた。彼女はあの燃えさかるようなエネルギーを仕事に向けたんだ。しかし、夫婦のあいだには壁があった。ずっと前からあったその壁を、わたしは打ち破ることができなかった」

「そして、慰めを求めたというわけか」キンケイドは非難の気持ちをこめずにいった。

フレディの笑みがゆがんだ。「そういうことになるんだろうな。だが慰めは得られなかった。いまは、そのことばかり考えてしまう。わたしにできることはほかにあったんだろうか。そうしていたら違う結果になっていたんだろうか、と。だが、考えても考えてもわからない」

そのとおりだろう、とキンケイドは思った。ここでどんな答えを出そうが、起きてしまったことはもうどうしようもないのだ。ひとつだけわかったことがある。あのことをフレディに話したら、フレディの罪の意識が重くなるだけだろう。少なくともフレディは自分を責めるはずだ。それでも、いつかは話さなければならない。

フレディとレベッカが結婚生活を続けていれば、アンガス・クレイグがレベッカをレイプする機会はなかったかもしれない。レベッカは死ななかったかもしれない。

キンケイドは家の中をみまわした。火曜日の夜、はじめてここに来たときは、ここで起きた犯罪のことを知らなかった。

強姦殺人の現場となったジェニー・ハートのマンションの写真が目の前に蘇ってく

る。そして、この部屋で暴行されたレベッカの姿が目に浮かんだ。吐き気がした。

「どうしたんだい？」フレディがきいた。「幽霊でもみたような顔をして」

キンケイドはフレディの目をみた。その瞬間、心を決めた。レベッカの身に起きたことを、フレディに話さなければならない。

しかし、いまはまだ早い。知れば怒りが生まれる。フレディはアンガス・クレイグを捜しだすだろう。そうなったとき、フレディを守ってやることができないからだ。

20

わたしたち全員、誇らしい気持ちで、オックスフォード大学ボート部のレース用ウェアを着ていた。今日は、この大学のスポーツ部門で最高の栄誉を受取ることになっている。オックスフォード・ブルーだ。大学から讃えられるスポーツの種類はごくわずかで、しかも、ブルーの栄誉を受けるのは、ケンブリッジとの対抗戦があるスポーツの選手に限られている。しかし、ボートで本物のブルーと認められるには、レース終盤、フラム・ウォールを無事に通りすぎなければならない。レース中にボートが沈むのは悲惨だが、フラム・ウォールの手前で沈んでしまうと、ショックは二倍になるのだ。［デイヴィッド・リヴィングストン］

――デイヴィッド・リヴィングストン、ジェイムズ・リヴィングストン
『Blood Over Water』

がする。
〈チャーチル・アームズ〉は、メロディが説明してくれたとおり、ごちゃごちゃした感じの店だった。客も多いし、むっとするほど暖かい。ゆで野菜と肉のローストのにおいがする。

ジェマのほうが先に着いたので、中に入り、店の雰囲気を味わいながらメロディを待つことにした。常連客のグループがグラスを持って外のテーブルに出ていこうとしている。ジェマは出入り口の片側に寄って、そのグループを通してやった。今日はカジュアルなスカートとブーツでやってきた。できるだけ目立たない格好を心がけたつもりだ。女スパイにならなくてよかった、と思っていた。

よく晴れて空気の澄んだ、気持ちのいい日だ。ベティ・ハワードにシャーロットとトビーを三時間ほどの約束で預かってもらうと、ノティング・ヒルから〈チャーチル・アームズ〉までの短い距離を歩いてきた。キャムデン・ストリートに目をやる。ジェニー・ハートが住んでいたマンションがある。メロディもいっていたが、家から目と鼻の先のこんなところで殺人事件が起こったことを考えると、ぞっとしてしまう。最初の通報はケンジントン署が受けた。そうでなければ、ジェマが担当することになっていただろう。ジェマが担当していたら、最終的に事件を担当することになった重大犯罪課チームよりも真実に近づいていただろうか。そんなことはない。ケンジントン署の刑事部は、数少ない手がかりをもとに、いい捜査をしたと思う。

つい考えてしまうことがある。メロディは若くて魅力的で独身だ。いつアンガス・クレイグのターゲットになってもおかしくなかった。もしかしたら、クレイグがゲームの難易度を上げ、上級職の警官に狙いを絞ったのが、メロディにとってはラッキーだったのかもしれない。

もちろん、いまのメロディは、アンガス・クレイグという危険人物がいることを知っている。しかし、ターゲットになりうる多くの女性警官たちが、まだそのことを知らずにいる。あの悪党の自由を奪ってやらなければ。できるだけ早く。

店のスタッフを観察した。バーとキッチンとテーブルのあいだを忙しそうに動きまわっている。しかも店内は人でいっぱいだ。クレイグをみたかもしれないのは、いったいどのウェイトレスなんだろう。

「ボス」耳元でメロディの声がして、ジェマはどきりとした。「ボス、おまわりさんみたいですよ」メロディはそういうと、不安そうな笑みをみせた。

「あなたもそうよ。それより、脅かすのはやめて。心臓が止まりそうだった。写真、持ってきてくれた？」

「もちろん」メロディはハンドバッグを軽く叩いた。ずいぶん大きなバッグだ。店に飾ってあるチャーチルの遺品を持ち帰るつもりだろうか。「あの人が店長です」メロディは、バーカウンターの奥にいる背の高い若い女性のほうをあごでしゃくった。「テリーザ」

「例のウェイトレスは？」

「それはこれからです。ボス、わたしの同僚と紹介しますからね。名前はいいません、念のため。リスクは避けましょう」

ジェマはメロディの腕に触れた。「メロディ、本当にいいのね？　キャリアに大きな傷がつくかもしれないのよ。いえ、それじゃすまないかもしれない」

「彼女が写真をみて、あの夜の男だと確認できなければ、なにも心配はありません。サファイア・プロジェクトの捜査が行き詰まっただけ。確認が得られれば、わたしはなにがなんでも戦います。ボスと同じですよ」メロディの信念にぶれはなかった。

「わかったわ」ジェマは答えて、メロディのあとについてバーに近づいた。一歩さがり、メロディが店長と話すのを見守る。店内はかなりうるさくて、メロディの話はほとんどききとれなかった。しかし、店長があごをしゃくった先をみたとき、ジェマの心は沈んだ。

カウンターの端でビールを注いでいたウェイトレスは、ぽっちゃりとした体型で顔にはそばかすが目立つ。ブリーチして金色にした髪を頭のてっぺんでお団子にしている。

むきだしの二の腕にはカラフルなタトゥー。店長に声をかけられて近くに来た。よくみると、はじめに思ったほど若くないようだ。二十代半ばといったところか。

「ロザモンド」店長がいった。「こちらのふたり、警察のかたなの」

ジェマは一歩近づいた。ここならメロディの尋ねる声がきこえる。「どこか、お話ができるところはありませんか？」

「キッチンのそばのテーブルがひとつあいてるわ」ロザモンドと呼ばれたウェイトレスがいう。「ここより静かよ」回れ右をすると、彼女は二人を引き連れて迷路のような店内を歩いていった。やがて、小さなインドア・ガーデンのようなところに来た。さっきいたところより静かで涼しい。三人は、隅の小さなテーブルになんとか腰を落ち着けた。

「わたし、ここをシダの洞窟って呼んでるんです」ロザモンドがいった。ジェマは驚いた。彼女のアクセントは、教育を受けた中流階級のものだ。

「テリーザからきいたんですけど、ジェニー・ハートのことでなにかお話があるとか」

ロザモンドはそういって、真剣な目でふたりをみた。話しかたがちゃんとしているだけでなく、率直で堂々とした態度も好ましい。ジェマの期待はふくらんだ。

階級がどうのこうのと考えるのは恥ずかしいことではない。警官という仕事を長くやってきて、中流階級の人の証言がいちばん信頼できるとわかっているのだ。それに、ロザモンドをあらためて観察して気がついた。長袖のブラウスさえ着れば、きちんとした印象になる娘だ。

「ジェニー・ハートのこと、覚えてる？」メロディがきいた。

「当然です」ロザモンドはむっとしたように答えた。「一週間に二回か三回来てくれてました。できるだけわたしが担当するようにしてたんです」首を振った。顔にショックがあらわれている。「事件のことをきいて、信じられない気持ちでした」

「どうして彼女の名前を覚えたの？」ジェマは付き添いという立場を忘れて尋ねた。

メロディは、気をつけて、といいたげな視線をジェマに送って、付け足した。「だってここ、混んでるでしょう？　毎日すごくたくさんのお客さんを担当するんじゃない？」

「ひとりで来店する女性の常連客って、そんなに多くないんですよ。それに、あのお客さんは感じがよくて、いつもスタッフに優しい言葉をかけてくださったから」

「彼女が警官だってことは知ってたの？」メロディがきいた。

「ジェニーが――亡くなる――三ヵ月くらい前のことです。チンピラみたいなふたり連れが店に来て、けっこういい年なのに、サッカーの試合のことで口論をはじめました。そしたらジェニーが立ちあがって、マティーニを二杯飲んだあとだっていうのが信じられないくらいのきりっとした態度でふたりのところへ行くと、警察の身分証を出して、ふたりに出て行けといったんです」ロザモンドは思い出して笑顔になった。「ふたりは出ていきました。逆らったらただじゃすまないわよって態度だったし、それがふたりにも通じたんでしょうね。

そのことがあってからは、よくおしゃべりするようになりました。わたし、刑事司法のほうに進もうかと思っていたところだったんです。ジェニーはいろいろアドバイスしてくれました」

「それで、そうしたの？」メロディがきいた。「刑事司法に？」

「いえ、いまは法律を勉強してるところです」

喜ぶべきなんだろうか、それとも不安に思うべきなんだろうか。ジェマにはわからなかった。この若い女性が賢いというのは喜ぶべきポイントだ。しかし、証言すればどんなことに巻きこまれるかということも、この女性にはすぐにわかってしまうだろう。すると残念な結果になるかもしれない。

メロディがバッグをあけた。ジェマの鼓動が速くなった。暖炉のある部屋からはずいぶん離れているのに、まだ暑くて汗が出る。

「ロザモンド」メロディがいった。「事件の夜、ジェニーはここに来ていたと、警察に話してくれたわね。ジェニーが男性と話しているのをみた、ということも。そこのところ、わたしにも話してくれる？」

ロザモンドはうなずいた。「土曜日でした。店は超満員。カウンターに座ったジェニーに、わたしはマティーニを二杯出しました。カウンターに座ったジェニーに、わたしはマティーニを二杯出しました。ウォッカにベルモットをほんの少し足して、レモンのスライスを添えただけのやつです。ジェニーはそういうのが好きで。その日は、ジェニーは疲れてるようにみえました」ロザモンドは姿勢を変えて、タトゥーの入った腕を胸の前で組んだ。

「カウンターには人がどんどんやってきて騒がしかったから、二杯飲んだあと、ジェニーは奥のテーブルに移動しました。そのあとそちらをみたら、男性と話してたんです」ロザモンドは眉根を寄せた。「知り合いかなって思いました。なんでかわからないけど、そういう印象を受けました。バーで働いてて、いろんなお客さんたちをみていると、ボディランゲージが読めてくるっていうか。それで、この人たちは初対面同士じゃないって思ったんです」肩をすくめる。「それはともかく、その後、男性がジェニーに一杯おごったんじゃないかな。そこははっきりわかりません。男性はわたしの担当じゃなかったから。しばらくすると、ふたりはいなくなってました。それだけです」ロザモンドは自分に苛立っているかのようだった。「ジェニーの遺体がみつかったあと、警察が来たときは、本当に信じられなくて。わたしがもっと注意してみていたらって――」

「ストップ」メロディがいった。「そこまで。そんなふうに考えちゃだめよ。あの事件にあなたの落ち度なんてひとつもないんだから。それより、いまわたしたちの力になってちょうだい」メロディはテーブルに両肘をつき、身をのりだした。「その男性の特徴はわからないって警察に話したそうね。似顔絵画家が来ても、思い出せなかった」

ロザモンドは首を横に振った。いらいらしている。「なんていうか……普通の男の人だったから。だから思い出すのをあきらめてしまったのかも」少し考えてからいった。「年はだいぶ上で――ジョンおじさんに似てるなって思いました。肌が白くて、額が少し禿げあがってて。少しがっしりした体型だったかな。背は高くない感じ。けど、それだけじゃ似顔絵にならなくて」

「前にみかけたことは？」

「ないと思います」

「もう一度会えばわかるかしら。六ヵ月もたってるけど」

ロザモンドはメロディをみて、ジェマをみた。不安そうな顔になっていた。「どうかなあ。でも、わかると思います。そういうことって忘れないから」

「心配しないで」メロディがいった。「いまから写真をみせるわ。男性が何人か写ってる。見覚えのある人がいたら教えて」

メロディはバッグから写真を取りだした。アンガス・クレイグがタキシード姿でほかの警官たちと写っているやつだ。クレイグひとりが目立つということはない。なにもいわれなければ、ほかのみんなと同じようにみえる。

ジェマはいつのまにか息を止めていた。

ロザモンドは写真をじっとみた。端から端へ、視線が動いていく。それから写真をまっすぐに見据えると、はっと息をのんだ。

「信じられない。この人。この人だわ」黒いマニキュアをした指で、真ん中の男に触れた。アンガス・クレイグだ。

キンケイドはベル巡査に迎えにきてもらい、捜査本部に戻った。そのとき、ジェマから電話がかかってきた。

「クレイグの尻尾をつかんだわ」ジェマの声は、興奮を抑えきれないというように震えていた。

キンケイドは目を閉じた。うれしすぎて信じられない。「正式な証言を?」

「署名と宣誓入りよ。メロディが彼女をノティング・ヒル署に連れていって、調書をとったの。目撃者は法律を勉強してるから、やってることの意味はわかってる。名前はロザモンド・コウザー。わたしたちが——いえ、メロディがちゃんと説明したわ」ジェマはあわてて訂正した。「正式な目撃証言をしたことで、不利益を被るおそれがあることも。少なくとも数日間は友だちの家に泊めてもらうとかして、居場所を知られないようにしたほうがいい、とも話した。それでも証言したいといってくれたの」

「面通しをしても、確実にクレイグを選んでくれるだろうか」

「ええ、間違いなく。警視総監主催のダンスパーティーのときの写真を使ったの。何人もが写ってる中から、迷うことなくクレイグを指さしたわ。もうメロディが調書をダグのところに送ったはず」

「わかった。よくやってくれた」キンケイドは興奮を鎮めようとした。そもそも当てにしていなかったのだ。ジェニー・ハートが殺された夜、クレイグとジェニーが会っていたのをはっきり証言できる人があらわれるとは思っていなかった。

もちろん、検察は、その証言だけでアンガス・クレイグを殺人罪で起訴するのは無理だというだろう。しかし裁判所は、ＤＮＡ検査の令状を出してくれるはずだ。それさえあれば勝てる。

この見込みが正しいことを祈ろう。正しくないとすれば、あとは神の助けを待つだけだ。

「もしもし？　きいてる？」ジェマの声がした。

「ああ、考えごとをしてた。すまない」ベル巡査、ビーン巡査、シンラ警部補――三人とも、なにがあったんだろうという顔でこちらをみている。「そろそろ警視正に話してみようと思う。面と向かって」キンケイドはジェマにいった。

署を出ようとしたキンケイドを、イモジェン・ベルが追いかけてきた。

キンケイドは三人に、ロンドンの別の事件で重要な手がかりをみつけた、としか話さなかった。できるだけ早く戻るといって署を出たのだ。

「いっしょに歩いてもいいですか?」ベル巡査がいった。キンケイドがリメナムからベルに電話をかけて、フレディ・アタートンは無事だと話したとき、ベルは安堵の気持ちを隠すことができなかったようだ。

しかし、車でキンケイドを迎えにきたとき、ベルはフレディに冷たい態度をとった。しまいにフレディがベルに謝った。心配をかけてすまなかった、これからは携帯電話のスイッチを入れておくよ、と。

「もちろん」キンケイドは答えた。

ベルはキンケイドの隣を歩きはじめた。脚が長いので苦もなくついてくる。グレイズ・ロードを吹きぬける風が、ベルの明るい褐色の髪を乱す。ベルは何度も髪をかきあげた。「ロンドンの事件って――こっちの事件と関係あるんですか?」

キンケイドは曖昧な言葉でごまかそうかと思ったが、ベルの真剣な表情をみて、思いなおした。「まだわからないが、その可能性はある。詳しいことがわかるまでは、なにも話せないんだ」

「殺人事件ですね。目撃者がいる」

キンケイドはベルに鋭い視線を送った。「ベル巡査、ジャーナリストになることは考えなかったのかい?」

「すみません」ベルはそういったが、悪いとは思っていないようだ。「ただ――そのことがアタートンさんにも関係があるなら、知っておいたほうがいいと思って」

そのとおりだ、とキンケイドは思った。しかし、若くて美しいこの警官がクレイグに狙われることになってはいけない。クレイグは、こういうものおじしないタイプの女性をターゲットにする傾向が強くなっている。

それに、とうとうクレイグの尻尾をつかんだことを、クレイグ本人にちらりとでも悟られるわけにはいかない。

「ああ、きみは知っておいたほうがいい。だが複雑な話なんだ。それに――悪いことが起こってもいけない。できるだけ早く、できるだけ詳しく話すと約束するよ」

駐車場までやってきた。キンケイドは足を止めてベルを振りかえった。「イモジェン、ぼくはロンドンに帰るが、フレディのことをよろしく頼む。前より協力的になっていると思うんだ。それと、関連事件に目撃者がいるということは、誰にも話さないでくれ。いいね?」人さし指を立てて強調した。「誰にもだ」

キーランはこれまで、誰彼かまわず、早く小屋に戻りたいと訴えてきた。その件の裁量権を持たないタヴィーにもしつこくいいつづけてきたものだ。なのに、戻ってもいいという許可が出たとたん、帰るのを先延ばしにしはじめていた。

キンケイド警視が帰ってから、キーランは室内を片付け、洗濯を終わらせ、昼食にチーズとピクルスのサンドイッチを作った。タヴィーの買った食材を使うのは申し訳ないという気持ちはまだ消えていない。今度、帰りになにか買ってこようか……

帰りに、か。すっかりここに住んでいるつもりになってしまっている。

タヴィーの小さなテーブルについてサンドイッチを食べていたキーランは、自分の手が震えていることに気がついた。そして自分の本心に気がついた。帰りたくない。帰っても、あそこにはまだ住みたくない。

不安だ。自分の未来を考えるのが怖い。ようやくちゃんとした人間らしい生活を送れるようになったと思いはじめたときに、すべてを失ってしまったのだ。

それに……とにかく怖い。音。煙。炎。パニック。それらがいまにも襲ってきそうな気がする。

しかし、いま戻らないとしたら、いつ戻る？　いまより楽に戻れるときがくるんだろうか。

犬たちが足元に座って、期待をこめた目でみあげている。「わかったよ、食いしん坊だな」キーランは残りのサンドイッチを半分にした。「伏せろ」命令する。二頭はマリオネットのように床に伏せると、与えられたごちそうを同時に飲みこんだ。

「よし、いい子だ。もうないぞ」キーランは犬のよだれのついた指をジーンズで拭い、二頭の真剣な顔をみた。目の前にこんな味方がいるじゃないか。なにがあっても助けてくれる。

ひとつ、決めておこう。この二年間で学んだ、とても大切なことだ。すべてをいっぺんに解決しようと思ってはいけない。一歩ずつこつこつ進んでいく。それが、より大きな進歩につながるのだ。

小屋に帰る。しかし、キンケイド警視から忠告されたとおり、夜にはタヴィーの家に帰ってくる。少なくとも今夜はそうしよう。それは恥ずかしいことでもなんでもない。

ミル・メドウズに着いた。キーランも犬たちも、息を弾ませていた。帰ると決めたのだから、気持ちが揺らぐことのないよう、ここまで走ってきた。からりと晴れているのがありがたい。目眩を起こさずにすむ。

小屋から川を挟んですぐの遊歩道に、男がひとり立って、小屋をみている。キーランは足をゆるめた。

男はジーンズをはいて、紺色の長袖Tシャツを着ている。冷たい風が吹いているのに、上着はなしだ。ちょっとだらしない感じの服装なのに、なぜか上品な印象を受ける。男が振りかえった。キーランはその顔をみて、誰だかすぐにわかった。フレディ・アタートン。ベッカの元夫だ。

「きみだったのか」フレディの視線はキーランから二頭の犬に移った。「あの日もみた。捜索救助隊の中にいた」

キーランは腕の毛が逆立つのを感じた。おそるおそるうなずく。「ああ、そうだ」

「なんてお礼をいったらいいか」フレディはいった。「きみにも、犬にも。賢いんだな」

フィンとトッシュは、自分が話題にされると、必ずそれがわかるらしい。うれしそうに尻尾を振って地面に座った。危険は感じていないようだ。

「ああ、すごく賢い」キーランはフィンの頭をなでた。トッシュが鼻先でキーランを小突く。フレディはそれに気づいて、二頭の犬をたっぷりなでてやった。

さっき、なんていった？　沈黙の中、キーランは思った。元妻の恋人だった男に、なんていった？

キーランの心を読んだように、フレディは微笑んだ。「きみとベッカのことは知ってる。キンケイド警視が話してくれた。だが、そのことを話しにきたわけじゃない」

「そうか」キーランはますます混乱していた。それに、気をつけていないと、焼けた家のほうについつい視線が行ってしまう。

「正直、ちょっと好奇心もあってね」フレディがいった。「わたしも人間だから。だが、ここに来たいちばんの理由は、ベッカのボートを直してもらうことなんだ」

「フィリッピか」キーランが思いもしないことだった。

「艇体にひび割れがあるらしい。前はなかったものだ。ひびのことなんて考えたくもない。だが――彼女は直してほしがっているだろう――」フレディの声は震えていた。言葉が途切れる。キーランはそのとき気づいた。この男はいまにも精神が崩壊しそうになっている。自分自身もぎりぎりの状態になったからわかる。いまでも、いつ心が壊れてしまうかわからない。

キーランはあえて川の向こうに視線を移した。「もちろん修理させてほしい。だができるかどうか。仕事場が――」

「キンケイド警視からきいたよ」フレディがいった。「ここからみる限り、それほどひどくないようだが。どうやってあっちに行くんだ？」

「ボートがある」キーランは、博物館の方向に何メートルか行ったところに繋留してある小型ボートを指さした。

「乗せてもらえるか？　全員乗れるかな」フレディの〝全員〟には犬も含まれていた。

キーランはまだ当惑していたが、ほっとしている自分に気がついた。ひとりで行かなくてもすむ。どんなに思いがけない相手であろうと、いっしょに行けるのはありがたい。「ああ、大丈夫だ」フィンのリードを放した。「フィン、ボートを持ってきてくれ」

フィンは小型ボートに近づき、ロープをはずして口にくわえると、岸に沿わせて引っぱってきた。

キーランがボートとロープをつかむと、フィンは飛びのった。ラブラドール特有の笑顔をみせる。

「きっと泳いでいきたいんだろうな」フレディは笑った。

トッシュも、キーランとフレディのすぐあとに乗りこんだ。眉をぎゅっと寄せている。ボートはあまり得意ではないのだろう。しかしがんばって我慢してくれそうだ。

キーランがボートを漕いだ。島に着くと、フレディが慣れた手つきでロープを結んだ。「あんたもボートをやるのか？」岸に上がると、キーランはきいた。

「昔のことだ」フレディが答える。「大昔さ。もう戻れない」肩をすくめ、小屋に目をやった。「みてみよう。覚悟はいいか？」

キーランは犬たちに「待て」と命令すると、ごくりと息をのんで、フレディのあとについた。

恐れていたほどひどくはなかった。割れたガラスや濡れた灰に床が覆われ、梁が黒こげになってはいるが、工具は無事だし、小屋の骨組みも残っている。服や簡易ベッド、その他の私物はどれも煙や水でだめになっているだろうが、そんなものはまた買えばいい。あるいはなしですませればいい。しかし、修理中だったボートはだめになってしまった。カーボンファイバーの艇体に火ぶくれができ、ひびが入っている。焦げあとが痛々しい。

「だめだ」キーランはそれをみつめた。目眩が襲ってくる。「保険になんか入ってない。最悪だ」

フレディもいっしょに小屋の中を調べていた。「直せないのか?」

「直せないこともないが、大変だと思う。それに、修理するにしても、まずは小屋を片付けて修膳してからでないと――」キーランは首を振った。どうしていいかわからない。

「なあ」フレディはおずおずと声をかけた。「妙な気がするだろうが、人手が必要ならわたしが手伝う。磨いたり掃いたり、力仕事ならなんでもやる」

 どう答えていいかわからず、キーランはフレディをみつめた。はじめてフレディをみたのは〈リーンダー〉に行ったときだ。非の打ちどころのないスーツ姿で、肉体労働なんか無縁な感じだった。しかし、フレディはオックスフォード・ブルーだ。ベッカがよくその話をしていた。ということは、見た目より力があるのだろう。「どうしてなんだ? なんでおれなんかに――」

「だって、すごいじゃないか」フレディはキーランの言葉を遮っていうと、無事だったキャビネットを指した。溶剤、ペンキ、仕上げ磨き用のボロ布が入っている。「奇跡なんて言葉は嫌いだが、よくこれだけのものが残り、きみも生きていたと思う。だからあきらめちゃだめだ。あきらめたら――きみやベッカをひどい目に合わせた犯人の勝ちということになってしまう。わかるかい？」

「だが――」

外にいるフィンが小さく高い声をあげた。知っている人、しかも大好きな人に会えたときの声だ。

「やあ、キーラン」大きな声がした。

「ジョンだ。隣に住んでる」キーランはいった。急に、濡れた灰のにおいに耐えられなくなった。「外に出よう」

芝生に出ると、ジョンとキーランは握手をし、背中を叩きあった。「すごい痣だな」ジョンがいった。「だが、元気そうでうれしいよ。このあいだは本当に驚いた」

フレディも手を差し出して、自己紹介した。キーランとはどういう関係なんだろうとジョンは思ったかもしれないが、きかずにいてくれた。

「これを渡しておこうと思ってね」ジョンはキーランに鍵を一本差し出した。「きみのシングルスカルをうちの小屋で預かってる。いつまで置いてくれてもかまわない」片手を振ると、ジョンは自分の家のほうに歩いていった。

「シングルスカル?」フレディがきいた。キーランの古いボートは、船台の近くの架台に載せてある。「あれのことじゃ——」

キーランはなにもいわずジョンの小屋に行き、鍵をあけた。両開きのドアをいっぱいにあけると、午後の日差しが中を照らした。かけてあった防水布をはがす。ベッカのシングルスカルがあらわれた。傷ひとつない。自分で作ったものなのに、その美しさに胸が弾んだ。

フレディも黙ってボートをみた。そしてキーランをみた。「きみが作ったのか? 木製のシェルを」

「木製のシェルでレースに出る人はあまりいないが、設計を少し工夫すればなんとかなると思ったんだ」

「これを……」フレディの言葉は、ほとんど声になっていなかった。近づいて、絹のようになめらかな艇体をなでる。シートを少し動かしてみた。「彼女のために」

キーランはうなずいた。

「彼女は知ってたのか?」

「いや、知らなかった。できあがったら話そうと……。いや、正直わからない。結局みせなかったかもしれない。笑われそうな気がして。それだけならいいが、彼女に押しつけることになったらいけないと思って」

フレディは途方に暮れたような表情をキーランにはじめてみせた。首を振って離れていく。芝生の端まで行くと、しばらく川を眺めてから、その場に座りこんで、両手で膝を抱えた。寂しさに耐える子どものようだ。肩が震えている。

キーランはおそるおそるフレディに近づくと、隣に腰をおろした。犬たちがくっついてきたが、追いはらった。

「わたしは彼女になにも作ってやれなかった」フレディが小さな声でいった。顔を上げ、ぎゅっと握った手の甲で、濡れた頰を拭う。「きみがうらやましい」苦々しい口調だった。

「きみたちが付き合っていたのをなんとも思わないといったが、そんなのは嘘だ」フレディが続ける。「ただ、わたしにはきみたちのことをどうこういう権利はなかった。それでも嫉妬はしていた」キーランをみた。「彼女を愛していたのか？」

キーランはゆっくりうなずいた。

「彼女もきみを愛してたのか？」

事実と向きあうしかない。長い沈黙のあと、キーランは答えた。「いや。おれを愛していたわけではなかったと思う。だが、おれたちはうまくいっていた。たぶん……おれが彼女になにも求めなかったからだ。彼女がおれに与えられるものはない、それがわかっていたから」

キンケイドはカリンに連絡して、目撃者の調書とDNA照合申請書を知り合いの治安判事に送るよう頼んだ。よく世話になる判事で、好人物だ。アンガス・クレイグに脅されても、あの男なら動じないでいてくれるだろう。

ロンドンまで帰ってきた。いったん家に帰ってポール・スミスのグレーのスーツに着替えた。ワイシャツは白、ネクタイは紺色を選んだ。キンケイドにとって、これが最強の防護服だった。

ジェマと子どもたちは、キットからの最新のメールによると、エリカ・ローゼンタールの家に行っている。明日のシャーロットの誕生日パーティーのために、ジェマがブラウンシュガーのクッキーを焼いているそうだ。

ぐずぐずしてはいられない。なんとしても今日中にチャイルズ警視正をつかまえて話をしなければ、週末になってしまう。

スコットランドヤードに行き、ジェニー・ハートの事件ファイルとロザモンド・コウザーの調書をカリンから受け取ると、エレベーターでデニス・チャイルズ警視正のオフィスに向かった。

秘書がすぐに入れてくれた。

警視正の机はいつものようにぴかぴかだった。いつものように、なんの仕事もしていないようにみえる。デニス・チャイルズは、キンケイドが知っている管理職階級の警官の中でもいちばん頭の切れる男だ。ときどき、頭とコンピュータが直接つながっているんだろうかと思うこともある。

「警視正」キンケイドは軽く会釈した。

「きみか」チャイルズは両手を合わせて三角形を作った。「ずいぶんかしこまった格好をしてるな」キンケイドの全身を眺める。「いいスーツだ。適度に保守的なところもいい。だが、それを着てきたということは、わたしが困るような知らせを持ってきたということか。まあ、座ってくれ。このオフィスの中を歩きまわるのは、今日はやめてくれ。首が痛くなる。それはなんだ？」チャイルズはキンケイドが持ってきたものに視線を注いだ。

キンケイドは腰をおろし、ファイルと調書を差し出した。足首を交差させ、両手を膝の上で組む。チャイルズお得意のポーズだ。なにをいわれても動じるものかという覚悟を相手に知らせたいとき、こんな座りかたをする。うまく真似できているといいのだが。

チャイルズはジェニー・ハート事件のファイルに目を通しはじめた。ほんのわずかに表情がゆがむ。前にもそのファイルを読んだことがあるのだろう。最後まで読むと、チャイルズはキンケイドのほうをちらりとみた。どうしてこれをと驚いているのかもしれない。

それから、ロザモンド・コウザーの調書を読みはじめた。読みすすめるうちに、全身がぴくりとも動かなくなった。読み終わると顔を上げてキンケイドをみた。

「この人物は信用できるのか？」

「メロディ・タルボットの話では、信用できる人物だそうです。ぼくは彼女の判断を全面的に信頼しています」

チャイルズは深く座りなおした。「ジェマも一枚噛んでいるんだろうな。きみもだ。でなければ、サファイア・プロジェクトが未解決事件のファイルを突然掘り起こす理由がない」

「サファイア・プロジェクトは、レベッカ・メレディス警部が訴えたレイプ事件とパターンが共通する事件をさがしてくれました。ぼくが依頼したんです。しかしタルボット巡査も、まさかこんなものがみつかるとは思わなかったでしょう」キンケイドはジェニー・ハートのファイルを指さした。

「同じパターンの事件がほかにもみつかったのか？」チャイルズがきいた。

「ええ、いくつか。殺人に至ったのは一件だけですが」

チャイルズは表情を消したまま、キンケイドの顔をじっとみつめた。やがて、褐色の目の奥でなにかが点滅しはじめた。キンケイドは前にもこれをみたことがある。

怒りだ。

「思ってもみなかった」チャイルズが静かにいった。「ジェニー・ハートはいい警官だった。友人でもあった。巡査時代はわたしの部下だったんだ」指先で机を叩く。「DNA照合申請は出したんだな？　やつの息のかかったところに出してないだろうな」タキシード姿のクレイグの写真に嫌悪の視線を向ける。

「大丈夫です」キンケイドは驚きを隠そうとしながらいった。チャイルズからハート警部の話がきけるとは思わなかった。それに、クレイグとその取り巻きを嫌悪する表情も意外だった。「すぐにでも令状が出ると思います」

「だが、それがうまくいっても、レベッカ・メレディスの事件は解決しないぞ」チャイルズがいった。「ボート職人が襲われた事件も。被害者はなんという名前だったかな。コノリーか」

だから警視正の机には書類もメモもないんだ。キンケイドは感心した。なんでもすぐに覚えてしまうのだ。

クレイグの自宅に会いにいったことも、警視正は知っているのではないか。いや、それだけじゃない。どんな捜査をしてきたのか、全部わかっているのだろう。「わかっています。しかし、この件で——」ジェニー・ハートのファイルを指さした。「——クレイグの悪の顔を暴くことができたら、メレディスとコノリーが襲われたときのアリバイも揺らいでくるんじゃないかと思います。まずはきっかけがほしいんです。車と持ち物の捜索令状を手に入れるための」

ぴかぴかの大きな机に身をのりだした。「クレイグは、自分はアンタッチャブルだと思っています。だから無頓着に罪を犯すようになったんでしょう」キンケイドは警視正の顔をまっすぐにみた。「こうなることが最初からわかっていたんですか？　レベッカ・メレディスのレイプ事件をご存じでしたね。彼女の遺体がクレイグの家の近くでみつかったとき、警視正はクレイグを疑ったはずです。どうして教えてくれなかったんですか？」

「ダンカン、きみの能力にはいつも全幅の信頼を置いている。きみもわかっているだろう」

キンケイドの胸に怒りがこみあげてきた。アドレナリンがそれを増幅する。「ぼくの立場が危うくなるとわかっていて、クレイグを追わせたんですね」

「きみなら、わたしにはできないこともやってくれると思った。アンガス・クレイグの脅しにも負けないだろうと」

褒め言葉だったとしても、素直に受ける気にはなれなかった。「フレディ・アタートンを疑うようにけしかけたのはなぜですか。はじめからクレイグを疑っていたのに」

チャイルズは肩をすくめた。「わかりやすい答えに飛びつくやつらもいるからな。そいつらに餌を投げてやったんだ。きみは逆だ。意地でも逆らってくると思っていた」

キンケイドはいつのまにか、奥歯をぎゅっと噛みしめていた。あごが痛い。「生意気をいうようですが、ぼくは利用されるのは好きではありません」

チャイルズは顔をしかめ、珍しく怒りの声を浴びせてきた。「もっとばかなやつに捜査をまかせればよかったのか？　そうしていたら、いま頃フレディ・アタートンが逮捕されているぞ。それに、きみはわかっていないのか？　わたしが最初からきみにクレイグのことを教えていたら、どうなったと思う？

おそらく、どこかの誰かが捜査にストップをかけてきただろう。方法はいくらでもある。そして、メレディスを殺したのはクレイグだときみが叫んだら、わたしからきいたんだなとわかってしまう。すると、そのことをクレイグにとって都合のいいように利用されてしまう。

現実に、きみはここまでやってくれた。思いがけない結果を出してくれた」チャイルズはジェニー・ハートのファイルに手を置いた。目がきらりと光る。

キンケイドの携帯電話がビーッと鳴った。メールだ。「失礼。カリンだと思います」上着のポケットから電話を取りだしてメールを読んだ。チャイルズの顔をみる。「令状が出ました」興奮を抑えきれない。「今夜、やつに煮え湯を飲ませてやります」

「だめだ」チャイルズがいった。

「え？」キンケイドはチャイルズの顔をみつめた。ききまちがいだろうか。

「令状は使うな。まだ早い」

「どういうことですか」キンケイドは首を振った。思ってもみない言葉だった。クレイグのことをあれほど非難してきたチャイルズが、突然意見を翻したということか。「早いって、どういうことですか？」

キンケイドの言葉を無視して、デニス・チャイルズはネクタイを締めなおし、立ちあがった。

チャイルズの巨体をみあげながら、キンケイドは無力感を覚えていた。山を倒すことはできない。

「なぜなら」チャイルズはキンケイドをみおろした。「退職した副警視監に、わたしがこれから会いにいくからだ」

ため息をつき、不愉快そうに唇を引き結ぶ。「ガスキル警視も連れていかざるを得ないな。やつはいやがるだろうが、しかたがない。ピーター・ガスキルめ。小物のくせに調子に乗りすぎたと思い知らせてやる」

「警視正が直々に？　なぜですか」

チャイルズの口調からは、はかりしれない忍耐強さが感じられた。「わたしが警視正だからこそ、行くんだよ。アンガス・クレイグに機会を――みずからの意志でヤードに来て、ＤＮＡサンプルを提出する機会を――与えてやるためにね。そうすることで、この好ましくない事態はすぐさま解決できますよと教えてやるんだ」

チャイルズは、机の奥のコートラックにきちんと掛けられていたバーバリーのコートを手にとった。「これが最低限の礼儀というものなんだ。形だけでもやっておかないと、わたしが笑い物になる。それに――」チャイルズは言葉を切った。表情を殺した瞳の奥で、またなにかが動いた。サメの背びれが水面にあらわれた、キンケイドにはそんなふうに思えた。

「それに――」チャイルズの落ち着きはらった声が響いた。「――やつの顔をみてやりたい」

# 21

「さあ、みんな、近くに寄ってもいいよ！
女王を拝《おが》めば、こりゃ栄誉《えいよ》、
ごちそうを食べて、つけよう、栄養《えいよう》、
赤白クイーンとわたしと、いよいよ！」

——ルイス・キャロル『鏡の国のアリス』（河合祥一郎訳）

土曜日の昼前。シャーロットの誕生日パーティーは最高潮を迎えていた。お天気の神様がそばで見守ってくれている、ジェマはそう思っていた。今日もまた晴れて、気持ちのいい日になったからだ。ガイ・フォークスの日がもうすぐやってくる。それは空気からも、家や商店の前にカボチャが飾られはじめたノティング・ヒルの風景からも、感じられる。

しかしこのパーティーには、幽霊や小鬼はあらわれない。招待された客はみな、ルイス・キャロルの世界の仮装をしてきてくれた。

ジェマの友だちで、かつての大家でもあったヘイゼル・キャヴェンディシュは、娘のホリーがトビーと同い年だ。ホリーに白いウサギのコスチュームを着せてくれた。本当はハロウィーン向けのコスチュームらしいが、ここにいればアリスの白ウサギだ。

ウェズリー・ハワードは、ポートベロ・マーケットのどこかで、古い燕尾服をみつけてきてくれた。ちょっとつぶれたシルクハットつきだ。シルクハットにも燕尾服にもカラフルなリボンがついているし、ドレッドヘアが帽子の下からはみだしているので、マッド・ハッターそのものだ。

ベティ・ハワードはジェマに、ハートの女王のエプロンをサプライズで作ってきてくれた。トビーはもちろん海賊だ。アリスのお話に海賊は出てこないのよ、とジェマが教えてやると、トビーは「その本、だめだね」と切り捨てた。あくまでもマイペースな子どもだ。

キットは、仮装なんて子どものやることだ、と思うお年頃になったらしい。しかし、にせウミガメのTシャツをみつけてきて、得意そうにそれを着ている。

ドレスを着て髪にリボンをつけたシャーロットは、興奮のあまり言葉少なになり、目を大きく見開いていた。病気ではないかとジェマが心配になったくらいだ。シャーロットのそういうところはキットに似ている。キットもシャーロットの気持ちがわかったようだ。シャーロットをわきへ連れていき、キッチンでお手伝いをしてくれないかなと頼んだ。何分かすると、キットとシャーロットはキッチンから出てきて、トビーやホリーと遊びはじめた。それでもまだ普段よりはおとなしかったけれど。

三歳の子どもの誕生日パーティーにしては、大人が多い。キッチンからパーティー全体をみわたして、ジェマはそう思った。しかしシャーロットはいろんな意味で、ほかの子どもたちより大人に囲まれているほうが落ち着くようだ。それに、親しい友だちやその家族だけを招待したのも正解だった。

ジェマの妹のシンシアには参加を断られた。子どもたちがずっと楽しみにしているハロウィーンパーティーがあるから、とのこと。シャーロットの誕生日パーティーよりハロウィーンを優先する妹に、本来は腹を立てるべきなのかもしれない。しかしジェマは内心ほっとしていた。

両親はレイトンから来てくれた。母親はどんなに苦労して父親を説得してくれたんだろう。土曜日に夫婦で出かけるとなれば、人を雇って家業のパン屋の営業をまかせなければならない。それがよくわかっているので、ジェマはなるべくこまめに両親の席に行って、来てくれてありがとうという気持ちを伝えるようにした。

ジェマは全員をダイニングに集めて、フィンガーサンドイッチの皿をテーブルに並べた。キットが丁寧にハートやスペードの形に切り抜いたものだ。紅茶もいれた。エリカ・ローゼンタールがやってきてテーブルについたとき、父親がぼそっとつぶやくのがきこえた。「今回は〝変な料理〟がなくてよかった」八月の結婚式のとき、ベティが作ってくれたカリビアン料理のことをいっているのだ。

ジェマは思わずため息をついたが、きかなかったことにした。父親に広い視野を持ってもらおうとしても無駄だ。そろそろあきらめたほうがいいだろう。両親がエリカと楽しそうにおしゃべりしているだけでもありがたい。それに、先週グラストンベリで会ったときより、母親の顔色がよくなっている。

ウィニーの教会で愛を誓ってから一週間しかたっていないなんて、信じられない。リビングでティム・キャヴェンディシュと話しこんでいたダンカンも、ダイニングにやってきた。ジェマの肩に手を置いた。「ジョーディとテスを書斎に連れていったよ。ちょっと静かにしていてもらおうと思ってね」トビーとホリーが歓声をあげて走りまわっていると、犬たちは興奮しすぎて、吠えるのをやめてくれなくなる。「お義父さんの血圧が目にみえて上がってきたからね」小声で付け足して、ジェマの両親のほうをみた。「今日はうまくいっているようでよかった」

「白パンのサンドイッチをあげたの。きっとそのせいよ」

ダンカンは微笑んだ。昨夜スコットランドヤードから帰ってきて、はじめての笑顔だった。

夕食の後片付けをしながら、ダンカンはデニス・チャイルズとの会話の内容を簡単に話してくれた。ダンカンの体は怒りで煮えたぎっているかのようだった。

「警官全員で押しかけて、クレイグを警察に引っぱっていくわけにはいかないのよ。副警視監だった人なんだから」ジェマは言葉を選びながらいった。「だって、わたしたちの推理が間違っていたら、大変なことになるでしょう？　警視正がクビになってもおかしくないわ」

「ぼくたちの推理が正しかったら？」ダンカンは、水を張ったシンクに皿を乱暴に放りこんだ。ジェマはびくりとして体を引いた。

「クレイグのことだから、優秀な弁護士を雇うんでしょうね。セックスには合意があった、ジェニー・ハートがそのあとどうなったかは知らない、と主張するつもりなんだわ。でも、ジェニーの爪に組織と血がついてたってことからすると、その主張も苦しいかも。髪や繊維や指紋も採取されてるでしょうし」

「科研にある証拠が消えてなくなる、なんてことはないだろうか」

ジェマは眉を寄せてダンカンをみた。疲れた顔をしている。「考えすぎよ」穏やかに答えた。

ダンカンは首を振った。「ジェマ、いやな予感がするんだ。なにか起こりそうな気がしてならない」

そのときキッチンにトビーがやってきた。シャーロットのお誕生日はどんなケーキが出るの、という。同じ質問ばかり、これで百回目だ。それをきっかけに、ふたりはアンガス・クレイグについて話すのをやめた。

しかし、それから寝るまで、ダンカンは携帯電話のチェックばかりしていた。時間がたつにつれて、顔がどんどん険しくなっていく。デニス・チャイルズ警視正からはなんの連絡もなかった。

今朝になっても、連絡はない。

ダンカンがいった。「ダグとメロディが来てないな」

「メロディから電話があったわ。メロディの車で、ふたりで来るって。ダグのマンションから新しい家に、荷物をずいぶん運んだらしいわよ」

ダンカンは意外そうにジェマをみた。「二国間の緊張緩和か。興味深いな」

「からかっちゃだめよ。あのふたり、前ほどお互いにつっかからなくなってきてるの。だけどあなたにからかわれたら、ダグが意識しすぎて不自然になっちゃう。ダグの性格は、あなたがよく知ってるでしょ」ダンカンの目が光っている。ふたりのことをあれこれ考えているのだろう。忠告しても無駄だったかも、とジェマは思った。

しかし、昨夜に比べると、ダンカンの機嫌がよくなっているのは間違いない。ジェマは話したかったことを切りだした。「アリヤも電話をくれて、今日は来られないって。家族の用事があるとか」

それは表向きの理由かもしれない。パーティーなんてもってのほかだと、父親にいわれたんじゃないだろうか。ハキーム氏は非常に保守的なバングラデシュ人で、ちょっと変わった家族構成のキンケイド家のことをよく思っていない。シャーロットが東洋人と西洋人のハーフだというのも気に入らないらしい。うちの父親を紹介したら、きっと意気投合するでしょうね——ジェマは悲しくなった。

「でも、あとでまた電話しないと。月曜日のことで」ジェマはそういってダンカンの腕に触れた。話をちゃんときいてくれているんだろうか。視線を上げて、夫の表情を読みとろうとした。「ダンカン——シャーロットの世話を頼むかどうか、アリヤに連絡しなきゃならないの」

ダンカンはしばらく黙っていた。家の中をみまわして、状況を観察している。ジェマはダンカンの視線を追ってみた。キッチンではキットとベティ・ハワードがフルーツパンチのボウルを前に、なにか話し合っている。ダイニングでは、ジェマの母親とエリカがおしゃべりに夢中になり、それをティーカップを膝にのせた父親がみている。その向こうのリビングでは、ヘイゼルとティムがいっしょにいる。別居したことで、前よりいい関係になったようだ。子どもたちはヘイゼルたちの指示のもと、なにかゲームをやっているらしい。シャーロットの頬が真っ赤になっている。

「もうすぐ大興奮で手がつけられなくなるぞ」ダンカンがいった。「ウェズリーはケーキを取りにいったのかな？」家にケーキを置いておくと子どもたちにみつかってしまうかもしれないので、オットーのカフェで保管してもらっている。

ジェマはうなずいた。さっきの話はダンカンにきこえていなかったんだろうか。

それからダンカンは振りかえり、ジェマの目をみた。「ぼくが目を光らせるよ。子どもたちのことはまかせてくれ」

「事件は？」

ダンカンは肩をすくめた。「アンガス・クレイグについては、ぼくにできることはもうないよ。ぼくの手を離れたんだ。クレイグとレベッカ・メレディスの死を結びつける証拠はまだない。だが、これといった容疑者はほかにいない」険しい表情になりかけたが、すぐに元の顔に戻った。「ジェニー・ハートの件からは手を引くようにといわれた。要するに、どんな進展があろうと、ぼくはもう関係ないんだ」言葉を切り、子どもたちのほうをみる。必死で苛立ちを抑えているのが、ジェマにもよくわかった。

「ふたつの事件がいまどうなっているにせよ、月曜からは、ぼくは休みをとる」ダンカンはジェマの目をみてにっこり笑った。ジェマの大好きな、温かい笑顔だった。「約束は守らないとね。きみのためにも、小さなアリスのためにも」

ジェマが答えようとしたとき、呼び鈴が鳴った。

「噂をすれば」ダンカンは廊下の小窓から外をみた。「影ふたつだ」

メロディとダグだった。ふたりともジーンズとセーターを着ているせいか、警官という感じがまったくしない。頰が紅潮して、目もきらきらしている。

「ケーキに間に合いましたか？」ダグは開口一番そういった。「間に合ったといってください！」

「重い荷物が山のようにあって、もうへとへとなんです。ご褒美をもらわないと死んじゃう」メロディがいう。

「CDがちょっとあっただけじゃないか」ダグが答えた。

「そうね、CDが二、三枚あっただけ」メロディはジェマの顔をみておどけてみせた。

「とにかく、あれだけ働いたんだから、ご褒美をもらってもいいでしょ。車はうちのマンションに置いてきたから、飲酒運転の心配はありませんよ」

「子どもの誕生日パーティーで酒を飲むつもりかい？」ダグはいったが、本気でたしなめているわけではなさそうだった。

「子どものパーティーだが、大人のお楽しみも用意してあるよ。アーガの上にホットワインがある」ダンカンはふたりをキッチンへと促した。

そのとき、外でクラクションが響いた。ウェズリーの合図だ。外をみると、カフェの白いバンが駐車スペースに入ってくるところだった。

「ケーキが来たわ」ジェマは声を殺していった。「みんな、席について」

ウェズリーが約束してくれたとおりのケーキだった。レモンのケーキ――シャーロットのお気に入りだ――を、アイシングできれいにデコレーションしてある。白いアイシングの上には、青いエプロンドレスを着たアリスが見事に描かれていた。キャラメル色の肌と巻き毛のアリスだ。そして、アリスの手が届きそうなところに、ジェマがポートベロ・マーケットでみつけてきた薬瓶が斜めに置いてある。

「うわあ」ウェズリーがダイニングテーブルの真ん中にケーキを置くと、ジェマは思わず声をもらした。「完璧よ。ウェズリー、どうやってこんなの――」

「ケーキはぼくが焼いたんだ。オットーがデコレーションしてくれた。オットーはパティシエの修業も積んでるんだ」

「キャンドルをどこに刺そうかしら」ジェマはパニックになりかけた。「下手に刺したら、せっかくの芸術作品が台無しになっちゃう」

「けど、最後は食べるものなんだよ」ウェズリーはそういって笑った。ジェマが用意していたツイストキャンドルを三本、ケーキの端に刺す。「ジェマ、急いで。ぼくはカメラをかまえるから、キャンドルに火を。シャーロットが来るよ」

ヘイゼルとティムに連れられて、庭にいた子どもたちが犬といっしょに行進してきた。いつのまにか、テスとジョーディは書斎から出してもらっていた。二匹の鳴き声と少し調子外れの『ハッピーバースデー』がいっしょになって、室内は大騒ぎになった。ケーキをみたときのシャーロットのうれしそうな顔といったら！　一生忘れない、とジェマは思った。

火を吹き消して、とキットがいった。頼まれもしないのに手伝いたがるトビーといっしょに、シャーロットは三本のキャンドルを吹き消した。そして、急に泣きだした。ジェマが声をかけるより早く、ダンカンがシャーロットを抱きあげて、耳元でなにかささやいた。シャーロットはダンカンの胸に顔を押し当ててうなずくと、ちらりと振りかえってケーキをみた。

ダンカンは手を伸ばして、小さな薬瓶を取った。底についたアイシングを指で拭い、その指をなめると、おおげさに「おいしいなあ！」といって、シャーロットに瓶を渡した。

「なんて書いてあるのかな？」ダンカンはそういって、ジェマが書いたラベルを指さした。

「わたしをのんで」シャーロットは小さな声でいうと、小さな手で薬瓶をぎゅっと握った。

「シャーロットは大きくなったなあ。三歳になったのかい？　もう字が読めるんだね！」ダンカンはシャーロットを床におろして、抱きしめてやった。「さあ、ケーキを食べようか」

ウェズリーとキットがケーキをスライスして、皿に取り分けはじめていた。ベティとヘイゼルは紅茶とフルーツパンチとホットワインを注いでいる。部屋はまたにぎやかな会話と笑い声に包まれた。

しかしシャーロットはケーキを食べようとはしなかった。小さな瓶を持って、ひとりひとりにみせてまわっている。

どうしたんだろう、とジェマは思った。去年の誕生日を思い出したんだろうか。そのときも、両親がケーキを作って祝ってくれたとか。いまとなっては知りようがないが、サンドラ・ジルの日記や写真を調べたら、なにか記録が出てくるかもしれない。しかし両親の遺品はいま、別の場所に保管されている。シャーロットがもう少し大きくなって、それらの意味がわかるようになったら、出してきてやるつもりだ。

いまは新しい家族と暮らしているんだから、新しい思い出を作ってあげればいいのよ。ジェマは自分にいいきかせた。

ヘイゼルが隣に来て、ジェマを軽く抱きしめた。「素敵なパーティーね」身をのりだしてジェマの顔の向きを変えさせ、耳打ちする。「あれって幻じゃないわよね？」ジェマは前方をみて驚いた。シャーロットがジェマの父親の膝にもたれかかっている。父親が手にしたティーカップに、シャーロットが薬瓶の薬をぽたぽたと垂らす真似をしているところだ。すると父親は、それを飲むふりをした。シャーロットがくすくす笑う。父親は椅子に座ったまま背中を丸め、小さくなったふりをした。シャーロットはうれしそうな笑い声をあげた。

「信じられない」ジェマはつぶやいて、ぽかんとあいていた口を閉じた。覚えている限り、父親がジェマやシンシアと遊んでくれたことはない。トビーやシンシアの子どもたちも同様だ。「奇跡がずっと続けばいいのに」

ダンカンの姿を探した。この喜びを夫婦で共有したかった。しかしダンカンはダグとメロディといっしょにキッチンに移動していた。

近づいてみると、会話の断片がきこえた。

「……まだなにも」ダグの声だ。「DNAサンプルが提出されているとしても、報告は入っていません。今朝もチェックしましたが、まだでした」

アンガス・クレイグの話をしている。

どうしたらいいだろう。ジェマは部屋の端に立ったまま、迷った。自分だけ部外者なのが歯がゆいというのもあるが、いまはアンガス・クレイグのことも、彼が犯した罪のことも、考えずにいたい。安全で明るいしゃぼん玉で家族を包み、なにがあってもこのしゃぼん玉が壊れることはないと信じていたい。

しかし、現実は現実だ。

「ええ」ダグの声が続く。「金曜日の午後、レベッカがなにをしていたのかがわかりました。今朝、ダリッジ署にいるケリー・パターソンと連絡がとれたんです。話したくなさそうでした。無理もないと思います。けど、ぼくの質問をきいて、それくらいなら答えても問題ないと思ってくれたようです。あの日、西ロンドン署にやってきた警官の名前はクリス・アボット。大学時代からの友だちだといって紹介してくれたそうです。それ以上のことは――」ダンカンがジーンズのポケットから携帯を取りだしたので、ダグはそこで言葉を切った。

「すまない」ダンカンはそういって、携帯を耳に当てた。体の向きを変えてもう一方の耳を手で押さえ、周囲の雑音をカットした。

ダンカンがうなずくのがみえる。なにか答えているようだ。そして電話を切った。ダンカンはみんなに背を向けたまま、しばらくじっとしていた。

振りかえったとき、ダンカンの顔からは血の気が引いていた。

「警視正からだ」ダンカンの視線がジェマをとらえた。「今朝未明、アンガス・クレイグの自宅が全焼した。クレイグも妻も在宅していたと思われる」

## 22

ふたりの出会いは、ある朝の川の上だった。流れの速い川の中央で、ふたりのスカル艇が衝突しそうになったのだ。

——ダニエル・J・ボイン『The Red Rose Crew: A True Story of Women, Winning, and the Water』

ハンブルデンに入ったとき、火災のにおいがしはじめた。車の窓を閉めていてもわかる。

キンケイドは、カリンとふたり、ロンドンから無言のドライブをしてきた。助手席のカリンの顔色が悪い。キンケイドはなにも考えまいとしていた。なにが起こったのかはっきりわかるまでは、考えてもはじまらない。

「ホットワインを飲まなきゃよかった」カリンがいった。キンケイドはうなずいた。もう少ししたら、バースデーケーキやフルーツパンチを食べたことも後悔することになるだろう。エディ・クレイグのことも気にかかる。親切で上品な女性だった。そんなふうにふるまう必要はひとつもなかったのに。やっぱりクレイグを連行しておけばよかった。こんなことが起こるとは夢にも思わなかった。

狭い村道が車で埋まっている。パブの駐車場も車であふれかえっている。土曜日だからというだけではないだろう。悲劇は金になる、そういうことだ。

道路を歩いている野次馬もいる。キンケイドはクラクションを鳴らして彼らにどいてもらい、ようやくクレイグ邸の私道までやってきた。

窓を下げ、私道の入口で通行止めをしている巡査に身分証をみせると、家の前の芝生に車を駐めた。においが波のように押しよせてくる。煙の刺激臭に、肉の焦げるにおいが混じっているように思えるのは、気のせいだろうか。

顔を上げて、家をみた。

「ひどい」カリンが横でつぶやいた。

美しかった赤レンガが真っ黒になり、窓という窓が割れて、屋根がところどころ崩れおちている。消防隊が駆けつけるまでに、どうしようもないくらい火が燃えさかったのだろう。

ポンプ車が二台、いまも私道に駐まっている。赤い歩哨のようだ。そこからホースがヘビのようにくねりながら家のほうに延びている。私服の男が何人かいて、そのわきに消防士と制服警官がそれぞれ固まって立っている。デニス・チャイルズ警視正がいるのはすぐにわかった。体が大きいので間違えようがない。キンケイドとカリンがアストラから降りて近づいていくと、警視正はグループから離れてふたりを出迎えた。

「なにがあったんですか」キンケイドはきいた。気をつけないと、余計なことをいってしまいそうだ。

「火災警報が鳴ったのは午前二時。消防隊が到着したときには建物全体が火に包まれていたそうだ。中に入れるようになってから、まだ三十分しかたってない」チャイルズはコーデュロイのズボンと古いセーターの上にバーバリーのコートを着ている。いつも完璧に整えられている髪には櫛も通していないようだ。風に吹かれてひどく乱れている。

警視正のこんな姿をみるのははじめてだ。現実の出来事という感じがしない。「本当なんですか？　ふたりとも死んだんですか？」

チャイルズはうなずいて、目をそらした。

キンケイドは息をのんだ。「どういうことなんです？」

「火災調査官によると――」チャイルズは家から出てきた男のほうをあごでしゃくっ

た。キーラン・コノリーの小屋を調べていたのと同じ男だった。「――住人を殺して火をつけたものと思われる。まだ第一所見にすぎないが、クレイグ夫人は至近距離で撃たれたようだ。それからクレイグが家に火をつけ、自分を撃った」

キンケイドは首を左右に振った。「現場がみたい」家に向かって歩きだしたが、チャイルズに腕をつかまれた。すごい力だ。「ダンカン、行くな。熱がまだすごいんだ。あと何時間かたたないと入れない。現場検証はそれからだ。わかっているだろう」

手を振りほどいて振りかえった。「こんなことになるはずじゃなかった。令状を使ってクレイグを連行すればよかったんです。そうすればいま頃、クレイグは留置場で弁護士を待っていたはずだし、エディ・クレイグも死なずにすんだ。警視正、クレイグになにをいったんですか？」

「ボス――」カリンが怯えた目でみている。

キンケイドはカリンを無視した。言葉が止まらない。「自分の銃で死ねと？　奥さんを道連れにするとは思わなかったんですか？」

デニス・チャイルズは無表情のままキンケイドをみていた。ただし、彼のことをよく知っている人なら、その褐色の目が普段より細くなっていることに気づいただろう。

「キンケイド警視、口が過ぎるぞ。わたしはそんなことはいっていない。わたしはただ――」

「上級管理職の警官に払うべき敬意を払いにきたと?」キンケイドはわきあがる嫌悪感を隠そうともしなかった。「その結果、被害者がひとり増えてしまった。エディ・クレイグです。クレイグとレベッカ・メレディスの死を結びつける証拠もすべて消えてしまった。エディ・クレイグのことはどうでもいいんですか? レベッカ・メレディスはどうでもいいんですか?

クレイグが傷つけた、いまも生きている女性たちはどうなるんですか。彼女たちを正義の力で救ってやるべきじゃなかったんですか」キンケイドは息を継いで、続けた。「こんなの、警察にとってはできすぎてる。〝人々の尊敬を集めた元副警視監が火災により悲劇の死をとげました〟というわけですよね」

デニス・チャイルズはカリンに視線を送った。この会話については他言無用、誰かに話したら死ぬほど後悔するぞ。視線はそういっていた。

次にキンケイドに向かって、抑揚のない声でこういった。部下なら誰もが震えあがるような、恐ろしい声だった。「正義? ダンカン、わたしにそんな説教をするな。被害にあった女性や、家族、キャリアのことを本気で考えたことがあるのか? 事件のことが明るみに出たらどうなると思う?

もしそれがジェマだったらどうする? 事件を公にしたいと思うか? ジェマもそれを望むと思うか?」

「ジェニー・ハートの事件については——」チャイルズはソーセージのような指をキンケイドに突きつけた。「——DNA照合はおこなわれる。これは間違いない。警察の信用に傷がつこうがつくまいが、その結果は公表される。クレイグとレベッカ・メレディスを結びつける動かぬ証拠をおまえがみつけてきたら、彼女の死にもクレイグが関わっていたと世間に公表するよう、わたしは努力する」

「いまのはオフレコですね？」

「それがいいだろうな」チャイルズは意味ありげな視線をキンケイドに送った。「この手のことはどうとでも解釈されてしまう。おまえの知り合いの中には、大手新聞社とつながりのある警官がいるらしいじゃないか」

キンケイドは言葉が出なかった。父親のアイヴァン・タルボットは〈ロンドン・クロニクル〉の社長なんです、というメロディ・タルボットの告白は、誰にも話したことがない。ダグとジェマはもう知っているとメロディはいっていたが、そのふたりが誰かに話したとも思えない。

爆弾を落としたあと、チャイルズはコートの襟を直した。古いセーターではなく高級ビジネススーツでも着ているような、優雅な物腰だった。「わたしのいうことがわかったら、みんなの仕事の邪魔をしないでくれ。家に帰るんだ。わたしも帰る」

「頭がいいというかなんというか」チャイルズの車が先に出ていくと、カリンが小声でいった。「メロディのこと、知ってたんですね」

キンケイドは首を振った。「知られているとは思わなかった。黙っているだけで、ほかにもいろいろ知っているのかもしれない」

「このまま帰るつもりじゃありませんよね？」

「ああ」本当は帰るべきだとわかっている。まともな感覚を持った人間なら、小さな子どもの誕生日パーティーに戻り、終わりよければすべてよし、少なくともスコットランドヤードは救われた、と納得するのだろう。

しかし、今日はまだ土曜日だ。休暇に入るのは月曜日から。あと三十六時間ある。事件はまだ解決していない。「火災調査官に話をきいてみる。感じのいい男だったよな？」

カリンはにやりと笑って、ずれた眼鏡を直した。「そうくると思いました」

現場からの電話のあと、ダンカンが迷っているのをみて、ジェマはささやいた。「行って」

「だが、シャーロットが——。パーティーは——」

「大丈夫よ。子どもたちにはわたしが説明する。なにかわかったら電話して」

ダンカンとダグはほかの人たちに手短かに挨拶して家を出た。シャーロットが泣くのをみる前に出かけられたのは幸いだった。

ジェマはシャーロットを抱きあげて慰め、「わたしにもお薬をちょうだい」といって、気を散らしてやった。

シャーロットは薬を注ぐ真似をすると、薬瓶を胸元に抱え、ジェマの腕に抱かれた。ときどき洟をすする程度に落ち着いてくれた。

このままだと、がっかりすることに慣れてしまうだろうか。シャーロットの体を揺らし、小さな背中をぽんぽん叩いてやりながら、ジェマは思った。

キットとトビーはどうだろう。父親か母親、あるいは両方が、事件が起こるたびにあわてて出かけてしまう。そのことになにか悪い影響を受けているだろうか。

トビーのほうは問題ない。実の父親が出ていったときはまだ小さかったからそのことを覚えていないし、そのあとは、真珠が層を重ねていくように、どんどん強い子になってきている。もっとも、トビーのことを真珠にたとえる人はほかにいないだろうけれど。

キットはシャーロットのように寂しい思いをしただけではない。ずっと父親だと思っていた男と、実の祖母のふたりから邪険に扱われ、つらい思いをした。いまはだいぶ立ちなおったようにみえるが、これから先、傷が完全に癒えるかどうかはわからない。

いまは、海賊の剣を取りあげてトビーをからかっている。十四歳の男の子がやりそうないたずらだ。それはそれでいいことだろう。

ずっと抱っこされているのがいやになったのか、シャーロットが身をよじりはじめた。「おろして、ママ」

「え？」驚いたジェマの腕から力が抜けた。シャーロットの体がすべりおちる。三十センチほどの高さから、シャーロットは床にどすんと着地した。

「ホリーとあそぶ」シャーロットはさっきよりはっきりした声でいうと、離れていった。アリスのドレスで部屋をスキップしていく。自分がどんなに重要な言葉を発したか、まるでわかっていないらしい。

ジェマは立ちあがり、急に震えはじめた唇を、両手の拳でぎゅっと押さえた。なんでもないことよ、と自分にいいきかせる。トビーがいつも「ママ」と呼んでいるし、キットがそれをからかうから、自分も真似をしただけだろう。言葉は真似をして覚えるものだから、そうするのが自然なのだ。いや、それにしても――

「ボス、どうかしましたか？」メロディがそばに来た。「なにか……びっくりするようなことでも？」

「ううん」ジェマは動揺を隠そうとした。「平気よ。ちょっとケーキを食べすぎたかな」

メロディは〝嘘でしょ〟という目でジェマをみた。ジェマがケーキをひと口食べただけで皿をテーブルに置き、ほかの人のところへ行くのをみていたからだ。

しかし、それ以上は詮索しなかった。ちょっと姿勢を変えると、メロディはためらいがちに口を開いた。「ボス、シャーロットのパーティーでこれ以上仕事の話はしたくないんですが……あの女性……レベッカ・メレディスが金曜日に会っていたという警官のことで、ちょっと。クリス・アボットという人です」

「どうかしたの？」ジェマはきいた。胃がよじれるような、妙な胸騒ぎがした。

「どこかできいた名前だと思ったんです。サファイア・プロジェクトのファイルにあった被害者の名前です」


「キンケイド警視と――」火災調査官オーウェン・モリスがいった。「――カリン巡査部長。すみません、握手ができなくて」手袋をはめた両手をみせる。「人に会うときはいつもこんななんです」

クレイグの家から出てきたばかりのモリスは、全身を防護服に覆われている。赤毛のアシスタントが家の中に戻っていくのがみえた。

「防護服を着たら、ぼくたちも入れるかな」キンケイドはきいた。

「いえ、すみませんが。まだ熱がすごいですし、建物の状態も安全ではありません。法医学者と鑑識のみなさんにも、待っていただいています」

キンケイドは苛立ちを抑えきれず、あけっ放しの玄関に目をやった。「では、詳しく説明してくれないか」

「あれは、みて気持ちのいいものじゃないですよ」モリスは首を左右に振った。みて気持ちのいい火災現場なんかないだろうに、とキンケイドは思った。「亡くなったかたはふたりとも、一階におられました。火は上へ上へと行くので、遺体はほとんど焼けていません。

奥さんは——とりあえずは、奥さんのクレイグ夫人ということで話を進めます——キッチンにいました。頭部をうしろから撃たれたようです」

どうしてエディと呼ばないんだ、とキンケイドは思った。〝クレイグ夫人〟でも〝奥さん〟でもない。彼女にはエディという名前があるんだ。

「副警視監は、書斎と思われる部屋にいました」

「本人に間違いないのか？」

「何度か会ったことがあります」モリスはそういって顔をしかめた。「顔は損傷していましたが、判別可能でした。火元は書斎です。遺体のそばに灯油缶がありました。遺体の手には銃が握られていましたが、銃の損傷はかなりひどかったです。口径の小さなピストルですが、小さいといっても、殺傷能力はあります。メーカーなどは鑑識にきいてください」

「経緯はわかるかい？」キンケイドはきいたが、大筋は頭の中にできあがっていた。気に入らないものだったが、それは関係ない。

「クレイグ氏が奥さんを撃ち、床に灯油をたっぷり撒きながら書斎に入り、なにかを——火のついたライターかマッチを——投げた。おそらく、よく燃えているのを確認してから、自分のこめかみを撃ったんでしょう」

三人とも魅入られたように、焼けた家をみつめていた。そんな恐ろしいことができるものだろうか、とキンケイドは思っていた。

クラクションが鳴った。振りかえると、ライムグリーン色の小型のフォードが門を入ってきたところだった。イモジェン・ベルが車から降りて、近づいてくる。きのうの朝と比べると、身なりはずいぶんすっきりしている。休息もじゅうぶんとれたようだ。昨夜はフレディ・アタートンのマンションを車から見張っていなくてもいいと判断したんだろう。

「警視」ベルは軽く会釈した。そこにいた三人全員への挨拶のつもりらしい。「シンラ警部補から、警視のサポートをするようにといいつかってきました。鑑識と法医学者が現場に向かっていると伝えてくれ、とのことです。現場保存のために、応援の巡査も何人か来るようです。マスコミが押し寄せてくるのに備えておかないと」ベルは焼けた家をみて首を振った。「本当なんですか？　副警視監が？」

「正式な身元確認はこれから必要になるが、どうやら本当らしい。きみは副警視監を知っていたのかい？」キンケイドは急に心配になった。

「ヘンリーのあたりで何度かみかけたことがあります。話しかけられたことも。いいかただなと思いました」

キンケイドは目を閉じて神に感謝の祈りを捧げた。イモジェン・ベルがアンガス・クレイグとそれ以上の知り合いにならなくてよかった。

「そういえば、警視。いま、門のところに人が来ていて、責任者と話がしたいと。近所の人です。クレイグ夫人の犬を預かっていて、どうしたらいいのかわからない、とのことで」

「アンガス・クレイグがなにをやったにせよ」ジェマがいった。「彼がいまになってレベッカ・メレディスを殺した理由がわからないわね。それに、レベッカの行動がおかしくなった日、クレイグのほかの被害者と会っていたというのも、単なる偶然には思えない」唇を嚙んで考えている。「その人に話をきいてみないと」

「これからですか？」メロディは室内をみわたした。パーティーはそろそろお開きという雰囲気になっている。「子どもたちはどうするんですか？」

「ベティかヘイゼルに、しばらくみていてもらえないかきいてみるわ」ジェマはいった。家族の入ったしゃぼん玉は、思ったよりずっと早く壊れてしまった。友人や子どもたちといつまでもいっしょにいたいのはやまやまだが、気になることをそのままにはしておけない。「クレイグの家でなにが起きたのか、まだはっきりわかったわけじゃないんだもの」ジェマはゆっくりと付け足した。「なにか見落としていることがあるのかも。それがだいじなことなら、ダンカンとダグに早く教えてあげなくちゃ」

「住まいはバーンズです。クリス・アボットのファイルに、たしかそう書いてありました。これから確かめます」

「お願い。なんだか気になるの」ヘンリーにいるダンカンとダグのことが急に心配になってきた。じっとしていられない。しかし、これからどうするにせよ、両親に話をしておかなくては。

　メロディが携帯電話を取りだすのをみて、ジェマはダイニングに行き、両親のそばに膝をついた。母親がまだ疲れた顔をしていないのがうれしかった。

「お父さん、お母さん、ごめんなさい。ちょっと事情があって、メロディと出かけなきゃならなくなったの」

「おまえはいつもそうだな」父親がいった。

　母親は父親をじろりとにらんだ。「ダンカンの仕事の関係？」

「ええ、関係がありそう」母親の顔が心配そうに曇るのをみて、ジェマはあわてて付け足した。「大丈夫よ、人に話をききにいくだけ。ただ、早いほうがいいみたいで」

母親の視線はリビングに移った。小さい子どもが三人、床にうずくまってトビーのミニカーで遊んでいる。「シャーロットはどうするの？　今日はお誕生日なのに」

「ええ、わかってる。けど、すぐ帰ってくるわ。ヘイゼルかベティにみててもらって——」

「わたしたちがみててやる」父親がいった。

ジェマは外国語でもきいたような気持ちで父親をみつめた。

母親は驚いたようだが、すぐに普通の顔になった。「そうね、そうしましょう。ジェマさえよければ」

「そんなうれしいことはないわ」ジェマは母親と父親の頰にキスした。父親の唇にかすかな笑みが浮かぶのをみたような気がした。「本当にいいのね？　トビーは腕白だから——」

「いいってば、ジェマ」母親がいった。「わたしたちはおじいちゃんとおばあちゃんなのよ。トビーのことはよちよち歩きの頃から面倒をみてたじゃない。ジェマ、それより自分のことを——」

「ボス」メロディが廊下に立っている。手にはまだ携帯を握りしめていた。「お邪魔してごめんなさい。でも、これをみてほしくて」

ジェマが近くに行くと、メロディは携帯に表示した写真をみせてくれた。ボートのウエアを着たブロンドの若い女性が、カメラに向かって微笑んでいる。キャプションには「クリスティーン・ハント、セント・キャサリンズ・カレッジ」とある。

「もっと早く調べておくべきだった」メロディはいった。「クリス・アボット、旧姓ハント。ボートでつながっていたんです」

ジェマは眉をひそめた。「でもそんなこと、気づかないのが普通だわ」

「でもわたし、刑事ですから。レベッカ・メレディスと、サファイア・プロジェクトのファイルにあった女性のあいだに、なにかつながりがあったんじゃないかと考えるべきでした。ハート事件に気を取られて、気づきませんでした。大発見をしたと舞いあがってしまって」

「それはみんな同じよ。それに、このクリス・アボットという女性がレベッカ・メレディスの死に関わってるかどうかは、まだわからないんだし」

「ボス」メロディは声を低くした。「クリス・アボットに会いにいくこと、ダンカンに知らせますか？」

ジェマが迷ったのは一瞬だった。「いいえ。行くなといわれるだけよ」

キーランは土曜日のほとんどの時間を小屋で過ごした。割れた窓にベニヤ板を張り、箒と業務用ごみ袋で床をきれいにした。

前日フレディ・アタートンと話したあと、なぜか気持ちが楽になった。少なくとも、掃除から始めようという気力もわいてきた。それから損傷の度合いを測るとしよう。もしかしたら、なんとかなるかもしれない。また仕事を始められるかもしれない。

その一方で、自分が恐ろしく家庭的な男になってしまったような気もしていた。タヴィーは昨夜、病気で急に休んだ仲間のカバーをするために、ダブルシフトで働いていた。今朝早く帰ってきたときは疲れ果てているようだったし、体から煙のにおいがしていた。ハンブルデンの火災現場に行ったといっていた。退職した副警視監の自宅だという。しかし到着したときには火がまわっていて、救急救命士の出る幕はなかったそうだ。

「キーラン、いてくれてよかった」タヴィーはそういって、ダイニングの椅子のひとつに座りこんだ。トッシュが煤だらけの顔をなめようとする。「あなたがここにいなかったら、あちこち電話をかけて、トッシュの面倒をみてくれる人を探さなきゃならなかったわ」

近所のティーンエイジャーとのあいだで取り決めをして、昼間は犬の面倒をみてもらえるようになっているというのは知っていた。しかし、夜のシフトが急に入ったときに頼れる人がいないらしい。

「それに」タヴィーはキーランをみて微笑んだ。「家に帰ってきたら笑顔が待っててくれるって、いいものだわ。悪くとらないでね」

「なにをって」タヴィーをみた。「なにを？」

意味がよくわからず、キーランは首を振った。「普通は男の人がいう科白でしょ。女がそんなことというなんて、生意気じゃない？」

「タヴィー、きみが助けてくれなかったらおれは――」

「ストップ！」タヴィーは手を振って遮った。「お料理はできるのよね？　玉子とトーストとか。紅茶もいれられるでしょ？」

キーランはうなずいた。「ああ。それを料理と呼ぶかどうかはわからないが」

「いいから、なにか作って。それでおあいこにしましょう。わたし、お風呂に入ってくる」

タヴィーが階段をのぼりはじめると、キーランは料理にとりかかった。うれしくなって口笛を吹いた。キッチンは片付いているし、なにがどこにあるかも、もうちゃんとわかっている。きのうの午後、必要なものを買ってきたのも役に立った。

二枚の皿に朝食を盛りつけ、ティーポットにお湯を注ぐと、トッシュとフィンをみた。二頭ともキッチンの出入り口に伏せて、期待をこめた目でキーランをみている。

「盗み食いなんて、考えるだけでもだめだぞ」キーランはいった。しかし、言葉でいっても無意味だ。皿をオーブンの中に入れた。トッシュは信用できるが、フィンは怪しい。

階段のところまで行って、タヴィーに声をかけた。返事がない。水を出しているかヘアドライヤーを使っているかで、きこえなかったのだろう。階段をのぼった。最後の一段というところまできたとき、タヴィーがバスルームから出てきた。腰にタオルをゆるく巻いただけで、あとは裸だった。金髪が濡れて暗い色になっている。タオルでこすったせいか、つんつんと立っている。

「ごめん——」息をのんだ。「失礼。食事ができたんだ」

「わかった。すぐおりていくわ」

「うん」キーランは踵を返し、転がるようにして階段をおりた。しかしその前に、みてしまった。タヴィーの頬が赤くなり、その色が喉から胸元へ、そして胸の小さなふくらみに広がっていくのを。

タヴィーは少し後れて下におりてきた。トレーナーとぶかぶかのジャージという格好だ。いっしょに食べた。タヴィーは気まずい思いをしているのだろうか。しかし少なくともそんな顔はしていない。キーランは皿ばかりみて、ぶかぶかの服の下に隠れているスレンダーな体のことを考えないようにしていた。

「犬たちをたっぷり走らせてくるよ」食べ終わると、キーランはいった。驚くべきスピードで皿を洗ったタヴィーは、二杯目の紅茶を飲みながらうなずいた。

「助かるわ」

「きみはベッドに行くといい。いや、あの、ゆっくり眠るといい」キーランは自分をぶん殴りたい気分だった。ばかみたいだ。「そのあとは小屋に行ってくる。どうやって直すか考えないと。二頭とも連れていくよ」

タヴィーは閉じかけた目をあけた。「明るいうちに帰ってきてね。警視さんにいわれたこと、忘れないで」

「了解、マダム」キーランはふざけた口調でいった。

「やめてよ」タヴィーはふらつきながら二階の寝室に行った。顔にかすかな笑みが浮かんでいた。

午後、床を掃いたり釘を打ったりしているあいだも、タオル一枚を巻いただけのタヴィーの姿が頭から離れなかった。性的に興奮してしまったことに、うしろめたさを感じる。ベッカを裏切ってしまった気分だ。それに、なんだか妙な感じだ。タヴィーをそんな目でみてしまったなんて。しかしタヴィーは気にしていないようだ。そもそも、恥ずかしいなら、すぐにバスローブを羽織ることもできたはずだ。まさかみせるつもりだったのでは――いや、ばかなことを考えるのはやめよう。

ベッカのことは――彼女のことは考えることができない。まだだめだ。ベッドで体に触れたときのことを思い出そうとすると、堰の下で死んでいた彼女の顔が蘇ってくる。ふたつの記憶を切り離すことができない。そのうち目眩がして気分が悪くなってしまう。

そんな考えを追いはらうように頭を振り、ちりとりに集めた最後の灰とガラスを、作業場で使っていた大きなごみ箱に捨てた。このごみ箱は奇跡的に無傷だった。小屋はだいぶ片付いた。ごみ袋を対岸に運んで捨てるのは、また後日にしよう。窓を板でふさいだので、戸締まりもできるし、道具もしまっておけるようになった。時間も遅くなってきた。そろそろ帰らないとタヴィーが心配する。

ドアに鍵をかけて、芝生の暖かいところで寝そべっていた犬たちに声をかける。二頭とも辛抱強くそこにいて、ボートの行き来を眺めながら、主人を待ってくれていた。あたりをみまわして気がついた。暗くなるのが早いなと思ったら、雲が出てきたのだ。西の空が雲に覆われて、早くも夕闇が広がりはじめている。キーランは体を震わせた。また天気が悪くなるのか。

しかしありがたいことに、頭はまだすっきりしている。今回はあまりひどい目眩が起きないかもしれない。

犬を乗せたボートを漕いで対岸に渡り、ロープを結ぶ。遊歩道を歩きはじめた。風が冷たい。上着の襟を立てた。フィンとトッシュは跳ねるようにして歩いている。寒さのせいか、ひと暴れしたがっているようだ。そこでキーランはミル・メドウズに着くと、上着のポケットからテニスボールをふたつ出し、犬のリードをはずして、ボールを投げて遊んでやった。ほんの何分かだが、楽しいひとときだった。

タヴィーに尋ねる勇気はまだないが、捜索救助隊に戻ることはもうできないんだろうか。いまになってわかった。あの仕事が大好きだった。フィンも、トッシュと同じく、捜索救助のために生まれてきたような犬だ。その楽しみを奪ってしまうのは残酷ではないか。そこを主張すれば、タヴィーも考えなおしてくれるかもしれない。

首輪にリードをつけなおして、さっきよりも早足で歩きはじめた。タヴィーはもう起きただろうか。あの小さな家に早く帰りたい。

道幅の狭いテムズサイドまで戻ってきた。向こうから来た何人かの通行人が、道の反対側に移動した。犬が怖いのだろうか。キーランはちょっとおかしくなった。フィンもトッシュも、こんなに大きな体をしているのに、優しくて気が弱い。しかし、昔は自分もあんなふうだった。フィンと出会うまでは、犬が怖かった。

ヘンリー橋のところで道の向こう側に渡り、ハート・ストリートを歩きはじめた。〈レッド・ライオン〉からフレディ・アタートンが出てくるのがみえた。足を速めた。フレディに声をかけよう。小屋がだいぶ片付いたよと報告したい。そのとき、フレディがひとりではないことに気がついた。

ホテルから出てきた別の男が連れだった。口論とまではいかないが、ずいぶん熱心に話し合っている。

邪魔しないほうがいいだろう。しかし、ふたりのすぐそばを通ることになりそうだ。いや、待てよ。あれは――

その瞬間、ものを考える余裕はなくなった。フィンがすごい勢いで前に飛び出した。リードを手からもぎとる勢いだ。狂犬のように激しく吠えながら、ターゲットに突進しはじめた。

23

景色が流れはじめる。闇がわたしを包む。やがて、隣にいるボートの影もみえなくなる。かすかに気配を感じるだけだ。

フィニッシュラインを越えた。

あとはなにもない。真っ暗な闇の中、白目をむき、胸は激しく上下し、あえぎつづける口から酸素をとりこもうとする。しかし、もう終わったのだ。わたしは体を倒し、無の世界をさまよった。［ジェイムズ・リヴィングストン］

――デイヴィッド・リヴィングストン、ジェイムズ・リヴィングストン

『Blood Over Water』

「ほかに、クリス・アボットについてわかっていることは？」ハマースミス橋でテムズ

川を渡りながら、ジェマはメロディにきいた。

それなりにまともな体裁で家を出るのに、あれから三十分以上かかった。ジェマはみんなに、好きなだけゆっくりしていってくださいねと声をかけ、子どもの世話を頼む両親に細かすぎる指示を出した。そのあいだも、メロディからきかされたニュースのせいで、胸に不安が広がっていった。

ジェマが家の問題に対処しているあいだ、メロディは電話を何本もかけ、調査を進めていた。どこに電話しているのか、ジェマはきかないことにした。

いま、ふたりはジェマのエスコートでバーンズに向かっている。空には黒い雲が広がっている。朝からいいお天気だったのに、とうとう雨になるようだ。テムズ川はスレートのような灰色になっている。ジェマは、前を行く車のスピードが落ちて、橋を渡ったところにある信号で引っかかりそうになると、こらえきれずにクラクションを鳴らした。

メロディはそんなジェマに驚きながら、答えた。「クリス・アボット警部、風紀取り締まり担当。配属はウェストエンド・セントラル署。レベッカ同様、大学を出て警官になったキャリア組です。ふたりともオックスフォード出身。レベッカ同様、クリスも野心が強いようですね。

結婚していて、夫は投資銀行に勤めています。子どもがふたり、いずれも男の子で、イートンに進学予定」

ジェマは口笛を吹いた。「警官の給料で？　夫の給料がいいのね、きっと。レイプがあったのはいつ？」

「五年と少し前です。当時、彼女は巡査部長で、その後短期間のあいだに役職がふたつ上がったことになります。黙っていることの交換条件でしょうか」

ジェマもアンガス・クレイグにレイプされていたときは巡査部長だった。あのとき不運にもアンガス・クレイグにレイプされていたとしたら、自分もクリス・アボットと同じように出世していたんだろうか。何度考えても、自分ならどう対処したかという問いの答えを出すことができない。キャリアを棒に振り、子どもを危険に晒すことになってまで、クレイグの訴追を望んだだろうか。

「レイプについて、詳しい説明はある？」アボットに夫と子どもがいたなら、家に送るというクレイグのいつものやりかたでは失敗する可能性が高い。ジェマのときのように。

「人事会議のあと、ウェストエンドのホテルで食事会がありました。アボットがいうには、地下鉄の駅へ歩いている途中、脇道に引きこまれてレイプされたと」

ジェマは眉をひそめた。「クレイグはホテルに部屋をとっていたんじゃないかしら。会議のあと、みんなでちょっと飲んでいるときに、このあとふたりで一杯飲まないかとアボットを誘った。でも、昇進のことは……」ジェマはラウンダバウトを通り抜けた。そろそろバーンズ郊外だ。とてもゆったりした風景が広がっている。「昇進はご褒美だったのかしら。それとも、レイプされたことを逆に利用してやれと考えて、脅迫をするようになったのかしら。だとしたらどっちもどっちね」

「クレイグとアボットが膠着状態に陥ったとき」メロディが話を継いだ。「クレイグは、アボットへの苛立ちをほかの女性に向けたのかも。しかもどんどんパワフルな女性を狙うようになっていった。代償行動とでもいうんでしょうか。危険なゲームですね」

「結局は命取りになったんだものね。本人はそんなことになるとは思ってなかったんでしょうけど」

川沿いの道を走る。バーンズ鉄橋があった。ザ・レガッタのコースでは、ここが最後のランドマークとなる。アボットがこの近くに住むことにしたのは、昔ボートをやっていたからだろうか。

「ホワイト・ハート・レーンです」メロディが指示する。「左に曲がってください。目的地はその道をずっと行ったところです」

狭い道だった。高そうな店やブティックと、可愛らしいテラスハウスが混ざった町並みが続く。駐めてある車はどれも、異様に大きなSUVだ。「素敵なママたちのテリトリーって感じね」ジェマはいいながら、駐車スペースを探した。メロディが教えてくれた番地をだいぶ通りすぎたとき、出ていく車をみつけた。ウィンカーを出し、空いたばかりのスペースに車を入れる。

「縦列駐車の天才ですね」ジェマがエンジンを切ると、メロディがからかった。しかし、冗談をいいながらも、髪を耳にかけたり、ハンドバッグの中身を確かめたりしている。テンションが上がっている証拠だ。「どんなふうに攻めるつもりですか？」

「臨機応変に行くわ」ジェマはいった。「あなたが主役よ」


ジェマが呼び鈴を鳴らした直後、しゃれたテラスハウスの窓にかけられた木製のブラインドが小さく動くのがみえた。その後、ほっそりしたブロンドの女性が玄関にあらわれた。デザイナーブランドのスリムなジーンズをはいている。トップスも高そうだ。しかし、せっかくの優雅な雰囲気も、眉間にしわをよせて相手をにらみつけるような顔をしては台無しだ。

「なにかご用ですか？」

「アボット警部ですね？」メロディはきいた。身分証をみせる。「ノティング・ヒル署のタルボット巡査です。こちらはジェイムズ警部補。少しお話をうかがってもよろしいでしょうか？」

きれいにほどこした化粧でも、ふたりの身分証をみたとき、クリス・アボットの顔に浮かんだ恐怖の色を隠すことはできなかった。「なにかあったの？　子どもたちは――無事なの？　夫は？　ロス――」

「息子さんたちは無事です」メロディはあわてて答えた。「ご主人も。奥さんとお話ししたいんです。中に入れていただけますか？」

アボットは一瞬ふらついて、ドアの側柱に手をついて体を支えた。たったいまみせたパニックと同じくらい深い安堵を感じたかのようだ。

それからアボットは手をおろし、怪しむような目でふたりをみつめた。公式な訪問にしてはカジュアルな服装をしていることに気づいたらしい。それに、自分のほうが肩書が上だということも意識しているのだろう。

ジョギングで通りかかった近所の人が、好奇心いっぱいの視線を向けてくる。アボットは肩をすくめた。「ええ。でも五分だけにしてちょうだい。息子たちを迎えにいかなきゃならないの。だからすごく心配したのよ。友だちの家に行っているんだけど、なにがあるかわからないから」

必要以上に言い訳するのは不安になっているしるしだ、とジェマは思った。警部にまでなった人にしては、ずいぶん初歩的なミスだ。

しぶしぶ迎え入れられると、ジェマは興味深く家の中をみまわした。

高そうな家だ。不景気のあとに建てられたにしても、土地柄といい、調度品といい、なかなかのものだ。とはいえ、広くはない。リビングには、大きな革張りのソファと、大きな岩石のようなコーヒーテーブルが置いてあるが、スペースに余裕がなさすぎる。ソファと同じくらいの大きさのフラットスクリーンのテレビが壁一面を占拠している。テレビのそばの棚にはＤＶＤがずらりと並んでいるが、部屋の中に本が一冊もみあたらない。ジェマとダンカンの家のあちこちに散らばっている子どものおもちゃの類いも、いっさい落ちていない。しかし、もう一度じっくりみまわすと、テレビやビデオのあいだの空間に、おもちゃのバスケットが置いてあった。

それでも、なんだか異様にきれいな部屋だ。ありふれた家族の生活とは無縁の日々でも送っているんだろうか。

しかし、テレビとは反対側の壁をみると、この家に子どもがいることがはっきりわかる。フレーム入りの家族写真が飾られている。パパとママとふたりの小さな男の子。四人とも不自然なほどきちんとした格好をして、顔に貼りついたような笑みをみせている。みているだけであごが痛くなりそうだ。

多くの写真では、クリス・アボットは堅苦しい表情をしている。子どもたちの肩に手を置いているというより、ぎゅっとつかんで押さえつけているみたいだ。夫は背が高く、髪が薄くなりかけている。ごつい印象の顔はハンサム一歩手前という感じ。妻の両肩に置いた手は、妻を守る手というより、妻を所有する手にみえる。

上の子は黒髪でお父さん似。下の子は赤い髪に白い肌。

オックスフォード・ブルーのオールが、家族写真の上にかけてある。そればかりがやけに大きくてバランスが悪い。家族を小さくみせるために飾っているのかと思えるくらいだ。

地位、金、高価な家具――そんなものにはそうそう動じないメロディが、微笑んで写真を指さした。「素敵なご家族ですね。ご主人はオックスフォード・ブルーだったんですか？」オールに目を向ける。「自慢のご主人でしょうね。座ってもよろしいですか？」

「座らないでいただきたいわ。さっきもいったけど、時間がないの。ききたいことがあったら、はっきりきいてちょうだい」アボットは玄関をちらりとみた。

「ご主人はお出かけ中なんですね？」

「ええ、用事があって」アボットは不愉快そうな顔をした。「あなたたちには関係のないことでしょ。だいたい、ここは所轄外でしょうに。しかも土曜の午後」会話の主導権を握ろうとするのもアボットのミス。怯えているからそうなるのだ。ジェマは黙って観察した。

「月曜日まで待てない状況なものですから」メロディが答えた。

アボットはもう一度ドアをみた。心配そうな視線だ。もうすぐ夫が帰ってくるんだろうか。そのことがそんなに心配なのか。

アボットはジェマに視線を移した。「あなたはしゃべらないのね。ええと、ジェイムズ警部補だったかしら」

名前を忘れてなんかいないのに忘れたふりをしたのは、かまをかけたんだろう。警部補がなにをしているのか気になったから。第三のミス。

メロディが答えた。「アボット警部、わたしはサファイア・プロジェクトのメンバーなんです。捜査の途中で警部の名前が出てきました。ジェイムズ警部補は、それと関連する事件を捜査中です」

「サファイア？　関連する事件？」一瞬ではあるが、アボットの顔に狼狽があらわれた。「わたしはサファイアの捜査に関わるような仕事はしてないわよ」

メロディとジェマは小さくうなずきあった。ふたりにとってはそれがじゅうぶんな合図だった。

「アボット警部」ジェマがいった。「警部はレベッカ・メレディスの古いお友だちですね？」

「ベッカ？　ええ、そうよ。大学のときからの友だち。警察学校にもいっしょに入ったの。亡くなってしまうなんて、本当に信じられないわ」何度もリハーサルしたかのような科白だった。こういう質問を受けることを予期していたんだろう。しかし、だいじなことは口にしなかった。レベッカが亡くなる数日前に、彼女に会いにいったことだ。

お気持ちはわかりますという顔をして、ジェマはいった。「亡くなるちょっと前に会えたことだけでも、心の慰めになることでしょうね」

アボットが目を大きく見開いた。ショックのせいで無意識のうちにそうなってしまったのだ。そこまで知られているとは思っていなかった、というのがはっきりした。「ええ」あわてたように言葉を続ける。「そう、そうね。本当に。金曜日だったわ。ベッカが電話をくれて、署に来ないかっていうの。風紀取り締まりの仕事に役立つ情報を手に入れたって話だった」

「それは口実だったんじゃありませんか?」メロディがきいた。バッグから書類を何枚か取りだした。ジェマの思うに、おそらく事件とはなんの関係もない書類だ。しかし効果はある。「アボット警部」メロディが続ける。記憶が怪しくなってきたところを確かめるように、ページに目を走らせる。「五年前、性的暴行の被害届を出されましたね。ウェストエンドで警察の会議が開かれたあとの事件です。犯人不詳となっていますが、病院で検査を受けたので、その結果がファイルに載っています。

一年前、同じことがレベッカ・メレディスにも起こりました。レベッカは、ほかの女性警官も同じ被害にあっているのではないかと考えて、過去の記録を調べはじめた。何人かの女性警官が、犯人不詳としてレイプの被害届を出していることがわかった。しかしその中にひとりだけ、知っている名前があった。古い友だちだった。アボット警部、あなたです」

メロディはいったん言葉を切り、理解する時間を相手に与えてから、また続けた。

「レベッカは、あなたは犯人を知っているはずだと思った。なぜなら、彼女も知っていたからです」

アボットはメロディがいい終わる前から首を振っていた。「でたらめをいうのはやめてちょうだい。なんの話かさっぱりわからないわ。もういい加減にして――」

「アボット警部、わたしたちはばかではないんですよ」ジェマの言葉がアボットを黙らせた。ジェマは、相手の視線をじゅうぶん引きつけてから、話を続けた。「犯人はアンガス・クレイグ。あなたもレベッカ・メレディスも、アンガス・クレイグ副警視監にレイプされたんです。クレイグはそのとき、あなたを脅して口止めした。否定すると時間の無駄になりますよ」

アボットのくっきりした鎖骨が、はっと息を吸った瞬間に、さらに浮き出た。「そんなこと、いまさら証明しようがないわ。クレイグは死んだのよ。死んだときいたわ」

否定しなかった、とジェマは思った。自分たちの推理は正しかったんだ。わきあがってくる喜びを抑えて、ジェマは淡々といった。「まだ正式に確認されたわけじゃありません。だいじなのは、彼のＤＮＡデータを警察が持っているということ。そしてそれが、あなたとレベッカ・メレディスの提出した精液サンプルと合致するであろうということ。さらに、それはジェニー・ハート警部の事件とも一致するはずです」

真実を少し拡大解釈して話してしまった。しかしクレイグのＤＮＡはまもなく手に入るはずだ。アボットの返事はいますぐほしい。

「ジェニー？」アボットの声はいまにも消え入りそうだった。「なにをいってるの？ジェニーは殺されたのよ。――え、まさか。彼はジェニーを……殺したの？」

「レベッカはクレイグとジェニー・ハートのつながりを知らなかったんですね？」ジェマはきいた。「あの事件は未解決レイプ事件でなく未解決殺人事件のデータベースに入っていたので、見逃してしまったんでしょう。ジェニー・ハートの事件のことを知っていたら、あなたに協力を求めることはなかったかもしれない。

クリス、レベッカがあなたに話したのは、このことだったんじゃありませんか？」ジェマは身をのりだして、まっすぐな視線でアボットをみた。この女性の心に入りこんでいきたい。あらゆる感情のまわりに要塞を作ることで自分を守っている女性。ただし、恐怖だけはコントロールできずにいるようだ。「アンガス・クレイグをレイプ犯として訴えてほしい、レベッカはあなたにそういったのではありませんか？」

アボットは首を振った。否定したようにみえたが、視線を上げたときは肩が落ちていた。「ベッカが持ってる風紀取り締まり関係の情報とやらは――彼女の署に行って話してみたら、役に立たないことがわかったわ。けどそのあと、一杯飲みにいこうって彼女がいいだして。昔の友だちに会っておしゃべりしようなんて、ベッカらしくない。でもストイックなベッカが飲みにいこうっていうんなら、なにかあるんだなと思った。それが知りたくてついていったの。

ホランドパーク・アヴェニューのパブに行こうといわれたわ。遠くないし、それでいて署の人は来ないし。お互い何杯か飲んだ頃、ベッカは本題を切りだした」

アボットは指を一本口元に持っていき、爪を嚙んだ。爪はどれも嚙んで短くなっている。「いやな女。目の前から消えろ、そういってやった。五年も前の話だし、わたしは昇進もしてる。必死に働いてここまで来たのにって」言葉が堰を切ったように出てくる。止められないのだろう。「うちには子どもがふたりいるし、わたしもまた昇進の話がある。すべてを危険に晒して戦ったって、アンガス・クレイグの手首をぴしゃっと叩いて終わりになってしまうのよ。いえ、それさえできないかもしれない。あなたたちだったらどう？　警察がどういう組織かは知ってるでしょう？　努力が全部水の泡になってしまうかもしれないのよ」

アボットは怒りを吐きつくしてしまったらしい。体を震わせてむき出しの腕をさすり、ソファの肘かけに座りこんだ。「でも、知らなかった——ジェニーのことは知らなかった」

「親しかったんですか？」メロディがきいた。

「二、三年前、ブラムシルの研修でいっしょになったの。気が合って、しょっちゅういっしょに飲みにいってた。面白くて、頭がよくて、偉ぶらなくて、独身でいることが好きな人だった」ひきつったような笑い声をあげてから、アボットは付け足した。「わたしもあんな人生を送りたい、ときどきそう思ったものよ」

「なのに、アンガス・クレイグにされたことをジェニーに話さなかったんですか？」

アボットは激しく首を振った。「ええ、そうよ。わたしは誰にも話さなかった。あの夜、被害届を出しただけ。ホテルの外で泣いてるところを、同じ部の巡査にみられてしまったの。あのときは出血もしてて、だからそのままというわけにはいかなかった。あの状況では、あんな形で被害届を出すのがやっとだった。でも――」はっと息を止めた。なにかに気づいたようだ。「でも、わたしがジェニーに話していたら、ジェニーはクレイグを家に上げたりしなかった。そうなんでしょう？　現場は彼女のマンションだときいたわ。ジェニーがクレイグを部屋に誘ったの？　一杯飲もうって」

「レベッカはどうなんです？」ジェマがきいた。「大学の頃からの友だちだったのに、頼ることはできなかったんですか？　あなたが話していれば、レベッカはクレイグに送ってやるといわれても断ったはずです。彼女も、いまは死んでしまいました」

「ベッカに話すなんて、ありえない。泣きたいときに頼りたくなるタイプじゃなかった。それに、ベッカがわたしと同じ間違いをするなんて、夢にも思わなかったもの。いつもすべての主導権を握ってる、ベッカはそういう人だった」

ジェマにはわからないことがあった。アボットはどうしてこんなに苦々しい口調で話すんだろう。ただの苦々しさじゃない。心を蝕まれているみたいだ。殺された友だちのことを話すのに、褒め言葉がひとつも出てこないなんて。「それで、金曜日の夜のことですが。あなたが協力を断ったら、レベッカはどんな反応を？」

「激怒した。けどベッカは前からそうだった。自分の望みはいちばんに叶えられるべき、そう思ってる人だった」

ジェマは急にあることを思いついた。池にパンをちぎって撒いたらなにが寄ってくるだろうか。「だからレベッカは、土曜日にも来たんですね。もう一度あなたに会って、説得しようとした」

アボットの顔は、鎧戸をおろしたように無表情になった。「なんの話かわからないわ」

「話してください、クリス」ジェマは自分の勘が当たっていると確信していた。絶対にごまかされない。「ご近所の人にきいてみてもいいんですよ。ここの通りは狭いし、きっとお互いに目を光らせて暮らしているんじゃありませんか。

金曜日の夜あなたに会ったあと、レベッカはロンドンに車を置いて帰りました。土曜日の午後、車を取りに戻ってきたレベッカは、帰りにここに立ち寄った。そうじゃありませんか？」ジェマは近所の人々をさぐるように、窓のほうに目をやった。「彼女の車を覚えてる人は何人くらいいるでしょうね。レベッカのことも。一度会えば印象に残るタイプです。玄関で口論したんですか？」

アボットは長いこと黙っていたが、やがて投げやりな感じで肩をすくめた。近所の一軒一軒に聞きこみをされて、嘘つき呼ばわりされるより、話したほうがいいと判断したらしい。「だったらどうだっていうの？　ベッカはわたしたちを脅そうとした。ロスはベッカに『失せやがれ』といった。ベッカは昔からロスに手厳しかったのよ。自業自得だわ」

自分がひどい言葉を使ってしまったことに気づいて驚いたのか、アボットは片手で顔をこすった。「ベッカが死んだことを気の毒だと思ってないわけじゃないわ。知らせをきいたときはすごくショックだった。夫もそう。けど、わたしたちには関係ない。そもそも、あなたたちがどうしてわたしのところに来たのか、本当にわからない」アボットは立ちあがった。「クレイグは死んだのよ。これ以上蒸しかえす必要はないでしょう。わたしはもうたくさん」

クレイグの死によって勇気を得たとでもいうように、アボットはいった。「子どもたちを迎えにいかなきゃならないの。もう時間切れよ」

ジェマはメロディの目をみた。その瞬間、同じことを考えているのがわかった。「アボット警部。アンガス・クレイグが亡くなったのをどうして知っているんですか？」

「クレイグ夫人の犬を？」キンケイドはイモジェン・ベルをみつめた。「ああ、そうか。犬がいたのをすっかり忘れていた。火事のあいだに逃げ出したんだろうか」

ベル巡査はわけがわからなくなったようだ。「火事のあいだに？　近所の人がいうには、犬は――小さめのウィペットだそうです――真夜中頃、外を走りまわっていたとか。それでクレイグ夫人に電話したけど応答がなかった。時間も時間だし、訪ねていくのもどうかと思い、そのまま預かって朝いちばんにまた電話しようと思ったんだそうです。ところが、煙と消防車の音で目が覚めて、クレイグ夫妻のことがとても心配になり、それからずっと――」

「バーニーだ」キンケイドはベルの話を遮った。「名前はバーニーというんだ」どういうわけだか、エディ・クレイグの飼っていた犬が死ななかったことがすごくうれしかった。しかし、火事の二時間前から家の外にいたというのは、どうしてなんだろう。「真夜中？　その人は真夜中といったんだね？」

「そうです。たしかにそういいました」

キンケイドは火災調査官に向きなおった。「オーウェン、クレイグが真夜中より前に火をつけて、その火が家全体にまわるのに二時間かかるということはあるだろうか」

オーウェン・モリスはかぶりを振った。「まず考えられませんね。最初に火をつけた時点で、ぱっと広がったはずです。大量の灯油が家じゅうに撒かれていますし、火元周辺の部屋はあっというまに燃えたでしょう。ただ、火というのは面白いもので、思わぬ燃えかたをすることもあります。しばらくくすぶっていることも。熱がおさまったら、より詳しいことがわかるでしょう」

「だが……」キンケイドはいいかけてやめた。頭に浮かんだ恐ろしいシナリオを言葉にしたくなかった。

エディ・クレイグがなにかを察知して、前もって犬を逃がしたとしたら？　アンガス・クレイグは、その犬が嫌いだとはっきりいっていた。だから、夫の暴力がバーニーに向けられるんじゃないかとエディが考えた可能性はある。ただ、夫の暴力がそこまでエスカレートするとわかっていたなら、犬だけでなく自分も逃げたほうがいいとは思わなかったんだろうか。それとも……逃げようとして逃げられなかったのか？

エディはおそらく、結婚してからの年月のほとんどを、夫の引き起こす問題を少しでも小さくおさめるために心を砕きながら暮らしてきた女性だろう。昨夜デニス・チャイルズがやってくる前から知っていたんだろうか。夫がどれだけの犯行を重ねてきたのか――どれだけの人の人生をめちゃくちゃにしてきたのかを。昨夜はじめて知ったとしたら？　こんな事実を抱えて、もう生きていけないと思っただろうか。

穏やかで、驚くほど上品な女性だった。恐怖を味わうことなく亡くなったと思いたい。

「警視」ベルがいった。「その人が――近所の人が、門のところで待っています。どうしたら――」

キンケイドは首を振り、エディへの思いを振りはらった。「名前と住所を控えておいてくれ。犬は、もうしばらく預かってもらえないかときいてくれ。警察がクレイグ夫人の友だちか親戚に連絡をつけるからと。それと、ベル巡査、鑑識がここに着いたら、クレイグの車を調べてほしいと伝えてくれ。レベッカ・メレディスの殺害現場の遺留品と合致するものがないかどうか知りたい」

ベルは、えっという顔をしてキンケイドをみた。「まさか――」ベルはいいかけたが、すぐに動揺を抑え、うなずいた。「わかりました。これからウィルソンさんに――近所の人に――話してきます」ベルは門のほうに歩いていった。一度だけ、不安そうに振りかえった。

気になるのは火災発生の時刻だけではない。キンケイドはオーウェン・モリスに向きなおった。「ここで使われた灯油が、キーラン・コノリーの小屋に使われたものと同じかどうか、わかるかな?」

「いずれのケースも、使われたのはごく普通の灯油です」モリスは答えながら、眉をひそめて考えこんだ。調べれば精製業者までは特定できるでしょうが、なんの手がかりにもならないでしょうね。レベッカ・メレディスの事件と小屋の放火事件、両方にクレイグが関係していると思ってるんですか？」答えを求めているわけではなさそうだ。モリスは白い煙をあげる家を振りかえって、こういった。「こんな派手な死にかたを選んだのも、それなら納得ですね」

ただし、キンケイドは納得していなかった。もう逃げ道がないと悟ったクレイグが、最後の蛮行として、妻のものだった美しい邸宅を焼き払ったところまでは理解できる。しかし、レベッカ・メレディス殺害とキーラン・コノリー襲撃について、警察はまだなんの物証も得ていないのだ。「だが——」いいかけたとき、携帯電話が鳴った。

キーラン・コノリーは暴れる犬を落ち着かせ、やっとのことでハート・ストリートからタヴィーの家に戻ってきた。タヴィーは出かけていた。キッチンの小さな黒板にメッセージが書いてある。買い物に行ってくる、夕食の材料を買って帰る、とのことだ。「フィン、トッシュ、伏せろ」キーランがいうと、二頭の犬は従った。さっきのことを反省しているようにもみえる。しかしフィンはまだ息を弾ませ、体を震わせている。キーランの心臓はまだどきどきしていた。人なつこくて呑気な犬が突然あんなに攻撃的になることがあるなんて。携帯電話を取りだしてキンケイド警視に電話をかけようとしたとき、両手が震えていることに気がついた。イラクで自分の小隊が戦闘に加わったときと同じだ。

目を閉じてひとつ息を吸った。キンケイドが電話に出た。キーランは、いま起こったことをできるだけ詳しく明確に説明しようとした。「フレディじゃない。二頭とも、フレディとはきのう何時間もいっしょにいたんだ。そのときはなんともなかった。もうひとりの男だと思う。フィンがあんなに暴れるのははじめてみた。男の頭を食いちぎるつもりかと思った」

「きみの知り合いじゃないんだね？」

「違う。はじめてみた顔だ」しかしそのとき、頭の中がざわめきだした。小さな記憶の断片が幽霊みたいに揺れている。なにかを思い出せそうな気がする。

首を振ったが、おかげで目眩がしてきた。

紅茶を飲もう。こういうときは紅茶がよく効く。しかし、ケトルを火にかけようとして手にしたものは、ケトルではなく犬用ビスケットの缶だった。ぐらぐらする感覚と闘いながらビスケットをリビングに持っていき、犬のそばにしゃがんだ。二頭を褒めてやりながらご褒美を与える。今日はフィンを怒鳴ってしまった。だがフィンは――

キーランは床にどすんと尻をついた。急に動いたせいで、部屋が揺れているように思える。フィンは――守ろうとしたんだ。主人を守ろうとしただけなんだ。

しかし、どうして――待てよ。キーランは手を伸ばして、フィンの黒い毛に触れた。

火の近くにいるのでずいぶん温かくなっている。こうしてなでていたら、答えが出てくるだろうか。

どこかでみたような気がする。記憶のどこかに引っかかるものがある。思い出せそうで思い出せない……。やがて、不意に霧が晴れるようにして、記憶が蘇った。

暗い土手にいた、あの男だ。あそこにいたのはフレディの友だちだったのか？　しかし、土手でみかけたときは距離があった。フィンがあの男を敵と認識したのはどうしてだろう。

「そうか」キーランはつぶやいた。理由がわかった。目ではない。鼻だ。フィンはあの男のにおいを覚えていたのだ。あの男のにおいに危険を感じたのだ。

フィンといっしょに土手に行って、ベッカが殺された場所をみつけたとき、あの男が近くにいたんだろう。だからフィンは男のにおいを覚えた。

その後、あの男がボートで小屋に近づいてきて、火炎瓶を投げた。あのとき——そうだ、フィンは顔を上げて鼻腔を広げていた。その直後、窓から瓶が飛びこんできた。あのときは溶剤のにおいを消すために窓もドアもあけていた。

あの夜、フィンが真っ先に気づいたのは、音じゃない。風が上流から下流に向かって吹いていた。フィンは男のにおいを嗅ぎとったのだ。

フィンがさっきあんなに暴れたのは、あの男のにおいと、土手をみにいったときの主人の不安や、火事のときの恐怖とを結びつけたからだろう。

まだ震えの止まらない手で、もう一度電話を持った。

待てよ。手を途中で止めた。まだ気になることがある。

目を閉じて、男の顔を思い出そうとした。フレディに続いて〈レッド・ライオン〉から出てきたときの、男の顔。

しかし、まぶたの裏に浮かんできたのは、〈レッド・ライオン〉の外の風景ではなかった。写真だ。まだ若い頃の、あの男の顔がある。まわりには仲間たちの顔。ベッカの家の本棚に飾られた、フレーム入りの写真——ザ・レガッタの写真だ。

「あの男、ちょっとイカレてませんか？」キンケイドがキーランからの電話についてカリンに話すと、カリンはそういった。

「いや、そうでもないと思う」キンケイドはいいながら、フレディ・アタートンの番号を押していた。呼び出し音が何度かきこえたあと、メッセージに切り替わった。キンケイドは悪態をつき、メッセージを残さずに切った。カリンにいう。「マンションに行ってみよう」

オーウェン・モリスとベル巡査に声をかけてから、ふたりはヘンリーに戻った。

「この事件、犬がどうしたこうしたって話ばかりですね」カリンはいった。車はハンブルデン・ミルでマーロウ・ロードに入った。

キンケイドは軽口を叩く気分ではなかった。「エディ・クレイグの犬が火災の二時間前に外に出ていた理由は誰にもわからないままだろうな。だが、キーラン・コノリーの犬がパニックを起こしたというのは本当だろう。ぼくはキーランの言葉を信じる。それと、誰かがキーランを殺そうとしたのも事実だし、それはアンガス・クレイグじゃないかもしれない」

「コノリー襲撃時のクレイグのアリバイは、ピーター・ガスキルや取り巻き連中が証言してたんですよね。ちょっと信憑性に欠けませんか」カリンが反論した。「それに、クレイグはものを燃やすのが好きみたいだし」

「そうかな」キンケイドは急ブレーキを踏んだ。前を走るレンタカーのナンバープレートをつけた車が、やけにのろのろ走っている。制限速度よりかなり遅い。「灯油は誰にでも買える。それに、クレイグはキーランが襲われた事件のことを知らなかった。ぼくはそう信じてる。あの男は常に自分に酔っていて、演技が下手だったからね」

「レベッカ・メレディスの件はどうです？」

「クレイグが犯人だと決めつけるのはまだ早いな。ハンブルデンのパブのバーテンには、クレイグが来店した時刻について嘘をいう理由がない。クレイグの動機もはっきりしない。レベッカがジェニー・ハートの事件のことを知ったのなら別だが、それはないと思う」

「じゃあ――」

「わからないんだ。だがとにかく、フレディ・アタートンの無事だけは確かめておきたい」

フレディがモルトハウスのエントランスと玄関の鍵をあけてくれた。キンケイドの安堵はたちまち怒りに変わった。「どこに行ってた？」玄関に出てきたフレディを押しのけるようにして、強引に中に入る。「どうして電話に出ない？」

「出られなかったんだ」フレディは急に怒られてとまどっていた。「ベッカの母親と国際電話をして、空港での待ち合わせをどうするか決めていたので――」

キンケイドは手を振ってフレディを黙らせた。「わかった。じゃあその前はどうだ。ほかの男と〈レッド・ライオン〉にいたそうじゃないか。何者だ？」

「え？　どうしてそれを――」

「キーラン・コノリーから電話があった」

「ああ、キーランか」フレディは不思議そうな顔をした。「そういえばみかけたな。それが、変なんだ。犬が――あのかっこいい黒のラブラドールが――急に暴れだした。往来の真ん中でロスを押し倒す勢いだったんだ。そうしたら、ジャーマン・シェパードのほうも興奮しだした。あの二頭は捜索救助犬だ。人を襲う犬じゃなかったはずなんだが」

「捜索救助犬だ。よく訓練されている」キンケイドも眉をひそめた。「だからこそ不思議なんだ、フィンがきみの友だちに襲いかかったというのが。友だちは——ロスといったね。どういう人なのか教えてくれないか」

「前に話したが、覚えてないかな。遺体安置室に連れてってくれた友だちだ。オックスフォード時代の」

そうだった。そういえばフレディはそんな話をしていた。レベッカの正式な身元確認をするとき、学生時代の友だちが車で連れていってくれたとかなんとか。「キーランがいうには、ホテルから出てきたきみたちが口論しているようにみえたとか。なんの口論を？」

「ロスがしつこかったんだ。アンガス・クレイグについて知ってることを教えろと。商談の約束をすっぽかされた、ひどいやつだ、とわたしは答えた。

だが、酒を飲むうちにロスの機嫌が悪くなっていった。そのうち、ベッカからクレイグの話をきいてないなんておかしい、そんなふうにいいだした。ロスのやつ——」フレディの顔が赤くなっていた。「——わたしにこういったんだ。おまえがそんなに鈍いやつだとは思わなかった。なにも知らないんだな、と。ロスは昔から気に障るやつだった。正直、あいつはブルーにふさわしくないとずっと思ってた。だがそれだけじゃない。あいつは——ベッカがクレイグと関係を持ってたといいだしたんだ。嘘に決まってる」

「なんていいかえした？」キンケイドの頭はフル回転していた。

「なにも。そこへキーランがやってきて、犬が暴れだして大騒ぎになった。ロスはそのあと、地獄の番犬に追われるようにして、あわてて帰っていったよ。あれじゃあ無理もない。だが——」

「その友だちは、どうしてそんなにアンガス・クレイグのことが気になるんだろう」キンケイドが言葉を挟んだ。

「わからない。そもそも知り合いなのかどうかも知らないし。だが、クリスならクレイグを知っていてもおかしくないかな」

「クリス？」

「ロスの奥さんだ。ベッカと同じで、スコットランドヤードの警部なんだ。部署は別々だが」

「クリス？」カリンがいった。声がうわずっている。「姓は？」

フレディははっとして一歩さがった。「アボット。なんでだ？」

両手を振って動揺を抑えようとしながら、カリンはキンケイドをみた。「金曜日にレベッカが会った相手です。ほら、シャーロットのパーティーで話しましたよね。パターソン巡査部長からその名前をききだしたと。レベッカの職場に古い友だちがやってきたという、あの話です。そのときの友だちが、クリス・アボットなんです」

キンケイドはカリンの顔を凝視した。また女性警官だ。アンガス・クレイグを知っていた女性警官。遺体安置室に行ったときの話をフレディがしてくれたとき、友だちの奥さんが警官だということまではきかなかったと思う。

なんてことだ。アンガス・クレイグのことばかり考えていたせいか。それに、デニス・チャイルズに対してフレディの無実を証明することにもこだわりすぎた。おかげで、地雷の上を歩いたことに気づきもしなかった。鈍くてなにも知らないのはフレディじゃない。自分だ。

「そうか。彼女は——そのクリス・アボットという女性は——クレイグの被害者のひとりなんだな。だが、レベッカは金曜日にそのことを知ったのか、それより前から知っていたのか、どっちだろう。どうして——」

「被害者？」フレディが割りこんだ。「なんの話だ？　なんの被害者なんだ？」キンケイドからカリンに視線を移す。しかし答えたのはキンケイドだった。

クレイグからフレディを守る必要はなくなったし、その逆もしかりだ。フレディには真実を話さなければならないし、話すならいまだろう。「フレディ、座って話そう」

「座れといわれるのは飽き飽きだ」フレディは反発した。今日のフレディはこのあいだよりしっかりしている。むしろ気が立っていて、いまにもこちらに飛びかかってきそうだ。挑むような視線を送ってきている。「なにかあるなら、はっきり話してくれ」

「わかった」キンケイドは答えたが、気が進まないことに変わりはなかった。「一年前、ベッカは性暴力の被害届を出した。犯人不詳と記載していた。しかし、上司のピーター・ガスキルには、起こったことをすべて話した。

ロンドンで開かれた食事会のあと、クレイグがベッカに家まで送ると申し出た。家に着くと、トイレを貸してほしいといった。そして彼女をレイプした。

犯行後、クレイグはベッカを脅した。このことを誰かに話したら、警察をクビになるぞ、社会的信用も失うぞ、と」

フレディは知っていたんじゃないかというキンケイドの疑いは、この瞬間霧散した。ショックのせいでフレディの顔がゆがみ、皮膚がひきつれたようになっている。

そこへ怒りがあらわれて、顔いっぱいに広がった。キンケイドはそれをみて、フレディがボート選手だったことを思い出した。リビングの壁に飾ってあるオールを手に入れるだけの体力と激情を秘めた男なのだ。

ロスという友人も同じだろう。キンケイドの心に恐怖が広がりはじめた。レベッカを殺した犯人は、ボート選手を溺れさせる方法を知っていたし、それを実行する腕力もあった。キーランを襲った男はボートで小屋に近づき、窓から火炎瓶を投げこむと、そのままボートで離れていった。ボートを速く、そして正確に漕ぐ能力が必要だ。とすると――

「殺してやる」フレディがいった。「あの野郎を――クレイグを――殺してやる。ベッカは泣き寝入りするようなタイプじゃない。だからクレイグがベッカを殺したんだ。ベッカの口を封じるために。あんたたちは――」キンケイドをみた。両手を強く握りしめている。「最初から知ってたんだな。そうだろう？　知ってて、クレイグをかばってた。そんなの犯人と同じじゃ――」

「フレディ、黙って話をきいてくれ」キンケイドはフレディの肩をつかんで揺すってやりたかったが、やめておいた。「わたしはクレイグをかばったりしていない。クレイグがレベッカを殺し、キーランを襲ったことを示す証拠をみつけようとしてたんだ。だが、どうやらクレイグは犯人じゃない。

それに、クレイグは死んだ。自殺だ。昨夜、奥さんを道連れにして死んだ」

「なんだって？」フレディは両手を握りしめたまま、突っ立っていた。強烈なパンチを食らって倒れそうになっているボクサーのようだ。「どうして――なにが――」

「ぼくたちは、クレイグの別の犯罪を明らかにした」キンケイドは話を続けた。「レベッカの事件とは別の事件だ。クレイグはもう逃れようがないと悟ったんだろう」

「だったら——クレイグが犯人じゃないなら——ベッカを殺したのは誰なんだ？」フレディの整った顔が激しくゆがんだ。泣きだしそうなのをこらえている。「クレイグ以外の人間に、ベッカを殺す理由なんかあるのか？」

キンケイドは、キーランが土手でみかけたという男のことを思い出した。そして、人間によく慣れた大型犬のフィンが、道路である男をみかけたとたん、突然その男に飛びかかりそうになったということも。

フレディの友だちのロス・アボットのことが気になる。オックスフォード・ブルーのひとりで、妻はレベッカやアンガス・クレイグと知り合いだった。しかし、どうもわからない。クレイグがクリス・アボットをレイプしたとして、クリスの夫がレベッカを殺す理由はなんだろう。殺すならクレイグではないのか？　それに、どうしてロス・アボットは、フレディがクレイグのことをどれだけ知っているか、そんなに知りたがったんだろう。

キンケイドは首を振った。まだ手元にないピースがある。しかしいま、どこかで誰かの悪意が高まっている。本能がそれを感じる。首すじの毛が逆立った。事件は終わっていない。

ロス・アボットが犯人だとすると、キーランが危ない。アボットはキーランを一度襲っている。今日の午後の出来事もあり、いままで以上にキーランの存在に脅威を感じているに違いない。

「フレディ。友だちのロス・アボットだが――いまどこにいるかわかるか？」

# 24

なにがなんでも勝てばいいと考えるのは間違いだ。単純明快に間違っている。ボート競技には世界共通の基本的ルールがある。本物のチャンピオンになるためには、そうしたルールを守らねばならない。守らなければ、身体的な代償を払うことになる。あるいは、心がつぶれるような心理的代償を払うことになるかもしれない。いずれにしても、悲惨な結果が待ち受けているのだ。

――ブラッド・アラン・ルイス『Wanted: Rowing Coach』

「嘘をついてるわね」エスコートまで戻ってきたとき、ジェマはメロディにいった。雨がぱらぱら降りはじめたので車まで走ってきたが、乗りこんでもう大丈夫と思ったら、雨はやんでいた。

「ええ、でもどの部分ですか？　レベッカと決裂したこと？　クレイグの死を知ってたこと？」

「クレイグの死については、職場の誰かからきいた可能性があるわ」ジェマの最後の質問に、クリス・アボットは即座にそう答えた。そのあと、ふたりは叩きだされたも同然だった。食い下がることはせず、素直に家を出るしかなかった。「事件の第一報が出てから、もう十二時間以上になるんだもの」ジェマはいった。車を発進させようとはしない。「噂が広まるのは早いわ。とすると、そこは信じるしかないかも。でも、レベッカのことをきかれるのは覚悟してたみたいなのに、すごく動揺しているようにみえた。彼女、レベッカ・メレディスの死に関わってるんじゃないかしら」

真実が明らかになったら自分のキャリアにも評判にも傷がつくと確信していたアボットは、人を殺してでも自分の過去を守ると、前から決めていた。そういうことなんだろうか。

「レベッカがクリス・アボットにボートの練習スケジュールを話していた可能性はありますけど、そうだとしても、レベッカの練習をみて、待ち伏せによさそうな場所を探すには、相当時間がかかったはずです。仕事の時間中にそんなことをするのは無理だし、彼女には子どもがいるから、どうやって時間を捻出したんだろうというのは気になります」メロディがいった。「でも、ボートの選手だったわけですから、転覆のさせかたも知っていたし、ボートを押さえておく腕力も――」

「子ども！」ジェマははっとした。「そうだわ。メロディ、子どもたちの年齢はファイルに書いてあった？」

メロディは眉を寄せ、バッグからファイルを取りだした。さっきのしぐさはあながち演技ではなかったようだ。メロディはページをめくり、ある一点で指を止めた。「上の子はランドン、九歳。下の子はローガン、四歳」

「四歳？」ジェマは胃に鉛が打ちこまれたような気がした。「それよ」メロディをみる。「四歳なのよ、メロディ。わたしたち、なんでいままで気づかなかったのかしら」

「あっ」メロディが目を大きく見開いた。「下の子はクレイグの子だったんですね。レイプでコンドームを使うことって、あまりないですもんね。でも、堕胎だってできたでしょうに――」

「人工中絶反対主義だったかもしれないし、もうひとり子どもがほしいと思っていたときだったかもしれない。どちらの子かわからなくて――」

「レイプのことを夫に話したくなかったのかもしれませんね。あるいは、事実の一部を偽って伝えたか。提出した被害届の内容をそのまま話したのかも。クレイグの部屋にのこのこついていって襲われたなんていいたくなくて。そんなつもりで行ったんじゃないかもしれないけど、疑われてもしかたのない行為ですよね。夫が嫉妬深い性格だったら特にそうです」

ジェマは、家族の写真を思い浮かべた。妻の両肩に置かれたロス・アボットの手。〝おれのものだ〟と主張しているみたいだった。子どもの父親がほかの男だと知ったとき、それをおとなしく受け入れるような男ではなさそうだ。レイプされてできた子どもだからって、許すことはないだろう。レイプだから余計許せない、ともいいだしそうだ。

「ロス・アボットがなにをどこまで知っていたにせよ、レベッカが土曜日にやってきたとき、すべてを知ったということね。レベッカの練習スケジュールをクリス・アボットがどこまで知っていたにせよ、それを夫に話して――」

バックミラーの中でなにかが動いた。

クリス・アボットが家から出てきて、バッグを取り落としそうになりながら走っている。白いメルセデスのSUVに近づくと、バッグから鍵を出して、車のドアをあけた。ヘッドライトが点く。いつのまにか、あたりはずいぶん暗くなっていた。

「ボス?」メロディがいう。

「彼女、どうしたのかしら。なにか起きたのね」ジェマはエスコートのエンジンをかけた。ギアを入れる。バックミラーでアボットの動きを見守った。

「ボス――」メロディがもう一度いったが、アボットの車がこちらに走ってくるのをみたジェマは、少しバックしてから、エスコートのハンドルを大きく切ってアクセルを踏んだ。前に駐まっていたレクサスにもう少しでぶつかりそうだったが、車は無事に道路に出た。今度は急ブレーキ。エスコートは向かってくるメルセデスの前で止まった。

アボットも急ブレーキを踏んだ。アボットが降りてきた。メルセデスはエスコートの側面にぶつかる二センチ手前で止まった。急ブレーキのせいで、車がまだ揺れている。

「なに考えてるの！」アボットが怒鳴った。「どいて！　通れないじゃ――」そのとき、運転席から降りてきたジェマをみて、アボットは唖然とした。「あなただったの」声になっていなかった。

「どこに行くつもり？」ジェマはきいた。メロディに手で合図すると、メロディも助手席から降りてきたが、そのあいだ、ジェマはアボットから目を離さなかった。

「どこだっていいでしょ。どいて。邪魔しないで」アボットは口を一直線に引きむすんだ。

「どかないわ。あなたをどこにも行かせない。Uターンするならかまわないけど、それもしばらくはできなそうね」別の車が近づいてくる。このままだと、怒ったドライバーまで口論に加わってきそうだ。「応援を呼んで」ジェマはメロディに口の形だけで伝えた。

アボットはうしろを振りむいて、近づいてきた車をみた。そしてまたジェマをみる。

「早く車をどかしなさい。でないと職を失うわよ。身分証はただの紙切れになる」

「脅しても無駄よ」ジェマは抑揚のない声で応じた。「クリス、あなたも警官ならわかってるでしょう。なにをやったにせよ、いまのあなたを救うのは、すべてを話すことだけよ」

「なにをいってるの？」アボットは金切り声でいった。「わたしはなにもやってない。ばかなことをいわないでちょうだい。さっさとどかないと、後悔することになるわよ。わたしのせいじゃない」

「あなたのせいじゃないって、なんのこと？」

「応援が来ます」メロディが小声でいい、電話を手で隠すようにして体のわきにおろした。

「知らない」アボットの怒りから力がなくなってきた。声も細い悲鳴のようになっている。「銃がなくなっただけよ」

「銃？　銃を持ってたの？」ジェマはどきりとした。ダンカンが危ない。いまどこにいるんだろう。連絡を入れればよかった。わかったことを伝えればよかった。

「そんなに驚かないで。わたしは風紀取り締まり担当官なのよ。どこに行けばなにが手に入るか、そういう情報がいくらでも入ってくる。クレイグに襲われたあと、二度とあんなことはごめんだと思って、手に入れたの。あなただって同じことをすると思うわよ」

ジェマはうなずいた。「そうね、わかるわ。子どもを守らなきゃと思ったらなおさらね」アボットの体から、少し力が抜けたようにみえた。相手の共感を得られてほっとしたんだろうか。アボット自身も、犯罪者と対峙するとき、同じような心理作戦を使ったことがあるに違いない。そんなアボットでも、自分がその立場になると、体が勝手に反応してしまうのだ。

「銃はどこ？」ジェマは、古い友だちとおしゃべりするように、なるべく優しく問いかけた。「子どもたちのことを考えて。あなたが必要なのよ。子どもたちの母親でいつづけるために、いますぐ正しいことをしてちょうだい」

うしろの車がヘッドライトを光らせ、クラクションを鳴らした。ジェマは小声で毒づいた。こんな場面で一般人と衝突なんてしたくない。

ひげを生やした男が窓から身をのりだしている。「お姉さんたち、車をどけてくれよ。派手な芝居ならグローブ座でやってくれ」

サイレンが遠くからきこえてきた。アボットはまた振りかえり、そして前をみた。周囲をきょろきょろみまわす。逃げ道はない。

突然、アボットの肩ががっくり落ちた。体全体から力と希望が抜けてしまったようだ。恐怖のせいだろうか、ほっそりした顔にたくさんのしわが刻まれている。

「寝室のクローゼットのいちばん上の棚に入れてた。子どもたちの手が届かないように。でも、ないの。ロスが持っていったんだわ」

「ロス？　どこに行ったんだろう。まったく心当たりがないな」フレディがいった。

「さっきもいったが、あわてて消えてしまったんだ」

「ヘンリーに住んでるのかい？」キンケイドはきいた。焦っているのを悟られないような口調を心がけたが、てのひらはじっとり汗ばんでいた。フレディを興奮させてはいけない。なるべく落ち着いた状態のまま、クレイグとベッカの問題から意識をそらせてやりたい。そうしないと、フレディから役に立つ情報は得られないだろう。広々としたマンションが、急に息苦しいほど窮屈になったように感じられた。湿度が上がっている。

「いや、バーンズだ」フレディは不思議そうな口調でいった。「だが入ってるのは〈ヘンリー・ローイングクラブ〉だ。どうしてだい？」

「なんで〈リーンダー〉じゃないんだろう」カリンがいった。「彼は〝ブルー〟なのに」

フレディはそわそわして、今日はじめてふたりから離れていった。ダイニングテーブルの奥まで行く。椅子を引いたが、座らなかった。「じつは、〈リーンダー〉の会員の中には、ロスのことをよく思ってない人たちがいるんだ。自慢が多いし、なにかというと人脈がどうのとか、持ち物がどうのとかいう話になる。そういうのはロスだけじゃないが、まあ、そのへんは想像してもらえれば。それに、ロスの物言いをきいてると――」

フレディは苦々しい笑い声をあげて、オックスフォードのオールをみあげた。「――まるでわたしたちがあのレースに勝ったみたいなんだ。ともかくそんなわけで、ロスは……退会させられた」

キンケイドは眉を片方だけ吊りあげた。「それでも友だちだったんだね?」

「連絡はとりあってた。というか、ロスが連絡をくれてた。ただ、ベッカが……亡くなる前は、長いこと連絡がなかったかな。事件後に電話をくれたときは驚いたよ。ロスが会社でやってた投資がいくつもだめになったって噂をきいてたからね。だが、あの日――遺体安置室に行った日にきいた話では、仕事はうまくいってるようだった。いや、絶好調といってもいいくらいだ。そういえばあのときも、ロスらしいなあと思ったもんだ。人がつらい思いをしてるときに、新車の話ばかり――」

キンケイドは話題の舵を切った。「ほかにはどんな話を?」

「クリスが職場でベッカのことをきいてきたと。お悔やみをいってくれた。だが――」両の拳を唇に当てて、フレディはキンケイドとカリンの中間地点をぼんやりながめていた。「――いっしょに飲んだときは、警察の話をしつこくきかれたな。ベッカの事件はどこまで調べが進んでるのか、みたいなことだ。わたしが容疑者のひとりだってことも、ロスにいわれてはじめて気がついた。わたしがベッカを殺したと思う人がいる――

そんなこと、それまで考えもしなかったんだ」

カリンの視線がさっと動く。同じことを思っているんだな、とキンケイドは思った。ロス・アボットはフレディにかまをかけた。フレディを不安にさせることで妙な行動をとらせ、疑いの目をフレディに向けてやろう、とでも考えたのだろう。周到なやりかただ。悪意に満ちている。

「だが、どうしてそんなにロスのことを?」フレディがきいた。「それと、キーランの犬はどうしてあんなに暴れたんだろう」

たしかに、それは謎だ。ベッカの殺害現場に残っていたロスのにおいを覚えていたからなのか。しかし、そこまで暴れるものだろうか。キーランは土手で視線を感じて恐怖を覚えたといっていた。フィンは、ロスのにおいとキーランの恐怖心を結びつけたということか。だがそれだけでは——

そうか。わかった。火事だ。火事のときにフィン自身が感じた恐怖と、ロスのにおいが結びついているのだ。小屋が襲われたときにロス・アボットのにおいを嗅ぎとっていたとしたら、ロスのにおいに反応してパニックを起こすのも納得がいく。

キーランも今頃、そのことに気づいているだろう。

キンケイドはフレディのいるダイニングテーブルに近づいた。まだしっくりこないことがある。「きのうキーランに会ったといったね。どこでだい?」

フレディは答えたくなさそうだった。というより、なんだかあわてている。椅子の背を挟んでキンケイドと向かいあったのは、楯がほしかったからだろうか。「いや、なんでもないんだ」

「話してくれないか。だいじなことなんだ。どこで会った？」

「小屋をみてみたかったんだ。どういうところなのか、知りたかった。その男とベッカが――いや、ばかなことを考えたものだ」やれやれと首を振った。「川辺に立って、ばかみたいに小屋をぽかんとみていたら、キーランが犬を二頭連れてあらわれた。キーランはわたしのことをおかしなやつだと思ったようだが、わたしは、ありがとうといいたくて来た、といった。いっしょに小屋に行って、小屋のようすを調べた。いろんな話をした。そして――わだかまりはなくなった」フレディは、いま考えても不思議だ、と思っているようだ。「いいやつだと思った。小屋のことは気の毒だったが、キーランならなんとか再出発するだろう。それに――」フレディはようやくキンケイドと目を合わせた。「――あのボートをみせてもらったんだ。キーランがベッカのために作っていたボート。あれは――」言葉が出てこないようだ。

「キーランの小屋の近くでロスに会わなかったかい？」

「ロスに？　いや。ロスは、今日の午後電話をかけてきたんだ。〈レッド・ライオン〉で会いたいといわれた。行くと、クレイグのことをきかれた」

とか」

「〈レッド・ライオン〉で——キーランの話をしなかったか？　いまどこで暮らしてる

「いや、話してない」フレディはむっとしたようだ。「さっきもいったじゃないか。キーランに会ってすぐ、ロスはいなくなってしまった。それに、キーランがいまどこに住んでるかなんて、わたしは知らない。ロスにだって、どうでもいい話だろう？」

キンケイドは答えなかった。昼間の出来事を頭に思い描いてみる。夕闇の町で、キーランが興奮した二頭の犬を押さえて落ち着かせ、ハート・ストリートを歩いていく。タヴィーの家に着くまでに、彼はうしろを振りかえっただろうか。

ロスは——キーランがどちらの方向に行ったかくらいはわかったはずだ。フレディと別れたあと、物陰に隠れてフレディをやりすごし、キーランを追いかけた。距離をとりすぎたせいで、キーランがタヴィーの家に入っていくのはみえなかったかもしれないが、どちらの方向へ行ったかくらいはわかっただろう。待っていれば、きっとまた会える。

ロス・アボットは待つのが得意だ。

キンケイドの不安が募った。電話を取りだすと、キーランの番号をみつけてかけた。呼び出し音が二回鳴ったあと、女性の不安げな声がきこえた。「もしもし」

「失礼」キンケイドはいった。「間違いだったらすみません。これはキーランの電話でていはありませんか？」

「警視さん？　タヴィーです。キッチンにキーランの電話が置きっぱなしになって」困ったような口調だった。「いったいどういうことなのか――」

「どこに行ったかわかりませんか？」

「キッチンの黒板にメッセージがありました。『彼女の家にいく』とかなんとか。それって……ベッカの家のことかしら。いまになってどうして？」タヴィーは傷ついたようだ。声にかすかにあらわれている。

「メッセージからはわからないんだね？」

「ええ。でも――」

「いつ書かれたものだろう」

「一時間前にわたしが買い物に出たときは、キーランはまだ帰ってなかった。だから、それ以降です」

キーランはひとりだろうか。それが急に気になった。「犬は？」

「フィンはキーランが連れていったようです。でもトッシュはここにいます。警視さん、いったい――」

「タヴィー、家にいてくれ。いまは説明できない。もしキーランが帰ってきたら、ぼくに電話するよう伝えてほしい。すぐに、と。そのあとはどこにも行かせないこと。誰が訪ねてきても家に入れないこと」

タヴィーからそれ以上きかれる前に電話を切った。

フレディがみている、頭がイカレちゃったのか？　とでもいいたそうだ。しかしカリンは会話の一方をきいただけで流れがつかめたようだ。「どこなんです？」

「ベッカの家だ。フレディ、ベッカの——」

電話が鳴った。キンケイドはどきりとしたが、キーランに違いないと思って出た。

「よかった。いったいなにを——」

「ダンカン？」

「ジェマか」キンケイドはまた驚いた。「すまない、いまちょっと——」

「知らせたいことがあるの。もっと早く電話すればよかった。ロス・アボットって男、わかる？　彼の妻が——」

「ロス・アボットは知ってる」キンケイドは腸がよじれるような不安を覚えた。「どうしてきみが——いや、いい。それがどうした？」

「その男には、レベッカ・メレディスを殺す動機がいろいろありそうなの。そして、いま銃を持ってる。なにをするつもりか知らないけど——」

「いや、目的はひとつだろう」キンケイドはいった。

ごろごろという音がきこえて、雨がさあっと降った。突風が吹く。キーランは家の角のところにある植木鉢を持ちあげて、鍵を取った。

もう暗いので、空模様はよくわからない。しかしキーランは空をみなくても感覚でわかった。嵐が近づいている。頭がぱんぱんになって、いまにも破裂しそうだ。隣でフィンが弱々しく鳴いた。フィンも嵐の予兆を感じとることができるらしい。

空が割れるような雷鳴が轟き、キーランはびくりとした。近い。ふらつきながら立ちあがり、いった。「大丈夫だ、心配するな」嵐なんかに負けない。ここに来た目的をしっかり果たさなければ。

玄関ポーチが暗くて、なかなか鍵穴に鍵が入らない。ランドローバーから懐中電灯を持ってくればよかった。家の前の路肩に車を駐めたときは、なんだか不思議な感じがした。前はいつも、教会のそばに駐めていたものだ。ベッカのいうところの〝近所のゴシップのネタ〟にされないよう、気をつけていた。

かちゃりと音がして、ドアが開いた。中に入る。フィンはすぐ横にいる。明かりをつけた。

見慣れたリビングが温かな光に照らされる。さまざまな記憶が蘇ってきて、胸が締めつけられるようだ。ここですべきことしか頭になくて、ベッカのいないこの家に来たらどんな気持ちがするか、考えてもみなかった。

「いないんじゃない。死んだんだ」声に出していってみた。いまは感傷を忘れよう。写真は本棚の、記憶していたとおりの場所にあった。そこへ近づき、写真を手に取った。ランプのそばのソファにそっと腰をおろす。フィンが足元に座った。

写真を両手で持ち、みつめた。動くことのないいくつもの顔がみつめかえしてくる。フレディがいた。驚くほど若い。なにかに飢えたような反抗的な顔をしている。フレディの隣には、〈レッド・ライオン〉の前でみかけた男がいた。いまより若く、やせていて、あごががっしりしている。しかし間違いなくあの男だ。

ベッカからきいた話を思い出した。あの夜、ベッカは写真をここに持ってきて、このランプの下で、みせてくれた。夏の終わりだった。外はもう暗くなっていた。ソファから半分ずり落ちるような格好でセックスをしたあと、毛布を体にかけて寝そべったまま、ボートの話をした。ふたりで話すのはボートのことばかりだった。

「知ってる？　レースに出るはずの選手を棄権させることって、すごく簡単なのよ」

「前にそういうことがあったそうだね。直接みたことはないな。少なくとも知ってる限りでは」

「わたしはあるわ」ベッカは毛布をめくって立ちあがり、裸で本棚のところに行った。背中にあらわれた筋肉のラインがとても美しかった。ベッカは写真を取ってソファに戻ってくると、また毛布にくるまった。肩と肩が重なっていた。

キーランも何度もみた写真だった。ベッカはその顔のひとつに指先で触れた。背の高い女性にしては、なんて華奢な手をしているんだろう、と思ったものだ。もっとも、オールを握るところには固いたこがいくつもできていた。「この人――バウサイドだった人――本当はセカンドクルーになんとか選ばれただけだった。だけど本人は、セカンドクルーなんて納得いかないと思ってた。自分はトップクルー、〝ブルー〟に選ばれるべき選手だ、そう思っていたの。何週間もぶつぶつ文句をいいつづけて、そのうちフレディもいい加減にしろといって相手にしなくなった。

それからはおとなしくなった。だからわたしも問題ないと思ってた。ところが問題が起きた。わかったときには遅すぎた」

「問題？」話の先が気になって、体を半分起こした。

「普通、選手たちは厳しい隔離状態でレースを迎えるものなの。でも、奥さんや恋人のいる選手は、マスコミが前日に開くパーティーに招待されることがある。だけどお酒は飲んじゃだめ。スカッシュやレモネードだけと決まってるわ。みんな、スポーツマンらしくその決まりを守る。おしゃれなカナッペを、アルコール抜きで食べるのよ。

でも、選手以外の人はアルコールを飲む。わたしがふとみたとき、この人が――」ベッカが写真を指で叩いた。「――自分のグラスを、ブルーで自分と同じポジション《シート》の選手のグラスと取り換えたの。ただのいたずらだろうと思った。レモネードにほんのちょっとウォッカが入ってるとか、それくらいの」

ベッカが視線を上げた。ベッカのハシバミ色の目には、怒りの炎が燃えていた。その炎を絶やすことなく、ベッカは話しつづけた。「翌日、ブルーの選手たちが会場にあらわれたとき、いたずらなんかじゃなかったってことがわかった。わたしは客席にいた。寒くて風の強い日だったわ。座ってるのがつらいくらいだったけど、フレディが勝つのがみたかった。大舞台だもの。クルー全員にとってね。みんな、必死に練習を重ねてきた。そしてみんな、わたしの友だちだった」

「ブルーのその選手、どうなったんだい？」

「病気って噂だった。食中毒かもしれないって。パーティーで出されたカナッペのカキがどうのこうのって。あとで知ったんだけど、彼はひどい脱水症状を起こして、結局病院に運ばれたんですって。でも」ベッカは滴るような皮肉をこめていった。「代わりにブルーになった人にとっては、思いがけない大幸運だわ。ただ、その選手のパフォーマンスはよくなかった。体ができていなくて、ちゃんと漕げなかったの。中間地点にも達しないうちに、その選手がボートの重しになってるってことが誰の目にもわかるようになった。鉛の錨を載せてるみたいなものよ。オックスフォードに勝ち目はなかった。それでもその選手は、ブルーの栄誉を手に入れた」

「それからどうした？　訴えたのかい？」

ベッカは首を振った。「ううん。そしてずっと自分を責めてる。でも、その男のフィアンセが、わたしの親友のひとりだったの。ボート仲間でもあるし、大学卒業後はいっしょに警察官になったわ。わたしがみたことを彼女に話したら、彼女はなにかの間違いだといった。黙っていて、と懇願された。それに、証拠もなにもないんだものね。もっとも、証拠なんて必要ない。単なる噂のレベルでも、オールド・ブルーの神聖な世界からは永久に追放される」侮蔑の思いが満ちた声だった。

「黙っていたのか？　夫にも？」

「ええ。話さないって約束したから」ベッカは体を震わせて、毛布をあごまで引きあげた。顔から怒りが消えていた。「でも、話しても話さなくても同じだったかも。結局友情は壊れてしまったし。秘密が癌細胞みたいに友情を蝕んでいったの。彼女には負い目があったんでしょうね。その負い目のせいで、彼女はわたしを憎むようになった。あからさまな裏切りなんかよりずっと根深い憎しみが生まれた。裏切りだったらいつかは水に流せたかもしれないのに」

「どうしてそのことをおれに話した？」そうききながら、ベッカの顔にはりついた髪をうしろになでつけてやった。

「どうしてって――」ベッカは肩をすくめて、考えこむような顔をした。「あなたの知り合いじゃないから。あなたは違う世界に住んでるから。だから――」笑ったベッカが頬をなでてくれた。「――あなたが好き」ベッカの指に腕をなでられて、体に震えが走ったのを覚えている。しかしベッカの目はどこか遠くをみていた。「それと――」ベッカはゆっくり付け足した。「秘密はそのままにしておくと爛《ただ》れてくる。それを自分にいきかせたかったから」

ベッカの顔が鮮やかによみがえった。しかしそれはあっというまに消えていき、いまはこうしてひとりでソファに座り、写真だけを手にしている。

ベッカを殺し、自分を殺そうとした犯人。やっぱりこの男だ。しかし、この男がベッカを殺してでも秘密を守りたいと思っていたなら、どうしていまさら？　なにか状況が変わったんだろうか。

雷鳴が轟く。強風が雨粒を窓に叩きつける。キーランがどきりとした弾みに写真が手から落ちて、ソファの前に敷かれた色あせたカーペットの上で軽く弾んだ。

なにか別の音がした。叩きつける雨の音とは別の音だ。なんだろう。耳鳴りがひどい。頭もずきずきする。てのひらはじっとり汗ばんでいる。嵐のせいでアドレナリンのコントロールがきかない。

フィンが頭を上げて耳をすませている。口の中がからからになってきた。感覚はまともに働いていると思いたい。フィンもなにかの音に気づいたのではないか。

息を殺したが、自分の鼓動の音が耳に響くばかりだった。車のドアの音とか、その手のよくある音だったのかもしれない。隣の人が帰ってきたのかもしれないし、雨の中を出かけていった飼い猫を、誰かが呼び戻そうとしているのかもしれない。砲撃の音ではない。ここでそんな音がするはずがない。

落ち着け。とにかく落ち着け。体は意志の力でコントロールできる。大丈夫だと思えば大丈夫――

フィンが立ちあがった。あまりにも速い動きで、キーランの両膝が横に倒れるほどだった。首のまわりと背中の毛が逆立って、デッキブラシのようになった。

フィンがうなりはじめた。

自分ひとりで快適に暮らすためにがんばってきた。ひとりの暮らしを楽しめるようになっていた。なのに、体の大きな――ときには大きすぎて邪魔な――キーランがいなくなったことが、どうしてこんなに寂しく思えるんだろう。

レベッカ・メレディスの家に行ってしまうなんて。まだ悲しみを乗り越えられないんだろうか。でも、急に決めたことのようにも思える。黒板のメッセージもひどいなぐり書きだ。それに、あわてていたに違いない。でなければ携帯電話を持っていったはずだ。

キンケイド警視に話してみたら、警視の態度はなんだか冷たかった。とげとげしいというわけではないが、そっけない感じ。上司が部下に緊急指令を下すときのようだった。いまどこにいるとか、あとどれくらいでキーランをみつけるとか、そういうことはなにもいってくれなかった。

キーランはリメナムの家にひとりでいて、正体不明の危険に晒されているんだろうか。そう考えたとき、心が決まった。タヴィーは携帯電話をポケットに入れた。警視から連絡があるかもしれない。そして小走りでリビングを出ようとした。ドアの近くのフックから上着を取る。

トッシュの甲高い鳴き声をきいて、足を止めた。トッシュは踊るようなステップを踏むと、自分用のフックにかけられたリードを口にくわえた。「そうね、トッシュも行きたいわね」

どうしたらいいだろう。捜索救助のときは毎回、犬を危険に晒しているようなものだ。しかしそれは自分の仕事でもあるし、トッシュの仕事でもある。それに、捜索にはルールがある。危険の種類もわかっている。しかし今回は――なにが待っているのかわからない。やっぱりだめだ。キーランが無事かどうかもわからないし、どんな危険が待ち受けているかもわからない。そんなところにトッシュを連れていけない。

床に膝をついて、トッシュの鼻先を片手で包んだ。「今日はだめなの。お留守番しててちょうだい」ここにいてくれればトッシュは大丈夫。そう思ってトッシュをなでながら、無意識のうちにリードをポケットに入れていた。「家を守ってちょうだい。お願いね」

アストラで行くことにした。フレディはアウディで行こうといった。自分のほうがよく道を知っているし、アウディのほうが速いからだ。しかし、フレディを連れていくだけでも本当はやめたほうがいいとわかっているのだ。その上、一般人であるフレディに運転させたりしたら、なにかあったときに面倒なことになる。

フレディを連れていくことにしたのは、フレディがあの家のことをよく知っているからだ。それと、ロス・アボットの知り合いだから。友だちとして、ばかなことはするなとアボットを説得することができるかもしれない。

手遅れでなければいいのだが。

雨は土砂降りになっている。ワイパーを動かしてもほとんど役に立っていない。キンケイドは車線に目を凝らして必死に運転した。リメナムまでどれくらいかかるかも知らなかった。

「そこだ。ヘッドライトを消して」フレディがいった。

「なにもみえないぞ」キンケイドはいったが、スピードをゆるめてヘッドライトを消した。世界が一変した。写真をネガフィルムでみているみたいだ。黒と銀色がかった灰色だけで景色が構成されている。

「エンジンも。惰性で進んで路肩に駐めてくれ。すぐそこなんだ」

フレディはなにかのシミュレーションゲームでも楽しんでいるつもりなんだろうか。キンケイドはそう思ったが、いまはその判断を信じることにした。

アストラが完全に止まると、ワイパーを止めた。雨が激しくて、車がカーテンに包まれたかのようだ。ルーフもすごい音を立てている。

雨が一瞬弱まったとき、ちょっと先のほうの路肩に駐まっている車がぼんやりみえた。

「ロスの車だ」フレディは抑揚のない声でいった。最悪の状況だ。キンケイドは覚悟を決めた。

カリンがすでに応援を要請している。静かに接近するようにと頼んであるが、彼らがいつ到着するかわからない。助手席のカリンがシートベルトをはずした。「ボス、応援をもう一度呼ばなくていいですか?」声が少しうわずっている。

「時間がない。入ろう」本当にこれでいいのか? キンケイドは自分に問いかけた。しかし、なにもせずにじっと待っているわけにはいかない。キーランの命が危険に晒されている。

「みんな濡れネズミか」カリンがさりげない口調でいったが、無理をしているのは明らかだった。誰も雨具を持っていないので、まるで深い海の底からあらわれた幽霊のようになってしまうだろう。

キンケイドは振りかえって、後部座席のフレディをみた。「鍵を貸してくれ」フレディが鍵を差し出すと、キンケイドはいった。「呼ぶまで入ってこないでくれ。いいね？」

フレディはうなずいた。キンケイドは、うなずいてくれただけでもよかったと思うことにした。「入るときは静かに落ち着いて」

雨の中に足を踏みだすと、車のドアを閉める音など絶対にきこえないだろうと確信できた。すぐにずぶ濡れになった。髪が頭にはりつき、顔に水が流れ落ちてくる。視界の隅で、カリンが眼鏡をはずして内ポケットに入れるのがみえた。この雨だと、眼鏡をかけているのといないのとではどちらがよくみえるんだろう。

車で待てといわれたフレディが、結局は先頭に立ってキンケイドたちを案内することになった。庭に入る門のそばに駐められたキーランのランドローバーの横を通って家に近づく。リビングのカーテンが開いているのがみえた。部屋には明かりがついている。

なにがどこにあるかがわかった。キンケイドはカリンとフレディを下がらせた。そのとき、あることに気がついた。玄関から光が漏れている。誰かがドアをきちんと閉めなかったらしい。

ドアににじり寄る。なんだかアメリカの刑事ドラマみたいだ。警官になってから、銃を持っていたらと思ったことは数えるほどしかないが、今回は、そのうちの一回だ。低いうなり声がきこえる。

隙間からのぞくと、キーランが床に座り、ソファに背中をつけているのがみえた。歯をむいてうなるフィンを両腕で押さえている。犬がみている相手はキンケイドとキーランのあいだにいて、ドアに背を向けている。

ロス・アボットだろう。

キーランがドアをみて目を大きく見開き、キンケイドがいることを男に知らせてしまった。アボットがさっと振りむく。その手に小口径のピストルが握られているのがみえた。大柄なアボットが持っているとおもちゃのようだが、実際はそれなりの大きさがあるはずだ。撃たれれば死ぬかもしれない。ピストルを上下や左右に振りながら、アボットは一歩横にずれた。キーランとキンケイドを同時に見張ろうということらしい。ピストルの扱いには慣れていないようだ。だからといって安心していいのか、それともかえって恐ろしいと思うべきなのか、キンケイドにはわからなかった。

「こっちへ来い」アボットがいった。

キンケイドは両手を上げててのひらを開き、家の中に入った。「ロスだな？　銃を置け。きっとすべて誤解なんだ。ぼくはダンカンだ。よろしく」そういってもう一歩進む。

「警察だな。おれをみくびるな。警官なんてひと目みればわかる」アボットはヒステリーを起こす一歩手前という感じだ。しかし本能的にドアから離れていった。キンケイドはさらに前進した。

「奥さんが心配してたぞ」キンケイドはいった。警官であることは否定しなかった。クリス・アボットについてわかったことを、さっきジェマがすべて教えてくれた。どこからどこまでをロスにぶつけるかは、状況に応じて判断しなければならない。

「妻と話したのか？　許さん」ピストルがキンケイドにまっすぐ向けられる。

フィンのうなり声がまた大きくなった。キンケイドは視界の隅にキーランをとらえた。フィンをさっきより必死に押さえている。

「奥さんと話したのはぼくじゃない。ぼくの同僚だ。アンガス・クレイグが奥さんになにをしたのか、ぼくたちは知ってる。怒るのも当然だ。だがクレイグは死んだ。秘密を守る必要はもうなくなった」おまえがレベッカを殺したのはわかっている、とはいわないつもりだ。ピストルを持った相手には、そういうことはいわないほうがいい。

「そうだな」アボットはキンケイドからキーランに視線を移し、またキンケイドに戻した。両方を同時にみるのはやはり難しいらしい。「おれはサンタクロースってとこか。その男は——」ピストルをキーランに向ける。「——おれをみた。川の土手で。こいつがいる限り、おれは逃げられない。今度はおまえも邪魔者になった」

フレディの声がキンケイドの背後で響いた。「わたしはどうだ、ロス。昔の友だちを平気で撃てるのか？」

キンケイドがすばやく振りかえると、フレディのうしろにはカリンもいた。眼鏡をかけている。キンケイドは小声で毒づいた。こうなったら、被害を最小限に抑える努力をするしかない。あのピストルを奪いとるまでに、何人が撃たれることになるだろう。キンケイドは落ち着いた声で話すように心がけた。嘘やごまかしが効く相手ではないが、こちらが落ち着いて話していれば、相手も落ち着いてくれるかもしれない。「こんなことをしてなにになる？　奥さんは全部知ってる。わたしたちもだ。さらに誰かを傷つければ、きみときみの家族がよりつらい思いをするだけだ」

ロスは聞く耳を持たなかった。目はフレディだけをみている。「フレディ・アタートン、おまえは本当にいけすかない野郎だな。いつも優等生ぶって、厭味ったらしい男だった。〝すべてはクルーのため〟だと？　反吐が出る。おまえはそれでよかったろうよ。みんなより強くてうまかったもんな。陰でおれのことをばかにしてたことくらい、わかってたんだぞ」ロスは歯をむいて笑った。「おまえを傷つけてやりたいと、十五年間思いつづけてきた。今日やっとおまえを撃てると思うと、うれしくてたまらないね」

ピストルがフレディに向けられた。

キンケイドは体に力をこめ、計算した。ロスに飛びかかるのに何秒かかるだろう。もう少しのあいだ、フレディがロスの気を引いていてくれるといいんだが。

しかしそのとき、キーランがしゃべった。「なんでクレイグやこいつの奥さんの話ばかりなんだ？　こいつはベッカを殺したんだぞ。ベッカがこいつの秘密を知ってたからだ」

ロスはキーランを振りかえった。キーランはピストルなどみえていないように、話を続けた。「この男は、ザ・レガッタで不正をやった。ベッカにきいたよ。こいつはほかの選手を病気にさせて、そのポジション《シート》を奪ったんだ。そして、オックスフォードはこいつのせいでレースに負けた。だが、こいつの奥さんはベッカの友だちだった。ベッカはこいつの奥さんに、誰にもいわないと約束したんだ」

「あの性悪女」ロスが声を荒らげた。ピストルを持つ手が動いて、今度は銃口がキーランに向けられた。「そんなの嘘だ」

するとフレディが前に出た。冷え冷えとした嫌悪感のこもった声でいう。「ロス、やっぱりそうだったんだな。飲み物に下剤でも仕込んだのか？　わたしはずっとおまえを疑ってた。あそこで食中毒が起きるなんて、あまりにも都合のいい展開だった。だが、仲間を責めることはできなかった。スポーツマンは仲間を責めてはならない。だから責めなかった。責められなかった。

だがベッカは――やはり、ベッカはすべて知ってたんだな」フレディは満足げな表情でいった。「ベッカは最終的にそのことを持ち出した。そうなんだろう？　クリスがクレイグ訴追に協力するのを拒んだので、ザ・レガッタの秘密をバラしてやると脅迫したんだろう。その秘密がバラされたら、おまえはおしまいだ。そうだよな？　仲間を騙してブルーになったことが知られたら、誰にも相手にしてもらえなくなる。人生がめちゃくちゃになる。卒業後十五年間、ブルーの栄光に頼って仕事をしてきたんだもんな。ブルーに感心してくれる人をみつけておべっかをつかえば商売になる。ベッカはそれを奪おうとした。だから殺したんだろう？　臆病者の汚いペテン師め——」

「黙れ」ロスがぎらつく目で室内をみまわし、またフレディをみた。「その汚い口を閉じやがれ——」

しかしフレディはロスに近づいた。「今度の取引は絶対ものにしたかった。ロス、そうだよな？　なのに、すべてが無になってしまう。バーでクレジットカードが通らなかったのは銀行のミスじゃない。おまえの経済状態が破綻していただけだ」

ロス・アボットの表情をみて、キンケイドは、このままではまずいと思った。フレディがロスに降伏を求めようとしているなら、この戦略はまったくの逆効果だ。フレディのうしろには、カリンの怯えて真っ白になった顔がある。カリンもわかっているのだ。なにがなんでもフレディを止めないとまずい。

「ロス、どうだろう——」キンケイドは話しかけたが、フレディは火に油を注ぐことしか考えていないようだった。

「おまえ、本気で全員を殺して逃げるつもりなのか?」あざけるような口調だった。

「あれだけのことをしておいて?」

「みてろ」ロスはそういうと、フレディの胸にピストルを突きつけた。

黒いかたまりが動いた。フィンだ。キーランの腕から逃れて、ロスに飛びかかった。ロスはくるりと向きを変え、発砲した。撃つつもりで撃ったというより、驚いて撃ってしまったという感じだ。まとまりを失った頭の中で、キンケイドはそう思った。

フィンは悲鳴をあげて倒れた。ロスはドアのほうに背中から倒れこんでいく。発砲の反動だろう。キーランが即座に立ちあがった。怒りと恐怖の叫び声をあげる。

キンケイドはロスに飛びかかろうとした。狙いはピストルを持った手。そのとき、別の誰かが部屋に駆けこんできて、長い棒を振りおろした。

この男は誰だ?　いや、女だ。タヴィーだった。持っているのは棒ではなく、オールだった。オールはバシッという音をたてて、ロスの肩を強打した。ピストルが手から離れ、床を滑ってテーブルの下に入っていった。

キンケイドはロスに体当たりした。ロスは苦しそうなうめき声をあげたあと、ふらついてドアのほうに倒れていった。しゅうっと息を吐く音がする。キンケイドがロスの体を押さえこむと、フレディとダグも加勢して、じたばたしているロスの腕や脚をつかんだ。フレディはロスの薄い髪をつかみ、頭を床に強く打ちつけた。

「やめろ！ ふたりとも、押さえるだけにしろ！」キンケイドが怒鳴ったが、フレディは顔に怒りをみなぎらせ、もう一度ロスの頭を床に打ちつけた。

タヴィーが小さなニンジャのように、みんなの前に立ちはだかっている。オールを持ちあげて、もう一度振りおろそうとしたが、ロスは脳震盪を起こしたのか、気絶してしまった。

「押さえててくれ」キンケイドはうなるようにいうと、ベルトに手をやった。ロスはうつ伏せに倒れている。うしろ手に手錠をかけてやろう。ところが、手錠がない。どうして手錠を持ってこなかったんだろう。

すると、タヴィーがオールをおろし、ポケットに手を入れた。「なにこれ」驚いているようだ。「トッシュのリードをなぜか持ってきちゃったみたい」長くてしなやかな革のリードをキンケイドに手渡した。

キンケイドはロスの手首をリードで縛り、強く引いた。フレディが不思議そうにいった。「ベッカのオックスフォードのオールだ。どこでそれを――」

「ポーチの横の棚に。目についたものをつかんだだけなんだけど――」タヴィーは息を弾ませながらフレディの向こうに目をやり、悲痛な叫び声をあげた。「大変！ フィン！」

キンケイドはそのときはじめて、キーランがそばにいないことに気がついた。視線を上げると、キーランは部屋の真ん中で床に座り、フィンを膝に抱いていた。

キンケイドのところからは血はみえない。しかし犬はあえぐような息をして白目をみせている。タヴィーがそばに膝をつくと、キーランはフィンの黒い毛から片手を離した。鮮血がついている。

「フィンは――」キーランは声を絞りだすようにしていった。すがるようにタヴィーをみる。「フィンは大丈夫なのか？　おれには――わからないんだ」

タヴィーが小さな手でフィンの全身に触れはじめた。小さな声でなにか話している。キンケイドは立ちあがった。フレディはロスの肩を押さえ、カリンはロスの足の上に座って携帯電話を取りだすと、早く応援を！　救急車を一台！　獣医をひとり！　と叫んだ。

ロスがここにいる全員に向けて悪態をつきはじめた。フレディが何度も何度もロスに「黙れ。黙らないとまた頭をぶつけてやるぞ」と脅かしている。

キンケイドはいまさらのようにびっくりしていた。全員無事だ。犬をのぞいて。

フィンは、レベッカを殺した犯人を突き止め、ここにいる人間たちを守ろうと戦ってくれた。キンケイドはキーランのことを思うとたまらない気持ちになった。これまでにいろんなものを失くしてきて、今度はフィンまで失ってしまうのか。

テーブルの下にあったピストルを拾い、ロスとその捕縛者たちから目を離さないようにしながら、キンケイドはタヴィーとキーランのそばにしゃがんだ。

タヴィーはキーランのセーターを使ってフィンの傷口を圧迫していた。オートミールのような色のウールのセーターが、血の色に染まっている。しかし、セーターを当てているのはフィンの肩だ。頭でも胸でもない。

「フィンは――」

タヴィーは視線を上げ、顔にかかった髪をあいたほうの手でかきあげた。額に赤い血がついた。「出血が多いし、わたしは動物より人間を診るほうが慣れてるけど、重傷ではないと思うわ。弾が貫通してるし、骨にも臓器にも損傷はなさそう」

「よし、いい子だ」キーランがつぶやくと、フィンは尻尾を振った。キーランの声はまだ震えているが、手の震えは止まったようだ。しっかりしたようすでタヴィーの処置を手伝っている。

「大丈夫だ」キーランはさっきより力強い声でいった。自分にいいきかせているのかもしれない。キーランの目がタヴィーの目をとらえた。「大丈夫。なにもかもうまくいく」

## 25

この宇宙に、水の流れと、その上を移動することほど面白いことがないとしたら？　存在することや勝つことのイメージはいいほうに変わるだろうか。

――ジョージ・サンタヤナ『The Lost Pilgrim』

日曜日のランチタイムになっても、キンケイドはまだスコットランドヤードのオフィスにいて、事件の報告書を書いていた。ダグ・カリンは早めに家に帰した。ちょっときつい言葉で追いはらったのは、そうしないといつまでもだらだらとオフィスにいようとするからだ。自分で仕事を作りだしては、憂鬱そうな顔をしたり不機嫌になったりする。

「帰れ」キンケイドはとうとうそういった。「引っ越しで大変なんだろう？」

「報告書の読みなおしをしなくていいんですか?」カリンはキンケイドのパソコンのスクリーンを指さした。

「報告書くらい自分ひとりでちゃんと書ける」キンケイドはカリンの本心を正確に見抜いていたが、それを指摘するとかえって面倒なことになりそうだ。

「次の週末は飲みにいこう。それと、新居で落ち着いて暮らせるようになったら、ディナーパーティーに招いてくれよ。まあ、そんなパーティーを開く勇気があるならの話だが」

「いいですよ」カリンは両手をポケットにつっこんで、鍵を弄んだ。「テイクアウトのレストランを探しますから」

「やることができてよかったな。新しい上司があまり仕事をくれなくても、それなら大丈夫だ」

カリンは寂しそうな笑顔を返してきた。

気まずい沈黙が続く。別れの言葉をうまくいえない男同士の、奇妙なひとときだった。

「まあ、また戻ってくる」キンケイドが沈黙を破った。「ダグ、おまえは大丈夫だ」

「はい」カリンはうなずき、眼鏡を押しあげた。「ありがとうございます。じゃ、また」会釈をして、オフィスを出ていった。

カリンがいなくなったことで、ようやく実感がわいてきた。これから二ヵ月間、仕事を休むのだ。ただし、途中でシャーロットを保育園に入れることにすれば話は別だ。人生は、いまはまだ想像もできないような方向に変化していきそうだ。

まだ帰りたくない。見慣れた壁をながめながら、考えた。いまの自分があるのはこの仕事のおかげだ。警官にならなかったら、どんな人間になっていただろう。

きのうの午後のことが脳裏に蘇る。誰にどんな悲劇が訪れてもおかしくなかった。夜は遅くまで、テムズ渓谷署でロス・アボットの取り調べをした。

拘束されてテムズ渓谷署に連行されてからは、ロス・アボットは固く口を閉ざしていた。弁護士がいないところではなにも話さないという。

留置場でのロスは、仮面をつけたかのようだった。自棄になったり乱暴な言葉を吐いたりはせず、いかにも口先のうまいシティの銀行員を演じていた。しかし、目に計算が見え隠れするのは相変わらずだ。弁護士がちょっと困ったような顔をしてやってくると、ロスは嘘だらけの話をしはじめた。

ロスの話はこうだった。別れた奥さんが亡くなって悲しんでいる友人のことがとても心配になった。なぜなら友人はその日の午後、〈レッド・ライオン〉でばかげた行動をしていたから。どうしても心配なので自宅にようすをみにいったが不在なので、ベッカの住んでいた家に行ってみた。

するとみたことのない車が家の前に駐まっていて、ドアが半開きになっていた。泥棒が入ったのならこのままにはしておけないと思い、中に入った。するとキーランと、キーランの狂犬に脅されたので、自分を守るための行動に出た。

銃は、レベッカ・メレディスの家のサイドボードに置いてあったもので、犬を連れた男から自分の身を守るためのものがなにかないかと探していたときにみつけた、とのこと。

「そうしたら、おまえとおまえの仲間が――」ロスはそういってキンケイドとカリンをみた。「――襲いかかってきた。警官だといわないから、ギャングの一味かと思った」

「ギャング？」キンケイドはそういって自分の身なりに目をやった。いかにも土曜日の私服という感じの、ちょっとくたびれた服装だった。泥だらけのチノパンツ、雨でびしょ濡れになったボタンダウンのシャツ、セーター。革のジャケットも濡れてしまい、控え室に掛けてある。カリンは、アボットを取り押さえるときにフレームが曲がってしまった眼鏡をかけ、やっと乾いた髪は寝起きの小学生のようにぼさぼさだった。「どこがギャングにみえるんだ？」あれには目が飛び出るかと思うくらい驚かされたものだ。アボットは脚色が得意らしい。アボットの弁護士も、こらえきれずに苦笑していた。

「アボットさん、きみは目医者に行ったほうがいいんじゃないかな」キンケイドはいってやった。ただし、警察だと名乗らなかったのは事実なので、そこにはあまり触れないようにして調書を書いた。

「銃については、奥さんがすでに話してくれている。奥さんが自分で不法に入手したものであって、それを奥さんの知らないうちにきみが持ち出していたと。銃を持ち出したということは、相手に危害をくわえる意図があったということだ」

それからキンケイドは、前の土曜日にレベッカ・メレディスがアボットの自宅を訪れたときのことや、アボットがレベッカを殺す計画を立てるに至った経緯を、テープの前で話した。

「でっちあげだ」アボットはこうコメントした。「嘘ばっかりだ。なにひとつ証明できないだろう」

「いや、できる。それに、きみがキーラン・コノリーを襲ったことも証明できる。車と、自宅からは衣服を押収してある。〈ヘンリー・ローイングクラブ〉に置いてあったきみのシングルスカル艇も同様だ。アボットさん、きみは自分が賢いと思っているんだろうが、自分でも気づかないところに証拠を残しているんだよ。レベッカ・メレディスの殺害現場には衣服の繊維を残したし、ボートには灯油がこぼれているだろう。いうまでもないが、メレディスが殺された場所にきみがひそんでいたのを、キーラン・コノリーが目撃しているんだ。

リメナムの家で起こったことについては、きわめて信頼度の高い証人が四人もいて、きみの行動や意図について喜んで証言してくれるだろう」

キンケイドは、自信たっぷりに話すように心がけた。優秀な弁護士がつけば、小さな物証はひっくり返されてしまうこともある。ただし、DNAは別だ。陪審はDNAが大好きなのだ。ジェマからきいたところによると、クリス・アボットは、銃を所有していたということも含めて、自分がジェマとメロディに話したことはすべて嘘だったといっているらしい。

アボットの事件が最終的な決着をみるまでには、長い時間がかかるだろうし、苦労もするだろう。しかし少なくとも、アボットが人を襲うことはもうない。

警察といっしょに現場にやってきた救急救命士は、患者が人間ではなく犬だということに驚いていたが、救急救命士はタヴィーの同僚で、タヴィーとキーランとフィンを喜んで救急車に乗せてくれた。タヴィーは、捜索救助隊に協力している獣医に連絡をして、フィンを診てもらえるように手配をすませていた。

イモジェン・ベル巡査は地元の警官たちといっしょにやってきた。フレディのことがよほど心配だったらしく、自宅に送ると申し出てくれたが、キンケイドの目には、フレディは急に元気になったようにみえた。もう家族担当官はいなくても大丈夫だろう。

ロス・アボットを逮捕してから何時間かのあいだは、全員がアドレナリンによる興奮状態だった。しかしいまのキンケイドは、自分でも認めたくないほどの不安に襲われている。昨夜の行動は正しかったんだろうか。ほかにもっとやりかたがあったのではないか。クレイグが死んだことへの怒りのせいで、判断力が鈍っていたということはないだろうか。部下と三人の市民を危険な目にあわせてしまったことも反省しなければならない。だが、もしあのとき応援が駆けつけるのを待っていたら、キーラン・コノリーとフィンは間違いなく殺されていただろう。

それならどうして、自分の判断にこんなに自信が持てないんだろう。

少し休んだほうがいいということか。

人の気配がする。顔を上げて、驚いた。デニス・チャイルズ警視正がオフィスの入口に立っている。あんなに大きな体でどうやって、音もなくそこまでやってきたんだろう。

きのうクレイグの家の前で会ったときと違って、チャイルズは隙のないスーツ姿だった。いつもの特注のダークスーツだ。戦没者記念日の真っ赤なポピーを上着の下襟につけている。

「警視正」キンケイドは立ちあがろうとした。

「ああ、そのままで」チャイルズは手をあげてキンケイドを制した。「わたしは立ったまま話させてもらうよ」キンケイドのオフィスの椅子は、デニス・チャイルズには小さすぎるらしい。

「警視正、なぜ日曜日に?」

「警視総監と話し合うことがあってね」チャイルズはキンケイドの顔をじっとみた。「メレディスの件は、終わりよければすべてよしということにしておこう。あれでよかったんだ」

キンケイドはそれだけでは納得できなかった。「アンガス・クレイグのことがなかったら、ロス・アボットがレベッカ・メレディスを殺すことにはならなかったと思います」

「きみがそういうだろうと、警視総監に話した」チャイルズはため息をついた。「しかし警視総監は、女性警官たちの受けた被害を公表すれば、被害者がより傷つくだけだろうとの考えだ。それでもいいという被害者もいるかもしれないが、いないだろうとわたしは思う」

キンケイドは警視正をまっすぐにみた。「ジェニー・ハートの件も公表しないおつもりですか」

「現場から採取されたDNAとクレイグのDNAの照合はおこなう」チャイルズは曖昧ないいかたをした。つまり、照合の結果は、結局公表されずに終わるということだろう。

「クリス・アボットの次男のDNAについては?」

チャイルズは首を振った。「母親が検査に応じないだろう。裁判官も、母親の意思に反してまで令状を出すとは思えない。それに、そのことをはっきりさせたからって、なんの利点があると思う？

アボット警部が、夫の行為や意思についてなにも知らなかったとしても、彼女のこれからの人生は大変厳しいものになるだろう。そんな彼女に、子どもの父親が誰かなんていう問題まで背負わせたくないじゃないか」チャイルズはさらに続けた。「子どもも傷つくことになる。ダンカン、このことはもう触れずにおこう。きみは家族とゆっくり過ごすといい。戻ってくる頃には、この事件はずいぶんすっきり片付いているはずだ」

きみさえうるさいことをいわなければいいんだ——キンケイドはそういわれた気がした。手を引けということだ。一瞬不安になった。休暇が明けたとき、帰ってくる場所はあるんだろうか。

立ちあがり、チャイルズと目線を合わせた。「警視正」

「警視。わかってくれてありがとう」チャイルズはスーツの襟をなでた。「さて、急いで帰るとするか。ダイアンがランチを作って待ってる」オフィスから出ようとして振りかえった。「ああ、そういえば、今朝きいたんだが、ランベス署の殺人捜査チームを率いていた警部が、きのう心臓発作を起こしたそうだ。気の毒にな。いまも予断を許さない状況らしい。だが当面のあいだ、空いたポストを誰かに埋めてもらわないとならん。

そこにジェマの名前が上がっている。肩書も警部になる。ジェマは受けてくれると思うか？」

臨時の昇進？　殺人捜査チーム？

一種の賄賂だろうか。しかし、ジェマは優秀だし、それにふさわしい人材だ。ジェマのチャンスを奪ってはならない。口止め料としての昇進ではないかと思ったことは、口が裂けてもいわないことにしよう。

「警視正、すべてはジェマ次第です」

ダグ・カリンは、パトニーの新居にいた。リビングの真ん中に立ち、きのうメロディといっしょに運んできたばかりの段ボール箱の山を前に、絶望的な気分になっていた。持ち物は少ないほうだと思っていたが、なぜか勝手に増えたような気がする。これをどうやって片付けたらいいんだろう。

明日は半休をとってある。引っ越し屋が残りの荷物をトラックで運んでくれるので、それをみていなければならない。新しい上司の心証は悪くなるかもしれないが、マンションの契約は今日で切れるから、ほかに手だてがない。

先に大きな家具を揃えると、片付けが楽になるだろうか。いや、ペンキ塗りや壁紙張りが終わるまでは、食べて寝るだけの場所にしておいたほうがいい。

頑丈そうな箱のひとつに腰をおろし、頬杖をついて考えた。この家を買ったこと自体、もしかしたら大きな間違いだったのか？　そのとき、ノックの音がきこえた。サボっているところをみつかったような気分だった。ばかだなと思いながら玄関に行く。今日は誰とも約束していないし、自分の家で自分の箱に座っていて、なにが悪い？ドアをあけて、驚いた。喜びがわきあがる。メロディだった。買い物袋を持っている。

「呼び鈴を直さなきゃね。押しても鳴らないわ」

「入ってくれよ」急にイラついて、つっけんどんに答えた。「リストに入れておく」

メロディは気にせず家に入り、リビングに立つと、進歩がないのを確かめた。「圧倒されてるんでしょ？　手伝おうかと思って来たの」

「すまない」ダグはきまりが悪くなった。「そのとおりなんだ。どこから手をつけたらいいかわからない」

「これ、役に立つわよ」メロディは買い物袋をあけて、シャンパンを一本取りだした。冷えている。しかも高いやつだ。「まだグラスはないだろうと思って」ふきんで丁寧に包んできたフルートグラスを取りだした。

〝まだ〟か。自分ではとても買えないシャンパンをメロディがせっかく買ってきてくれたんだから、シャンパングラスを買うつもりはないということには触れずにおこう。

「新生活に乾杯しなきゃ」メロディはそういってから、少しためらって続けた。「新しい家と新しいボスにも」

「そうだね。ありがとう」ダグはまだ、そのどちらについても、喜んでいいのかどうかわからなかった。しかし、前のガールフレンドのおかげで、シャンパンの正しいあけかたは身についている。ボトルとグラスをキッチンに持っていくと、銀紙を剝いて、コルクにふきんをかけて、そっとコルクを抜いた。

ぽん、と小さな音がして、コルクが抜けた。淡い金色の液体を、そっとグラスに注ぐ。

「職業を間違えたんじゃない？」メロディはグラスを受け取りながらいった。

「ボーイ長か。考えてみようかな」ダグもグラスを持った。「警官より給料もよくて、労働時間も短そうだ」

「乾杯」メロディは自分のグラスをダグのグラスに合わせた。「きのうはちょっとしたヒーローだったそうじゃない？　それもお祝いしなくちゃね」

「ヒーロー？　ぼくが？」

「犯人逮捕とか、いろいろ。わたしも現場にいたかったな」メロディがうらやましそうにいった。

「いや、そんなふうにいうなよ」思ったよりきつい口調になってしまった。メロディには恥ずかしくていえない。きのうはばかみたいに突っ立って、ロス・アボットがピストルを振り回すのを黙ってみているだけだった。自分がアボットに突進すればよかった。自分はなにもせず、ボスに命がけの体当たりをさせてしまうなんて。

考えるだけで自分がいやになる。

「すまない」もう一度いった。「乾杯」グラスを勢いよく傾けたので、泡が鼻に入ってしまった。

「ゆっくり飲んでね」咳きこむダグをみて、メロディは微笑んだ。しかし、少し心配そうな口調だった。「ねえ、片付けはあとにしない？　庭をみながら飲みましょうよ。それからランチ。このあいだの約束がまだ残ってるのよ、カリン巡査部長。デザートはイートン・メスね。ソックスモンキーも作りましょ」

「ソックスモンキー？」ダグは、どうしちゃったんだ、という目でメロディをみた。妙な遊びへの誘いだろうか。

「前回〈ジョリー・ガーデナーズ〉に行ったとき、お知らせが貼ってあったの。『日曜日のランチを注文したら、靴下でぬいぐるみを作れます』って。靴下も用意してあるそうよ」メロディのグラスが空になった。頬がほんのりピンク色になっている。「なんにでも挑戦しなくちゃ！」

メロディのいうとおりだ。人生が思わぬ方向に展開していく。かまわない。失うものなんかないんだから。

「了解。片付けはあとにして、ソックスモンキーを作ろう」

フレディは泥と血で汚れた床にモップをかけた。きのうの嵐は完全に抜けて、今日はまばゆい晴天だ。窓をあけて空気を入れ換え、セントラルヒーティングをつけた。ベッカが死んでからずっとこの家にしみついていた湿った冷気を追いはらおう。

床を掃き、散らかったものを片付ける。写真がカーペットに伏せて置いてあった。しばらく眺めてから、引き出しにしまった。ロス・アボットのことはもう考えたくない。少なくとも裁判までは。

昨夜、復讐はした。痛快だった。後悔はしていない。

同期のブルー全員に電話をかけ、ザ・レガッタのときにロスがしたことを話した。それだけでじゅうぶんだ。裁判が終わっても、ロスのブルーというキャリアは残るだろうが、ボートの世界では抹殺されたも同然だ。

ひとつの象徴にすぎないし、ベッカの命と比べたらずっと軽いものだが、ロス・アボットがなにより大切にしていたものを奪ってやったのは立派な復讐になるだろう。

しかし、自分にとっていちばん大切なものはなんなのか。それがわからなくなってしまった。部屋をみまわして、思った。この家が好きだ。ここでならくつろげる。モルトハウスのあのマンションでは、こんなくつろぎは得られない。法律的な手続きが終わったら、マンションは売ろう。そしてこの家で暮らす。モルトハウスの内装や家具は、ガイ・フォークスのたき火で燃やしてしまおうか。

ベッカの幽霊といっしょに暮らすことになるんだろうか。無言で立ちあがったとき、だいじなことに気がついた。お互い欠点もあったし過ちも犯したけれど、愛し合っていた。そう思うと、つらいけれど救われる。この悲しみを乗り越えられそうだ。ここでなら、ちゃんと生きていけそうだ。

ベッカのおかげで経済的に立ちなおることができた。しかし、不動産を開発したり、ろくに価値のないものをぐるぐると転売していくような商売には、まったく関心を持てなくなってしまった。

じゃあ、どうする？　人になにかを紹介して投資を勧める、そんな商売しかしたことがない。役に立つスキルはなにもない。

あいた窓から、アスファルトを走るタイヤの音がきこえてくる。外をみると、古いランドローバーだった。路肩に止まったところだ。

キーランの車だ。きのうも置いてあったから間違いない。防水布でくるんだものがルーフに載っている。あの細長い形は、シングルスカル艇だ。

外に出ると、キーランが庭の門のところにいた。

「いると思ったんだ」キーランはそういってうれしそうな顔をした。キーランの笑顔をみたのははじめてだ。細長い顔が別人のようになった。いまの男が、ベッカが知っていたキーランなんだろう。

「具合はいいのかい？　フィンは？」

「傷を縫って、テープを貼ってある。痛み止めの薬のせいでぼんやりしてるが、獣医によると、問題ないそうだ。いろんなことを控えめにしてだいじにしていれば、そのうち治るといってた。いまもタヴィーが家にいて、しっかり監視してくれてる」

最後のひとことは何気ない言葉だったが、小屋を住める状態にするのを急ぐ必要はないということか。よかった。少しうらやましい。

「小屋の掃除をしてるんだ」キーランが続ける。「まだ使えるものを救出中だ。それで――」車のルーフを振りかえった。「――あのボートは奇跡的に助かった。そろそろ誰かに乗ってみてほしいんだが」

キーランは車のところに戻って、防水布をはがした。贅沢なマホガニーの艇体。ベッカのボートが日差しを浴びて輝いた。フレディは思わず息を止めていた。

「おろすのを手伝ってくれないか」キーランがいった。「お隣の船台を使わせてもらおう」

キーランはランドローバーのトランクからひと組のオールを取りだした。ふたりはシェルを水辺まで運んだ。フレディには、シェルが羽根のように軽く感じられた。温かみのある木の手触りは、まるで女性の肌のようだ。

「リギングを調節しておいた」キーランがいった。ふたりでボートを上向きに返し、小さな船台の横の水面にそっとおろした。キーランが片方のオールをつけ、手で押さえた。そしてフレディをみる。「靴を脱いでくれ。ストレッチャーにおれの靴をつけてある。サイズはそう変わらないだろう」

フレディは驚いてキーランをみた。「わたしに乗れと？　だが――」

「フレディ、きみしかいない」キーランはいった。「それに、意見をききたいんだ。木製のボートなんて所詮だめなのかどうか」

「だが、ボートなんて何年も……」

「大丈夫。忘れてないさ」

フレディはボートをみつめ、テムズ川をみた。鏡のような水面がきらめいて、視線に応えてくれた。

無言で靴を脱ぎ、ボートに足を踏みいれた。スニーカーに足を入れる。ぴったりだった。もう一本のオールをキーランから受け取り、左右のオールをオールロックにはめると、シートを前後に滑らせてローラーの具合を確かめた。

キーランがボートを押した。ボートは流れに乗り、川を下りはじめた。オールのグリップに手がしっくりなじむ。型をとって作ったかのようだ。オールが水をつかむ。ボートが浮きあがる感覚があった。

筋肉の記憶が呼び覚まされた。ドライブ、リリース、ドライブ、リリース。体がボートとひとつになり、ボートが水面で歌いはじめた。

オールから滴る水が顔にかかる。冷たい水で洗礼を受けている気分だ。胸の中に喜びが広がっていく。そういえば、子どもの頃から、純粋な楽しみだけのためにボートを漕いだことがなかった。

そのとき、思いついた。このスキルを使える場所がひとつだけある。川沿いに古い家を持っている。あそこを、豪華なマンションなんかよりずっといいものに作りかえよう。ボート製造所だ。

投資家に不動産を買わせる仕事を何年もやってきた。これからは、ボートを愛する人たちに、もっといい投資対象を紹介しよう。自分で使える、美しい、特別なボートだ。ボート職人の腕にも投資してもらう。

キーランさえ受けてくれるなら、ふたりで組んで仕事がしたい。

日曜日の夕方、ノティング・ヒルの家庭はミツバチの巣のようなにぎやかさだった。ただし、ミツバチのような働き者ばかりというわけではない。

キットとトビーは、秋休みが終わって、明日から学校だ。興奮したトビーは、〈ヒューマン・ピンポンボール〉というゲームの真似をして、家じゅうの壁に体当たりしはじめた。

グラストンベリから帰ってきてからずっと無口だったキットも、今日はやけに饒舌だ。生物の宿題がまだ終わっていないといって、キッチンのテーブルに本やノートを広げてああだこうだと説明している。ダンカンのみたところ、宿題が進んでいるようすはない。

ジェマは、ダンカンがヤードから戻ってからずっと、家じゅうを忙しく走りまわって、掃除をしたり、整理をしたり、さまざまな作業のリストを作ったりしている。それを家じゅうに貼っておくつもりらしい。

みんながばたばたしているので、シャーロットも落ち着かない。チャンスをみつけてはジェマにくっついて甘え、一定の時間ごとに泣くのを忘れない。ダンカンとジェマは、これからの生活が変わることを、できるだけ簡単に説明した。これからは毎日ダンカンといっしょだよ、ジェマは警察のお仕事に行って、お兄ちゃんたちは学校に行くんだよ、という具合だ。

「シャーロットはマーマイトが嫌いなの、覚えてる？」ジェマはもう一枚メモを書いて、ハリー・ポッターのマグネットで冷蔵庫のドアに貼りつけた。シャーロットは自分の話だとわかってジェマにしがみつき、甘えた声をあげる。「パンにはバターだけでいいわ」ジェマが続ける。「オレンジジュースにマーマレードは入れないでね」

「マーマレード？」ダンカンはさすがにあきれたような顔をした。「ジェマ、クイーンエリザベス号で世界一周するわけじゃないんだし。それに、そんなに難しいことをするわけじゃないよ。大丈夫、心配いらない」

そのときジェマがはっとして、あわてたような顔をした。いったいなにがあったんだろう、とダンカンは思った。

「今日の夕食！　すっかり忘れてた。冷蔵庫になにもないわ」

「ピザ！」トビーが叫ぶ。キットも含むほかの全員がブーイングをした。

「また？」キットがいった。「しばらくピザはみたくないよ」

ダンカンは笑った。「キットからそんな言葉がきけるとはな。地球が軸ごと揺れたのかな」そして考えた。これからはそれが自分の仕事だ。今日からはじめることにしよう。キッチンの戸棚をあけてのぞきこむ。「スパゲッティとパスタソースがある。キット、犬を走らせてきてくれ。宿題が忙しそうだが、頼むよ。ついでに〈テスコ〉に行って、サラダとイタリアンソーセージを買ってきてくれないか」

キットは宿題のことをいわれておどけた顔をしたが、「いいよ。わかった」といった。

「スパゲボロ！」トビーが繰り返す。「スパゲボロ！　スパゲボロ！」

「トビー、それ、気持ち悪いわ」ジェマがたしなめた。しかし、夕食の担当からはずれてほっとしていた。「ちゃんといいなさい。スパゲッティ・ボロネーゼよ」おおげさにイタリアふうの発音をしてみせた。

「スパゲボロって、虫の名前みたいだな」キットが悪のりする。「虫のスパゲッティなんていやだけど」

シャーロットが泣きそうになった。「虫のスパゲッティ、いやあ」

キットとトビーが謎の虫の鳴き声をあげながら、キッチンを走りまわる。そのうち犬も吠えだした。

「こら！」いつもは優しいダンカンが怒鳴った。それほど大きな声ではなかったが、少なくとも、大騒ぎは一時的に静まった。

「ごめんなさい」キットが手を出した。「けど、お金がないとなにも買えないよ。お駄賃もね」

ちゃっかりした息子の言葉にダンカンはあきれたが、財布から紙幣を一枚出してキットに渡した。

「お菓子買ってきて！」トビーがいう。「ぼくも行きたい！」

「だめだ。どっちも」ダンカンは有無をいわさぬ口調でいった。「トビー、明日の学校の支度をしておきなさい」

キットがテスとジョーディに声をかける。犬の爪が床に当たる音をきいて、ダンカンははっとした。すっかり忘れていた。バーニー。エディ・クレイグの犬を預けたままだった。

玄関ホールに行き、上着のポケットをさぐる。くしゃくしゃになった紙切れが出てきた。犬を預かってくれている人の名前が書いてある。クレイグにもクレイグ夫人にも、近い親戚はひとりもみつからなかったが、犬のことはなんとかしてやらなければ。

近いうちにシャーロットを連れてハンブルデンに行こう。キットとトビーが学校に行っているあいだに行って帰ってくればいい。あのパブに行って、バーテンに話をきいてみる。牧師にも会ってみようか。しかし、バーニーを引き取ってくれる人がみつからなかったら？　そのときはタヴィーにきいてみよう。きっと心当たりがあるだろう。

エディ・クレイグには、それくらいのことはしてやりたい。みすみす死なせてしまったのが悔やまれてならない。

「パパ？」キットが遠慮がちに声をかけてきた。犬にリードをつけてドアの前に立っている。「どうしたの？」

「いや、大丈夫だ」ダンカンは笑顔をみせて、紙切れをポケットに戻した。しかしその前に、丁寧に折りたたんだ。「急がないと反乱が起きるぞ」

キットと犬たちが出ていくのを見送ってキッチンに戻った。タマネギとガーリックはどこにあっただろう。がんばろう。少しずつ練習すればきっと身につく。

「シンクの右の黄色いボウルよ」ジェマがにやりと笑っている。

「どうしてわかる――」

いいかけたとき、ジェマの電話が鳴った。誰からの電話か、ダンカンにはわかっていた。

ジェマがキットの教科書やノートの下から携帯電話を発掘しているあいだに、ダンカンはトビーを部屋から追い出した。「トビー、ベッドにパジャマを出しておきなさい。ハロウィーンだから、ガイコツのやつにしたらどうだ？」

ジェマの脚にしがみついているシャーロットを抱きあげた。「シャーロットはお利口さんかな？すごーくお利口さんにしていたら、ごはんのあと、飛行機ごっこをしてあげるよ」いや待てよ。スパゲッティをたらふく食べた直後の子どもの体をさかさまにするのはまずいだろうか。「それともいまからやろうか？」

「いまから！」シャーロットは元気よく答えた。もちろん、ダンカンと同じことを考えたからではない。

「もしもし。あ、マーク。こんにちは」ジェマが電話に出た。うれしそうだが、ちょっと警戒した口調だ。

マーク・ラムはジェマの上司だ。ダンカンの警察学校時代からの友人でもある。なるほど、チャイルズはマークを使者に仕立てたらしい。

ジェマはうなずきながら話をきいている。そのうち、顔から表情が消えた。

「ごはんのあとは本を読もうね」ダンカンはシャーロットに耳打ちした。

「アリス!」

「今日もアリスかい?」そのうち全部暗唱できるようになりそうだ。「明日もアリスかな」

シャーロットはうれしそうに笑って、ダンカンの肩に顔を埋めた。

「わかりました」ジェマが答えた。そしてダンカンをみる。目を丸くしていた。「お気の毒なことでしたが——」電話口から漏れてくる小さな声に、ジェマが答えている。「——もちろん、喜んでやらせていただきます。ええ、ランベスですね。明日の朝。ありがとうございます。では、明日」

電話を切ったあとも、ジェマは携帯電話を手に持ったままだった。信じられないという表情で手元をみつめている。

顔を上げてダンカンをみた。朝日がのぼったように、笑顔がぱあっと輝いた。

「明日から新しい仕事よ」

# 訳者あとがき

ロンドンのビッグベンから南西方向へ、直線距離にしておよそ七キロのあたりに、パトニー橋がある。ここからテムズ川をさかのぼり、モートレイクのチズウィック橋付近に至る、およそ六・八キロのコース。ここが、イギリスの春の風物詩ともいわれる〝ザ・レガッタ〟（オックスフォード大学対ケンブリッジ大学のボートレース）の舞台だ。

オックスフォード大学とケンブリッジ大学、どちらも説明不要な名門校だが、この両大学が競う伝統の試合に出場することは大変な栄誉とされ、いくつかの競技では〝ブルー〟の称号が与えられる。ボート競技の場合、試合は八人が漕ぐ「エイト」で行われ、そのトップクルーのボートに乗ってスタートからゴールまで漕ぎきった選手のみが、試合の勝ち負けに関係なく、〝ブルー〟と認められる。文武両道を究めた若者だけに与えられる最高の栄誉だ。

イギリスにはもうひとつ、大きなボート大会がある。ヘンリー・ロイヤル・レガッタ

と呼ばれるもので、こちらは初夏の風物詩。開催場所は〝ザ・レガッタ〟と同じくテム

ズ川だが、ロンドン中心からは五十キロほど離れたヘンリー・オン・テムズというとこ

ろ。イギリスを中心とした世界各国から集まったレガッタチームが参加して、全部で十

九もの部門でレースを繰り広げるという。

ヘンリー・オン・テムズ――この風光明媚な町で、シングルスカル(一人乗りのボート)の練習中だった女性選手が行方不明になり、翌日、水死体となって発見された。オリンピックをめざすほどの腕前だった彼女になにがあったのか。事故か、あるいは事件か。女性が現職の警官、しかも警部だったことから、スコットランドヤードには動揺が走る。ノティング・ヒル署のジェマ・ジェイムズ警部補と結婚式を挙げたばかりのダンカン・キンケイド警視が、捜査の指揮をとることになった。

被害者がボートの練習中に死亡したことから、ボートの知識がある人間に疑いの目が向けられた。中でもいちばん怪しいと思われたのは、被害者の元夫。オックスフォード大学のボート部出身、しかも〝ブルー〟だ。相続人として、被害者の遺産と保険金を受け取ることになっている。しかし、あまりにもできすぎた展開に、ダンカンは疑問を抱く。そんなとき捜査線上にあらわれたのは、現場近くに住む、ひとりの元警官だった。警察の組織内でもかなり上のランクにいた人物だが、調べれば調べるほど、黒い部分が

明らかになってくる。とくに性犯罪の常習犯だった疑いが濃く、驚いたことに、ジェマにも毒牙を向けたことがあるらしい。

怒りに燃えるダンカンに、スコットランドヤードの上層部から「勝手な捜査をするな」という警告が与えられた。警察は身内をかばうのか。悪を見逃しにせよというのか。ダンカンは警察組織と闘う覚悟を決めた。

ダンカンとジェマのシリーズ、第十四作。久しぶりにダンカンを中心にストーリーが展開するので、ダンカンファンの読者のみなさんにはとくに楽しんでいただけることと思う。また、ようやく結婚した彼らのあいだに子どもがひとり増えたことも、本シリーズの新たな喜びだ。彼らは、前作『警視の因縁』で殺された夫婦のひとり娘、シャーロットを引きとって育てはじめた。忙しい夫婦だが、ジェマに続いて、今度はダンカンが育児休暇をとって、家事と育児に専念することになっている。うまくいくんだろうか――シリーズの一読者としては甚だ不安ではあるのだが、そのあたりは次作以降のお楽しみということにして、いまはとにかく、本書でのダンカンの大活躍に拍手を贈りたい。

この作品でフィーチャーされているボート競技については不明なことが多く、公益社団法人日本ボート協会の吉田健二さんに多大なるご協力を賜りました。ボートの用語や基礎知識などさまざま教えていただいたことで、原文の理解を深めることができたと思います。この場を借りて、心からお礼申し上げます。なお、ボート関係の記述で、誤りや不適切な表現があった場合は、すべて訳者の不見識によるものです。どうぞご容赦ください。

最後になりましたが、編集の渡部達郎さんをはじめ、講談社のみなさまには本当にお世話になりました。ありがとうございます。

二〇一七年　一月

西田佳子

|著者|デボラ・クロンビー　米国テキサス州ダラス生まれ。後に英国に移り、スコットランド、イングランド各地に住む。現在は再び故郷のダラス近郊で暮らす。代表作であるダンカン・キンケイドとジェマ・ジェイムズの本シリーズは、米英のほか、ドイツ・イタリア・ノルウェー・オランダ・トルコなどでも翻訳され、人気を呼んでいる。

|訳者|西田佳子　名古屋市生まれ。東京外国語大学英米語学科卒業。翻訳家。法政大学非常勤講師。主な訳書に、「キンケイド警視シリーズ」既刊13作（講談社文庫）のほか、『わたしはマララ――教育のために立ち上がり、タリバンに撃たれた少女』（金原瑞人との共著）、『アルバート、故郷に帰る』（同）、『マララさん　こんにちは』、『赤毛のアン』、『新訳オズの魔法使い』、「おたずねもの姉妹の探偵修行」シリーズなどがある。

警視《けいし》の挑戦《ちょうせん》

デボラ・クロンビー｜西田佳子《にしだよしこ》 訳


講談社文庫

定価はカバーに
表示してあります

2017年２月15日第１刷発行

発行者――鈴木　哲
発行所――株式会社　講談社
東京都文京区音羽2-12-21　〒112-8001
電話 出版（03）5395-3510
　　 販売（03）5395-5817
　　 業務（03）5395-3615
Printed in Japan

デザイン―菊地信義
本文データ制作―講談社デジタル製作
印刷―――株式会社精興社
製本―――加藤製本株式会社



ISBN978-4-06-293455-8

# 講談社文庫刊行の辞

二十一世紀の到来を目睫に望みながら、われわれはいま、人類史上かつて例を見ない巨大な転換期をむかえようとしている。

世界も、日本も、激動の予兆に対する期待とおののきを内に蔵して、未知の時代に歩み入ろうとしている。このときにあたり、創業の人野間清治の「ナショナル・エデュケイター」への志を現代に甦らせようと意図して、われわれはここに古今の文芸作品はいうまでもなく、ひろく人文・社会・自然の諸科学から東西の名著を網羅する、新しい綜合文庫の発刊を決意した。

激動の転換期はまた断絶の時代である。われわれは戦後二十五年間の出版文化のありかたへの深い反省をこめて、この断絶の時代にあえて人間的な持続を求めようとする。いたずらに浮薄な商業主義のあだ花を追い求めることなく、長期にわたって良書に生命をあたえようとつとめるところにしか、今後の出版文化の真の繁栄はあり得ないと信じるからである。

同時にわれわれはこの綜合文庫の刊行を通じて、人文・社会・自然の諸科学が、結局人間の学にほかならないことを立証しようと願っている。かつて知識とは、「汝自身を知る」ことにつきていた。現代社会の瑣末な情報の氾濫のなかから、力強い知識の源泉を掘り起し、技術文明のただなかに、生きた人間の姿を復活させること。それこそわれわれの切なる希求である。

われわれは権威に盲従せず、俗流に媚びることなく、渾然一体となって日本の「草の根」をかたちづくる若く新しい世代の人々に、心をこめてこの新しい綜合文庫をおくり届けたい。それは知識の泉であるとともに感受性のふるさとであり、もっとも有機的に組織され、社会に開かれた万人のための大学をめざしている。大方の支援と協力を衷心より切望してやまない。

一九七一年七月

野間省一